KB220857

백귀야행 음

百鬼夜行 陰

定本

百鬼夜行 – 陰
京極夏彦

TEIHON HYAKKI YAKO – IN
by KYOGOKU Natsuhiko
Copyright ⓒ 2012 KYOGOKU Natsuhiko
All rights reserved.
Originally published in Japan by Bungeishunju, Ltd., Tokyo.
Korean translation rights arranged with OSAWA OFFICE, Japan
through THE SAKAI AGENCY and BC Agency.

Korean translation copyright ⓒ 2013 Book in Hand Publishing.

百鬼夜行 陰

괴력난심(怪力乱心)을 말하지 말라는

교훈을 지기는 사람에게는——.

次
例

百鬼夜行 - 陰

첫
번
째
밤

◎

고
소
데
의
손
小袖の手

◎ 小袖の手

◎ 고소데의 손

한시(漢詩)에

작일시승군대상단장유계비파현(昨日施僧裙帶上斷腸猶繫琵琶絃)이란

기녀의 죽음을 슬퍼하는 시로서

승려에게 공양한 기녀의 띠에

아직도 비파 줄이 그대로 매여 있는 모습을 보고

장이 끊어질 듯 슬퍼하는 마음이라

대개 여자는 덧없는 의복이나 장신구에 마음을 두니,

죽은 이의 고소데에서 손이 나오는 것을

목격한 사람이 있다 한다

—— 금석백귀습유(今昔百鬼拾遺) / 중권 · 무(霧)

도리야마 세키엔[鳥山石燕] (1781)

1

스기우라 다가오는 장롱에 들어 있는 아내의 옷을 전부 처분하기로 했다.

이제 아내가 돌아올 일도 없을 것이고, 옷을 뜯어 새로 지어 다시 이용하는 것도 생각하기 어려워서 별반 망설이지도 않았다.

다만 서랍을 연다는 행위 자체는 대단히 내키지 않는다. 서랍을 여는 순간 그 찰나의 공포 때문에 스기우라는 손끝의 힘이 빠져 손잡이의 쇠 장식을 덜그럭덜그럭 울리고 말았다.

그 덜그럭거리는 소리가.

스기우라의 공포심을 한층 더 자극했다.

——바보 같다.

정말로 바보 같다고 생각했기 때문에 스기우라는 기세 좋게 서랍을 열었다.

옷은 다토가미[1]에 싸여 반듯하고 매우 조심스럽게 놓여 있었다.

돌이켜 생각하면 아내는 필요 이상으로 성실한 여자였다. 스기우라는 그런 것조차 완전히 잊고 있었던 것 같았다.

어쨌거나──.

옷이 드러나 있지 않았던 덕분에 스기우라의 부조리한 공포심은 약간 진정되었다.

살며시 종이를 들추어 본다.

눈에 익은 무늬가 엿보여 가슴 깊은 곳이 조금 아팠다.

그리 많은 수는 아니지만 한 벌 한 벌마다 지나간 시간의 잔향이 있는 듯한 그런 착각을 느꼈다.

──이것은 분명히.

아내가 그 무렵 자주 입곤 했던──.

그리운, 흐릿한 기억을 더듬는다.

그 무렵──.

막연하게 그 무렵이라고 생각하지만, 그것이 과연 언제의 일인지, 스기우라는 조금도 생각이 나지 않는다.

물론 아내가 입고 있었던 것은 틀림이 없지만, 그것은 매우 어중간한 기억이고, 무엇보다 스기우라는 그 옷이 봄옷인지 여름옷인지도 알 수가 없었다. 스기우라는 여자 기모노에 대해서는 아무것도 모른다. 오시마 명주[2]고 메이센[3]이고 구별이 되지 않는다. 스기우라는 무언가 하고 있는 아내의 모습을 바라보는 걸 좋아했다.

---

[1] 두꺼운 일본 종이에 감물이나 옻 등을 칠해서 접은 싸개. 옷이나 천 조각, 여자의 머리 묶는 도구 등을 넣는다.

[2] 가고시마 현 아마미오시마에서 나는 명주. 고급 옷감으로, 붓으로 살짝 스친 듯한 비백(飛白) 무늬가 있다.

[3] 굵고 마디가 많은 쌍고치 실이나 방적견사 등으로 촘촘하게 짠 평직 견직물. 질기고 값이 싸며 옷감이나 이불감 등으로 쓰인다.

하지만 스기우라는 아무것도 보고 있지 않았던 것이다. 아무것도 통하지 않았다.

다만 아내에게는 미련이 많이 남아 있었다.

그런 아내가 남긴 물건이니, 그것을 손에 들고 얼마쯤 감상(感傷)이 치밀어 오르는 것은 당연하다면 당연할 것이다.

그러나 그렇다고 해서 기모노 한 벌 한 벌에 대한 요란스러운 추억이 있을 리도 없었다. 애초에 스기우라가 아내와 보낸 시간은 몹시 짧았던 것이다. 따라서 그 가슴의 아픔도 사실은 아내에 대한 기억의 잔재인지, 오랜만에 들이마신 희미한 방취제의 자극적인 냄새 때문인지, 그것조차 확실하지 않았다. 그것은 오히려 상실감에 가까운 감정일지도 모른다.

전당포에라도 가져가면 얼마쯤은 돈이 될 테고, 벌레가 먹은 것도 아니니 필요로 하는 사람도 있을지 모른다.

하지만 돈으로 바꾼다는 것은 왠지 싫었고, 다른 사람이 이 옷의 소매를 꿰게 하는 것도 왠지 아내에게 미안한 기분이 들었다.

—— 소매를 꿴다.

그 말이 다시 공포를 환기한다.

그렇게 소리를 내어 말한 것도 아니고, 마음속으로 명확하게 그 어구를 상기한 것도 아니지만, 기모노의 소매에서 하얀 손이 쑤욱 뻗어 나오는 정경만이 선명하게 뇌리에 떠오른다. 스기우라는 정신이 들어 보니 우왓 하고 소리를 지르며 손에 든 것을 방바닥에 내던지고 있었다.

허둥지둥 서랍을 닫는다.

방바닥 위에 기모노 한 벌만이 남았다.

잠시 그러고 있다가, 조금 웃었다.

냉정해지고 나서 생각해 보니 자신에 대한 일련의 행동은 실로 무의미하고, 게다가 우스웠기 때문이다. 장롱이니 기모노니 그런 것이 무서울 이유는 어디에도 없다. 그런 것은 충분히 알고 있다. 알고는 있지만——.

역시 기모노는 전부 버리자고 생각했다.

2

이제 싫어 ──.

이었을까.

아니면,

이제 지긋지긋해 ──.

이었을지도 모른다.

아내가 마지막에 한 말이다.

스기우라는 떠올린다.

아내가 집을 나간 지 벌써 반년은 지났다. 마지막 말을 들은 것은
그것보다 몇 개월이나 더 전의 일이다. 대화를 나눈 기억이라면 더
아득하다.

그 무렵, 스기우라와 아내의 관계는 완전히 파탄이 나 있었다.

집을 나갈 지경에 이른 아내의 마음을, 어차피 스기우라 따위가
알 리도 없었다. 하지만 상상하는 것은 간단했다.

사람으로서의 의무를 완전히 내팽개치고 매일 폐인처럼 아무것도 하지 않고 지내던 소극적인 스기우라를, 항상 적극적이던 아내는 참을 수 없었을 것이다.

작년 여름까지 스기우라는 초등학교 교사였다.

결혼한 것은 마찬가지로 작년 봄이었으니, 가정을 꾸리고 나서 스기우라가 사회인으로서 제대로 취직한 기간이란 고작해야 12개월 정도였을 것이다. 교사 생활을 그만두고 나서 스기우라는 아내를 포함한 모든 것을 거부하고, 토라진 듯이 고집스럽게 아무것도 하지 않고 지냈다.

그렇게 생각해 보니——그런 남자와 사는 것은 보통 사람이라면 누구든지 견딜 수 없을 것이다. 싫어질 만도 하다고 생각한다. 이렇게 된 것은 오히려 당연한 일이고, 이상할 것이라곤 아무것도 없는 일이다.

스기우라는 마당에 시선을 준다.

아내의 말이 되살아난다.

당신을 이해할 수가 없어——.

——이해할 수 없겠지.

직장을 그만둘 때 스기우라에게는 무슨 긴박한 사정이 있었던 것도, 소위 말하는 일신상의 사유 같은 것이 있었던 것도 아니다. 그렇다고 해서 교육자로서의 자신감을 상실했다거나, 현재의 교육제도에 실망했다거나, 그런 거창한 대의명분이 있었던 것도 아니었다.

그것은 실로 흐릿한, 있어도 없는 것이나 마찬가지인 이유였다.

어느 날 갑자기.

아이들이 무서워진 것이다.

그때까지 스기우라는 교직자로서 이렇다 할 이상을 내걸지도 않았고, 그렇다고 해서 의무를 회피하는 무뢰한 교사도 아니었고, 말하자면 그저 하는 대로 어영부영하는 직업 교사였다. 그것이 생업이니 어쩔 수 없다고, 그냥 흥뚱항뚱 그렇게 생각하고 있었다. 아이들을 좋아하는 것은 아니었지만 대해 보니 그들도 의외로 대하기 쉬웠고 그래서 일도 나름대로 해낼 수 있었다. 아이들이란 시끄럽지만 귀여운 존재다 —— 결국 그 정도까지 생각할 수 있게 되었던 것이다.

그런 스기우라는 학생들에게 엄격한 관리자는 될 수 없었다. 그러면서도 아이들과는 나서서 잘 놀아 주었기에 학생들에게 매우 인기 있는 교사였다.

그것도 지금에 와서 생각하면 단순한 우월감에서 비롯된 환상에 지나지 않았던 것 같다.

말하자면 일종의 현실도피다.

생각해 보면 어린 학생들이 자신보다 무지하고 무력한 것은 당연한 일이고, 그들과 사이좋게 지낼 수 있었던 이유는 자신이 압도적으로 우월하다는 자만심에서 오는 여유가 있었기 때문일 뿐이다. 그럼에도 불구하고 야단을 치지 않은 것은 어쩌면 그 자만심조차 망상에 지나지 않는다는 가능성 —— 자신은 아이들을 꾸짖을 수 있을 만한 깨달음을 얻은 사람이 아니라, 아이들보다 더 뒤떨어진 인간이라는 가능성 —— 을 아이들과의 관계에서 조금이나마 느꼈기 때문일 것이다.

그것은 실로 옳았다.

천진하다는 흉기는 참으로 인정사정이 없다.

—— 어느 날.

어느 날, 어린아이들은 스기우라에게 모여들어 놀고 있었다. 귀를 찌를 듯한 시끄러운 목소리가 오른쪽으로 왼쪽으로 바쁘게 이동하고, 시선을 향하는 곳마다 사랑스러운 웃음의 얼굴이 있었다.

제일 처음 스기우라의 목에 매달린 아이는 어느 아이였을까. 물론 그 정도 일을 당한다고 해도 스기우라는 붙임성 좋게, 마치 바보처럼 웃고 있었다.

아이들은 늘어났다.

차례차례 스기우라의 목에 사랑스러운 손바닥이 날아들었다. 몹시 무거웠고 매우 아팠지만, 그래도 스기우라는 여전히 헤실헤실 웃고 있었다.

아이들은 더욱 늘어났다.

괴로워졌다. 놓지 않으려고 하는 아이들의 가느다란 손가락이 목을 파고들었다. 놔, 라는 고압적인 말은 아무리 해도 할 수 없었다. 그뿐만 아니라 그러다가 목소리조차 낼 수 없게 되었다.

스기우라는 아이들을 뿌리치려고 약한 저항을 잠시 계속했다. 그러나 그런 쓸모없는 저항이 흥분한 아이들에게 통할 리도 없다. 그만해, 하지 마──그것은 웃으면서 할 말이 아니다.

물론 통하지 않았다.

──통하지 않는다.

자신에게 달라붙어 있는 작은 생물들에게는, 자신의 말은 통하지 않는다. 그때 스기우라 안에 갑자기 어딘가 폭발적인 감정의 발로가 있었다. 스기우라는 난폭하게 몸을 흔들고는 히스테릭한 괴성을 지르며 아이들을 뿌리쳤다.

날아간 아이들이 비명을 질렀다.

—— 큰일이다.

—— 다쳤을까.

스기우라는 순간 사회인으로서의 이성을 되찾았다. 아이들을 상대
로 발끈해서 난폭한 짓을 했다가 만일 다치기라도 했다면 그때는
어떤 변명도 소용이 없다 ——.

하지만 그 걱정도 아주 잠시였다.

아이들은 더욱 신이 나서 스기우라에게 모여들었다. 그들이 낸 목
소리는 비명이 아니라 환희의 목소리였던 것이다. 생글생글 즐거운
듯이 웃으면서, 작은 이인(異人)들은 그 단풍잎 같은 손을 들고 스기우
라에게 슬금슬금 다가왔다.

오싹했다.

한 번 둑이 무너진 공포는 차례차례 넘쳐 났다.

스기우라에게는 이미 아이들이 인간으로 보이지 않게 되었다. 그
래서 마치 더러운 것을 뿌리치듯이 필사적으로 그 손을 떨쳐냈다.
그러나 그런 행위는 그들의 눈엔 단순한 놀이의 연장인, 익살스러운
춤으로밖에 비치지 않았던 모양이다.

평소에 야단을 치지 않는 친근한 교사의 반응은, 설령 어느 정도
평상시와 다르다고 해도 흥분한 아이들에 대해서 아무런 억제력도
가질 수 없었던 것이다. 스기우라가 이제 진지한 얼굴이 되었음에도,
그 목소리가 공포로 뒤집어져 있음에도 불구하고, 그런 미미한 변화
를 알아차리는 아이는 누구 한 사람 없었다.

결국 ——.

스기우라의 사회적 자제심은 점차 넘쳐나는 개인적 공포를 이길
수 없었다.

스기우라는 몇 명의 아이들을 밀쳐내고, 그중 아마 두세 명은 때렸을 것이다.

그때가 되자 작은 이인들도 온화한 교사의 이변을 깨달았고, 그리고 그것은 눈 깜짝할 사이에 전염되었다. 즉시——아이들 거의 전원이 스기우라를 적으로 판단했다.

아이들의 눈에 적의가 싹트자 스기우라는 약간 안심했다.

그것이 어떤 형태라 해도 자신의 의지를 전달할 수 있었기 때문이다.

그러나 그 안심도 몇 초 가지 않았다.

방심한 스기우라에게 작고 하얀 손이 내밀어졌다. 스기우라는 그 손을 사죄의, 또는 화해의 사인일 것이라고 받아들였다. 그러나 그 하얀 손은 그것을 받아들이기 위해 쪼그려 앉은 스기우라의——.

목에 재빨리 달라붙었다.

그 아이는 웃고 있었다.

목소리가 나오지 않았다.

아이들이라고 해도 나름대로 힘은 세다. 숨이 막히고 머리에 피가 오르고, 정신이 아득해졌다. 한순간 정세가 역전되자 울면서 두려워하고 있던 다른 아이들에게도 곧 전파되어, 스기우라는 다시 수많은 작은 손에 의한 추격을 받게 되었다. 처음과는 달리 그것은 명확하게 스기우라를 적으로 인정한 공격이었다. 게다가 압도적 우위에 서 있다는 여유 아래에서 이루어진 공격이었다.

죽는다고 생각했다. 그래서 진심으로, 전력을 다해 그 손을 뿌리치고 큰 소리로 고함치며 엉망진창으로 날뛰었다. 그리고 그대로 달려서 그곳을 탈출했다.

지금 생각하면 스기우라가 취한 행동은 아무리 뭐라 해도 비상식적이다. 학생들이 놀이에 열중한 끝에 장난으로 교사를 목 졸라 죽였다는 바보 같은 사건은 동서고금을 통해 들은 적이 없다. 있을 리도 없다. 아니, 그런 것은 그때의 스기우라도 충분히 알고 있었다.

　——그런 것이 아니다.

　그런 것이 아니었다.

　그 후의 일은 잘 모른다.

　나중에 들은 이야기로는, 가벼운 부상을 당한 아이가 세 명 정도 있었다고 한다. 큰 난투에 비해 피해는 적었던 것이다. 스기우라는 생각한 만큼 날뛰지 않았던 모양이다. 아니면 다 큰 남자가 전력을 다해 날뛰어 봐야, 그렇게 무모하게 날뛰어서는 민첩한 아이들에게 타격을 주는 것은 애초에 불가능한 것인지도 모른다.

　왠지 몹시 싫어져서 사흘 동안 앓아누웠다.

　그런 일을 저지른 이유를 누가 물어도 잘 대답하기는 어렵다. 책임을 지라고 해도 곤란하다. 무엇보다 학생과의 역학 관계를 종래의 관계로 되돌려 놓기는 어려울 것 같았다.

　물론 아이들은 곧 용서해 주었을 것이다. 스기우라가 한 행동은 그야말로 어린아이 같은 짓이었으리라. 즉 그들의 논리로 생각한다면 그렇게 이해할 수 없는 행동은 아니다. 그러나 문제는 스기우라 자신에게 있었다. 절대적 우위의 입장이 흔들리고만 이상, 종래처럼 그들과 접할 수는 없다고——스기우라는 그렇게 확신했다.

　스기우라는 학교에 갈 수 없게 되었다.

　아내는 총명한 사람이었기 때문에 이 예상치 못한 사태에 직면해서도 놀라지 않았고, 그 행동은 냉정하고도 침착했다.

아내는 학교나 아이들의 가족에 대한 대응도 매우 적절했던 모양이다.

그것은 물론 나중에 알게 된 일이지만, 스기우라의 비상식적인 행동에 대해서 그다지 비난이나 규탄이 없었던 것도 오직 아내의 기지 덕분이었던 것 같다. 휴직원을 제출해 준 사람도 아내고, 다친 아이들의 가정에 재빨리 사과하러 간 사람도 아내였다. 그러면서도 아내는 스기우라에게게만은 더없는 자애를 가지고 대해 주었다. 하지만 ——.

그 무렵의 스기우라는 아내의 고마움을 조금도 이해하지 못했다고 할 수 있었다.

아내는 스기우라를 다정하게 보살펴 주고, 그리고 힘차게 격려해 주었다. 헌신적이라고 할까.

그러나 ——.

당시의 스기우라에게는 그 다정함은 경멸로, 격려는 질타로 다가왔다.

아이들이 무섭다.

아무리 해도 아내에게 이해를 받을 수는 없었다.

아니 —— 이해받으려는 노력을 스기우라는 처음부터 게을리하고 있었다.

총명한 아내는 이야기해서 통하지 않는 일은 없다고 믿고 있었을 것이다. 하지만 스기우라는 그 이야기를 들을 귀를 가지고 있지 않았다. 얼마 안 되는 대화는 재미있을 정도로 어긋났고, 날이 갈수록 두 사람의 마음은 멀어져 갔다.

아무리 시간이 지나도 사회에 복귀하지 못하는 스기우라를 보고 아내는 초조해졌을 것이다.

그러다가 자애심조차 진짜 경멸로 바뀌어 갔을 것이 틀림없다.

그래도.

아내는 스기우라에게 계속 손을 내밀었다.

스기우라는 그 손을 계속 뿌리쳤다.

그리고 아내는 반년 동안 열심히 노력하다가, 눈이 내리는 추운 아침에 결국 집을 나갔다.

——어쩔 수 없는 일이었다.

새삼 그렇게 생각했다.

3

스기우라가 이웃집에 신경을 쓰기 시작한 것은 아내가 집을 나간 직후의 일이었던 것 같다.

그때까지는 옆집에 누가 사는지도 몰랐고, 누가 살든 상관하지 않았다. 관심이 없었다.

그런 일이 있을 때까지 —— 스기우라는 타인의 생활에 신경을 쓸 만큼 한가하지도 않았고, 말하자면 행복했던 것이리라. 그리고 그런 일이 있은 후에는 —— 그야말로 타인은 고사하고 세상 모든 일이 스기우라에게 무관한 일이었다.

혼자가 된 지 얼마 후, 갑자기 절망했다.

그리고 당연하다는 듯이 고독감이 덮쳐오고,

그리고 ——.

——그런 이유가 아니다. 어쨌거나 이웃집이 신경 쓰이기 시작한 것이 그 무렵의 일인 것은 틀림이 없다.

옆집 가족은 세 명인 것 같았다.

그 무렵 옆집에는 찾아오는 손님도 적고, 가족이 외출하는 날도 있는가 하면 전혀 나가지 않는 날도 있었다.

무슨 일을 하는지는 전혀 알 수 없었지만, 어쨌거나 살고 있는 사람은 세 명이었다.

한 사람은 스기우라와 동년배인 남자로, 늘 시원찮은 옷차림을 하고 있었다. 아무리 봐도 정상적인 직업으로는 보이지 않았지만 외출하는 사람은 대개 이 남자였다. 남자는 한 명뿐이었고, 다만 그 남자는 세대주로는 보이지 않았다. 인상으로 판단한다면, 남자는 굳이 따지자면 고용인의 그릇이라고 해야 할 것이다.

또 한 사람은 가냘픈 젊은 여자인데 아무래도 그녀가 옆집의 세대주인 것 같고, 스기우라는 왠지 그렇게 인식하고 있었다. 일송의 성스러울 정도로 아름다운 여자였지만 낮에 일하는 눈치는 조금도 없었고, 밤 장사를 하는 것처럼 보이지도 않았다.

나머지 한 사람이 ──.

── 유즈키 가나코.

스기우라는 그 이름을 떠올리고 실로 기묘한 적막감에 사로잡혔다. 그 소녀는 이미 이 세상에 없는 모양이다. 살아 있다고 해도 두 번 다시 만날 수는 없을 것이다.

가슴 깊은 곳이 약간 아팠다. 조금 전 아내와의 생활에 대한 기억이 되살아났을 때와 같은 아픔이다. 그렇다면 그 아픔은 방바닥 위에 딱 한 벌 나와 있는 아내의 기모노가 발하고 있는, 희미한 방취제의 향기가 가져온 것인지도 모른다.

가나코는 중학생이었다.

이상한 소녀였다.

스기우라는 떠올린다.

시원찮은 남자, 젊은 여자, 그리고 중학생. 아무리 보아도 부모와 자식 같지는 않은, 부자연스러운 가족 구성이다. 여자 둘은 얼굴 생김 새가 많이 닮았으니 자매일 가능성도 있지만, 그렇다고 해도 무언가 비뚤어져 있었다.

알고 나니 신경이 쓰였다. 다만 신경은 쓰고 있었지만, 스기우라는 확인할 방법을 아무것도 가지고 있지 않았다.

몇 달 동안 그저 신경 쓰고 있었을 뿐이었다.

그것은——.

5월 무렵이었을까.

저축한 돈을 탕진하며 생활하고 있던 스기우라는 아무 할 일도 없었고, 또 아무것도 하고 싶지 않았기 때문에 외출하는 일도 없이 거의 하루 종일 집에 있었다. 그래도 역시 숨이 막힐 것 같아질 때가 있는데, 그럴 때는 마당을 바라보았다.

스기우라의 집 마당에는 모양이 나쁜 밤나무가 있다.

스기우라는 그 모양이 아무래도 마음에 들지 않았다.

옆집을 향해 구불구불 서툴게 뻗은 가지들이 어딘지 모르게 손짓이 라도 하는 듯한, 음침한 실루엣을 이루고 있기 때문이다.

그림에서 본 유령의 손 모양과 비슷하다.

——불행이라도 불러들일 것 같다.

스기우라는 그때도 멍하니 그런 생각을 하면서, 밤나무 가지를 보고 있었을 것이다.

옆집과의 경계는 검은 담장으로 나뉘어 있고, 밤나무는 그 담장에 기대다시피 자라고 있다. 유령의 팔은 그러니까 거의 옆집 마당으로 튀어 나가 있는 모양새가 된다. 가을에는 맛이 없어서 도저히 먹을 수 없는 열매가 거기에 주렁주렁 열린다. 먹지도 못하는 과일은 따지도 않기에 그대로 방치되고, 이윽고 썩어서 땅에 떨어진다.

——아아, 큰일이다.

결국은 밤 대부분이 옆집 마당에 떨어진다는 뜻이 되는 것이다.

사소한 일이기는 하지만 이웃과 알력이 생기는 것은 딱 질색이었다.

불평을 듣는 것도 싫었고 머리 숙여 사과하는 것도, 뒤처리하는 것도 싫었다. 자신에 대해서 필요 이상으로 호의적이었던 아내와의 교류조차 스기우라는 뜻대로 하지 못했던 것이다. 하물며 호의적이지 않은 새빨간 남과 말썽을 일으키다니 당치도 않은 일이다. 애초에 다른 사람과 제대로 접촉하는 것 자체가 스기우라에게는 무리한 일이었다.

귀찮아질 일은 싹이 트기 전에 잘라 버리는 것이 좋다.

그렇게 생각한 스기우라 다카오는 매우 느릿느릿한 동작으로 몇 개월 만에 마당으로 내려가, 아무리 해도 좋아할 수 없는 밤나무로 다가갔다.

가지는 생각한 것보다 낮았지만, 그냥 잘라내는 일은 힘들 것 같았다. 나무와 담장 사이로 돌아들어 가, 담장에 기대다시피 하며 음침한 가지의 모양새를 가늠해 본다. 쉽게는 잘라낼 수 없을 것 같다.

조금 더 들어가 보려고 했을 때, 담장 위쪽에 나 있는 틈새로 옆집의 모습이 엿보였다.

스기우라는 부자연스러운 자세를 한 채, 한 번 지나쳐 보낸 시선을 도로 돌리다가 멈추었다.

툇마루에 소녀가 앉아 있었다.

교복 상의만 벗었는데, 그것을 아무렇게나 옆에 내던지고 장지문에 기대다시피 다리를 옆으로 모으고 앉아 있다. 방의 불은 켜져 있지 않았다. 주위는 슬슬 어둑어둑해지고 있어서 하얀 얼굴과 하얀 셔츠가 마치 스스로 빛을 내뿜고 있기라도 한 듯 도드라져 보였다.

스기우라의 시선은 잠시 소녀에게 못 박혔다.

아름다운 소녀다.

등교할 때 집을 나서는 그 뒷모습이나 귀가할 때 문을 지나는 모습은 몇 번이나 보았다. 스기우라는 그때까지 몇 개월 동안, 반쯤 간첩처럼 옆집의 모습을 엿보고 있었던 것이다. 그러나 마주 보고 정면에서 얼굴을 본 것은 처음이었다.

하얀 얼굴이다.

단정한 생김새인 것은 멀리서도 알아볼 수 있었다. 다만 표정까지는 읽어낼 수 없다.

넋을 놓고 있는 듯한, 지친 듯한, 그러면서도 결코 무표정하지는 않다. 몹시 덧없는, 그런 인상이다. 나이는 열둘이나 열셋일까.

조금 더 위일까.

아니, 실제 나이를 이것저것 추정하는 짓은 거의 무의미했을 것이다. 왜냐하면, 그때 툇마루의 소녀에 대해서 스기우라는 공포감은 고사하고 혐오감이나 거부감조차 품지 않았기 때문이다.

——저것은 아이가 아니다.

직감적으로 그렇게 생각했다.

어른은 아니다. 그리고 아이도 아니다.

그렇다면 저것은 무엇일까.

스기우라는 밤나무와 담장 사이에 끼다시피 하여, 자신을 거절하지 않는 신기한 존재를 응시했다.

소녀는 미동도 하지 않았다. 담장 가장자리인 탓도 있어서인지, 액자에 들어 있는 어두운 인상파 그림이라도 보고 있는 듯한 그런 기분이 들었다.

──그래서 무섭지 않은 것이다.

그림을 보고 있는 것과 같아서──말하자면 이 세상 것으로 생각되지 않아서 무섭지 않았는지도 모른다. 그 말은 어떤 의미로 정답이었을 것이다. 스기우라는 그 무렵 이미 아이들뿐만 아니라 모든 타인이 무서웠으니까.

그때.

그림 배경의 어둠 속에서 스윽 하고,

하얀 손이 나왔다.

가냘픈 손은 소녀의 그것처럼 가늘고 희었다. 팔 위쪽은 어둠에 녹아 있어서 보이지 않는다.

소녀가 손을 알아차린 기색은 없다.

손은 소녀의, 이 또한 가느다란 목에 달라붙듯이 찰싹 붙었다.

그리고 그 목을,

조른다.

소녀는 눈을 가늘게 떴다.

괴로워하는 것일까, 아니면 저것은──.

황홀한 표정일지도 모른다.

바스락거리는 소리는 소녀가 버둥거리는 소리일까.

아니면 밤나무 가지가 바람에 살랑거리는 소리일까.

스기우라는 망아(忘我) 끝에 경직되었다.

목소리도 나오지 않았다.

소녀는 가볍게 몸을 젖히다시피 하며 어두운 방 쪽으로 쓰러졌다. 상반신이 어둠에 녹는다. 그리고 두세 번 다리를 버둥거리고, 끌려가 듯이 슬슬 어둠에 삼켜지고 말았다.

이제 아무것도 보이지 않는다.

소리도 나지 않았다.

시간으로 치면 겨우 몇 분, 아니 몇 초 정도였을까.

스기우라는 온몸에 흠뻑 땀을 흘리고 있었다.

그리고 한동안 그 모습 그대로 있다가, 정신이 들어 보니 불도 켜지 않고 방에 주저앉아 있었다. 땀이 완전히 식어서 쌀쌀했다.

이제 곧 초여름인데.

──지금 자신이 본 것은──.

살인 현장이 아닐까──스기우라가 실로 일반적인 그러한 결론에 다다른 때는 결국 밤도 꽤 깊어진 후의 일이었다.

분명히 놀란 것은 틀림없다. 하지만 그것은 소녀가 살해되는 것을 목격한 것에 대한 놀람이 아니라 오히려 그림이 움직인 것을 목격하고 만 것 같은 놀람이었다. 스기우라에게 담장 맞은편의 일은 실제로 있는 일이 아니었던, 즉 현실감을 동반한 이 세상의 일일 수가 없었던 것이리라.

따라서 상황을 보러 가야 할까, 경찰에 신고해야 할까, 하는 매우 당연한 일에 생각이 미친 것은 그보다 더 나중의 일이었다.

그런 생각에 다다랐을 무렵 시간은 이미 심야를 지나 있었다.

뜬눈으로 지새우다 보니 날이 밝았다.

결국 상황을 보러 가지도, 신고하지도 않았다.

그러나 그것을 하지 않은 것이 정답이었다.

스기우라는 오래 망설인 끝에, 평소처럼 문 뒤에 섰다. 그 행동은 아침의 무의미한 일과다. 그렇게 스기우라는 매일 등교하는 옆집 소녀를 훔쳐보곤 했던 것이다.

──오늘 아침에는,

그것이 현실이라면 소녀는 나오지 않을 것이다.

그러면 비로소 스기우라의 일상은 균형이 무너지는 것이다.

그것을 확인할 때까지는──역시 그 일은 그것 자체가 스기우라에게 환상이다.

하지만. 실제로는.

스기우라는 아마 새빨갛게 충혈된 눈과 불결하게 아무렇게나 자란 수염으로 덮인 초췌한 얼굴로, 대략 10분은 멍하니 있었을 것이다.

소녀는──.

소녀는 전혀 평소와 다름없는 모습으로, 늘 나가는 시간에 옆집 문을 지나 등교했다.

모든 것이 평소와 똑같았다.

──그렇다면 어제의 그것은 백일몽일까.

스기우라는 약간 혼란스러워져서 냉정하게 사고하는 것을 포기하고 천천히 일상으로 돌아왔다. 그리고 그 단계에서 아무것도 결말을 내지 못한 덕분에 그 하얀 손은 언제까지나 환상과 현실 사이에 존재하고, 스기우라는 계속 망상으로 괴로워하게 된 것이다.

어둠에서 뻗어오는 팔.
소녀의 목을 조르는 손.
가느다란 손가락이 희고 얇은 피부에 파고든다.
기쁜 표정으로 어둠에 삼켜지는 소녀.
비명도 없다. 소리도 나지 않는다.
슬프지 않다.
그림 속의 일이니 당연하다.

4

그건 어머니의 손이에요 ──.

장난이죠, 가나코는 그렇게 말하며 웃었다.

조금 금속질의, 그러면서도 목구멍 안쪽을 간질이는 듯한, 그렇다, 방울을 굴리는 듯한 목소리로.

고양이 같은 소녀였다.

스기우라가 가나코와 처음으로 말을 나눈 것은 6월이 되고 나서의 일이었다. 결국은 대략 한 달 동안을, 스기우라는 수상한 하얀 손의 환영에 희롱당하고 있었던 셈이다. 그동안 스기우라는 몇 번이나 담장 맞은편을 엿보았다. 왜 그렇게 옆집이 신경 쓰였는지 스스로도 잘은 몰랐지만, 그것에 대해서 깊이 따지는 것은 무의미하다고 생각되었다.

스기우라는 그저 본능이 가는 대로 행동했을 뿐이다.

다만 그 욕구는 채워지지 않았다. 그동안 그 수상한 소녀의 모습을 담장 가장자리에서 엿보는 일은 거의 불가능했던 것이다.

그러다가 스기우라의 본능은 일종의 집념이 되고, 그리고 습관이 되었다. 그리고 그 습관은 어떤 사실을 알아내기에 이르렀다.

옆집 소녀는 밤마다 외출을 한다.

단순히 귀가가 늦는 날도 있었다.

일단 집에 들어와도 밤의 장막이 내린 후에 나간다.

어느 쪽이든 통상 그 나이 또래의 소녀가 외출할 리 없는 시간대에, 옆집 소녀는 집을 비우는 것 같았다. 최종적으로 소녀가 집에 돌아오는 시각은 심야가 지나서였다.

무엇을 하는 것인지 모르겠지만 어쨌거나 심상치 않았다. 보통 같으면 야단을 맞아야 당연한 행동일 것이다. 다만 옆집에서는 소녀를 야단치는 목소리도 전혀 들려오지 않았고, 실랑이를 벌이는 기색도 전혀 전해져 오지 않았다.

쥐 죽은 듯 조용한 심야의 일이다. 설령 억누른 목소리라고 해도 들리는 것이 당연한 상황일 것이다. 안 그래도 스기우라는 귀를 곤두세우고 있다.

매우 수상하다.

그리고 어느 날 밤, 인내는 한계를 넘어, 스기우라는 소녀를 미행해 보기로 한 것이었다.

문 뒤에 몸을 숨기고, 숨을 죽이고 소녀가 외출하기를 기다렸다. 심장 박동이 격렬해지고 혈액이 두근두근 흘러 온몸을 떨리게 했다. 그때 스기우라는——실로 오랜만에——살아 있는 것을 실감하고 있었다.

옆집 문이 열렸다.

걸음을 내딛는 순간 발이 꼬여, 스기우라는 구르듯이 골목길로 뛰쳐나갔다. 그 단계에서 이미 스기우라의 행위는 미행이라는 것이 아니게 되었다.

몹시 혼란스러워지고 말아, 시선이 안정되었을 무렵에는 소녀는 밤 속으로 사라지고 없었다. 새삼 뒤를 쫓아 봐야 이미 늦었다. 아주 잠깐 사이에 우둔한 스기우라는 표적을 놓치고 만 것이었다.

그래도 빨라진 박동이 가라앉기까지는 조금 시간이 걸렸다. 심장 박동이 조용해지고 나서야 스기우라는 골목길에 주저앉아 있는 자신을 깨달았다.

──참으로 어리석구나.

허탈감이 구석구석까지 가득 차서 전혀 일어설 기분이 들시 않아 그대로 있었다.

목이 싸늘했다.

놀란다는 감각이 완전히 마비되어 있던 스기우라는 턱을 당기고 천천히 시선만 내렸다.

목에 새하얀 손이 달라붙어 있었다.

스기우라는 큰 소리를 지르며 앉은 채 다리가 풀렸다.

말도 되지 않는 소리를 지르며 허둥지둥 칠칠치 못하게 몸을 돌려, 살며시 뒤쪽을 올려다보니.

그 소녀의 하얀 얼굴이 ──.

스기우라를 내려다보고 있었다.

"후후후. 패기도 없게."

방울을 굴리는 듯한 목소리로 소녀는 그렇게 말했다.

"아저씨, 옆집에 사는 사람이죠?"

소녀는 이어서 그렇게 물었다.

스기우라가 대답하지 못하고 머뭇거리고 있자, 소녀는 페르시아 고양이 같은 얼굴로 깔깔 웃으며,

"겁쟁이네."

하고 말했다.

——그렇다. 겁쟁이다.

스스로가 몹시 우스워져서, 스기우라도 웃었다. 아이가 아니다. 어른도 아니다. 그 신기한 생물은 그중 어느 쪽도 아니어서 스기우라에게 아무런 저항감도 없이, 갑자기, 실로 자연스럽게 스기우라의 마모된 감성에 직접적으로 말을 건 것 같았다.

소녀는 즐거운 듯이 말했다.

"이 세상에 무서운 것 따위는 없는데."

"너, 너. 요전에, 모, 목을."

"엿보고 있었어요?"

"아, 아니, 나는."

"그래서요?"

"어?"

소녀는 더욱 사랑스럽게 웃으며,

"그건 어머니의 손이에요. 장난이죠."

하고 말했다.

"장난?"

모녀가 장난치고 있었던 것처럼 보이지는 않았다.

스기우라는 말을 잃고, 눈 둘 곳을 잃고, 눈동자 초점이 흐려졌다.

소녀는 그런 스기우라를 놀리듯이 말했다.

"아저씨도 그렇게 낮이 무섭다면 밤에 돌아다니면 될 텐데. 달빛은 그런 사람한테는 아주 다정하거든요."

소녀는 스기우라를 완전히 꿰뚫어보고 있었다.

——그건 그럴지도 모르지.

스기우라도 그렇게 생각했다.

스기우라의 일상은 그 일을 계기로 달라졌다.

낮에는 이불을 뒤집어쓰고 있다가 해가 지면 일어나, 심야에 귀가하는 소녀를 기다리게 된 것이다. 거의 1년 동안 다른 사람과 제대로 말을 하지 않던 스기우라는 이국에서 동향 친구를 만난 듯한 알 수 없는 안도감을 그녀에게서 찾아내고 있었다.

두 번째로 만났을 때, 스기우라는 소녀의 이름을 알았다. 문패가 걸려 있지 않아서 스기우라는 그때까지 옆집 사람들의 성조차 몰랐던 것이다.

소녀는 유즈키 가나코라고 했다.

세 번째에는 가족 사항을 들었다. 역시 가나코에게는 아버지도 어머니도 없다고 한다. 같이 사는 두 사람은 언니와 숙부라고 한다. 어머니는 가나코를 낳기 훨씬 전부터 고치기 어려운 병에 걸려 있었고, 가나코를 낳고는 그대로 입원하고 말았다고 한다.

그 결과 가나코는 나이 차이가 많이 나는 언니에게 맡겨져, 숙부의 손에 자라게 되었다는 것이다. 어머니라는 사람은 그 후 몇 년을 병원에서 지내다가 그녀가 철이 들기 전에 그대로 병상에서 세상을 떠난 모양이다.

아버지 쪽은 생사는 고사하고 얼굴과 이름조차 모른다고, 가나코
는 말했다. 사생아였다는 뜻일까.

그러나 가족이 있으니 소위 말하는 고아는 아닐 것이다. 유복하다
고까지는 할 수 없어도 경제적으로 어려운 편도 아닌 것 같았다. 그러
니 설령 부모가 없어도 애정에 굶주리고 있었다거나 하는 것은 아닌
것 같았다.

아마 가나코는 불행하지 않을 것이다.

부모가 없다고 해도 그녀에게 그것은 지극히 당연한 일이다. 특별
히 외롭다고 느낀 적도 없고 특별히 불편을 느낀 적도 없다——고
가나코는 말했다.

전쟁으로 가족을 잃은 아이들은 세상에 많이 있고, 그런 불행한
아이들에 비하면 자신은 훨씬 축복받았다, 그것은 늘 그렇게 생각한
다——고도 말했다.

물론 앞으로, 예를 들어 결혼하거나 취직하게 되었을 때 가나코의
그런 처지 자체가 장해가 되는 것은 있을 수 있는 일이겠지만——
스기우라가 그런 말을 하자,

"그런 앞날의 일을 걱정할 만큼 어른은 아니니까."

하고 소녀는 명확하게 대답했다.

확실히 열세 살 정도의 어린 소녀에게 결혼이니 취직이니, 그런
먼 미래의 일은 거의 내세의 일이나 마찬가지였을지도 모른다. 물론
전혀 생각하지 않는 것은 아니었겠지만, 현실감을 동반한 상상이 아
니었던 것은 틀림없다. 반려자를 얻고, 가정을 갖고, 아이를 낳아
기르는 자신의 모습은 상상조차 하지 않았을 테고, 지금을 살아가는
가나코에게는 상관없는 일이었을 것이다.

따라서 그런 처지인 것치고는, 가나코는 세상을 비뚤어진 눈으로 보거나 하지 않았다. 애초에 얼굴도 모르는 아버지를 원망할 수는 없었을 테고, 이것저것 잘해 주는 숙부나 언니를 원망하는 것은 잘못이라고 생각하고 있었을 것이다.

다만 어차피 부모가 있는 아이가 부모가 없는 아이의 마음을 알 수 없는 것처럼, 부모가 없는 가나코는 부모가 있는 아이의 마음 또한 알지 못했던 모양이다.

무엇보다 가나코는 부모란 무엇인가 하는 것을 자신은 잘 모른다——고 말했다.

아버지란 어떤 존재인지, 어머니란 어떤 존재인지, 아이에게 그 존재가 어떤 의미가 있는지——물론 13년이나 살았으면 나름대로 일고는 있있겠지만, 아무리 일고 있다고 해도 그것이 상상의 엉역을 벗어나지 못하는 것은 틀림없었을 것이다.

"언제나 상상 같은 건 믿을 수 없으니까——."

그러니까 자신은 역시 모른다고밖에 말할 수 없다고, 가나코는 그렇게 말했다.

숙부가 아버지 대신——.

언니가 어머니 대신——.

만일 그랬다면 조금은 비슷한 감각을 느낄 수 있었겠지만——.

유감스럽게도 가나코의 숙부라는 사람은 아버지의 역할을 하지는 않았던 모양이고, 언니 쪽은 공교롭게도 모성이라는 것을 갖고 있지 않은 여성이었나 보다.

두 사람 다 지나칠 정도로 충분하게 보살펴주고 무척 다정하게 대해 주는 듯하지만, 그래도 양쪽 모두 부모는 될 수 없었던 것이리라.

가나코에게는 가족이 있고 나름대로 애정도 받고 있고, 따라서 그녀는 전혀 불행하지는 않았지만 ── 그래도 가나코에게는 아버지도 어머니도 없었다. 그 사실은 변함이 없었다.

── 잠깐.

그것은,

그것은 어머니의 손 ──.

그렇게 말하지 않았던가.

둔한 스기우라는 가나코와 헤어지고 나서야 겨우 그 말을 떠올렸다. 그, 그 하얀 손은 어머니의 손이라고, 분명히 가나코는 말했다. 그리고 그 어머니는 먼 옛날에 돌아가셨다고도 ──.

── 그런 일도,

그런 일도 있을 것이다.

당시의 스기우라는 이미 꿈과 현실의 경계가 확실하지 않았고, 그래서 이상하다고도 생각하지 않았고, 그렇게 무섭다고도 생각하지 않았다.

네 번째에 가나코는 이렇게 말했다.

"두 살 때쯤의 일을 기억하고 있어요."

"그래."

스기우라는 진의를 알 수가 없어서 그렇게 대답했다.

가나코는 어머니와 세 번 만났던 모양이다.

그러나 처음 만난 날은 태어난 지 얼마 안 되었을 때였고, 그 일에 대해서는 역시 기억이 없다고 한다. 마지막으로 만났을 때는 이미 어머니의 숨은 끊어져 있었다.

따라서 진정한 의미로 가나코가 어머니와 만난 것은 단 한 번뿐이다. 그것이 두 살 때쯤의 기억이라고 한다.

그래도 똑똑히 기억난다고 한다.

아무리 가나코가 어렸기 때문이라고 해도 친어머니가 중태로 누워있는데 한 번밖에 문병을 가지 않았다는 것은——그것이 진실이라면——이것은 이상한 이야기다.

그러나 가나코가 그것을 비상식적인 일이라고 인식한 것은 바로 최근의 일이라고 한다.

문병을 가지 않은 이유는 아무래도 가나코의 언니에게 있었던 모양이다. 가나코의 말에 따르면 언니라는 사람은 어머니가 입원해 있는 병원에는 두 번밖에 간 적이 없다고 한다. 사실이라면 가나코보다 한 번 적다. 게다가 그 두 번 중 한 번은 입원할 때였고, 그리고 나머지 한 번은 돌아가셨을 때라고 한다. 즉 엄밀하게 말하면 가나코의 언니는 어머니의 문병을 한 번도 가지 않은 것이 된다.

일반적으로는 분명히 이상하다.

왜 병원에 가지 않았는지, 아직 그 이유는 물어본 적이 없다고 가나코는 말했다. 생전의 어머니와 언니 사이에 어떤 불화가 있었는지를 어린 소녀인 가나코는 알 수도 없었을 테고, 그것은 조금 시간이 지났다고 해서 물어볼 수 있는 것도 아니었을 것이다. 10년 가까이 지난 지금도 상황에는 큰 차이가 없을 것이다.

오히려 시간이 지나면 지날수록 과거는 풍화되고, 진실은 아무래도 상관없는 것이 된다.

무엇보다 그런 것을 새삼 안다고 해서 어떻게 되는 것도 아닐 거라고, 스기우라도 그렇게 생각한다.

어쨌든──당시 가나코 언니의 태도는 완고했던 모양이고, 언니가 어머니를 싫어한다는 것은 어린 가나코도 똑똑히 느낄 수 있었다──는 것이다.

따라서 그 한 번의 방문이라는 것도, 가나코는 언니가 아니라 숙부를 따라갔다고 한다. 어머니의 용태가 더욱더 나빠졌고, 그래도 언니는 고집을 부려서 어쩔 수 없이 숙부가 어린 가나코만 데리고 문병을 갔다──그런 것이리라.

"어렸으니까──자세한 부분은 거의 잊어버렸지만."

가나코는 그렇게 말했다.

어쨌거나 두 살 무렵의 기억이라고 하니, 그것은 당연할 거라고 생각했다. 애초에 그런 기억이 과연 남는 것인지 어떤지, 스기우라는 반신반의하고 있었다.

기억한다는 정경(情景)도 나중에 무언가 다른 정보를 얻음으로써 재구성된 것일지도 모른다. 따라서 가나코의 기억에 등장하는 어머니의 병원이라는 곳은 역시 평범한, 실로 병원다운 병원이었고, 어느 모로 보나 그럴듯한 점이 오히려 비현실적이었다.

코를 찌르는 약품 냄새.

무기적(無機的)이고 차가운 바닥과 벽.

녹슨 철제 틀의 침대.

링거 튜브.

흔히 있는 병원의 모습 그 자체다.

정말로 기억하고 있었던 것인지, 병원이라면 이래야 한다고 믿고 있는 것인지 판단이 가지 않는다.

병원 이름도, 장소도 모른다고 한다.

어쨌거나 두 살이다. 그러니 그런 기억은 믿을 수 없다, 그렇게 말해 버린다면 정말 그럴 것이다. 다만 병상의 어머니에 대한 기억만은 착각할 수 없는 진실일 것이라고 생각되었다. 왜냐하면, 가나코의 이야기에 등장하는 어머니라는 존재는 전혀 일반의 어머니와 다르게 ──.

실로 이상했던 것이다.

가나코 기억 속의 어머니는 추하다.

현재의 가나코가 알고 있는, 사진 속 젊은 시절의 어머니와는 전혀 다른 사람이라고 한다.

중병이었던 모양이다.

그런 것을 어린 가나코는 알지 못했기 때문에 그저 무서웠다고 한다.

움켜쥔 숙부의 손을 뿌리치고 도망치고 싶을 정도로, 어머니의 모습은 무서웠다고 한다. 가나코는 무서운 나머지 숙부 뒤로 숨어 허벅지 옆으로 몰래 엿보았다고, 그렇게 말했다.

탄력 없는 피부. 야위었는데도 어딘가 부어 있고, 게다가 이완된 표정.

길게 자라서 헝클어진 쑥대머리.

병자 특유의 쉰내.

방에 간호사나 의사가 있었던 것 같은 기분도 들고, 그들은 나중에 방에 들어온 것인지도 모르고, 그 부분의 기억은 애매하다고 한다.

추한 어머니와 숙부가 대체 무슨 이야기를 했는지, 그것도 모른다고 한다.

어쩔 수 없을 것이다.

이윽고 가나코는 숙부의 손에 떠밀려 어머니 앞으로 나갔다. 어머니는 눈이 보이지 않는지, 망가진 것처럼 기묘한 움직임으로 고개만 이쪽으로 향했다.

지저분한 잠옷에서 얼굴과 똑같이 이완된 창백한 팔이 쑤욱 하고 뻗어왔다.

손가락 끝에는 힘이 없고 찹쌀떡처럼 말랑말랑해서 마치 인공물 같았다고 한다.

그것은 아주 똑똑히 기억하고 있다고 한다. 하얗다기보다 반투명한 피부밑에 정맥이니 동맥이 조르륵, 마치 거미줄처럼 얽혀 있었다. 그래도 가나코는 살며시 그 손끝을 만졌다고 한다.

갑자기.

어머니는 가나코의 멱살을 잡고,

죽어, 하고 소리쳤다.

"죽어?"

"네. 죽어."

어린 가나코는 울지도 못하고 경직되었다. 의사와 간호사가 허둥지둥 어머니를 누르고, 숙부가 환자에게서 가나코를 떼어냈다.

기억은 거기까지라고 한다.

어머니라는 존재가 어떤 존재인지, 그런 것은 전혀 모르면서 죽은 친어머니에 대해서라면 가나코는 똑똑히 기억하고 있었다 —— 는 것이다.

"어머니는 나를 미워했어요. 싫어한다거나 피한다거나 그런 게 아니라, 미워하고 있었어요."

"왜지?"

"그러니까 몰라요."

가나코는 그렇게 대답하고 몸을 돌렸다.

어리석은 질문이었을까. 가나코가 알 리 없다.

그 후 곧 어머니는 세상을 떠난 모양이다.

어찌 된 셈인지 어머니가 세상을 떴을 때의 일이나 장례식 등에 대한 기억은, 가나코에게는 전혀 없다고 한다.

"그 뒤로 몇 년 후인지, 그건 전혀 기억나지 않아요. 여름방학인지 일요일인지 아직 학교에 가기 전이었는지, 그것도 확실하지 않지만 ——분명히 여름이고 낮이었어요."

그 무렵 —— 이라고 해도 언제의 일인지는 모르지만 —— 가나코는 다른 동네에 살고 있었다. 공동주택⁴⁾ 같은 작은 집이었다고 한다. 당시 가나코의 집은 지금보다 훨씬 가난했던 모양이지만, 왠지 기모노만은 많았다고 한다. 그것은 지금도 남아 있는데, 전부 오래되어 보이고 값도 꽤 나갈 것 같은 옷이라는 것이었다.

아무리 생각해도 언니의 옷은 아니었던 모양이다. 결국은 어머니의 유품이라는 뜻이리라.

물론 가나코는 어느 옷에도 어머니의 추억 같은 것은 없다.

어머니가 입고 있는 모습은 단 한 번도 본 적이 없으니까.

그날은 옷을 볕에 내어 말리고 있기라도 했던 모양이다.

꽃무늬 자수. 파도 무늬. 유젠.⁵⁾ 많은 기모노가 매달려 있는, 아름다운 무늬와 색깔의 홍수 같은 방에서 가나코는 혼자 드러누워 놀고 있었다고 한다.

---

4) 건물 한 채의 구획을 나누어 여러 호가 살 수 있게 만든 길쭉한 집.

5) 방염 풀을 사용하여 비단 등에 꽃, 새, 산수 등의 무늬를 화려하게 염색한 것.

초라하고 좁은 방에 그 기모노들은 전혀 어울리지 않았다. 어디에 선가 침입해 온 미풍이 산들산들 무늬를 흔들고, 독특한 향기가 코를 살포시 간질였다. 가나코가 문득 얼굴을 들자 옷걸이에 걸려 있는 싸리 무늬 고소데[6]에서,

스윽, 하고 여자의 팔이 나왔다.

손은 잠시 허공을 할퀴고는 똑같이 스윽, 하고 들어갔다고 한다.

"이렇게."

가나코는 오른손을 축 늘어뜨리고 두세 번 가느다란 손가락을 구부려 보였다.

"기모노 뒤에 그 추한 어머니가 숨어 있는 듯한 기분이 들어서 굉장히 기분이 나빴어요. 하지만──그럴 리는 없었죠. 게다가 그런 일은 한 번뿐이었으니까."

"하지만 그 고소데의, 그 손의 주인은──."

"그러니까 어머니의 손. 기억하고 있었어요. 그 병원의 손이었으니까요."

논리로는 이해할 수 없다. 그러나 그렇다면.

"그러면 요전에 네 목을 조른 것도, 돌아가신 그──."

가나코는 스기우라의 진지한 얼굴을 보며 미소를 지었다. 잘 웃는 소녀다.

"그건 언니예요. 언니는 가끔 이상해지거든요."

"하지만 너는 요전에 어머니의 손이라고."

---

6) 현재 기모노의 근간이 된, 소맷부리가 좁게 바느질된 옷. 헤이안 말기에는 귀족의 속옷으로 입었으나 가마쿠라 시대에는 소매를 둥글게 만들어 여러 장을 겹쳐 입기 시작하였으며 점차 상의의 성격을 띠게 되었다. 에도 시대에는 계층과 남녀를 가리지 않고 널리 입었다.

"손은 —— 어머니의 손. 그 기모노에서 나오는 건 어머니의 손이에요."

"기모노?"

"그때 언니는 어머니의 기모노를 입고 있었어요. 언니는 어머니를 굉장히 싫어했으면서도 어머니의 옷은 자주 입거든요."

그 언니의 마음이라는 것도 스기우라는 이해할 수가 없다. 문병을 가지 않을 정도로 싫어했던 어머니의 유품을 애지중지 보관하고, 더군다나 아직도 입곤 한다니 도저히 그 생각을 알 수가 없다. 회한의 마음 때문인 것 같지도 않았다.

스기우라의 경우, 그냥 헌 옷도 입기가 망설여질 때가 있다.

그건 그렇고 ——.

"어머니의 기모노 소매에서 나오는 손은 전부 어머니의 손이라고 생각해요. 그리고 지금도 어머니는 나를 미워하지요. 그래서 나는 어릴 때부터 몇 번이나 목을 졸렸어요."

"몇 번이나?"

"네. 그때마다 언니는 울면서 나한테 사과해요. 소매에서 나오는 것은 어머니의 손이니까 언니하고는 상관이 없는데."

지리멸렬한 이야기지만 그녀 안에서는 이치가 통할 것이다. 아마 가나코 안에서 어머니의 기모노 소매는 명계(冥界)와 이어져 있으리라. 소매를 꿰는 사람의 팔은 그것을 입고 있는 동안에는 어디론가 사라지고, 대신 스윽 하고 나오는 것은 죽은 유령 어머니의 손이다.

"알겠어요? 어머니는 그만큼 나를 미워하고 있었던 거예요."

가나코는 그것만은 묘하게 밝게 말하고, 빙글 발길을 돌려 옆집 문 안으로 사라졌다.

안에서 기다리고 있는 것은 언니일까. 아니면 어머니일까.

5

그 후로 옆집의 분위기는 조금 소란스러워졌다. 7월이 되자 왠지 연일 밤낮으로 손님이 찾아오고, 항상 목청을 높여 이야기하는 소리가 들려왔다. 스기우라는 왠지 그 목소리에 압도되고 말았고, 게다가 어른들의 건조한 대화 따위는 듣고 싶지 않아서 가능한 한 못 들은 척했다. 그러다가 옆집에 관한 관심도 엷어지고 말았다. 가나코도 그때까지보다 더욱 집에 있는 시간이 짧아지고 귀가 시간도 들쑥날쑥해서 전혀 만날 수가 없게 되었다.

스기우라는 하루 종일 이불을 뒤집어쓰고, 그리고 하얀 손을 망상했다. 잠들면 악몽을 꾸었다.

어느새 옆방으로 바닥이 뻗어 있다.

거기에서 ──.

늙고, 붓고, 추하게 무너진 요괴 여자가,

버스럭거리며 기어 나온다.

누워 있는 스기우라는 조금도 몸을 움직일 수가 없다.

요괴 여자는 버스럭거리며 기어온다.

버석버석.

버석버석버석.

얼굴은 스기우라의 어머니 같기도 하고,

집을 나간 아내 같기도 하고,

가나코의 언니, 아니, 가나코 같기도 하다.

여자의 지저분한 잠옷에서,

스윽, 하고 손이 나온다.

그리고 스기우라의 목을 조른다.

하얗고 가느다란 손가락이 목에 파고든다.

괴롭다. 놓으라는 말이 나오지 않는다.

그만해, 하지 마, 라는 그 말을 할 수가 없다.

큰 소리를 지르며 잠에서 깼다. 몹시 피곤했다. 땀이 폭포처럼 쏟아진다. 스기우라는 참다못해 툇마루로 나가 땀을 식혔다. 매미가 울고있다. 무더운 오후였다.

아무래도 마음에 들지 않는 밤나무는 아무런 처치도 되지 않은채 유령의 팔을 옆집으로 내밀고 있다. 검은 담장이 있다. 담장 위쪽 틈의——그 액자 틀에서 멀리 옆집의 모습이 보였다.

싸리 무늬의 고소데가 매달려 있었다.

오싹했다.

——저 고소데는.

나오지 마, 나오지 마.

그렇게 생각하고 있자니 생각했던 대로,

고소데에서 하얀 팔이 나왔다.

이윽고 고소데 뒤에서──가나코와 많이 닮은 단정한 얼굴이 나왔다. 아름다운 얼굴이다. 가나코의 언니 얼굴이다.

별것도 아니다. 걸려 있는 기모노를 개어 넣으려고 하는 것이다. 별일은 아닐 것이다.

일생에서 흔히 있는 풍경이 아닌가.

그것은 가나코 언니의 손이었다.

가나코의 목을 조른 것도 저 손이다.

눈이 마주쳤다. 가나코의 언니는 울고 있었다.

스기우라는 허둥지둥 방으로 들어가, 개지 않고 늘 깔아두는 이불에 누웠다. 땀은 완전히 가셨고, 한여름인데도 불구하고 몸은 싸늘해서 스기우라는 떨었다.

저것은 이 세상의 것이 아니다.

무서운 것은 손이 아니다.

그것은──.

그리고 8월이 되었다.

스기우라는 거의 음식도 목구멍을 넘어가지 않게 되어 몹시 쇠약해졌다.

식욕도 없었지만 우선 외출도 하지 않아 애초에 먹을 것이 없었다. 집 안의 식료품이란 식료품은 전부 먹어치웠고 남은 것은 썩어 버렸다. 무엇보다 한여름인데 덧문도 닫고 계속 실내에 틀어박혀 있었으니, 이것은 거의 자살행위다. 정말로 의식이 멀어지고 게다가 혼탁해져서, 그렇게 되니 더욱더 안 될 것 같은 기분이 들기 시작했다.

이렇게 죽고 만다면 바보 같아서 웃음거리도 못 될 것이다. 그렇게 생각하니 자신이 너무나 우습게 생각되어, 자학적인 웃음이 계속해서 치밀어 올랐다.

웃어 보니 정말로 바보처럼 생각되어서 왠지 죽고 싶지 않아졌다. 스기우라는 느릿느릿 침상에서 기어 나와 밖으로 나갔다.

달이 아름다운 밤이었다.

막상 실외로 나가 보니 이런 일로 죽을 리가 없다는 기분이 들었다. 무엇보다 이유도 없이 그냥 귀찮다는 것만으로 쇠약해져서 죽었다는 바보 같은 이야기는 들은 적이 없다.

비상식이다. 그래서는 놀다가 학생의 손에 목이 졸려 죽는 것이나 다를 바가 없다.

사실 스기우라는 죽진 않을 것이다. 고작해야 여름을 심하게 타는 것이나 마찬가지다.

스기우라는 밝은 달을 올려다보고 나서 시선을 내렸다.

달 바로 아래에 가나코가 서 있었다.

"아저씨."

방울을 굴리는 듯한 목소리다.

언니를 많이 닮았다.

가나코도 울고 있었다.

"아아——."

"달은 다정하죠."

"아아, 그런가?"

"저 지금 호수에 갈 거예요."

"슬프니? 울고 있구나."

"슬프지 않아요. 웃기죠."

——그렇다. 웃기다.

가나코의 눈동자에 달이 비치고 있다. 꽤 많이 운 모양이다.

——무슨 일이 있었나.

스기우라는 대략 1년 만에 타인을 배려할 수 있었던 것이었다. 말라서 갈라진 스기우라가 이렇게 상냥한 마음이 될 수 있었던 것은 ——가나코가 말하는 대로라면 역시 달 덕분이었을까.

그다음은 물을 수 없었지만.

알아도 어쩔 수 없는 일일 테고.

가나코는 아름다운 목소리로, 그럼 안녕히, 하고 작별인사를 남기고는 나긋나긋한 움직임으로 스기우라에게 빙글 등을 돌리고 골목길 맞은편으로 떠나갔다.

고양이 같은 움직임이다.

고양이는 점점 멀어졌다.

그 뒷모습을 바라보면서, 스기우라는 이상하게 편안한 기분이 들었다. 그때까지의 자신이 하찮게 여겨져서 견딜 수가 없다. 저 소녀에 비하면 자신은 얼마나 나약한가.

정말 웃음이 난다.

달이 밝게 내리쬐고 있다.

스기우라는 현관에서 옆으로 물러나 그대로 마당으로 향했다. 쇠약해져 있던 몸은 쓸데없는 것이 떨어져 나가서 오히려 가벼웠다.

툇마루 이외의 각도에서 바라보는 마당은 전혀 다른 경관이어서 마치 다른 세상 같았다. 옆에서 보니 밤나무도 그렇게 못나지는 않았다.

스기우라는 황폐해질 대로 황폐해진 마당을 가로질러 밤나무로 다가갔다. 이제 옆집을 엿볼 마음은 들지 않았다.

그뿐만 아니라 스기우라는, 자신은 이제 괜찮다──는 기분이 들었다. 근거는 아무것도 없었지만 그런 생각이 들었다.

무서울 것이 있을까. 아이들이든, 어른이든.

시야 끝에 그 담장의 틈이 들어왔다.

옆집에는 아무도 없는 것 같았다. 소리도 기척도 나지 않고 불도 켜져 있지 않다.

찰나.

갑자기 불안이 스쳤다.

별생각 없이 얼굴을 담장 쪽으로 향한다.

뭔가──부자연스럽다.

스기우라는 다시 한 번 옆집을 들여다보았다.

부자연스럽게 생각된 이유는 옆집 툇마루의 덧문과 장지문이 전부 활짝 열려 있었기 때문이다. 옆집에는 지금, 아마 아무도 없을 테니 문단속을 하지 않은 것은 이상하다.

──조심성이 없군.

성격에도 맞지 않게 그런 생각을 했다.

달빛이──마치 햇빛의 유령처럼 밝게 옆집 안을 비추고 있었다.

방 안쪽에 장롱이 보인다.

──저기에.

그 어머니의 기모노가 들어 있을까.

그런 기분이 들었다.

그럴 것이 틀림없다.

장롱 밑의 두 번째 서랍이 아주 약간 열려 있었다.

거기가 아무래도 신경 쓰였다.

서랍 가장자리에 하얀 것이 보였다.

스기우라는 자세히 살펴보았다.

──소.

손가락이다.

장롱 서랍 안에서 하얀 손가락 끝이 나와 있는 것이다. 어두워도 잘 보였다. 스기우라는 그 가느다란 손가락 끝의 손톱 하나하나까지 똑똑히 확인할 수 있었다.

──저것은 손이다.

순간 손은 슬슬 나왔다.

슬슬.

슬슬.

끝없이 뻗어 간다.

마치 마술쇼의 만국기 같다.

어둠 속에 흐릿하게, 마치 도깨비불이라도 내뿜는 것처럼 그 팔은 하얗게 떠올라 보였다. 손은 무언가를 찾듯이 스윽, 하고 옆방으로 뻗었다.

이윽고 두 개의 팔은 뻗을 만큼 뻗어, 그저 빛을 내뿜는 두 개의 줄기가 되고 말았다.

그 줄기도 잔상을 남기고 사라졌다.

──방금 그것은,

물론 환각이다. 환각 이외의 그 무엇도 아니다.

다만──이 밀어닥치는 듯한 상실감은 대체 무엇일까.

──가나코.

스기우라는 허둥지둥 가나코를 쫓았지만 물론 그 모습은 밤의 어디에도 없었다.

6

가나코가 뜻밖의 재난을 당했다는 소식을 스기우라가 안 것은, 그 후로 보름쯤 후의 일이다.

스기우라는 가나코와 마지막으로 만난 그날 밤을 경계로 서서히 회복되어 갔다.

가나코가 무언가를 함께 가져가 준 것인지도 모른다. 마음의 중심에 메우기 어려운 상실감을 안은 채, 스기우라는 그래도 조금 일을 하기도 했다. 교직으로 돌아갈 기분은 들지 않았지만, 아이들도 별로 무섭지는 않아졌다.

그렇게 되고 보니 그 무렵의 번민이 거짓처럼 느껴졌다.

가나코의 소식은 항간의 소문으로 들었다.

소녀는 역 플랫폼에서 떨어져서——.

아마 죽은 모양이다.

확인은 하지 않았다.

그것은 물론 그날 밤의 일이다.

그 사고가 일어난 날은 가나코가 호수에 간다는 말을 남기고 스기우라의 눈앞에서 떠나간——그 직후의 일이라고 한다.

자살인지 타살인지 사고인지, 그것은 모른다는 이야기였다.

옆집은 요즘 계속 사람이 없어서, 자세한 것은 확인할 수도 없었다. 애초에 스기우라는 가나코의 일그러진 가족들에게 어찌 된 일인지를 물어볼 마음은 들지 않았다.

특히 가나코의 언니에게는 물어볼 수 없을 것 같았다.

게다가——.

묻지 않아도 스기우라는 알고 있었다.

가나코는 떠밀려 떨어진 것이다.

떠민 것은 물론 그 새하얀 팔이다.

장롱에서 역까지 술술 뻗어 가, 가나코의 등을 밀어 플랫폼에 떨어뜨린 것이다.

가나코의 말대로 그것이 그녀의 어머니 손이었다면——.

가나코는 어머니에게 살해된 것이다.

스기우라는 똑똑히 떠올린다.

그——가느다란 손가락.

가냘프고 새하얀 여자의 팔.

술술 뻗어 간다.

손은 어머니의 손——.

기모노에서 나오는 손은 전부 어머니의 손——.

그래서——.

그래서 스기우라는 장롱에 들어 있는 아내의 기모노를 전부 버릴 결심을 한 것이다.

실로 현실과 동떨어진 이유다. 그것은 스기우라도 충분히 알고 있다. 장롱이니 기모노니, 그런 것이 무서울 이유는 어디에도 없다. 그 해 질 무렵 가나코의 목을 조른 것은 그녀의 언니이고, 걸려 있던 고소데에서 나온 손도 마찬가지로 그 언니의 손이었다. 가나코의 어린 시절 체험은 환시(幻視)일 것이다. 물론 그날 밤 장롱에서 나온 두 개의 팔도 쇠약해진 스기우라의 신경이 보여준 망상이나 환각에 지나지 않는다.

그래도 가나코는 죽고 말았다.

그러니 역시 이 기모노는 버리자.

어쨌거나 스기우라에게는 필요 없는 물건이다.

전부 한꺼번에 버려 버리자.

그편이 좋을 것이다.

방바닥 위에 있는, 한 벌을 싸고 있는 다토가미를 다시 들춰 본다. 이 상실감과 비슷한 감상(感傷)은 아내에 대한 것이 아닐지도 모른다.

그때.

기모노의 소매가 가볍게 올라가고,

종이를 바스락, 하고 치우고,

기모노 속에서 여자의 팔이,

스윽, 하고 나왔다.

——아내의 손이다.

스기우라는 허둥지둥 기모노를 팔째 접어, 덮치듯이 방바닥에 눌렀다.

──나오지 마, 나오지 마.

아아, 등 뒤가 무방비하게 비어 있다.

등 뒤에는 장롱이 있다.

스기우라는 그 장롱 밑의 두 번째 서랍이 소리도 없이 열리는 것을
분명히 느꼈다.

──나오지 마!

그리고 서랍에서 몇 개나 되는 가느다란 팔이,

소리도 나지 않는 소리를 내며,

슬슬, 슬슬, 슬슬.

슬슬.

"하지 마! 그만해!"

스기우라는 큰 소리를 지르며 집을 뛰쳐나왔다.

그리고 두 번 다시 그곳으로 돌아가지 않았다.

1952년 8월 31일 저녁때의 일이다.

두 번째 밤

◎

후구루마요비

文車妖妃

◎ 文車妖妃

◎ 후구루마[7]요비

노래에, 옛글을 보고 사람의 영혼이련가
생각하였더니 종이를 먹는 벌레였다 하였는데
현명한 성인이 글에 마음을 담은 것만으로도
이러하니
하물며 집착의 마음을 담은 수많은 서한이야
요사스러운 형태를 갖는 것이 당연하다고
꿈속에 생각하였다

—— 백기도연대(百器徒然袋) / 상권
도리야마 세키엔 (1784)

---

7) 서적 등을 옮길 때 쓰는 수레.

1

그 여자를 처음으로 본 것은 대체 언제의 일이었을까. 몽롱하니 똑똑히는 생각나지 않는다.

그것은 ──.

그것은 아주 어릴 때 ──그렇다.

흐릿한 기억이니 어릴 때의 일이 틀림없다.

어릴 때 무엇을 보았을까? 누구를 보았다는 것일까?

곧 멀어진다.

어떤 기억일까.

무언가 중요한 것을 잊고 있다.

여자? 그렇다, 여자의 기억이다.

아주, 아주,

작은 여자 ──.

아니. 아무리 먼 옛날의 일이라 해도,

아무리 어릴 때의 일이라 해도,

애초에 그런 것이 이 세상에 존재할 리가 없지 않은가.

그러니 그런 것은 환각이 틀림없다.

그러니 ―― 그러니 꿈이라고.

꿈을 기억하는 경우는 드물다. 꿈을 꾼 것 자체는 기억하는데 그 내용은 전혀 모르겠다. 잊어버린다기보다 생각나지가 않는다. 하기야 잊는다는 것은 잃는다는 것과는 다르다고 하니, 그렇다면 마찬가지일지도 모른다.

결국은 잃는 것이 아니라 어딘가에 소중하게 넣어놓고, 그것이 뒤섞여서 찾을 수 없게 되어 버리는 것이리라. 그것은 잃어버리는 것보다도 훨씬 더 질이 나쁘다.

그것은 안쪽의 어딘가 손이 닿지 않는 곳에 분명히 있고, 있음에도 불구하고 손에 잡을 수는 없는 것이다. 그리고 그것은 점점 늘어간다.

그렇다면 깨끗하게 없어져 버리는 것이 낫다.

기억은 차츰 안쪽으로 들어간다. 볼 수 없는 추억만이 쌓여 간다.

그런 것을 끌어안고, 부풀어 오를 대로 부풀어서 대체 어떻게 된다는 것인가. 차라리 없어져 버리면 얼마나 좋을지 알 수 없다.

그래서 꿈같은 것을 꾸는 것은 질색이었다.

도움도 되지 않는 기억 따위는 필요 없다.

머리가 부풀어 오를 뿐이니까 ――.

머리가 ――.

심한 두통 때문에 잠에서 깨었다.

흔히 있는 일이다. 잠이 깨어도 한동안은 움직일 수 없다.

또――꿈을 꾼 것 같았다.

아니다. 꿈같은 것이 아니다. 자고 있는 동안에 싫은 추억이 몇 개나 뒤얽혀 상기되었을 뿐이다. 하지만――일어나 보면 완전히 잊어버린다.

그것이 언제의, 어떤 기억이었는지 전혀 모르겠다. 그냥 싫은 마음만이 잔재처럼 엉겨 있다.

겨우 상반신을 일으킨다. 머리가 깨질 것 같다.

침대에서 내려가려고 두 다리를 뻗자 머리 안쪽에서 송곳에 찔린 것 같은 아픔이 치밀어 올라, 저도 모르게 앞으로 거꾸러지듯이 엎드리고 말았다. 머리를 껴안다시피 하고 잠시 견디다가 실눈을 떠보니, 침대 옆에.

10센티미터 정도 되는 작은 여자가 서 있었다.

―― 있었다.

그 여자는 미간을 찌푸리고 몹시 슬픈 눈을 한 채 나를 보고 있었다.

――아아, 있었다.

나는 몹시 그리운 듯한, 그러면서도 몹시 쓸쓸한 기분이 들었고 ――그리고 시선을 피했다.

보지 않도록. 보지 않도록.

보지 않도록 해야 한다.

나는 방을 나왔다.

2

일곱 살 때, 장례식이 있었다.

우리 집은 병원이었기 때문에 일반 가정의 아이들보다는 죽음이 가까운 곳에 있었다. 어렴풋하게나마, 건방지게도 사람은 언젠가 죽는 법이라고 생각하고 있어서 그렇게 슬프지도 않았던 것 같다.

죽은 사람은 의사 중 한 명이었다.

소아과 의사——내 주치의였다.

나는 몸이 약해서 의사 없이는 하루도 살 수 없는 아이였다. 그래서 그 사람에게는 매일같이 신세를 지곤 했다. 어릴 때의 나는 하루의 대부분을 침대 위에서 지내곤 했던 것이다. 그래서 아버지보다도, 어머니보다도 그 사람과 지낸 시간이 더 길었다.

하지만 그렇게 슬프지 않았던 것 같다.

우리 집은 오래되고 큰 종합병원이었다.

그 무렵에는 경기가 좋았는지, 근무하는 의사도 몇 명이나 있었다.

죽은 사람은 아버지의 선배에 해당하는 의사였던 거 같은데, 그래도 그 사람은 원장인 아버지에게는 한 번도 큰소리를 치지 못한 모양이었다. 그 의사는 내게 매우 잘해 주었지만, 그것도 그냥 내가 원장의 딸이었기 때문——인지도 몰랐다.

틀림없이 그랬을 것이다.

물론 일곱 살의 나는 그런 정곡을 찌르는 견해는 가지고 있지 않았겠지만, 어쨌거나 거기에 가까운 감정을 품고 있었을 것이라고는 생각한다.

그래서 슬프지 않았던 것인지도 모른다.

비가 왔던 것으로 기억한다.

나는 나보다 아주 조금 키가 큰, 마치 쌍둥이 같은 동생과 나란히 서서, 부슬부슬 비가 내리는 가운데 화장터 굴뚝에서 뭉게뭉게 피어오르는 연기를 보고 있었다.

동생은 무서워하고 있었다.

"저 연기는 뭐야?"

"죽은 사람을 태우고 있어."

"태우는 거야?"

"태우는 거야."

동생은 울었다. 나는 조금 화가 났다.

——태워 버리는 것이 당연히 더 좋을 텐데.

——태워서 없어져 버리는 것이 당연히 더 좋을 텐데.

나는 동생을 가볍게 밀쳤다.

동생은 넘어져서 울었다.

어른들이 허둥지둥 동생에게 달려왔다.

동생은 진흙투성이가 되어 울고 있었다. 나는 모르는 척하며 동생에게서 시선을 피했다.

그때.

그때 이미 그 여자는 있었다.

화장터 입구 옆에서 물끄러미 나를 보고 있었다.

10센티미터쯤 되는 작은 여자다.

거기까지밖에 기억나지 않는다.

아무도 내가 심술을 부렸다고는 생각하지 않았던 모양이고, 물론 동생 자신도 어떻게 된 것인지 알지 못해서 나는 야단을 맞지 않았던 것 같다.

병약해서 거의 누워만 있던 내가 활발하고 말괄량이인 동생을 밀칠 거라고는——주위 어른들은 물론이고 당사자인 동생도, 사실을 말하면 나 본인도 생각도 하지 못한 일이었다.

——하지만.

그 여자는 보고 있었다.

나중에 그렇게 생각했다.

그 후로 나는 가끔 의식을 잃게 되었다.

몸 여기저기가 상했고, 언제 죽어도 이상하지 않은 아이였기 때문에 그것도 별로 이상한 일은 아니었다.

새 의사는 금방 왔다.

싫은 사람이었다.

지금도 기억난다.

죽은 물고기 같은 탁한 눈에 앙상하게 마른 의사였다.

그 사람 옆에 가면 늘 오래된 잉크 같은 싫은 냄새가 났다.

나는 병원에서 자랐다. 게다가 야외에 나가서 마음대로 놀지도 못하는 아이여서 소독약 냄새에는 익숙했다. 심지어 좋아했다고 해도 될 정도다. 세균을 죽이는 청결한 냄새라고, 그렇게 생각하고 있던 구석까지 있다.

새로운 주치의는 그 이질적인 냄새만으로도 실격이었다. 지금 생각하면 꽤 부조리한 이유로 싫어했다. 딱히 불결한 악취가 나는 것도 아니고, 생리적으로 참을 수 없는 이상한 냄새인 것도 아니다. 그저 병원답지 않다는 것뿐이다.

누명이다.

하지만 싫었다.

그래서 나는 진찰 중에 금세 기분이 나빠졌다.

의사의 얼굴이 가까이 다가오면 구역질이 났다. 야윈 얼굴이 이중, 삼중이 되어 어질어질했다.

견디지 못하고 시선을 피하면,

늘 ──.

그 작은 여자가 보고 있었다.

의사의 책상 위, 은색 겸자가 몇 개나 늘어서 있는 조청색 병 뒤에서 물끄러미 나를 엿보고 있다.

마치 나를 애처롭게 여기는 것 같은 눈빛으로.

── 싫은 여자.

나는 시선을 피한다.

그리고 그때마다 늘 의식은 멀어진다.

정신이 들어 보면 늘 최악의 기분이고, 몇 번이나 토했다.

하지만 나는 1년 내내 그런 모습이여서 아무도 이상하게 생각하는 사람은 없다. 아버지도, 어머니도, 동생도, 애처로워하는 것 같은 시선을 보낼 뿐이다.

──그 여자와 똑같다.

아무리 동정을 받아도 조금도 기쁘지 않았다. 일고여덟 살 때는 겉치레도 몰라서, 나는 걱정하는 가족을 노려보기만 했던 것 같다.

하지만 그것조차 가족의 눈에는 병 증상의 일환으로밖에 비치지 않았나 보다.

"괴롭니?"

"괜찮니?"

"아프니?"

나는 대답도 하지 않고 그저 노려보았지만, 그것도 동정에 박차를 가할 뿐이었다.

가족에게 나는 그저 종기 같은 존재다. 종기는, 종기를 건드리듯이 조심스럽게만 대해서는 낫지 않는다. 종기는 점점 부풀어 갈 뿐이다.

고치는 방법은 짜는 것밖에 없는데.

그런 마음은 지금도 아직 있다.

다만 노골적으로 그런 반항적인 태도를 취하는 것을 나는 금세 그만두었다. 그렇게 하는 것을 멈춘 것은 효과가 없다고 판단했기 때문이 아니고, 사물의 도리를 알았기 때문이었다.

비뚤어져 있던 나는, 남들보다 많이 비뚤어져 있었던 만큼 남들보다 빨리 그 사실을 깨달은 것이다. 그래서 나는 어느새, 아니, 꽤 일찍부터 몹시 착한 아이가 되어 있었다.

패기 없고 귀염성도 없는 아이였을 것이다.

착한 아이가 된 나에 대한 주위의 동정은 한층 더 심해졌다. 하지만 나는 고맙다고 감사를 할지언정 싫다는 생각은 하지 않게 되었다. 나를 대할 때 가족의 태도가 얼마나 정당한 것인지를——아니, 얼마나 애정이 담긴 것인지를 이해했기 때문이다. 그것을 싫어한다면 싫어하는 쪽이 당연히 잘못이다. 하지만——.

그것은 부모님의 태도에서 배운 것이 아니었다. 보통 그런 것은 상대의 사랑하는 감정이 새어나와 전해져서 피부로 느껴지는 것이리라. 하지만 내 경우 그것은 상식으로, 학문을 배우듯이 몸에 익힌 것이었다.

그래서.

이치상으로는 알고 있어도 결국 온기를 피부로 느낄 수 없었던 내게는, 애정이란 고작해야 그림의 떡 같은 것이었으리라.

그 때문인지——내 안쪽 깊은 곳에는 지금도 그런 비틀린 마음이 확실하게 남아 있다.

하지만 그런 부조리한 마음을 겉으로 드러내지 않고, 안으로 안으로 몰아넣는 것이 어른이 된다는 것일 거라고도 생각한다. 사실 나는 부조리한 마음을 가둠으로써 어떻게든 세상과 수지를 맞추는 방법을 획득한 것이다.

그래서 나는 부풀어 오를 뿐이다.

빨리 터져 버리고 싶다는 생각도 한다.

그리고 그러다가——작은 여자는 내 앞에 나타나지 않게 되었다. 자라남에 따라, 어린 시절을 상실함에 따라 나는 그 작은 여자를 잊었다.

아니——떠올리지 않게 되어 갔다.

하지만 그것은 여자가 나타나지 않은 것이 아니라 성장한 내가 여자를 보지 않으려고 하고 있었을 뿐——이었을지도 모른다.

그런 생각도 든다.

실은 그 작은 여자는 계속 내 옆에 있으면서 늘 뒤에 숨어 몰래 나를 보고 있었던 것은 아닐까.

아니, 틀림없이 그 여자는 보고 있었던 것이 분명하다.

그 작은 여자는 침대 뒤편이나 변소 옆이나 시계를 두는 곳 위에 징그럽게 숨어서, 그저 무의미하게 나를 동정하고 있었던 것은 아닐까. 그렇다면 가족이나 타인의 동정 어린 시선에 익숙해지고 만 내쪽이 둔감해져 있었을 뿐이다.

그 증거로, 그 후에도 등이나 목덜미에 싸늘한 시선이 꽂히는 일은 왕왕 있었다.

그래서.

갑자기 돌아보거나 불시에 얼굴을 들거나 하는 순간에, 나는 망설이는 일이 많았다.

왜 그런 반응이 나오는 것인지 나는 지금껏 이상하게 생각하고 있었지만, 그럴 때 틀림없이 그 순간 거기에 그 작은 여자가 있다면 ——하고 의식 밑에서 그렇게 예감하고 있었던 것이 틀림없다.

그래서 나는 느릿느릿 움직이게 된 것이다.

원래부터 활발하게 행동할 수는 없었지만——.

3

나는 복도에 우두커니 서 있었다.

잠옷 한 장으로는 춥다. 목에 손을 대 보니 소름이 돋아 있었다. 얼음처럼 싸늘하게 식어 있다. 대체 지금은 몇 시일까. 나는 얼마 동안이나 이 추운 복도에 서 있었던 것일까. 기분이 좋지 않아 자리에 누운 것은 아직 해가 지기 전 정도의 시간이었을 것이다.

이미 완전히 밤이 되었다.

지금——나는 어린 시절의 일을 떠올리고 있었다. 왜인지 모르겠다.

꿈에서 보았기 때문일까.

게다가 떠올렸다고는 해도 어디까지가 진짜 기억인지 확실하지 않다.

나는 혼란스러운 것 같다. 완전히 각성하지 않은 것인지도 모른다.

여자? 그렇게 작은 여자가 존재할 리도 없지 않은가.

그런 비상식적인 것은 존재해서는 안 된다.

무슨 바보 같은 생각을, 그것도 진지하게——.

——그 화장터 옆에,

—— 진찰실 책상 위의 그 병 뒤에,

바보 같다. 그런 것은 없었다.

없었던 것이 당연하다.

——아까 침대의,

침대 옆에?

—— 있었다.

아아—— 완전히 혼란스러워졌다. 두통은 심해질 뿐이었다. 애초에 나는 왜 방을 나온 것일까. 그것조차 확실하지 않다. 약을 먹어야 할 것 같다. 약은 사이드보드의 서랍에——.

나는 내 방의 새까맣고 튼튼한 문의 손잡이에 손을 대고, 손을 댄 순간 망설였다. 그리고 그 상태 그대로 움직임을 멈추었다.

—— 있다.

바보 같다. 하지만,

열 수가 없었다.

나는 한동안 문 앞에 서서 생각에 잠기고, 그리고 복도를 따라 응접실 쪽으로 향했다. 이대로는 감기에 걸리고 말 것이다. 내 경우, 고작해야 감기로도 목숨이 위험해질 수 있다.

감기에 걸려 죽을 뻔한 적도 몇 번이나 있다.

어지러웠다.

공습의 흔적. 수선이 구석구석까지 잘 되어 있지 않다.

나는 응접실의 문을 열었다.

집 안의 문은 무거워서 힘이 약한 나는 쉽게 열 수가 없다. 문은 삐걱거리는 듯한 소리를 내며 열렸다.

안은 어둡다. 아무도 없다.

큰 병원은 공습에 심하게 당해, 지금은 큰 폐허 같다. 큰 폐허에는 이전 같은 활기는 없고, 일하는 의사도 없고, 간호사도, 그리고 환자도 몇 없다.

우리 가족은 그 폐허에 살고 있다.

폐허이기 때문에 낮에도 인기척은 별로 없다.

이 건물은──이제 죽은 것이다.

살아 있는 인간이 살 곳이 아니다.

하지만 나는 이 안에서밖에 살 수 없다.

이 폐허가 내 세계의 전부인 깃이다.

나는 양팔로 양어깨를 껴안고 소파에 앉았다.

그러고 있자니 추위가 조금 누그러지는 기분이 들었다. 두통은 여전히 계속되고 있었지만, 의식은 또렷해진 것 같았다. 어둠에 눈이 익숙해지기 시작했다.

어울리지 않게 화려하고 장식적인 가구.

단란함이 없는 가족의 방.

25년 동안 보아 왔는데도 어색하다.

난로 위의 금테 액자.

낡고 빛이 바랜 사진.

──동생과 나.

매우 닮은 자매.

한쪽은 웃고 있고 한쪽은 눈썹을 살짝 찌푸리고 있다.

어느 쪽이 어느 쪽인지 멀리에서는 알 수 없다.

어둠 속에서 보니 더욱 판별이 가지 않았다.

나는 눈에 힘을 준다.

아니다. 가까이에서 보아도 알 수는 없다. 물론 낮에 보아도 알 수 없다. 나란히 찍혀 있는 소녀 중 어느 쪽이 자신인지, 나는 이제 알 수 없게 된 것이다. 나는 —— 오른쪽일까 왼쪽일까.

기억이 확실하지 않다. 아니, 기억이 없는 것이다.

나는 웃고 있었을까.

아니면 웃고 있지 않았을까 ——.

—— 어느 쪽일까.

이것이 몇 년 전에 찍힌 사진인지도, 나는 잘 기억이 나지 않았다. 아무리 해도 생각이 나지 않는다. 마치 꿈속에서 찍은 사진 같다.

애초에 이것은 언제부터 여기에 장식되어 있었을까. 어느 사이엔가 장식되어 있었고, 그리고 벌써 몇 년이나 쭉 같은 곳에 장식되어 있는 것 같다.

인화지 속의 세피아색 우리는 아직 어리다.

머리카락을 양 갈래로 땋아 내리고, 어느 모로 보나 어린 여자아이가 입을 것 같은 똑같은 옷을 입고, 앙상하게 말랐고, 여자가 되기 전의 소녀 —— 아무리 봐도 여학생이다. 그러면 10년 이상은 전의 사진일 것이다.

열세 살이나 열네 살일까.

그 무렵의 동생은 내가 보아도 정말 예쁜 소녀였다. 왠지 몹시 빛나고 있었다. 눈이 어지러울 정도로 발랄했다.

어린 시절의 우리 자매는 정말로 쌍둥이처럼 많이 닮았는지, 주위에서 착각했던 기억이 몇 번이나 있다. 그러나 자라남에 따라 동생과 나의 차이는 점점 벌어지기 시작했다. 어린아이에서 소녀라고 불리게 된 그 무렵에는, 우리 자매의 격차는 확연했던 것 같다.

하기야 외견상의 차이는 그리 없었다.

얼굴도, 목소리도, 키나 체격도, 용모는 소녀 시절에도 충분히 닮아 있었던 것이다.

실제로 사진 속의 우리 자매는 나 자신도 구분할 수가 없었다.

하지만 그 무렵부터——내게는 결정적으로 무언가가 빠져 있었다. 무엇이 빠져 있었는지는 모른다. 자주 아파서 학교도 제대로 가지 못한 내가 양성(陽性)인 동생에 비해서 좀스러운 음성(陰性)의 성격이 된 것은 분명했다. 그 내적인 차이가 닮은 외모까지 능가하고 말았다——그런 것이었을까.

아니다. 그것은 정당한 이유가 아니다.

그 무렵. 여학생 때.

본래 나는 여학생이었던 적은 없다. 정확하게 말하자면 학교에 다닌 것은 동생뿐이었다. 당시의 나는 누웠다 일어났다 하는 나날을 보내고 있었기 때문에 병원——집——에서 나가는 것은 거의 불가능했던 것이다. 말수가 적은 가정교사와 지내는 몇 시간 동안만, 내 병실은 학교가 되었다. 귀부인 같은 얼굴의 가정교사는 무기적이고 억양 없는 말을 매일 일정량 하고, 이야기를 마치면 돌아갔다.

내가 보는 풍경은 늘 하얗고 네모난 벽과 천장이고, 나를 비추는 것은 창백한 형광등 불빛이고, 내가 맡는 냄새는 늘 소독약의 자극적인 냄새였다.

한편 나와는 정반대로 동생은 건강했고, 명랑함과 쾌활함을 그림으로 그려놓은 것 같은 소녀였기 때문에 그 무렵에도 남들 이상으로 소녀 시절을 구가하고 있었을 것이다. 동생은 매일 여러 가지 풍경을 보고, 햇빛을 받고, 바깥 공기를 마시고 돌아왔다.

같은 자매인데 어쩌면 이렇게 다를까. 부조리하다. 그러면서도 당시의 나는, 가령 하늘이 준 자신의 불행한 처지를 격렬하게 원망한다거나 동생에게 심한 질투심을 갖지는 않았던 것 같다.

아니, 동생을 질투하는 마음이 당시의 내게 전혀 없었다고는 말할 수 없을 것이다. 솔직히 말해서 부러웠을 거라고도 생각한다. 그러나 선망이나 질투 같은 감정은 자신이 그 대상과 동등하거나 동등 이상의 존재라는 인식이 어딘가에 있어야만 비로소 일어날 수 있는 감정이 아닐까——.

나는 내가 동생과 동등하다고 생각한 적은——아마 단 한 번도 없을 것이다.

용모가 아무리 닮았어도 나는 동생처럼은 될 수 없을 것이라고, 나는 꽤 일찍부터 체념하고 있었던 것이다. 따라서 강한 질투 같은 것은 일어날 수가 없었다.

나는 체념에 기초한 동경을 가지고 동생을 대했고 동생은——그것이 자애인지 동정인지는 몰라도——항상 내게 상냥하게 대해 주었다. 그 무렵의 우리 자매는 매우 잘 지내고 있었다.

동생은 학교에서 돌아오면 반드시 내 병실을 찾아와 그날 자신이 체험한 것을 나에게 이야기해 주었다. 어떨 때는 우스꽝스럽게, 어떨 때는 기쁘게, 또 어떨 때는 안타까운 듯이——.

나는 그 이야기를 듣는 것이 즐거웠다.

밖에서 돌아온 동생에게서는 햇빛 냄새가 났다.

그래서 나는 동생을 좋아했다.

동생을 동경하고 있었다.

나는 동생이 해 주는 바깥세상의 이야기를 듣고 내 일처럼 기뻐하고, 슬퍼하고, 그것을 마치 자신의 체험인 양 착각했다. 동생이 있어 주는 한, 나는 자리에 누워 있으면서 학교에도 공원에도 갈 수 있었다. 동생을 통해서 나는 햇빛을 받고, 바깥공기를 마시고, 세상을 알 수 있었다. 동생의 기쁨은 내 기쁨이었다. 그러니 감사는 할지언정 질투 따위는 할 수 없었던 것이다.

그래서 나는 동생을 좋아했다.

동생을 동경하고 있었다.

머릿속에서 목소리가 들렸다.

—— 겉만 번지르르한 소리 하지 마.

—— 그런 것은,

건전하지 않다.

그렇다. 건전하지 않다.

지고 싶지 않다, 분하다, 얄밉다, 질투가 난다. 그렇게 생각하는 편이 훨씬 더 건전했을 것이다.

나는, 비뚤어져 있던 나는 애석하게도 동생과 내 용모가 비슷했던 바람에 그런 건전한 감각조차 갖지 못하고, 그러면서도 그런 비참한 자신을 정당화하기 위해서 시시한 동생 사랑 같은 것으로 그 불건전한 감정을 포장하고 있었을 뿐이다.

동생이 상냥했다?

그것은 그냥 동정이다. 동생은 나를 불쌍하게 여기고 있었을 뿐이다. 아니, 경멸하고 있었을지도 모른다. 나는 우월감으로 뒤범벅된 자랑 이야기를 듣고 기뻐하고 있었을 뿐이다——.

그렇다. 그런 것은 알고 있었다.

나는 알면서도 그러고 있었던 것이다.

동생을 좋아했기 때문에? 동생을 동경하고 있었기 때문에? 아니다. 그것은 기만이다. 내가 좋아했던 것은—— 역시 나 자신이었다. 나는 굴절된 나르시시스트(narcissist)[8]에 지나지 않았던 것이 아닐까.

동생은——.

동생은 거울에 비친 내 모습이라고, 나는 그렇게 믿고 있었던 것이다.

복도를 달리는, 발소리.

활발한 웃음소리.

매끄러운 검은 머리카락.

싱그러운 눈동자.

꽃봉오리 같은 입술.

낭창낭창하게 뻗은 사지.

탄력 있는 하얀 피부.

내게 부족한 모든 것.

동생은 그 모든 것을 갖추고 있었다.

한편 나는——.

닮았다. 닮았는데 어딘가가 다르다.

하얀 피부는 마치 알비노(albino)[9] 같다.

---

[8] 자기 자신을 사랑하거나, 훌륭하다고 여기는 사람.

가느다란 머리카락은 인공물 같다.

눈동자는 유리알 같다.

웃음소리는──.

나는 소리 내어 웃은 적이 없다.

나는 되다 만 동생이었다. 그리고 동생은 나의 완성품이었다.

그렇다면──.

몹시 슬퍼졌다.

동생이 거울에 비친 나? 그렇지 않다.

거울에 비친 허상은 내 쪽이었다.

내가 바로 일그러진 동생의 거울 속 모습이었던 것이다.

오리지널은 어디까지나 동생 쪽이다. 내가 동생의 모조품이었다.

그것도──.

그것도 알고 있었다.

나는 그것조차도 알고 있었던 것이 틀림없다.

나는 내가 동생의── 되다 만──모조품이라는 것도 이미 알고
있었고, 알면서도 그 입장에 안주하고 있었을 뿐이다. 그러면 나르시
시스트라고도 부를 수 없지 않은가. 나는 자기애조차 갖지 못한 조악
한 모조품이었던 것이다.

게다가 아무래도 나는 진짜가 되고 싶다고도 생각하지 않았던 것
같다.

나는 부족한 부분을 메우려고도 하지 않고 그저 진짜를 바라보며
만족하고 있었던, 겁 많고 비겁하고 비굴한 모조품이었던 것이다.

---

9) 선천적으로 피부, 모발, 눈 등의 멜라닌 색소가 결핍되거나 결여된 비정상적인 개체.
피부색은 백색, 모발은 황색을 띤 백색, 눈동자는 적색이며, 지능 장애와 발육 장애 등이
따른다.

충족되어 있는 동생에게 자신의 모자란 부분을 맡기고 가짜 만족을 얻으려고 하고 있었다. 그 때문에 질투도 선망도 전부 억누르고, 동정도 경멸도 애정으로 파악하고, 존재할 수 없는 허상의 자신을 날조하고 그것을 사랑하는 척하면서, 게다가 그것을 기만으로 몇 겹이나 되게 꽁꽁 싸매고——.

사랑해야 할 나는 어디에도 없었으니까.

머릿속에서 다시 목소리가 들렸다.

—— 그건 아니에요.

—— 부족한 것이 채워진다면,

—— 자신이 동생 그 자체가 되고 말아요.

—— 그러면 동생 같은 것은 필요 없으니까.

—— 그래서,

이것은 그 작은 여자의 목소리다.

머릿속에서 들리는 것이 아니다.

"아아."

나는 귀를 누르고 오열 비슷한 한숨을 쉬며 고개를 저어 망상을 떨쳐냈다.

머리가 지끈지끈 아팠다.

대체 어쨌다는 것일까.

이제 와서 자신의 추한 속마음을 파헤친다 해도 어떻게 되는 것도 아닐 텐데. 나는 본래 자신이 그런 싫은 여자라는 것을 잘 알면서 살아왔다. 그것을 재인식한다고 해도 아무것도 달라지지 않는다. 게다가 나는 결코 동생을 싫어하는 것이 아니다.

우리는 사이좋은 자매였다.

정말로 잘 지내고 있었다.

나는 다시 사진으로 시선을 보냈다.

사진 속의 우리는 아무 말도 하지 않고 나란히 있다.

── 혹시 저 사진첩 뒤에.

나는 오싹해서 눈을 감았다.

무서웠던 것일까, 추웠던 것일까. 슬펐던 것일까.

그리웠는지도 모른다.

내 뇌수 안쪽에서 도움도 되지 않는 기억이 술렁술렁 꿈틀거리고 있다. 평소에는 손에 잡히지도 않으면서 이럴 때만 술렁거린다.

되살아난다.

동생의 목소리였나.

언니 ──.

"언니. 알아? 이거 아버지가 좋아하시는 사진이래 ──."

"나는 별로 잘 안 나왔어 ──."

아버지가 ──.

아버지가 좋아하는 사진. 그렇다, 이것은 아버지가 장식한 것이다. 마침 전쟁이 시작되기 얼마 전의 일이었다. 동생이 반년 만에 돌아와, 오랜만에 가족이 모여서 ── 그때 장식한 것이다. 하지만 왜 아버지가 이런 사진을 여기에 장식했는지, 그때도 나는 잘 몰라서 동생에게 물었다.

지금 동생의 말은 그때의 대답이다.

그것은 ──.

4

열여섯 살의 가을이었다.

동생은 1941년 봄부터 가을까지, 예절 수습이라는 이름으로 지인의 집에 맡겨져 있었다.

나중에 들은 바로는 그것은 아무래도 동생에게 붙은 못된 벌레를 떼어내기 위한 고육지책이었던 모양이다. 그 무렵, 낯선 젊은 남자가 동생 주위를 어슬렁거리고 있었고, 심지어 집에 들어와 동생에게 결혼을 종용하는——사건이 있었다고 고용인이 이야기하는 것을 들었다.

그러나 그건 또 나를 위한——아니, 나 때문이기도 했던 모양이다.

마침 그 무렵, 어디가 어떻게 된 것인지 내 용태도 몹시 악화되어 있었던 것이다.

쓰러진 나는 의식을 잃고 그대로 생사의 경계를 헤매는 위독한 상태가 오랫동안 계속되었던 것 같다.

그런 것 같다고 하는 것은, 물론 아무것도 기억나지 않기 때문이다. 그것은 아버지나 어머니나 의사들의 눈치나 말 몇 마디에서 내가 멋대로 상상한 것이다.

그 무렵의 일에 대해서는 모두 입이 무겁고, 아무도 이야기해 주지 않았다. 분명히 환자에게 병이 얼마나 중한지를 이야기한다고 병이 좋아지는 것도 아닐 테니, 어쩌면 그건 당연한 일이었을지도 모른다.

사실 지금도 완전히 낫지는 않았다.

아버지도 어머니도, 한편으로 그런 중환자인 장녀를 데리고 있으면서 또 한편으로는 차녀에게 몰려드는 벌레를 쫓아내야 했던 셈이니 생각해 보면 가엾은 일이라고——남의 일처럼 생각한다.

자매인데 꽤 다르다.

차라리 내가 죽어 버리면 좋있을 것이다.

하지만 나는 죽지 않았다.

반년의 요양 후, 어떻게든 버텨낸 것이다.

시국도 불안해져서 동생은 돌아왔다.

그리고 작은 축하 잔치가 열렸다.

그날——.

나는 반년 만에 양복으로 갈아입었다.

간병에 시달리느라 눈이 쑥 꺼진 어머니도 화장을 하고, 아버지는 난로 위에 사진을 장식했다. 고용인과 의사들도 있었다. 모두 웃고 있었다. 웃는 사람을 보는 것은 정말 오랜만이었다.

이 방이다.

어머니는 기쁜 것 같기도 하고 슬픈 것 같기도 한 얼굴로, 내 용태가 좋아진 것을 축하하는 자리라고 말했다.

사실은 동생이 돌아온 것을 축하하는 것이리라.

사람들의 화제에 오르는 것은 전부 동생 이야기뿐이었다. 게다가 무엇보다도 나는 전혀 나아지지 않았던 것이다. 그저 의식이 돌아오고, 일어나 있을 수 있게 되었을 뿐이었다.

하지만 비굴한 나는 여전히 질투가 난다고는 생각하지 않았던 것 같다.

그때는 내 병이 나은 것보다, 축하 잔치가 열린 것보다, 무엇보다도 동생이 돌아온 것이 더 기뻤던 것으로 기억한다.

그러나.

동생은 변해 있었다.

반년 만에 만난 동생은 몹시 눈부셨다.

동생은 이제 예쁜 소녀가 아니라,

아름다운 여자가 되어 있었다.

동생은 어른이 된 것이다.

한편 죽음의 가장자리를 오가고 있던 나는, 당연히 한층 더 야위어 있었다. 동생이 소녀에서 여자로 성장하는 동안 나는 계속 병원의 쉰 공기를 들이마시고 링거액에 잠겨 살고 있었던 것이다. 폐 속까지 소독약 냄새가 배어들어 있었다. 이제는 혈관을 흐르는 혈액에서도 약 냄새가 났다.

그런 나를 향하는 동생의 시선은 곤혹스러워하고 있었다.

그것은 애처로움이나 동정, 경멸 같은 차원의 것이 아니었다.

동생은 말했다.

"무리하지 마, 언니."

그것은 겉치레 말이었다.

내가 어릴 때 학습한 그것과 똑같다.

그 증거로 동생은 반년 동안의 일을 한 마디도 이야기해 주지 않았다. 물론 내게 묻지도 않았다. 하기야 물었다고 해도 내게는 이야기할 것이라곤 없었지만.

겨우 반년 동안의 공백이 우리 사이에 커다란 균열을 가져온 것이다. 우리 자매의 차이는 그때 결정적인 것이 되었다. 나는——이제 동생의 모조품조차 아닌 것일까——그렇게 생각했다. 나는 속이 안 좋은 척하며, 축하 잔치가 열린 방을 빠져나와 내 병실로 돌아갔다. 여자가 된 동생의 얼굴 따윈 보고 싶지 않았다.

그렇게 생각하니 정말로 속이 안 좋아졌다.

심장의 고동과 동조한 격통이 머릿속 깊은 곳을 스치고, 현기증이 일어난다. 거의 아무것도 먹지 않은 주제에, 나는 세면실로 뛰어들어가 몇 번이나 토했다.

그리고.

얼굴을 들자,

거울 속에 동생이 있었다.

어른 여자가 된 동생이 비치고 있었다.

그래도 아직 우리의 용모는 닮아 있었던 것이다.

나도——어른 여자가 되어 있었다.

나는 거울을 응시하며 어깨를 꼭 껴안았다. 팔꿈치에 가슴이 눌려서 몹시 아팠다.

유방이 자랐다. 내 몸은 나 자신과는 상관없이 여자가 되어 있었던 것이다. 나 자신도 이미 소녀가 아니다——는 것을 그때 처음으로 깨달았다.

거울 속의 자신이 흐물흐물하게 일그러지고, 나는 실신했다.

그리고 —— 우리의 소녀 시절은 끝났다.

정신이 들어 보니 베갯맡에 동생이 있었다.

애처로움도 모멸도 아닌, 타인의 시선으로 나를 바라보고 있었다. 내가 눈을 뜨자 동생은 눈물을 몇 방울 떨어뜨리고, 아무 말도 하지 않고 방을 나갔다.

그 후로 한동안 나는 누구에게나 그런 타인 같은 취급을 받았다. 아버지도 어머니도 타인의 눈으로 나를 보고 타인의 말로 내게 이야기했다. 애처로워하는 듯한 시선을 보내오는 것은 어디에 숨어 있는지 알 수 없는 ——.

그 작은 여자뿐이었다.

이유는 간단했다.

나는 반년의 투병 생활 동안 아이를 낳을 수 없는 몸이 되었던 것이다.

동생은 그것을 알고 있었을 것이다. 내게 그 말을 해야 할지 말아야 할지 몹시 고민한 모양이다. 결국 그 싫은 역할을 맡은 것은 어머니였다. 어머니는 타인처럼 정중한 말을 골라, 마치 지뢰라도 건드리듯이 천천히 이야기했다.

그리고 울었다.

내 쪽은 아무런 감개도 일지 않았다.

나는 결혼해서 아이를 낳고 행복하게 산다는 인생을, 몹시 어렸을 때 버렸다. 따라서 그것이 확실해졌다고 해서 어떻다고 할 건 없었다.

그것이 어쨌다는 것일까.

아이를 낳을 수 없는 것이 어떻다는 것일까.

나는 동정할 가치도 없는 인간이 되기라도 했다는 것일까? 아니면 아이를 낳지 못하는 여자는 인간이 아니다——라는 것일까? 그렇다면 나는 인간 따위는 되고 싶지 않다. 나는 대체 무엇일까. 여자도 남자도 아닌 채로 그냥 살아갈 수는 없다는 것일까.

나는 여자 같은 것은 되고 싶지 않다.

한 번도 되고 싶지 않았다.

나에게 부족했던 것은 건강한 몸도, 양성의 성질도 아니었다.

그것은——여자였던 것이다.

나는 아마 계속 여자가 되는 것을 완강하게 거부하며 살아왔을 것이다. 조숙한 듯한 달관도, 다 안다는 듯한 체념도, 모든 것은 거기에 근거한 방편에 지나지 않았다.

그런 내가 성장함에 따라 동생과 멀어져 가는 것은 당연한 일이었을 것이다. 그런 마음은 아무도 알아주지 않을 것이다. 그런 주제에 내 몸은 확실히 여자가 되어 가고 있다. 그렇다면 불임이라는 통지는 오히려 낭보가 아니었을까.

열여섯 살의 겨울에 나는 바라던 대로——여자이기를 그만두었다. 우리 가족은 무너지기 시작했다.

그 무렵 전쟁이 시작되었다.

잔혹한 시대였지만 여자를 그만둔 나에게는 다행으로 느껴지는 부분도 있었다. 처음에는 낳아라 늘려라 하며 용맹한 말을 하던 세상 사람들도 전황(戰況)이 수상해지자 그런 허세조차 부릴 수 없게 되어 갔다.

세상은 불행 일색으로 물들고 내 일그러짐은 세상의 일그러짐에 매몰되고 말았다.

마을은 소이탄으로 불바다가 되었다. 전국이 죽음을 눈앞에 두고 허둥거리고, 두려워하고, 울었다. 병원에도 폭탄이 떨어졌다. 쿠웅쿠웅 소리를 내며 타오르는 건물을 바라보면서 아버지도 어머니도 망연히 서 있고, 동생은 울었다.

—— 태우는 거야.

—— 태워 버리는 거야.

언제나 죽음의 못을 들여다보고 있던 나는 조금도 무섭지 않았다. 슬프지도 않았다.

—— 태워 버리는 것이 당연히 더 좋을 텐데.

—— 태워서 없어져 버리는 것이 당연히 더 좋을 텐데.

그렇게 생각했다.

생각해 보면 그 무렵부터 쭉, 나는 아버지와 어머니와 동생과 제대로 대화를 하지 않았던 것 같다. 전쟁을 경계로 무너지기 시작한 우리 가족은 완전히 붕괴하고 만 것이다.

병원은 공습으로 결정적인 타격을 받고, 세 동이었던 건물 중 두 동은 사용할 수 없게 되었다. 일하던 의사들도 거의 죽고 폐허에는 붕괴한 가족만이 남았다. 빈 껍질 같은 우리 가족은 역시 벽이나 천장에 구멍이 뚫린 건물에서 패전의 날을 맞았다.

나는 스무 살. 동생은 열아홉 살이었다.

패전 직후, 병원은 집이 불탄 사람들에게 비어 있는 병실을 제공하고 있어서 한동안은 이래저래 소란스러웠다.

나도 간호사 흉내 같은 것을 내면서 지냈다. 우습게도 바쁘게 지내다 보니 어엿한 인간이 된 것 같은 착각을 가질 수 있었다. 그냥 살아가는 것만으로도 벅찬 시대여서 쓸데없는 생각을 할 여유도 없었기 때문일 것이다.

 하지만——반년쯤 지나자 세상도 차분함을 되찾았다. 병원에서는 인기척이 멀어지고, 동네가 복구되기 시작했을 무렵에는 오히려 한적해지고 말았다.

 이번에야말로——구멍 뚫린 건물에, 구멍 뚫린 가족만이 남았다.

 패전으로부터 5년.

 올해로 나는 스물다섯이 되었다.

 건물은 아직 수선되지 않았다.

 가족의 관계도 아무런 수복도 되지 않은 채, 그저 시간만이 지나갔다.

 지금은 그것이 완전히 당연해졌다. 우리는 처음부터 쭉 그랬던 것처럼 살고 있다.

 지난 5년 동안, 나는 약사라도 되려고 공부를 해 보기도 했지만 역시 체력이 따라가지 못해서 좌절했다. 지금은 결국 책만 읽으며 살고 있다. 소위 말하는 현실도피 생활을 계속하고 있는 셈이지만 이제는 아무도 아무 말도 하지 않는다. 나는 여자를 그만둔 단계에서 가족 일원으로서의 자격도 잃어버린 것 같았다.

 동생이 올해 여름에 결혼했다.

 데릴사위를 들인 것이다.

 성실해 보이는 청년이 가족이 되었다.

본래 타인을 모아 놓은 것처럼 되어 있었던 가족은, 한 명이 늘었다고 해서 별달리 아무것도 달라지는 것은 없었다. 결혼에 이르게 된 자세한 경위는 모른다. 아무도 가르쳐주지 않는다.

나는 머리를 들었다.

나는 왜 이 방에 온 것일까.

이 방은 부서지지 않았으니까.

이 방만은 옛날 그대로니까.

사진 속의 우리는 조금도 변하지 않았다.

인화지 속은 그 시절 그대로다.

그리고 아버지가 왜 이 사진을 장식했는지, 나는 겨우 이해했다. 이 사진은 내가, 우리 가족의 붕괴가 시작되기 전의 것이다.

아버지는 가족의 윤곽이 덜그럭거리며 삐걱거리기 시작한 것을 민감하게 느끼고, 와해되어 갈 예감을 느끼고, 완전히 부서져 버리기 전에 이것을 장식한 것이리라.

가슴이 답답해졌다.

허무하다. 몹시 허무하다.

부서져 갈 예감을 느끼는 것은 무언가 몹시 허무한 일이다. 내가 느끼는 것을 역시 아버지도 느끼고 있었다는 것을 ──나는 지금에 와서야 겨우 이해했다. 그것이 너무나도 허무했기 때문에 적어도 무언가에 정착시켜 두고 싶어서, 그래서 아버지는 이 사진을 장식한 것이리라.

──아니야, 아니야.

무엇이? 무엇이 아니라는 거야?

액자 쪽에서 목소리가 났다.

액자 뒤에서, 본 적이 있는 무늬의 기모노가 아주 살짝 보였다.
거기에, 거기에 있는 거야?

──부서지기 전이 아니야.
──이건 그날의 사진이잖아.
──봐, 이렇게 기뻐 보여.
──연애편지라도 받은 것 같지.
──부서진 게 아니라,
──부순 거잖아.
──부수는 거야.

──있다.
"싫어!"
나는 큰 소리를 지르고 제정신으로 돌아왔다.

5

갑자기 불이 켜졌다.

나는 당황해서 굳어졌다.

"뭐야. 아가씨? 이런 밤중에 불도 없이 —— 도둑인가 했습니다."

문이 열려 있었다. 나이토가 서 있었다.

"아가씨답지도 않게."

나이토는 오른손으로 액자가 놓여 있는 난로를 톡톡 두드렸다.

그 여자가 ——.

"무, 무슨 일인가요, 나이토 씨."

"무슨 일이라니요. 묻고 싶은 것은 이쪽이에요. 어이쿠, 그렇게
얇은 옷차림으로. 가엾게도."

분명히 나는 사람들 앞에 나설 수 있을 만한 옷차림은 아니었다.
나이토는 상스러운 시선을 내 몸에 얽으면서, 몹시 까끌거리는 낮은
목소리로 그렇게 말하며 다가와 내 옆에 앉았다.

나는 그래도 아직 난로 위의 액자에만 정신이 팔려 있었다. 시선은 액자에 못 박히고, 몸은 경직되어 얼어붙은 듯이 움직일 수가 없었다. 저 뒤에, 지금——.

"왜 그래요, 이상하네. 무슨 일 있었습니까."

"다, 당신이야말로 이런 시간에 왜——."

"나는 품행이 방정한 당신과 달리 야행성이니까요. 이렇게 밤중에 사냥감을 잡기 위해서 돌아다니지요."

나이토는 징그럽게 아랫입술을 일그러뜨리며 웃는 얼굴을 내게 가까이 가져왔다. 담배 냄새와 술 냄새가 섞인, 몹시 천박한 냄새가 났다.

나는 이 남자가 매우 싫었다.

나이토는 마침 기족이 무너지기 시작했을 무렵——진쟁이 시작된 이듬해였을까——에 굴러들어 온, 이곳에 들어와 사는 수습의사다.

주인의 먼 친척이라는 알 수 없는 관계라고 자칭하고 있지만 사실 여부는 알 수 없다. 그러나 어머니가 데려온 남자라고 하니 꼭 거짓말도 아닐 것이다. 종전이 가까워졌을 때 병원에서 출정(出征)했다가 작년에 복원(復員)했다. 어머니는 아무래도 나이토를 동생의 남편으로 삼을 생각이었던 모양이다. 하기야 나는 그런 것에 대해서 전혀 듣지 못했으니 사실은 알 수 없다.

하지만——.

몇 년이 지나도 나는 이 야비한 남자가 좋아지지 않았다.

나이토는 올해 의사 국가시험에 낙제했다. 그리고 그 틈에 동생은 결혼하고 만 것이다. 그 부분의 경위도 나는 전혀 듣지 못했다.

이 남자는 그 후로 거칠어졌다.

나이토는 말했다.

"이곳에 온 지 8년 가까이 되었지만 아가씨와 단둘이 있을 기회는 없었지요."

싫다. 싫은 목소리다.

"속이──안 좋아요. 머리가 굉장히 아파요. 조금 쉬고 나면 괜찮을 테니까 내버려두세요."

"그거 안 될 일이지요. 봐 드리겠습니다. 이래봬도 의사──."

나이토는 오른손을 내 이마에 스윽 댔다.

"만지지 말아요!"

나는 혼신의 힘을 담아 그것을 뿌리쳤다.

나이토의 손바닥에 내 손등이 닿았다.

나이토는 작게 아프다고 소리치며 움츠러들었다.

"무슨 짓이오, 당신!"

"만지지 말아요. 두 번 다시 나를 만지지 말아요."

나는 이마와 손등을 소독하고 싶은 충동에 쫓겼다. 이 냄새는 싫다.

"아가씨. 아가씨. 당신 뭔가 착각하는 거 아닙니까? 이쪽이 저자세로 나갔더니 거기에 취해서, 사람을 그런 눈으로 보는 것도 정도껏 해요! 내가 그렇게 더럽소!"

"나는──."

내가 대답하기 전에 나이토는 일어섰다.

"당신, 당신은 분명히 아가씨요. 하지만 당신의 이 집은 대체 뭐지? 이 병원을, 당신네 일가를── 세상 사람들이 뒤에서 뭐라고 말하는지 알고 있소? 물론 겉으로는 아무 말도 하지 않겠지만 아는 놈은 안단 말이야. 당신네 가계는──."

"그만해요. 더 이상 말하면 이 집에——."

"있을 수 없게 될 거라고? 그건 어떨까. 나는 마님——당신 어머니가 마음에 들어 하는 사람이거든. 그뿐만이 아니지. 당신의 그 동생. 그 동생도."

"당신, 나이토 씨. 설마."

"후후후후. 그다음은 말하지 않는 게 재미있겠지. 어쨌거나 신혼부부니까 말이지요. 다만 아가씨. 당신은 분명히 예쁘고, 머리도 좋은 것 같소. 그러니 그렇게 똑똑한 얼굴을 하고, 자신 이외의 놈들은 모두 바보다, 무능하다고 혼자서만 도도하게 구는 것이겠지만——."

"나는——아무것도."

"당신 동생이 당신을 뭐라고 말하는지 아시오? 남자를 미치게 하는 마성(魔性)이다, 음란한 여자, 마녀다——그렇게 말하고 있다고."

"거, 거짓말이에요!"

그런, 그런 말을 동생이 할 리 없다.

무엇보다 나는 10년도 더 전에 여자이기를 그만두었다. 그러니 그런 것은——.

"거짓말이 아니야. 아가씨. 나는 이 귀로 똑똑히 들었소. 당신 혹시 그 데릴사위 놈과 사귀고 있는 건 아니오?"

"내가? 어째서?"

대체 무슨 말일까?

"내가 왜 동생의 남편과 그런——."

"당신 동생은 원망하고 있던데. 언니한테 남편을 빼앗겼다고."

"그런, 밑도 끝도 없는 심한 오해예요. 정말로 동생이 그렇게 말하고 있다면 내가 직접 이야기해서."

"관둬요, 관둬. 안 그러는 게 좋을 거요."

나이토는 그렇게 말하면서 한 발짝씩 내게 다가와 검지 끝으로 내 턱을 스윽 어루만졌다.

"호오. 정말로 기억이 없다는 얼굴이군."

나이토는 내 얼굴을 들여다보다시피 하며 그렇게 말했다.

"후후후후. 그게 잘못이란 말이야."

"네?"

"그게 잘못이라는 거요!"

나이토는 탁한 소리를 지르며 테이블을 내리쳤다.

잔향 음이 퍼졌다.

"왜, 왜 그러세요 —— 내가 뭘 ——."

"당신 —— 자신이 어떤 여자인지 알고 있소? 벌레도 죽이지 못할 성인군자 같은 얼굴을 하고, 늘 남자를 깔보고 —— 당신은."

나이토는 거기에서 말을 멈추었다.

"내 —— 내가 뭐라는 건가요."

"당신이 생각하는 것보다."

"네?"

"훨씬 여자란 말이야."

나이토는 몹시 알아듣기 어려운 작은 목소리로 그렇게 말하고, 한숨과 함께 아래를 향하며 고개를 숙인 채 내뱉듯이 말을 이었다.

"당신 자신은 어떻게 생각하는지 모르겠지만, 당신은 그 존재 자체가 남자를 유혹하고 있단 말이오! 당신은 그런 여자야."

"무 —— 무슨 뜻인가요!"

"그 태연자약한 예쁜 얼굴!"

나이토는 난폭하게 내 턱을 잡았다.

"그리고 이 몸!"

그리고 아플 정도로 세게 어깨를 움켜쥐고 몸을 핥듯이 바라보고 나서, 나이토는 나를 밀쳐냈다.

"아마 그 풋내기에 허약해 빠진 데릴사위도, 동생 쪽과 결혼한 것은 좋지만 결국 당신 쪽으로 가 버린 게 아닐까? 그러니까 당신 쪽은 기억이 없더라도 변명은 할 수 없어! 동생은, 교코 씨는 원망하고 있소. 당신을. 언니를. 구온지 료코를!"

내가 여자라고?

나는 되다 만 존재다. 나이토는 못된 농담을 하고 있는 것이다.

"바, 바보 같은, 놀리는 것도 정도껏——."

"놀리는 게 아니오!"

나이토는 갑자기 나를 껴안았다.

"큰 소리를 내도 들리지 않을걸. 이 집의 벽은 두꺼우니까. 게다가 당신은 이 집의 종기 같은 존재야. 아무도 구하러 와 주지 않을 거라고. 아무도 당신을 건드리려고는 하지 않을 테지. 원장도, 사모님도, 그리고 동생도. 그러니까 지금 내가 그 종기를 짜 주겠다는 거야."

굵은 팔. 나는 남자의 팔이 이렇게 단단하다는 것을 처음으로 알았다. 아프다. 부러질 것 같다. 숨을 쉴 수가 없다. 나는 다리를 버둥거렸다. 나이토의 오른쪽 다리가 다리 사이를 가르고 들어온다. 몽롱해진다. 술 냄새가 나는 호흡. 나는 얼굴을 한껏 돌렸다.

"어때!"

"놔요."

"어때! 멸시하고, 경멸하던 더러운 남자에게 안긴 감상은!"

"나는——."

멸시하지 않았다.

경멸하지 않았다.

나는 여자가 되고 싶지 않을 뿐이다.

나는 여자가 되어서는 안 된다.

"비켜요!"

나는 나이토를 힘껏 밀쳐냈다.

심장 박동이 격렬해진다.

방이 빙글빙글 돈다.

나이토는 소파 위에 엉덩방아를 찧고, 그 자세 그대로 자조하듯이
비굴하게 웃었다.

그리고 말했다.

"헤헤헤. 불쌍한 여자로군, 당신."

"도, 동정이나 경멸에는——."

익숙하다.

나는 나이토를 노려보았다. 어릴 때처럼.

"오오, 무서워라."

나이토도 어깨로 숨을 몰아쉬고 있었다.

"그런 무서운 얼굴은 하지 마. 모처럼 예쁜 얼굴이 엉망이 되잖아.
고귀한 아가씨의 얼굴을 이렇게 정면에서 보다니, 지금까지의 나는
할 수 없었던 일이니까 말이야."

"그만해요——이제 그만하세요."

나이토는 천천히 일어섰다.

그리고 나를 내려다보았다.

"미안하군. 취해 있었소. 괜찮소? 료코 씨. 당신—— 보통의 몸이
아니었지."

나는—— 몸을 구부리고 태아처럼 몸을 지킨 채, 어느샌가 울고
있었다. 운 것은 몇 년 만일까.

"나는—— 인간이 아니에요. 아이도 낳지 못하는 여자예요. 태어
나면서부터 언제 죽어도 이상하지 않은, 아니, 빨리 죽어 버리는 편이
나은 짐이었지요. 그러니까 내버려두세요. 내버려둬요——."

무슨 헛소리 같은 말을 지껄이고 있는 것일까.

머리가 아프다. 머릿속의, 도움도 되지 않는 기억이 부풀어 오른다.
머리가 깨진다.

나이토는 선 채, 조용한 말투로 말했다.

"알았소. 알았어. 료코 씨. 당신은, 당신은 이미—— 반은 죽어 있
는 것이군요."

나이토는 될 대로 되라는 듯이 말을 이었다.

"—— 하지만 그렇다고 해서 사랑 한 번 해 보지 않고 죽겠다고,
그렇게 결심했다는 것이라면 그건——."

"사랑?"

그런 말은 들어본 적도 없다.

내가 시선을 던지자 나이토는 그것을 피해 내게서 시선을 돌렸다.
그리고 말했다.

"당신이 아무리 남자를 싫어해도, 껍질을 닫으려고 해도, 당신을
좋아하는 남자는 있다는 걸 조금은 아는 게 좋아요. 알겠소? 이치만
따지는 아버지나 엄격한 어머니도 반했네 어쩌네 하면서 결혼한 거
요. 그러니——."

"이제 멈춰."

"그러니까——."

왠지 나이토는 울 것 같은 얼굴을 했다.

"정말 이제 그만해요. 알았다고 하셨잖아요. 그런 이야기는 듣고 싶지 않아요!"

"들어요!"

나이토는 다시 격앙했다. 나는 귀를 막았다.

"당신 그런 얼굴을 하고 연애편지 한 통도 쓴 적이 없겠지. 그건 정상이 아니오. 당신은 역시 어딘가 미쳤어!"

"연애편지?"

—— 우후후.

웃음소리? 나는 천천히 얼굴을 들었다.

나이토의 어깨 너머, 난로 위, 금테 액자에 들어 있는 나와 동생. 열다섯 살의 가을——.

웃고 있는 것은 나다.

왜 웃었을까?

액자 뒤에서 작은, 작은 얼굴이 얼핏 보였다.

—— 우후후. 연애편지는 말이지,

"누구지?"

나이토가 돌아보았다.

이 남자에게도 들렸나?

환청이 아니다.

"지금 뭔가 들렸지요?"

나는 대답하지 않았다.

"웃음소리가 —— 기분 탓인가?"

타닥타닥.

작은 여자가 달린다.

나이토는 난로로 다가가 그 주위를 물색했다.

"쥐라도 나왔나?"

시계 옆이다.

—— 역시 있다.

무섭다.

나는 견딜 수가 없게 되었다.

나는 벌떡 일어나서 무거운 문을 힘껏 열고 방을 뛰쳐나왔다.

등 뒤에서 나이토가 뭐라고 말하고 있다.

더는 들어줄 수 없다.

6

나는 복도로 나가, 내 방과는 반대 방향으로 도망쳤다. 나이토에게서 도망친 것이 아니다. 그 여자에게서 도망친 것이다. 그리고 자신의 과거에서, 나아가서는 현재의 자신에게서 도망친 것이다.

나는 누구일까. 내가 나라고 생각하고 있던 것은 사실은 내가 아니고, 내가 아닌 내가 진짜 나인 것일까.

내가 여자라고? 내가 예뻐? 남자를 유혹한다고?

놀리는 것도 정도껏 해 주었으면 좋겠다.

나이토 같은 사람은 정말 싫다.

병원 로비로 나가, 슬리퍼를 신은 채 회랑으로 빠져나간다. 숙직실 창문으로 보이는 간호사는 다행히도 다른 쪽을 보고 있었다.

회랑은 지붕이 달려 있기만 한 야외라서 바람은 차갑다. 안뜰에는 잡초가 무성하게 우거져 있다.

달이 떠 있었다.

별관——2호 동은 폭탄에 당한 폐허다.

별관을 빠져나간다.

신관——3호 동도 반쯤 당했다.

아아, 나이토가 쫓아온다.

그런 기분이 들었다. 나이토는 이곳—— 신관 2층의 옛 병실에서 살고 있다.

신관 다음은——.

나는 걸음을 멈추었다.

숨이 찼다. 아마 태어나서 이렇게 달린 적은 없을 것이다. 그러나 이상하게도 두통은 가벼워졌다. 살짝 땀도 흘리고 있다. 나는 평소에 땀도 흘리지 않는다. 등 뒤에 신경을 쓴다. 아무래도 나이토가 다가오는 기척은 없는 섯 같았다. 뛰어서 쫓아온다면 나 같은 것은 어린아이에게도 따라잡히고 말 것이다.

나이토의 걸음으로 따라잡지 못할 리도 없다.

복도 너머에는 출입구가 있다. 그곳을 통해 밖으로 나가면 작은 건물이 있다. 어릴 때 내가 매일 다니던 곳——그 옛날의 소아과 병동——이다.

현재는 동생 부부가 살고 있다.

——안 된다.

이다음은 가면 안 된다. 그곳은 내가 들어가서는 안 되는 곳이다.

아무래도 그런 생각이 들어서 견딜 수가 없었다.

아까 나이토의 이야기를 들었기 때문일까. 동생 부부의 성역을 범해서는 안 된다고 생각한 것이다. 나는 갈 곳이 없어지고 돌아갈 수도 없어서, 결국 가장 가까운 문을 열었다.

처음 들어가 보는 방이었다.

선반과 책상, 그리고 책꽂이가 있을 뿐인 간소한 방이다. 병실은 아닌 모양이다.

동생의 남편——제부의 방일지도 모른다.

책꽂이에는 노트나 의학서가 빼곡히 꽂혀 있다. 선반에는 실험 기구와 유리 상자가 질서정연하게 놓여 있다. 유리 상자 안에는——.

——쥐?

쥐 몇 마리가 웅크리고 있다. 실험용 흰쥐다.

나와 같이 약물로 살아가는 쥐다.

흰쥐는 희미한 달빛을 받아 더욱 창백하다.

커다란 창으로 보이는 것은,

달. 그리고——.

——소아과 병동.

나는 허둥지둥 창에 등을 돌렸다. 창에는 커튼이 없었다. 동생 부부가 사는 건물이 훤히 보인다.

그 안에는 동생과 그 남편의 생활이 있다. 나 같은 게 그런 것을 보아서는 안 된다. 내게는 볼 자격이 없다.

불도 켜지 못하고, 방에서 나가지도 못하고, 결과적으로 나는 책상에서 의자를 빼내어 거기에 살짝 걸터앉아서 창밖을 보지 않도록 아래를 향했다.

그대로 눈을 감고 꼼짝 않고 있자니 약간 안심이 되어서 조금은 침착해졌다.

——무슨 밤이란 말인가.

최악이다. 이리저리 오가는 도움도 안 되는 기억들에 희롱당해 방을 뛰쳐나오는 바람에—— 그런, 나이토 따위에게——.

껴안긴 감촉이 되살아나서 온몸이 부들부들 떨렸다. 불쾌한 숨결까지 되살아난다.

—— 내가 제부와?

입에서 나오는 대로 지껄인 것이다. 나이토의 헛소리가 틀림없다. 그 남자는 내 불안정한 행동을 짐승 같은 후각으로 냄새 맡고, 있지도 않은 일을 늘어놓아 뒤흔들려고 한 것이 틀림없다. 그런 비열한 남자인 것이다. 애초에 내가 제부와——.

—— 그 사람의 얼굴은 어땠을까.

나는 제부의 얼굴을 잘 모른다.

말을 나눈 적은 물론이고 제대로 시선을 향한 적도 없다.

나는 나도 모르는 사이에 제부를 피하고 있었던 모양이다.

같은 집에 살고 있는데 이것은 이상할까. 같은 가족인데,

—— 아아, 가족 같은 게 아닌 것일까.

우리는 가족이라는 이름의 타인이었다. 넓은 폐허 속에서는 하루 종일 얼굴을 마주하지 않고 지낼 수도 있다. 그 일그러진 생활은, 절반은 나 자신이 바라던 것이기도 하다. 그러니—— 부모나 동생도 타인이다. 제부는 더더욱 타인이다. 게다가 제부는 남자다. 나는 제부가 남성이기 때문에 꺼리고, 의식적으로 멀리하고 있었던 것이 아니었을까.

왜냐하면——.

나는 내 안에 잠들어 있는 여자가 남자와 접촉함으로써 깨어나는 것이 아닐까 하고 걱정하고 있기 때문이다.

머리도 마음도 여자이기를 맹렬하게 거부하고 있는데 몸만은,

── 훨씬 여자.

아아.

나는 한숨을 쉰다. 그것은 나이토의 말이다. 나는 역시 나이토가 말하는 대로의 여자인 것일까.

싫다. 몹시 싫다. 그렇다면 왠지 끔찍하게 더럽다. 남자가 그렇다는 것이 아니라 내가.

하지만 한편으로 나는 나이토를 싫어하듯이 제부를 싫어하지는 않는 것 같기도 하다. 얼굴도 목소리도 어렴풋이 생각날 뿐인데도, 나는 왠지 나이토에게 느끼는 것 같은 혐오감을 제부에 대해서 갖고 있지는 않다.

── 그건 말이지,

그건?

── 사랑을,

사랑이라는 말은 들어 본 적도 없다.

── 연애편지를,

그런 것은 본 적도 없다.

── 연애편지를 받은 것처럼,

언니는 마성이야, 음란한 여자야, 마녀야.

── 웃고 있었잖아.

웃고 있는 쪽이 나다.

"싫어! 아니야! 전혀 아니라고!"

나는 큰 소리를 질렀다.

이곳은 폐허인 주제에 방음이 구석구석까지 잘 되어 있다.

큰 소리를 내도 아무도 오지 않는다. 자신이 입을 다물면 세상에서 소리는 사라진다. 그런 곳이다.

정적이 되었다. 심장 고동이 남았다.

안 된다. 아무래도 안정되지 않는다. 나는 더 이성적으로 굴어야 한다. 몸에 나쁘다.

안정을——이성을 되찾아야 한다. 나는 오늘 밤 처음부터 착란을 일으키고 있었다.

애초에 그 작은 여자가——.

그거다. 그것이 바로 문제다.

작은 여자? 상식적으로 생각해서 그런 것이 있을 리가 없다. 있다거나 없다거나, 기억한다거나 기억하지 못한다거나 하는 레벨의 문제가 아니다. 그런 것의 실재를 마치 당연하다는 듯이 생각해 버리는 현재의 내 정신 상태가 바로 문제인 것이다.

나는 다시 양쪽 어깨를 껴안고, 고개를 숙이고 눈을 감고, 천천히 숨을 들이쉬었다. 그리고 생각한다.

좀 더 이지적으로.

작은 여자의 정체. 그것은——.

내가 버린 내 안의 여자가 아닐까.

어리석은 자신을 늘 불쌍하게 여기고 있다.

그것이 틀림없다.

결국은 역시 환영이다.

나는 자신의 그림자에 겁을 먹고 있을 뿐인 겁쟁이였다. 나의, 수복할 수 없을 정도로 거칠어진 신경이 보여주는 환영이 바로 그 작은 여자다.

그 증거로 작은 여자는 신경이 몹시 흥분하거나 정신적으로 불안정해지거나 했을 때에 나타난다. 아까도 그랬다. 나이토는 그런 내 이상한 행동에 감화되어 환청을 들은 것이 틀림없다. 그 남자도 취해 있었고 충분히 흥분해 있기도 했던 것이다.

아니, 그것조차도 의심스럽다. 아까 그 소리는 나이토가 말한 대로 쥐나 뭐 그런 것이었던 게 아닐까.

인간의 기억만큼 믿을 수 없는 것은 없다고 한다. 나는 먼 과거에도 작은 여자를 본 것 같은 기억을 가지고 있다. 그러나 그것도 깊이 따져보면 진짜 기억인지 아닌지는 의심스럽다. 병에 걸린 내 신경이 마치 진실인 것 같은 가짜 기억을 만들어냈을 뿐인 것이 아닐까. 사실은 그런 작은 여자는 본 적이 없는데도 나는 환각에 현실감을 부여하기 위해서, 거슬러 올라가서 과거의 기억을 고친 것은 아닐까?

지나가 버린 일은 설령 그것이 사실이든 지어낸 것이든, 뇌 속에서는 같은 가치밖에 갖지 못한다.

꿈과 마찬가지다. 깨어 있으면서 꿈을 꾸고 있었던 것이나 마찬가지다.

무엇이 계기인지는 알 수 없지만——어쨌든 어떤 자극으로——내 안에 오랫동안 축적되어 있던 고름 같은 것이 오늘 밤에 갑자기 나타난 것이리라.

그렇게 보면 모든 것이 꿈과 같기도 하다.

허둥거리고, 겁에 질리고, 참으로 어른스럽지 못하다.

그런 것을 안으로 안으로 쫓아내고, 보지 않으려고 하면서 사는 것이 어른인 것이다.

나는 눈을 떴다.

이런 상태니까——그래서 모든 것이 일그러진 것처럼 느껴지는 것이라고, 나는 그때 단호하게 생각을 고쳐먹었다.

분명히 나는 솔직한 인간은 아니다. 병약한 것도 사실이다. 그러나 ——그렇다고 해서 일상생활에 지장을 가져올 정도로 인격이 굴절된 것은 아닐 것이다.

또 가족도 그렇다. 분명히 대화가 적은, 온기가 별로 없는 가족이기는 하지만 결코 서로 미워하는 것은 아니다. 이 정도의 가족은 어디에나 있다. 이 정도의 일그러짐은 어느 가족이나 가지고 있다. 세상에 토라진 내가 조금 비뚤어지게 보고 있어서 조금 불행하게 느껴질 뿐이다.

이 정도는 보통이다.

동생이 결혼해 준 덕분에 아버지와 어머니는 그래도 조금 안심한 모양이다.

동생의 남편이라는 사람은 우수한 의사인 것 같다. 이것으로 병원 후계자 걱정도 덜었다.

즉, 설령 내가 이대로 영영 미혼으로 살더라도, 불임의 몸이라도, 특별히 신경 쓸 것은 없어진 것이다. 부서진 건물도 보수한다고 하고, 여기에 동생 부부에게 아기라도 생긴다면 우리 가족도 평범한 가족이 될 수 있을지도 모른다. 나는 이대로도 괜찮다. 이대로 살 수 있는 만큼 살면 그것으로 되었다.

불안 요소는 아무것도 없지 않은가.

물론 내가 제부와 깊은 사이가 되는 것은 천지가 뒤집힌다 해도 있을 수 없는 일이다.

나는 그제야 고요한 마음을 되찾았다.

이제 ——아무렇지도 않다.

두통도, 오한도 나지 않았다. 몇 시간이나 이런 상태가 계속되고 있었는지 모르겠지만 마치 긴 악몽에서 깨어난 것 같은 기분이었다.

느릿느릿 얼굴을 든다.

창밖은 ——.

그래도 왠지 모르게 동생 부부의 방을 들여다보는 것은 내키지 않았다. 이것은 생각해 보면 당연한 일이고, 신혼부부의 방을 심야에 들여다보고도 아무렇지도 않은 게 더 이상하다.

——방으로 돌아가자.

그리고 약을 먹고 푹 자자.

잠에서 깨면 동생과 이야기라도 하자.

그렇다, 소녀 시절처럼.

내가 일어선,

그때 ——.

바스락바스락.

소리가 났다. 선반의 유리 상자 안에 있는 쥐?

바스락버스럭.

아니다. 발밑 ——아니, 책상 속이다.

나는 책상 위로 시선을 던졌다.

아무것도 없다.

바스락버스럭.

분명히 소리가 난다.

서랍이다.

벌레? 아니면 이 안에도 쥐가?

서랍 손잡이에 손가락을 건다.

왜 열까? 확인할 필요 따윈 없다.

조마조마하다.

말할 수 없는 초조감이 나를 뒤덮는다. 아니, 초조감이 아니다.

이것은——파멸의 예감일까.

빨리.

빨리 열어.

나는 이마에 손을 댔다. 미열이 있는 것 같다.

감기에 걸린 것일까.

이것은 죽음의 예감일까.

그렇다면 익숙하다.

나는 지금까지 벌써 25년이나 죽음의 예감과 이웃하며 살아왔다.

그러니——.

괜찮다.

가슴에 손을 댄다. 심장 박동이 전해진다.

아아, 살아 있다, 하고 생각한다.

맥박이 점점 빨라진다.

약 냄새가 나는 혈액이 뇌수로 보내지고 있다.

왠지 머리가 부풀어 가는 것 같다.

이상하게 시각이 선명해졌다.

세상이 갑자기 또렷하게 보인다.

서랍을 열자——.

쥐 같은 것은 없었다.

종이뿐이다. 아니, 낡은 봉투일까.

서랍에는 편지 다발이 들어 있을 뿐이다.

편지. 편지는 싫다. 한 글자 한 글자에 담긴 정념이, 상념이, 망념이 냄새를 풍길 정도로 농밀해서 보고 있기만 해도 숨이 막힌다. 없어져 버리는 것이 나은, 도움도 되지 않는 기억들을 억지로 밀어 넣은── 편지는 기억의 관 같은 것이다. 지긋지긋하다. 편지는 꺼림칙하다. 불길하다. 싫다.

허둥지둥 서랍을 닫으려고 하다가 깨달았다.

──이것은?

이 편지는.

동생이──제부에게 보낸 편지──.

──연애편지일까?

연모의 정(情)을,

뜨거운 마음을,

남자가 여자에게,

여자가 남자에게,

전하는 글──.

이런 것을 나는,

본 적도,

물론 쓴 적도,

머리가 부푼다.

되살아나지 마, 도움도 안 되는 기억.

머리가 부푼다.

바스락. 바스락바스락.

그 순간 연애편지 다발이 무너졌다.

누렇게 바랜 봉투 밑에서,

10센티미터 정도 되는 작은 여자가 바스락거리며 얼굴을 내밀었
다.

── 있다. 역시 있었던 것이다.

여자는 이 세상의 것이라고는 생각할 수 없을 정도로 무서운 얼굴
로 나를 노려보며, 또렷한 목소리로 말했다.

"어리석은 것."

그리고 여자는 연애편지 한 통을 내게 주었다.

그 순간.

뺑창뇐 나는 터져서 사라졌다.

1950년 늦가을의 일이다.

百鬼夜行 - 陰

세 번째 밤.

◎

모쿠모쿠렌

目目連

◎ 目目連

◎ 모쿠모쿠렌

안개가 흔적 없이 사라지고
옛날에 누군가 살았던
집 구석구석에
눈이 많기도 하니
바둑 두는 이가 살던 흔적일까

──금석백귀습유 / 하권 · 우(雨)
도리야마 세키엔 (1781)

1

누군가가 보고 있다.

그것은 얼핏얼핏 옷의 천을 통과해 피부 표면에 쏟아진다.

—— 시선.

시선이 느껴진다.

목 양쪽에서 어깨뼈에 걸친 근육이 단단히 경직된다.

"누구요."

몸을 돌려보니 야노 다에코가 서 있었다. 신문으로 싼 꾸러미를 가슴 앞에 들고 환하게 웃고 있다.

"받은 게 있어서 좀 나눠 드리려고요. 참외를 주신 분이 있어서 가져왔어요."

태연한 목소리로 말하면서 다에코는 히라노 옆으로 다가와 몸을 굽혔다.

"어딘가 —— 몸이라도 안 좋으세요? 히라노 씨."

"네가 말도 걸지 않고 들어와서 깜짝 놀랐을 뿐이야."

히라노가 변명을 하자 다에코는, 어머나, 너무하시네요, 제대로 현관문에서 불렀어요, 하고 말하며 한층 더 재미있다는 듯이,

"그렇다고 식은땀을 흘릴 정도는 아니잖아요."

하고 말하면서 손수건으로 이마의 땀을 닦아 주었다.

무슨 냄새인지 알 수 없지만, 여자의 향기가 났다.

──── 시선.

시선이란 무엇일까. 히라노는 생각한다.

사람이란 어느 정도의 의지를 가지고 능동적으로 세상을 보고 있는 것일까.

세상이 그냥 있고, 그것이 그냥 보일 뿐이라면 그것은 과연 의지를 가지고 세상을 보고 있다고 할 수 있을까.

보지 않는다는 것은 능동(能動)이다.

눈을 감는 것은 자신의 의지다.

하지만 본다는 것이 되면, 이것은 의심스럽다. 자신의 의지로 결정할 수 있는 것은 보는 방향 정도다. 시각은 향한 방향에 있는 대상을 싫어도 전부 포착하고 만다. 선택의 여지가 없다면 눈은 단순히 세상을 받아들이고 있을 뿐이다. 그렇다면 보는 것이 아니라 오히려 보인다고 부르는 것이 옳을 것이다.

그것은 아닐지도 모르지만.

어쨌거나 안구가 빛이나 바람, 어떤 물리적 작용에 미치는 것을 내뿜고 있는 것은 아닐 것이다.

따라서 눈을 향한 곳에 있는 것이, 눈이 향함으로써 어떻게 되는 일은 없다 ──── 고 히라노는 생각한다.

히라노는 특별히 과학에 밝지는 않지만 그냥 멍청하게 살아가는 것도 아니어서, 빛이 물체에 반사되어 눈동자로 들어오기 때문에 세상이 보이는 것——이라는 정도의 이치는 새삼 배우지 않아도 그럭저럭 안다. 보는 행위가 보여지는 물체에 물리적으로 작용하리라고는 도저히 생각되지 않는다.

그렇다면——.

시선이란 무엇일까.

등을 태우는 것 같은,

간질거리는 듯한,

오싹한 듯한,

그 감각은 무엇 때문에 일어나는 것일까.

사신의 착각일까. 확실히 그런 경우는 보통 착각인 경우가 많다. 그러나——가령 지금은 어떨까. 등에 느껴진 시선 너머에는 실제로 다에코가 있었지 않은가.

이것은 우연일까.

"요즘 이상하시네요. 히라노 씨."

다에코는 그렇게 말하며 걱정스러운 듯이 히라노의 얼굴을 들여다보았다.

검고 커다란 눈이 크게 뜨여 있다. 그 망막에는 지금 히라노의 얼굴이 비치고 있을 것이다. 마치 히라노가 청초한 그 아름다운 얼굴을 보고 있는 것처럼, 다에코는 히라노의 지친 얼굴을 보고 있을 것이다.

히라노는 조금 싫어졌다.

2

누군가가 보고 있다.

시선이 느껴지는 것은 대개 등이다.

또는 얼굴이 향하고 있지 않은 방향이다.

그것은 대개 사각지대에서 온다.

그렇다.

가령 어젯밤의 욕실이다. 몸을 씻고 머리를 감으며 고개를 숙인 그때였다. 따끔——하고 그것은 어깨에 꽂혔다. 그때까지 콧노래라도 한 곡 부를 기세였는데 갑자기 온몸이 긴장하고, 마치 그것으로부터 몸을 지키듯이 등이 경직되었다.

있다. 보고 있다. 나를 보고 있다.

채광창에서 보고 있는 것일까.

아니, 욕조의 나무통 뒤일까.

눈을 부릅뜨고 보고 있는 것은 사람일까. 요괴일까.

거기에 —— 있는 것일까.

무섭지 않다고 생각하고 용기 있게 돌아보면 된다. 어차피 아무도 없을 것이다. 때마침 수증기라도 한 방울 뚝 떨어진다면 소리를 지를 정도로 간담이 서늘하겠지만, 소리를 지르면 두려움은 진정된다. 결국 몸도 제대로 헹구지 않고 나왔다.

그렇게 말하자, 그건 히라노 씨가 겁쟁이라서 그렇다, 덩치에 안 어울린다며 가와시마 기이치는 크게 비웃었다.

"그 말대로 나는 대담하지는 않네. 하지만 자네에게 비웃음을 당할 정도로 겁쟁이는 아니야."

"겁쟁이예요. 그야 그런 일은 누구에게나 있지요. 하지만 대개는 어린 시절의 우스갯소리예요. 다 커서 그런 생각을 하는 것은 상당히 겁쟁이지요. 여기에 히라노 씨가 묘령의 여인이라도 되었다면 물론 치한이다, 파렴치한이다 하고 소란이라도 났겠지만요. 공교롭게도 거친 30대 남자가 목욕하는 모습을 훔쳐보는 특이한 취향을 가진 사람은 없단 말입니다."

가와시마는 갸름한 턱을 살짝 내밀며 자작으로 술잔을 채워 단숨에 들이켰다.

"아니면 그, 아까 그 집주인의 딸, 그 예쁜 아가씨가 들여다본 것인지도 몰라요. 그 아가씨는 히라노 씨한테 반한 것 같으니까."

"바보 같은 소리 말게."

다에코가 목욕하는 모습을 엿볼 리도 없다.

다에코는 대각선으로 건너편에 사는 집주인의 딸이다.

양재인지 기모노 짓는 일인지를 하는 모양이지만 히라노는 자세히 모른다. 올해 열아홉 살이라고 한다.

히라노는 이 집을 빌린 지 1년 정도 되었는데, 그 사이에 다에코가 이것저것 보살펴준 것은 사실이다. 그러나 그것은 타고나기를 남 돌보기 좋아하는 탓이라고 히라노는 생각한다. 구더기가 우글거릴 것 같은 홀아비 생활을 보다 못해 돌보아 주는 것이리라.

분명 열아홉 살의 젊은 아가씨가 자신 같은 사람에게 마음을 둘 리가 없다. 고작해야 동정일 거라고 말하자 가와시마는 싱글벙글 웃으며 말한다.

"쓴 여뀌 잎을 즐겨 먹는 벌레도 있다고 하잖아요."

"하지만 자네는 그런 취향을 가진 사람은 없다고도 말하지 않았나."

"말했지만 철회하겠습니다. 아무래도 히라노 씨는 둔한 것 같으니까요. 원래 세든 사람을 보살펴주는 것은 참견쟁이 할머니의 역할이지, 그런 예쁜 아가씨가 할 일이 아니거든요."

그럴지도 모르지만.

히라노에게는 아무래도 상관없는 일이었다. 반했다느니 어쨌다느니, 그런 색사(色事) 종류는 상당히 옛날에 귀찮아졌다. 그것보다도 지금은,

── 시선이다.

그렇게 말하자 가와시마는 순간 낙심했다.

"그런 것은 아무래도 상관없잖아요. 누가 본다고 죽는 것도 아닌데. 아프지도 않고요."

"상관없지 않네. 바람이 닿거나 물을 맞거나, 무언가 원인이 있는 것이라면 마음도 쓰지 않겠지만, 아무것도 없는데 무언가를 느끼다니 기분이 나빠서 견딜 수가 없어."

"겁쟁이시네요."

가와시마는 어이없다는 얼굴로 그렇게 되풀이했다.

"비유 중에서 안광이 날카롭다는 것이 있을 정도니까요. 서치라이트로 비추는 것처럼 눈알에서 빛이 나올 때도 있겠지요. 하기야 누가 보고 있는 것이 사실일 때의 이야기지만요."

"그런 바보 같은 일이 있을까."

"짐승의 눈은 빛납니다."

"그것은 빛이 반사하는 것이겠지. 눈이 빛을 내뿜는 것이 아닐세. 게다가 빛이 비친 정도로는 내가 알 수도 없어."

"하지만 한 번 노려보아서 새도 떨어뜨린다는 천하무쌍의 무사가 옛날에는 있었잖아요."

"그것은 옛날이야기시."

"집중해서 쳐다보면 어떻게든 될 것 같은 기분도 드는데요."

그럴——지도 모른다. 막연하게 보이는 풍경 속에서 대상을 선택하고 응시하기 때문에 시선이 생겨난다는 생각은 옳을지도 모른다.

그러나 관찰자의 의식이 공기를 타고 전달된다고는 도저히 생각되지 않는다. 보는 사람의 마음이 보이는 쪽에 전해지기라도 한다는 것일까.

반쯤 자포자기하듯이 그렇게 말하자 가와시마는 그렇습니다——하고 말했다.

"마음에 들어 한다는 것이겠지요. 뜨거운 눈빛이라는 말도 있으니까요. 역시 보고 있는 것은 그 아가씨일 거예요."

그 화제로는 흥이 나지 않는다.

히라노는 생각한다.

마음이라는, 있는지 없는지 알 수 없는 어설픈 것으로는 설명 되지 않는다.

소위 말하는 기척이라는 것은 깊이 따져보면 공기의 희미한 움직임 이나 희미한 냄새나 그림자가 살짝 움직이는 것이고, 그것과 시선은 다른 것 같다는 생각도 든다.

가령 그렇다고 해도.

── 보고 있는 것은 누구일까.

결국 아무리 유인해도 히라노가 넘어오지 않아서 가와시마는 애가 단 모양이다. 이 목석같은 양반아, 혼자서 실컷 무서워하라고 ── 입 밖에는 내지 않지만 태도에 나타나 있다.

"히라노 씨도 방에 틀어박혀서 이런 세공 같은 것만 만드니까 우울 해지는 거겠지요. 아무리 생계라고는 해도 가끔은 숨을 돌릴 필요도 있으니까요. 다음에 다마노이[10] 근방에 한 번 가 봅시다."

가와시마는 그렇게 말하며 일어서려고 했다. 히라노는 그것을 제 지한다.

"잠깐 기다려 보게. 술이라면 더 있어. 안주는 없지만. 내일은 휴가 아닌가. 좀 더 느긋하게 있다가 가면 좋지 않은가. 서두를 것은 없네. 기다리는 여자도 없을 테고."

혼자가 되는 것이 싫었던 것이다.

불평도 하고 싶은 기분이었다.

가와시마는 다시 앉았다.

히라노가 하는 일은, 옛날식으로 말하자면 장식물을 만드는 직인 이다.

---

10) 도쿄 스미다 구 북부에 있었던 사창가.

황후 인형의 관이나 중국 부채의 장식물, 비녀류 등 몹시 섬세한 금속 세공이 생업이다. 이 일은 사람들과 전혀 어울리지 않아도 일상생활이 성립하기 때문에, 특별히 사람을 싫어하는 것도 아니지만 친구는 적다.

가와시마는 이웃의 인쇄공장에서 일하는 청년으로, 집이 가깝다는 것 이외에 히라노와의 접점은 별로 없다. 왜 친하게 지낼 마음이 든 것인지는 히라노도 모른다.

가와시마는 말했다.

"히라노 씨는 아무래도 안 되겠네요. 지나치게 성실하세요. 기분 상하셨다면 사과하겠지만, 돌아가신 형수님을 못 잊으시는 건 아닙니까? 안 되지요. 품행이 단정하다고 칭찬을 받을 수 있는 건 대개 과부라고요."

"아아. 그런 것은 아니야. 잊었는데. 잊었네. 그런 것은."

"그러세요?"

가와시마는 의심스러운 얼굴을 했다.

히라노가 이 젊은 직공과 알게 된 것은 바로 최근의 일이다. 따라서 히라노는 가와시마에 대해서 거의 모르고, 가와시마도 히라노에 대해서 잘은 모를 것이다.

다만 죽은 아내에 대해서는 히라노 자신의 입으로 며칠 전에──아주 조금만──털어놓았다.

어쩌다가 그런 쓸데없는 이야기를 하고 말았는지, 그것도 히라노는 모른다. 가와시마는 이야기를 잘 들어주는 사람인지, 이야기하는 데에 소질이 없는 히라노도 쓸데없는 말을 하고 마는 것이다.

──미야.

아내의 이름을 떠올린다.

히라노의 아내가 죽은 것은 4년쯤 전의 일이다.

혼례를 올린 것은 전쟁이 시작되기 전해였으니, 전쟁을 사이에 두고 8년 가까이 함께 살았던 셈이다. 2년 동안 징병을 나가 있었으니 실질적으로 함께 산 것은 6년이 되는 것일까.

갑작스러운 자살이었다.

원인은 모른다.

납품하러 갔다가 돌아와 보니 아내가 윗미닫이틀에 매달려 있었다. 유서도 없었고 히라노는 평소 아내의 고민 같은 것도 들은 적이 없어서, 그야말로 청천벽력이었다.

따라서 히라노가 슬프다거나 쓸쓸하다는 기분을 느낀 것은 아내를 잃고 나서 꽤 시간이 지난 후의 일이었다. 그 마음도 이제 엷어져, 먼 옛날에 어디론가 사라져 버렸다. 다행인지 불행인지는 알 수 없지만 아내는 아이를 낳지 않았고, 친척도 없었기 때문에 히라노는 세상 천지에 혼자가 되었다. 아무렇지도 않다.

"의심스러운데."

가와시마는 경박하게 입술을 일그러뜨린다.

"정말 그러세요? 그렇다면 히라노 씨, 어째서 후처를 들이지 않으시는 겁니까."

"여자와 인연이 없으니까."

"그렇지 않아요. 그 아가씨도 있고."

"그 아가씨는 상관없어. 게다가 후처로 삼는다고 해도 열아홉 스무 살이면 나이 차이가 너무 많이 나지 않나."

―― 하지만. 확실히.

아내가 살아 있을 때, 히라노는 시선을 느끼고 두려워하는 경험을 한 기억은 한 번도 없었다.

──그렇다면.

그렇다면 가와시마의 말대로 무언가 상관이 있을지도 모른다고, 문득 그런 생각이 들어 히라노는 불단으로 시선을 보냈다. 가와시마는, 그것 보세요, 역시 미련이 있는 거예요, 하고 말하면서 앉은 채 방바닥 위를 이동해 불단으로 다가가더니 손을 모으고 잠시 묵념을 하고 나서, 주위를 물색하듯이 슬슬 살피고는, 이런, 이런, 신심이 없으시네요, 히라노 씨, 하고 말했다.

불단에는 먼지가 켜켜이 쌓여 있다. 히라노는 평소 불단 같은 것은 위패를 넣는 선반 정도로밖에 생각하지 않아서 청소해야겠다는 생각은 처음부터 없었다.

그래, 신심이 없지, 하고 히라노가 거만하게 말하자 가와시마는 눈썹을 찌푸렸다.

"아침저녁으로 향을 피우고 초를 켜라고는 하지 않겠지만 적어도 물 정도는 올리세요."

"그런 생각도 들긴 하는데. 미련이 없다는 증거일세."

"그런가요? 이렇게 더러우면 오히려 의심하고 싶어지는데요. 이 먼지는 반년은 청소하지 않은 것 같잖아요. 보통 같으면 기일에 과자라도 하나 올릴 텐데. 이걸 보니 성묘도 가지 않으시나 보네요."

"귀찮아. 잊었네."

"그렇다면 히라노 씨, 사실은 신경 쓰고 있으면서 일부러 그러시는 거예요. 신경이 너무 쓰여서 견딜 수 없으니까 오히려 보고도 못 본 척을 하는 게 아닌가요?"

"게을러서 그래."

"일하는 걸 보면 꼼꼼하신데요. 하지만요. 이러면 나오겠어요."

"나오다니 뭐가?"

가와시마는, 이거 말입니다, 하고 말하며 몸을 돌리고 양손을 축 늘어뜨렸다.

"설마."

—— 보고 있었던 것은,

아내라고 ——.

"유령 같은 건 없네."

"유령이라고는 하지 않았어요. 히라노 씨, 뭔가 형수님한테 켕기는 마음이라도 있는 건 아닙니까?"

"그런 건 ——."

—— 없을까.

"—— 그런 건."

"마음에 솔직해지는 게 좋아요."

"솔직하다니."

"그러니까 그런 젊고 예쁜 아가씨가 접근해 오니 히라노 씨도 틀림없이 썩 싫지는 않았겠지요. 하지만 형수님께 미안하다는 켕기는 마음도 있는 거예요. 알아차리지 못할 뿐이지요. 그래서 그렇게 이상한 기분이 드는 겁니다. 무턱대고 아가씨도 형수님도 무시하고 있어요."

—— 켕기는 마음.

흠칫. 히라노의 등에 시선이 꽂혔다.

"이거 성묘라도 한 번 가서 사과하는 게 좋겠어요. 그렇게 하면 그, 누가 보고 있는 것 같은 느낌도 ——."

가와시마는 거기에서 이야기를 멈추었다.

히라노가 경직된 것을 알아차린 것이다.

"히라노 씨, 지금, 그."

"응. 지금 누군가가 ── 나를 보고 있네."

가와시마는 몸을 쭉 뻗듯이 하며 히라노의 어깨 너머로 장지 쪽을 보았다.

"저기가 ── 찢어져 있네요. 저깁니까?"

"글 ── 쎄."

가와시마는 일어서서 장지 쪽으로 향했다.

드르륵 하고 장지문을 열며, 가와시마가 말한다.

"아무도 없어요, 히라노 씨, 보세요."

그 말에 맞추어 돌아본 그 찰나에.

히라노는 시선의 정체를 보았다.

옆방에는 아무도 없는데,

장지 종이의 찢어진 틈으로 눈 하나가 엿보고 있었다.

3

누군가가 보고 있다.

시선을 느끼는 일은 날이 갈수록 많아졌다.

본래 같으면 돌아보면 된다. 공포심은 누그러진다.

대부분의 경우, 거기에 아무것도 없는 것은 명백했다. 멍청아, 무서운 게 어디 있어, 하고 스스로를 격려하면 그걸로 끝이었다.

그러나 히라노는 시선을 느껴도 돌아볼 수 없게 되고 말았다. 무서운 것이다.

돌아보면 아마 ──눈이.

그 장지의 찢어진 틈으로 엿보고 있던,

──눈이.

돌아보지 않으면 무서움은 더욱 쌓인다.

교창(交窓)의 조각물. 장지 틈. 벽 구석의 구멍.

틀림없이 시선의 근원지에는 그 ──눈이.

――환각이다.

그것은 틀림없다.

그러나 가와시마가 있는 앞에서 환각을 보는 자신이 다른 의미로 무서웠다.

그리고 히라노는 아내를 생각한다.

――그 눈은.

가와시마의 말대로 아내의――.

아내의 눈.

그런 바보 같은 결론에 다다르는 것도 정상은 아닐 것이다.

그러나 지친 히라노의 정신은 비교적 순순히 그 결론에 익숙해지고 만다. 그것은 일종의 바람이기도 할 것이다. 막연한 불안을 피하고자 유령 같은 것을 꾸며내는 것은 손쉬운 일이다. 그러나 그런 상태도 그다지 바람직한 상태는 아닐 것이라고, 그렇게 생각했다.

차라리 정말로 성묘라도 갈까 하고 생각한 것은 그 때문이다.

방에 앉아 있는 것보다 바깥을 돌아다니는 편이 안심할 수 있다는 이유도 있었다. 이상하게도 히라노는 집 밖에서는 시선을 느끼지 않는다. 항간에는 많은 사람이 오가고 있으니 오가는 사람의 수만큼 시선이 당연히 날아다닐 것이다. 만일 시선이 물리적인 작용이라면 히라노 같은 남자는 밖에 나갈 수 없다는 논리가 될 것이다.

그러나 밤낮을 가리지 않고, 히라노는 바깥에서 시선을 느끼는 일이 없었다. 그 몇 줄기나 되는 시선에 섞이고 마는 것일까, 아니면 대상인 자신이 이동하는 것이 시선에게 방해가 되는 것일까 하고 생각도 해 보았지만 어차피 어설픈 생각이다.

아내의 보리사[11]는 오다와라에 있었다.

본래는 아내의 친정 조상을 대대로 모신 묘소다.

도쿄의—— 익숙하지 않은 지역의 묘지에 혼자서 들어가도 쓸쓸할 것 같아 특별히 부탁해서 넣어 달라고 했지만, 오봉[12]이든 춘분, 추분[13]이든 무덤을 찾아가는 사람은 없다. 아내의 친정은 전쟁으로 대가 끊기고 말았다. 한편 히라노의 고향 묘지는 어떤가 하면, 이쪽도 친척들이 모두 죽었고 게다가 절은 폐사(廢寺)되어 이제는 어떻게 되었는지 알 수 없어서 그쪽에 넣을 수도 없었다.

어쨌거나 찾아갈 사람은 히라노밖에 없고, 그 히라노가 가지 않으면 어디에 넣든 외로운 것은 마찬가지일 것이다.

아니나 다를까, 무덤 주위에는 풀이 울창하게 우거져 있어서 히라노의 박정함을 욕하고 있었다.

풀을 뽑는 데 반나절은 걸렸다.

이끼며 곰팡이를 씻어내고 꽃을 꽂고 향을 피웠을 무렵에는, 꽃도 기분 탓인지 시들어 보였다.

합장하고 고개를 숙여 보지만 히라노에게는 새삼 할 말도 없다. 보고할 만한 일도 아무것도 없었다. 귀적(歸寂)에 든 사람에게 잘 지내느냐고 할 수도 없어서, 우선 오랫동안 찾아오지 못한 것을 사과하고 나니 아무 생각이 없어졌다.

눈을 감자 등에——.

겁을 먹기 전에 목소리가 났다.

"왠지 야위셨군요."

---

11) 위패를 안치하여 명복을 비는 절.

12) 음력 7월 보름의 명절. 우리나라의 추석과 비슷하게 전 국민의 휴일이며 고향에 내려가거나 성묘를 감.

13) 일본에서는 이때 죽은 이를 위해 7일간 법회를 열곤 한다.

느릿느릿 목소리가 난 방향을 보니 비석과 비석 사이에 자그마한 몸집의 승려가 서 있었다.

"무슨 사연이라도 있으십니까. 쓸데없는 참견이라고 생각하신다면 신경 쓰지 마십시오. 가라고 하시면 곧 떠나겠습니다."

본 적이 없는 승려였다.

하기야 히라노는 이 절의 승려는 주지 한 명밖에 모르고, 주지 이외에 승려가 몇 명이나 있는지도 모른다. 그 승려는 풍경에는 잘 어우러졌지만, 지나치게 잘 어우러져서 존재감은 희박하게 느껴졌다.

"스님은 이 절 분이십니까."

승려는 아니라며 손을 저었다.

"저는 하코네 산에 사는 파계승입니다. 이곳 주지와는 오래전부터 알고 지낸 사이지요. 볼일이 좀 있어서 들렀는데 당신이 눈에 띄더군요."

"눈에 —— 띄었다고요."

"눈에 확 띄었지요."

"어떻게."

"어떻게라고 물으셔도, 저는 점쟁이가 아니니 잘 대답할 수가 없군요. 그렇지, 왠지 당신의 등이 —— 세상을 거부하고 있었습니다."

승려의 얼굴은 자그마했고 묘지는 애석하게도 해 질 녘 무렵이어서 그 표정은 잘 알 수 없었다. 확실히 표표하지만 히라노를 바보 취급하는 것 같지도 않았다. 히라노는 이대로 있으면 무례할 것 같아 자신의 이름을 말했다. 승려는 자신을 고사카라고 소개했다.

히라노는 시선에 대해서 이야기했다.

"묘한 것에 사로잡혀 계시는군요."

고사카는 작게 고개를 끄덕이며 중얼거렸다.

"그렇다고 성묘를 오다니 납득이 가지 않지만——."

"부끄럽지만 친구가 그것은 죽은 아내의 짓이다, 유령이다——
하고 겁을 주어서요. 그 말을 듣고 나니, 이게 아니라는 걸 알면서도
신경이 쓰이더군요. 역시 아내의 공양을 게을리하고 소홀히 한 탓도
있으려나 싶어 이렇게 멀리까지 성묘도 하러 왔지만, 이것은 임시변
통이고 도무지 공양할 마음이 들지 않습니다."

승려는 당연하지요, 당연하지요, 하고 되풀이하며 활짝 웃었다.
히라노는 물었다.

"시선이란——무엇일까요. 누가 저를 보고 있는 것일까요. 아니,
왜 저는 누가 저를 보고 있는 것 같은 기분이 드는 것일까요."

"글쎄요. 그것은 간단한 일이지요."

"간단한가요?"

"가령. 지금 당신을 보고 있는 것은 누구이겠습니까."

"예, 스님이 보고 계시지요."

"제 시선을 느끼십니까."

"느낄 것까지도 없지요. 보이니까요."

"그렇다면 눈을 감으십시오."

히라노는 시키는 대로 눈을 감았다.

"어떠십니까. 지금 당신에게는 아무것도 보이지 않아요. 그럼 제
시선을 느끼십니까."

미간일까. 코끝일까. 따끔따끔 그 감각이 피부를 스쳤다. 승려는
그 부근을 응시하고 있는 것이 틀림없다.

히라노는 확신했다.

"——느낍니다."

"그래요. 그렇겠지요. 그건 시선입니다. 자, 눈을 뜨십시오 ——."

히라노가 천천히 눈을 떠 보니 ——.

승려는 뒤를 향해 등을 보이고 있었다.

"아아."

"저는 당신이 눈을 감는 것과 동시에 뒤로 돌았습니다. 저 감나무를 바라보고 있었지요."

"그러면 —— 방금 그 시선은 —— 착각."

착각일까.

오해일까.

승려는 다시 아니오, 아니오, 하고 말했다.

"그러니까 방금 그것이 시선입니다. 제 눈은 감나무를 향하고 있었지만, 마음은 분명히 당신 쪽을 향하고 있었으니까요."

"저는 —— 스님의 마음을 느끼기라도 했다는 건가요."

"그것도 아니지요. 마음을 어찌 느끼겠습니까. 사람에게 마음 같은 것은 없습니다."

"마음이 없다고요?"

"없소. 사람은 텅 비었습니다. 가죽뿐이지요."

"텅 비었다 —— 고요."

"잘 들으십시오. 저는 저쪽을 향하고 있었지만, 당신이 눈을 감고 있는 동안 당신에게 있어서 저는 당신 쪽을 향하고 있었던 것입니다. 당신이 눈을 감고 있는 동안에 제가 떠났다면 저는 계속 당신을 보고 있었던 것도 되겠지요."

"하지만 그것은 사실과는 다르지 않습니까."

"무슨 다를 것이 있겠습니까. 그것이 당신에게는 진실인데. 세상은 보는 사람에 의해서 결정되는 것입니다."

"보는 것이 세상을 바꿀 수 있을까요?"

여전히 히라노로서는 도저히 생각할 수 없는 일이다.

"보는 사람이 없으면 세상은 없습니다. 시선은 발하는 사람에게는 존재하지 않지요. 받는 사람에게만 존재하는 것입니다. 물리 섭리와는 상관없어요. 당신이 생각하는 것과는 완전히 반대지요."

승려는 웃으며,

"미안하오, 미안하오. 설교라니 성미에도 맞지 않는 일인데, 반야탕[14]이라도 마시고 자야겠습니다."

하고 호쾌하게 말하고는 솔도파[15]를 헤치듯이 어둑어둑한 묘지의 공기에 녹아들고, 이윽고 사라졌다.

까마귀가 세 번 울었다.

히라노는 한동안은 아내의 무덤을 비스듬히 바라보고 있었지만, 공교롭게도 흐릿한 모습의 죽은 아내가 나올 기척도 없어서 나무 들통을 들고 그 자리를 떠났다.

—— 결국은 자신의 문제인가.

그렇다. 모든 것은 자신의 문제다.

아내가 죽은 것도 ——.

—— 왜 죽었을까.

생각한 적은 없었다.

아니, 히라노는 생각하지 않으려고 하고 있었다.

---

14) 술을 가리키는 승가(僧家)의 은어.

15) 추선 공양을 위하여 무덤 뒤에 세우는, 위를 탑 모양으로 꾸민 좁고 긴 판자. 범자, 경문, 계명 등을 적는다.

── 그것은 ──.

고리(庫裏)[16] 옆에 들통과 국자를 도로 가져다 놓는다.

경내를 지나 서쪽 방향으로 곧장 나아가, 사무소(寺務所)에 다다른다.

켕기는 기분.

가와시마는 그렇게 말했다. 분명히 히라노는 아내의 죽음에 대해서 생각하는 것을 오랫동안 의식적으로 피해 온 것 같다. 기피하고 있었다는 느낌은 부정할 수 없다.

달그락달그락, 주렁주렁 매달려 있는 에마(絵馬)[17] 다발이 바람을 받아 소리를 냈다.

흠칫.

본다.

에마 사이로 ──.

── 눈.

히라노는 잔걸음으로 에마로 달려가, 달그락거리며 그것을 헤쳤다. 달그락달그락.

그 뒤에,

눈이다. 있다.

에마와 에마 사이에.

그 눈이 있었다.

── 이것이 환각일까.

길고 윤기가 도는 속눈썹에 둘러싸여.

---

16) 절의 부엌.

17) 발원(發願)할 때나 소원이 이루어졌을 때 그 사례로 신사나 절에 말 대신 봉납하는, 말 그림의 액자. 말 이외의 그림이나 글씨를 쓴 것도 있음.

촉촉하게 젖은 눈.

새까만 눈동자,

홍채와 혈관 하나하나까지 똑똑히 ──.

힐끗.

눈은 히라노의 얼굴을 보았다.

──우.

"우와아."

히라노는 양손으로 에마를 마구 후려쳤다.

몇 장의 에마가 뒤집히고, 심지어 몇 장은 떨어져서 땅바닥에 후두
둑 떨어졌다.

거칠어진 숨을 가다듬었을 무렵, 안면이 있는 주지가 허둥지둥 달
려와, 어떻게 된 일입니까, 정신 차리십시오, 하고 계속해서 말했다.

"실례 ──."

──그런 환각은 없다.

분명히 고사카라는 승려의 이야기는 옳을 것이다.

시선을 느끼고 있는 것은 자신이다. 그것을 발하는 사람이 있든
없든 상관없다. 그것을 발하는 사람이 없어도 시선은 느낄 수 있는
것이다.

하지만. 그런 것과는 상관없이,

보고 있다.

──눈이.

4

누군가가 보고 있다.

히라노가 그렇게 말하자 정신과 의사는 태연한 말투로 그렇습니까, 하고 말했다.

"──흔히 있는 일입니다."

"드문 증세는 아니라는 겁니까?"

"드물지는 않습니다. 잘 들으세요, 히라노 씨. 아마 당신이 생각하고 있는 것만큼 세상은 당신에게 주목하고 있지는 않을 거예요. 당신처럼 남들 눈이 신경 쓰여서 견딜 수 없다는 분은 의외로 많습니다. 하지만 그것은 병이 아니에요. 그렇지, 자의식 과잉이라고 할까요. 안심하셔도 됩니다. 아무도 ── 당신을 보고 있지 않아요."

"그런 것과는 달라요."

다르다.

의사는, 그래요, 하고 의아한 듯이 말했다.

"가령 군중 속에 있으면 주위 사람들이 모두 자신을 주목하고 있는 것 같은 기분이 들어서 순간 겁이 난다거나."

"그런 일은 없습니다. 오히려 혼잡한 곳은 안심이 되지요. 인파 속에 섞여서 그것이 보고 있지는 않을까 하고 생각하면 마음이 놓이지 않지만요."

"호오."

정수리가 약간 넓적하고 눈이 부리부리한 의사는 하얀 가운의 팔을 걷어 올리고 책상을 향했다. 기름기 없는 직모가 탐스럽게 흔들렸다.

"환각이 —— 보이는 것이로군요."

"환각 —— 일 거라고 생각하지만 실재감이 있습니다. 실제로 이 눈으로 가까이에서 보았어요."

"그렇군요. 자세히 들려주십시오."

하고 의사는 말했다.

히라노는 자세히 이야기한 다음 물었다.

"미친 걸까요. 저는."

"그렇지는 않습니다. 환각만이라면 저도 보는 걸요. 누구나 볼 겁니다. 대개 환각과 현실의 경계라는 것은 애매하거든요. 분명히 환각이라고 의식되는 것은 환각이 아니에요. 그런 것 때문에 미쳤다고 한다면 대부분의 인간은 이상할 겁니다."

그런 것일까.

의사는 연필 끝으로 책상을 두드렸다.

"뭐, 당신이 시선을 느끼고 겁을 먹는 것뿐이라면, 그것은 단순한 강박신경증이었겠지만 —— 음."

"그것은."

강박신경증이란──하고 히라노는 묻는다.

"가령 결벽증이라는 것이 있지 않습니까. 주위의 모든 것이 불결하게 여겨지지요. 그리고 뾰족한 것을 보면 엄청나게 무서워요. 높은 곳이 무섭다, 넓은 곳이 무섭다, 이런 것은 흔히 있지요. 세균은 더럽다, 뾰족한 것에는 찔린다, 높은 곳에서는 떨어진다는, 말하자면 당연한 공포가 근간에 있는 셈인데, 이런 것들은 공포 때문에 행동이 제한되거나 금지되기 때문에 사회생활을 영위할 수 없는 것은 아닙니다. 하지만 과산화수소로 닦지 않은 것을 만지지 못한다거나, 가위는 고사하고 연필도 들지 못한다면 청결한 것을 좋아한다거나 주의가 깊다는 테두리를 벗어난 것이지요."

과연 말을 잘한다고, 히라노는 감탄했다.

"누구에게나 있는 그런 강박관념이 도를 넘은 것이 강박신경증이라고 생각하시면 됩니다. 글쎄요. 연필은 이렇게 찌르면──."

거기에서 의사는 연필을 거꾸로 들고 자신의 눈을 향해 가볍게 찌르는 시늉을 했다.

"──흉기가 됩니다. 찔리니까요. 눈은 망가지지요. 다만 보통은 그런 짓은 하지 않아요. 하지만 연필로 눈을 망가뜨릴 수 있는 것은 사실이지요. 즉 어쩌다 사고로 그렇게 되는 것은 생각할 수 있는 일이 아니겠습니까."

사고는 있으니까요, 라고 히라노가 말하자 의사는, 그렇지요, 하고 말했다.

"하지만──그런 예측하지 못한 사태는 보통 같으면 상정하지 않습니다. 왜일까요."

"글쎄요."

"연필은 글씨를 쓰는 물건이지 눈을 찌르는 물건이 아니기 때문입니다. 이것은 대부분의 사람들에게는 필기도구입니다. 흉기가 아니에요. 하지만."

"하지만."

"하지만 혹시나 하는 기분이 높아지면 —— 연필을 보기만 해도 찔릴 것 같은 기분이 듭니다. 그래서 눈을 감싸지요. 연필을 멀리하게 되고요. 연필을 들 수 없게 됩니다. 강박관념에 사로잡힌 사람에게 연필은 흉기 이외의 그 무엇도 아닌 것입니다. 게다가 젓가락도 찔린다, 뾰족한 것은 전부 찔릴 것이 틀림없다고 점점 심해져 가지요. 선단공포증입니다. 이렇게 되면 사회생활에 지장이 생겨요. 이것은 모두, 뾰족한 것에는 찔린다는 싫은 이미지 —— 공포에 기초하고 있습니다."

"알 것 같습니다."

그런 일은 있을 것이다.

"당신의 경우 ——."

의사는 의자를 회전시켜 다시 히라노 쪽을 향했다.

"누군가가 본다 —— 기보다 엿본다는 강박관념이 근저에 있는 것 같습니다. 누구나 남이 자신을 엿보는 것은 싫지요. 프라이버시를 침해당하는 것에 대한 혐오는 누구에게나 있어요."

"그게 높아졌다 —— 는 건가요?"

"과거에 —— 누군가가 당신을 엿본 적이 있습니까?"

"그것은 시선을 느끼게 되기 ——."

"전입니다. 훨씬 전이라도 좋아요. 그것도, 실제로 누가 엿보지 않았어도 상관없습니다."

"누군가가 저를 엿본 것 같은 —— 기분이 든 것만으로도 좋다는
뜻입니까?"

"그래요. 아니, 누가 엿보았다기보다 비밀을 폭로 당한 경험이나,
알리고 싶지 않은 일이 누군가에게 알려지고 말았다거나."

—— 알리고 싶지 않은 일.

"아니면 보이고 싶지 않은 모습을 누군가에게 보이고 말았다거나."

—— 보이고 싶지 않은 모습.

"그런 일 말입니다. 어릴 때라도, 전쟁 중의 경험이라도 좋아요."

"전쟁 중 ——."

"짐작 가는 일이 있습니까?"

"아아 —— 하지만."

—— 말할 수 없다.

보이고 싶지 않은 것을 보인 ——.

"그 —— 그건가."

—— 그 아이다. 그 아이가 보았다.

그리고 봉인은 풀렸다.

정신과 의사는 히라노의 모습을 관찰하고 한순간 자기 뜻대로 되었
다는 얼굴을 했다.

히라노는 더듬더듬 이야기했다. 자신은 전쟁터에서 사람을 죽였
다, 총검으로 찔렀다, 지뢰로 날려 보냈다, 수류탄을 던졌다, 고사포
를 쏘았다. 의사는 말했다. 그것은 모두 그렇다, 전쟁터에서는 모두
그랬다, 당신만 특별한 것이 아니다 ——.

왜 ——.

왜 당신은 ──.

그것은.

"보았어요. 그 아이가 ── 보고 있었어요."

히라노는 회상한다. 되돌아온 꺼림칙한 기억을.

남방 전선이다. 히라노는 물자 운반 중에 적의 소대와 마주쳤다. 교전 중에 지뢰가 작렬해 적도 아군도 박살이 나서 날아갔다. 쿠궁 하는 소리가 나고 눈앞이 새빨개졌다.

"적은 전멸한 모양이었어요. 아군은 몇 명인가 살아 있었습니다. 물자도 어느 정도는 무사한 것 같았지요. 그래서 빨리 부대에 보내야 겠다고 생각했습니다. 포로가 될 바에는 죽으라는 말을 듣고 있었고, 그래도 죽기는 싫었어요. 죽을힘을 다했습니다. 하지만 아무래도 나아갈 수가 없었어요. 일어설 수도 없었고요. 보니 제 다리를 붙잡고 있는 사람이 있었습니다. 미군이었습니다 ──."

피투성이였다. 하지만 히라노도 필사적이었다.

"지금 생각하면 도움을 청하고 있었던 것이겠지요. 아니면 이미 숨이 끊겼는지도 몰라요. 하지만 그때는 그렇게 생각하지는 않았 습니다. 그냥 너무 무서워서, 떨어져 있던 총검 끝으로 몇 번이나 찔렀어요. 축 늘어져서 완전히 죽었을 텐데, 그래도 팔은 떨어지지 않았습니다. 그래서 이번에는 돌로 몇 번이나 쳤어요. 정신없이 쳤지 요. 살이 날아가고 뼈가 부서지고, 간신히 팔은 다리에서 떨어졌어요. 그때였습니다."

── 그렇다. 그때다.

흠칫.

히라노는 날카로운 시선을 느끼고 시선을 들었다.

그러자 열 살도 안 된 현지인 아이가,

덤불의 그늘에서,

──물끄러미 보고 있었다.

"과연, 그때의 경험이 트라우마가 되어서 남은 거군요."

의사는 단조롭게 말했다.

"어려운 것은 잘 모르지만 어쨌거나 인간이 할 일이 아닙니다. 그것을 그 아이가 보았어요. 게다가──비전투원인 어린아이가 본 것이지요. 그 아이를 떠올리면 아무리 해도 견딜 수가 없었습니다. 그래서, 그래서 저는──."

──그래서──였다.

히라노의 봉인이 또 하나 풀렸다.

왜 그러십니까, 라는 의사의 물음에 히라노는 당장 대답할 수 없었다.

"저는──."

──그 아이 때문이었다.

"저는 복귀하고 나서──성적 불능자가 되고 말았습니다."

의사는 이해할 수 없는 얼굴을 하고,

"잘 모르겠군요."

하고 말한 후 으음, 하고 신음하더니 다치기라도 했느냐, 아니면 병이냐고 물었다. 히라노는 다치지도 않았고 병도 아닙니다, 라고 대답했다.

"아이를──갖고 싶지 않아진 겁니다. 아이가 싫어졌어요. 아니, 아이를 만드는 것이 무서워졌습니다. 그래서일 겁니다."

"왜 그렇게 아이가."

"이유는——지금껏 몰랐습니다. 하지만 지금 막 알았어요. 그 전쟁터에서의 체험 때문입니다. 그래요. 그 아이가 그렇게 바라보면 어쩌나 하고 생각하면, 저는 견딜 수가 없었어요. 무도한 살인자인 저는 아이의 부모가 되는 데에——저항감이 있었지요."

"아아. 그렇군요."

정신과 의사는 다시 소매를 걷어 올리고 커다란 눈으로 히라노를 응시했다.

히라노는 조금 자포자기한 기분이 들었다. 그리고 생각난 것은 전부 털어놓는 것이 좋다고 단단히 각오했다.

"그래서——저는 아내와 부부 관계를 가질 수가 없게 되고 말았습니다. 처음에는 이런저런 변명을 하곤 했지만 오래갈 수가 없었어요. 아내도 수상하게 생각했겠지요. 아무 말도 하지 않았지만요. 그런 점은 가엾다는 생각도 들었습니다. 가엾게도 아내는, 아내는——."

미야에게는.

다른 곳에는 발설하지 않습니다, 무엇이든 이야기해 주십시오, 하고 정신과 의사는 속삭이듯이 다정하게 말했다.

"아내에게는——정부가 있었습니다."

히라노는 알고 있었다.

그러나 히라노는 아내를 탓할 생각도 없었고, 새삼스럽게 들춰내지도 않았다. 그렇게 된 경위도 이해하고 있다고 생각했다.

패전 직후——.

아내에게 실수로 전사 통지가 간 것이다.

아내는 히라노가 전사했다고 믿고, 친절했던 그 남자에게 마음이 움직였을 것이다. 여자 혼자서 살아갈 수 있는 시대가 아니었다.

상대방이 먼저 말을 걸어왔다고 해도, 그렇지 않았다고 해도, 탓할 수는 없다. 남편인 히라노가 통지대로 전사했다면 그것은 부정도 밀통(密通)도 아니다.

하지만 —— 히라노는 돌아왔다.

그때 아내의 얼굴을 히라노는 똑똑히 기억하고 있다.

마치 여우에 홀린 것 같았다.

아내는 아무 말도 하지 않았지만 망설이고 있다는 것은 손에 잡힐 듯이 알 수 있었다.

아마 —— 아내는 남자와 헤어질 생각이었을 것이다. 히라노가 살아 돌아온 이상, 그런 관계도 계속하는 것은 보통 같으면 불가능하다. 그래서 아내는 말이 없었던 것이다. 그러나 남자 쪽이 그것을 용납하지 않았을 것이라고 —— 히라노는 생각하고 있다.

히라노는 아내의 밀통을 묵인하기로 했다.

"굴절되어 있었던 것일까요."

"그렇게 단순한 것이 아니겠지요. 물론 당신에게도 이유가 있었을 테고요."

"아까 말했다시피 성교 불능이었던 저는 아내를 안을 수가 없었어요. 그래서."

"그것이 —— 바람피우는 것을 용인한 이유입니까?"

"네."

"정말로?"

"왜 그러시죠?"

"그럴 리는 없어요. 거기에는 더 —— 깊은 이유가 있을 겁니다. 반드시."

의사는 그렇게 단언했다.

"어떻게 그렇게."

"지금 하신 이야기만으로는 당신의 시선공포증이 제대로 설명되지 않기 때문입니다. 게다가 사모님이 왜 자살한 건지도 알 수 없어요. 당신은 분명히 전쟁터에서 마음에 상처를 입었지요. 그것이 원인이 되어서 심인성 성적 불능자가 되었고, 게다가 그 장애는 아내의 부정을 허락하는 일그러짐까지 당신에게 가져왔어요. 거기까지는 꽤 정곡을 찌른 자기분석일 겁니다. 하지만 정말로 그것뿐이라면 원만하게 수습되고 맙니다. 현재 당신은 어린아이가 무서운 게 아니잖아요. 사모님이 죽어야 할 이유도 없어요."

히라노는 잠시 침묵했다.

그렇다. 아내가 죽어야 할 이유는 없다.

히라노는 부정에 눈을 감고, 그저 계속 모르는 척하고 있었으니까.

의사는 말을 이었다.

"사모님은 왜 스스로 목숨을 끊은 겁니까? 그 이유를 당신은 알고 있는 게 아닙니까? 그렇다면 그것이 당신의 병의 근원입니다. 당신은 어린 목격자의 시선이 무서웠던 게 아니에요. 자신의 비인도적 행위를 고발당하는 것에 두려움을 품고 있는 것도 아니고요. 그것은 계기일 수는 있어도 원인이라고 생각하기는 어려워요. 그런 기독교도의 원죄의식 같은 번지르르한 소리는, 당신에게는 대의명분에 지나지 않습니다."

괴롭히는 듯한 말투였다.

"그러니까. 자. 당신이 말하지 않는다면 제가 대신 말할까요."

의사는 더욱 고압적인 말투가 되었다.

"사모님은 ── 알고 있었어요."

"무 ── 무엇을 말입니까?"

"당신이 보고도 못 본 척하고 있다는 것을."

"어 ──."

"사모님은 당신이 알고 있다는 것을 알아 버린 게 아닙니까. 그래서 양심의 가책을 견딜 수 없게 되어 ──."

── 그런 것일까.

그렇다면. 아내를 죽인 것은 히라노 자신이다.

"그래요. 만일 그렇다면 당신이 죽인 거나 마찬가지예요, 히라노 씨. 그렇기 때문에 당신은 거기에 대해서 깊이 생각하지 않은 게 아닙니까. 사모님의 자살 원인이 자신에게 있다고 생각하고 싶지 않아서, 생각하는 것을 ──."

"그만 하세요."

── 아아. 역시 그때.

본 것이다. 그래서 아내는 ── 수치와 굴욕과 정조 사이에 끼어, 그리고.

의사는 히라노의 얼굴을 핥듯이 살펴보며 차근차근 설명하듯이 말했다.

"당신 ── 보고 있었던 게 아닙니까?"

"무, 무엇을요 ──."

"엿보았죠?"

"그러니까 무엇을 ──."

"사모님과 ── 상대 남자의 정사를 말입니다."

"저 ── 저는 ──."

"당신은 엿보았어요. 들여다보았지요. 보셨죠?"

보았다.

"보──봤습니다."

──그렇다. 보았다.

처음에는 우연이었다.

납품하고 돌아와 문에 손을 대었을 때.

──기척이 났다.

희미한 소리였는지 목소리였는지 음란한 공기의 진동이었는지, 히라노는 기억하지 못한다. 망설였다. 그리고 결국 뒤쪽으로 돌아갔다. 담배라도 한 대 피우고 나서 어디론가 가서 시간을 좀 보내고 돌아오자고, 그렇게 생각한 것이었다.

그러나 그곳은 공동주택에 털이 돋은 정도의 싸구려 집이다. 뒤쪽으로 돌아가니 더욱 기척이 늘었다.

거기에.

──그 옹이구멍이.

판자 담에는 옹이구멍이 있었다.

히라노는──그리로 안을 엿보았다.

붉은색 주반[18]과 창백한 아내의 다리가 보였다.

히라노는 그때──.

"그냥──충동적인 생각이었습니다."

"제게 거짓말을 해도 소용없습니다. 자신을 속이는 것도 좋지 않아요. 당신은 그때, 현저하게 성적 흥분을 느꼈어요. 아닙니까?"

"그것은──."

---

18) 기모노용 속옷.

"그리고 당신은 고질(痼疾)이 되었어요. 그렇지요. 당신은 몇 번이나 엿보았어요."

"그 말씀이 ── 맞습니다."

옹이구멍이라는 테두리를 통해 보기만 해도, 잘 아는 아내의 몸이 히라노의 눈에는 마치 그림처럼 아름답고 농염하게 비쳤다. 살아 있는 춘화의 호흡에 동조하여, 히라노는 고양된 것이었다.

의사의 말대로 ──.

히라노는 고질이 되었다.

남자는 일주일에 한 번 찾아왔다. 히라노가 납품하러 나가는 날 ── 매주 목요일이다.

날이 갈수록 그것은 히라노의 음란한 습관이 되어 갔다.

의사의 눈은 기분 탓인지 의기양양했다.

"당신은 자신이 관음과 같은 야비한 행위를 즐기는 인간이라는 사실을, 우선 인정하고 싶지 않았어요. 아닙니까?"

맞을 것이다. 히라노도 그렇게 생각한다.

"잘 들으세요, 히라노 씨. 성벽이라는 것은 사람마다 전부 다릅니다. 별로 부끄러워할 것은 없어요. 가령 당신이 관음에 성적 흥분을 느끼는 종류의 인간이라고 해도, 그런 것은 그렇게 이상한 일이 아닙니다. 법률에 저촉되는 행위를 해 버렸을 때 처벌을 받지만, 품성이 야비하다고 한탄할 것은 없어요. 아니, 그것을 인정하지 않고서는 당신의 병은 낫지 않아요."

그것도 ── 그럴 것이다.

그러나 히라노는 그런 자신이 더러운 것처럼 생각되어서 견딜 수가 없었다. 그만두자, 하지 말자고 몇 번이나 생각했다.

그러나 감미롭고 고혹적인 배덕(背德)의 유혹에, 히라노는 아무리 해도 이길 수가 없었다.

히라노는 남자와 엉켜 있는 자신의 아내를 몇 번이나 시선으로 범했다. 정상적인 형태로 이룰 수 없는 아내에 대한 일그러진 욕정은, 시간(視姦)이라는 역시나 일그러진 형태로 성취되었다.

다만.

그것은 당연히 —— 비밀이었다.

아내에게만은 알려져서는 안 될 일이었다.

히라노는 그래도 아내를 사랑하고 있었고, 아내와의 생활을 망치는 것도 싫었다.

아내가 고뇌하면서도 계속 숨기고 있는 것이라면, 히라노는 어떻게 해서라도 계속 모르는 척을 해야 한다고 생각했고 그렇다면 아내가 숨기고 있는 그 일을 엿보고 있다는 것은 —— 결코 알려져서는 안 되는 일이었다.

그날.

옹이구멍을 통해 보는 히라노의 시선과,

아내의 시선은 딱 마주쳤다.

보여서는 안 되는 것을 보였다.

알려서는 안 되는 것을,

—— 미야.

"아니에요. 그건 아니에요. 가령 아내가 엿보고 있다는 것을 알아차렸다고 해도, 엿보고 있었던 것이 저라는 것을 알 수 있을 리 없어요. 그 옹이구멍은 겨우 이만한."

"하지만 사모님은 스스로 목숨을 끊으셨어요."

"그, 그건 그렇지만——."

"사모님이 자살하신 것은."

"네."

"사모님이 자살하신 것은 그 바로 직후의 일이 아니었습니까."

"그렇지는——아니."

"맞군요."

다음 주 목요일에 아내는 죽었다.

윗미닫이틀에 매달린 아내의 시체를, 히라노는 역시 옹이구멍에서 발견했던 것이다.

남자는 없었다.

"하지만——하지만 아내는 그 일주일 동안 별다른 기색은 하나도 없었어요. 아니, 평소보다 더 밝고 비지런하고."

의사는, 그건 당신도 마찬가지겠죠, 하고 조금 엄한 말투로 말했다.

"보였을지도 모른다는 의심이 당신을 한층 더 성실하게 만든 건 아닙니까? 그 일주일 동안 당신은 평소보다 다정하고, 그리고 신중하게 행동했을 거예요. 사모님도 마찬가지입니다."

"하지만."

"실제로 당신이 엿본다는 것을 사모님이 알았는지 몰랐는지는 확인할 수도 없고, 또 안다 해도 소용없는 일입니다, 히라노 씨. 중요한 것은 당신 쪽이 그런 인식을 갖고 있었던 건 아닌가 하는 점입니다."

"저는——그런 것은."

"의식적으로 생각하지 않으려고 했던 거 아닙니까? 애써 생각하지 않으려고 했어요. 그렇다면 미루어 알아야 해요. 그러면 묻겠는데 그 후로, 사모님이 돌아가신 후로 관음은."

"저는 —— 엿볼 대상을 잃고 말았습니다. 엿보았을 리가 없지요."

"엿보고 싶어지지는 않습니까?"

"엿보고 —— 싶어지는 일은 없습니다."

"인정하세요, 히라노 씨. 당신은 관음 취향이 있는 사람이에요. 옹이구멍이든 뭐든 좋으니, 무언가 필터를 통해서가 아니면 사회와 접하기 어려운 종류의 인간입니다."

"저는 아내를 ——."

"아니에요. 당신은 누구든 상관없었을 겁니다. 사실은 지금도 엿보고 싶은 충동을 가지고 있을 거예요."

"그렇지는 않아요. 저는 —— 변태성욕자가 아닙니다."

"그건 적당한 표현이 아니군요. 몇 번이나 말하지만 성벽에는 되고 안 될 것도, 옳고 그름도 없어요. 당신은 관음 취향이라는 성도착증을 가지고 있어요. 하지만 그건 그뿐. 그건 어쩔 수 없는 겁니다."

그럴 —— 지도 모르지만.

"잘 들으세요, 히라노 씨. 당신을 바라보고 있는 시선의 정체는 당신의 잠재의식이에요. 당신은 엿보고 싶다는 성적 충동을 억지로 억누르며 살고 있습니다. 그 잠재적인 바람이 강한 억제를 튕겨내고 나오는 겁니다. 그런 건 억누른다고 해서 누를 수 있는 종류의 것이 아니에요. 잠재사고의 강한 바람은 의식 위로 발현되었을 경우 왜곡되어 공포가 되지요. 당신을 보고 있는 것은 당신입니다."

정신과 의사는 거기에서 히라노를 노려보았다.

"당신이 보는 환각의 눈은 사모님의 것이 아닙니다. 잘 떠올려 보세요. 그건 당신의 눈이 아닙니까?"

자신만만한 말투다.

"그건——아닙니다."

히라노는 단호하게 부정했다.

당연히 의사는 의아한 듯이 되물었다. 자신의 분석인지 뭔지에 조금도 의심을 갖고 있지 않은 것 같다.

"정말——그렇습니까? 확신을 갖고 말할 수 있나요? 아니라고 믿고 있을 뿐인 건 아닙니까? 그건 당신 자신의 눈이——."

"아닙니다. 제 눈이 아니에요."

"그럴까요?"

"왜냐하면——전혀 닮지 않았으니까요."

전혀 다르다.

"히라노 씨, 기억이라는 것은 애매하고, 또 상당히 편리한 것입니다. 그건 당신의——."

"기억이 아닙니다, 선생님."

히라노는 의연하게 의사의 말을 가로막았다.

그리고 갑자기, 선생님, 시시한 질문이지만 이 방은 몇 층입니까, 하고 물었다. 의사는 허를 찔려 당황하며 대답했다.

"4층——인데."

"그래요? 그렇다면."

히라노는 스윽 일어섰다.

"그렇다면 당신 뒤의 창문에서."

그리고 천천히 손가락으로 가리킨다.

"이쪽을 물끄러미 보고 있는 저 눈은."

"눈?"

"저 눈은 대체 누구의 눈입니까?"

"보고 있다──니요?"

"등에 시선이 느껴지지 않습니까? 따끔따끔하게."

"바, 바보 같은──."

"바보가 아닙니다. 보세요, 저기에 커다란 눈 하나가. 기억이 아니에요. 저는 실물을 보면서 말하고 있는 겁니다."

"다, 당신의 얼굴이 유리창에 비치는 거지요. 여, 여기는 4층이에요. 그런──."

"아닙니다, 선생님. 제 얼굴 같은 것은 비치지 않아요. 보이는 건 눈뿐입니다. 제 눈과는 전혀 닮지 않은 커다란 눈이에요. 선생님도 느껴지지요? 그 감각입니다. 그게 제가 말하는 시선이에요──."

힐끗.

"선생님의 말씀은──아마 옳을 겁니다. 제게는 엿보고 싶다는 욕망이 있어요. 저는 파렴치한 성벽을 가지고 있겠지요. 아내가 죽은 것도 저 때문일지도 몰라요. 하지만 그것은, 그런 논리는──."

──그런 논리는.

"──저기에 있는 눈에 대해서 아무것도 설명해 주지 못합니다."

"누, 눈 같은 건 없어요."

"그렇게 생각하신다면 돌아보십시오. 선생님은 없다, 없다고 하시지만 아까부터 확인하시지 않고 제 쪽만 보고 있어요. 눈은 뒤에 있습니다. 선생님 뒤. 왜 보지 않으십니까? 확인하지 않고서는 그게 거기에 있는 거나 다름없습니다. 선생님도 시선을 느끼고 있을 거예요. 그리고 저는."

히라노는 창가의 눈을 보고 있다.

눈은 깜박, 하고 깜박였다.

5

누군가가 보고 있다.

전봇대 뒤. 건물 창문. 전철의 짐칸 구석. 멀리에서. 가까이에서. 힐끗힐끗, 힐끗힐끗.

이제 길 위에서도 시선은 사정없이 와 닿는다. 온몸이 시선에 꿰뚫려, 히라노는 시선에 타 죽을 것 같다.

정거장에는 가와시마가 우두커니 기다리고 있었다.

가와시마는 히라노를 보자 안절부절못하는 기색으로 다가와, 아아, 초췌하시네요, 차마 볼 수가 없어요, 하고 한심한 목소리로 말했다. 히라노는 얼굴을 돌린 채, 아아, 보지 말아 주게, 하고 말했다.

"어땠습니까? 그, 정신 쪽은."

가와시마가 묻는다.

"아아, 나는 좀 이상하데."

히라노는 깨나른한 말투로 대답했다.

"하지만 가와시마 군. 그 의사라는 사람도 꽤 맛이 갔더군. 그 상태로는 어느 쪽이 환자인지 알 수 없을 지경일세."

"그래요? 원래 소개받은 건 꽤 유명한 선생님이었는데, 바쁘다나 그래서요. 우수한 제자라고 선전해 대던데, 역시 제자로는 안 되나요?"

가와시마는 턱을 내밀며 불만스러운 듯이 자갈을 걷어찼다. 괴상한 진단 결과라도 기대하고 있었을 것이라고 히라노는 멋대로 생각했다.

"애초에 학자란 그런 법일까요."

"그렇겠지."

결국 아무것도 얻지 못했다. 싫은 일을 잔뜩 떠올렸을 뿐이다. 하기야 처음부터 기대하고 있었던 것은 아니어서 히라노는 낙담한 것은 아니었다. 다만 아내를 생각하면 폐 아래쪽이 따끔따끔 아팠다.

그리고. 아내가 보고 싶다고——진심으로 생각했다.

그리움은 히라노를 아주 조금 치유해 준다.

흠칫.

아아.

저 정거장의 대합실 처마에서다.

"가와시마 군. 잠시 쉬고 싶네. 미안하지만 오늘은 혼자 가야겠어. 여러 가지로 걱정을 끼친 것 같은데 이쯤에서 실례해도 되겠나."

히라노는 그렇게 말하고 빠른 걸음으로 집으로 향했다.

인기척이 없는 집은 쥐 죽은 듯 조용했다.

히라노는 현관에서 곧장 늘 깔려 있는 이불 위로 가서 앉았다. 어둡다. 어둠은 무섭다.

어깨뼈 아래쪽 근육이. 왼쪽 어깨가. 오른쪽 허벅지가, 발바닥이
──따끔따끔, 따끔따끔 시선에 노출되어 있다. 어둠 속에서는 모든
것이 사각지대다.

허둥지둥 불을 켰다. 방 한가운데만 흐릿하게 밝아진다. 벌레 한
마리가 전등에 닿아 파닥파닥 버둥거리고 있었다.

파닥파닥. 파닥파닥. 깜박.

눈 깜박이는 소리.

히라노는 천천히 얼굴을 든다.

칙칙해진 벽. 얼룩이 생긴 천장. 그 구석.

눈이 물끄러미 보고 있었다.

──아내의 눈이 아니다.

──그 아이의 눈도 아니다.

──자신의 눈도 아니다.

깜박.

이번에는 장지의 찢어진 틈이다.

깜박.

깜박, 깜박, 깜박.

눈 깜박이는 소리가 난다. 깜박, 깜박.

깜박깜박깜박깜박깜박깜박깜박깜박.

깜박깜박깜박깜박깜박깜박깜박깜박깜박.

아아, 방 전체가 눈투성이다.

"뭘 보는 거냐!"

히라노는 크게 소리를 질렀다.

눈은 일제히 감기고, 시선은 일시적으로 차단되었다.

심장 박동이 큰북처럼 울린다. 맥박이 관자놀이를 지끈지끈 꿈틀 거리게 하고, 왠지 몹시 안절부절못한다.

히라노는 머리까지 이불을 뒤집어썼다. 이제 시선이 무섭다기보다 자신의 육체 표면과 자신 이외의 세계가 직접 닿는 것 자체가 무서웠 다.

──사람은 텅 비었다. 껍데기뿐이다.

그러니 눈으로 보는 세상 따위는 가짜다. 피부 감각만이 세상을 알고 있다. 피부는 내부와 외부를 나누는 유일한 경계다. 그런데 그 경계는 너무나도 허약하다. 드러내 놓을 수는 없다. 이불을 뒤집어쓰 고, 빈틈없이 뒤집어쓰고, 등을 둥글게 말고 베개에 얼굴을 가져다 댄다.

이것으로 보이지 않는다. 이거라면 안심이다. 이렇게 세상에서 자 신을 차단하는 것 말고는 도망칠 길은 없다.

조금이라도 틈이 벌어져 있으면 그리로 바깥이 숨어들어온다. 숨 도 쉴 수 없을 정도로 밀폐하고, 히라노는 시선에서, 세상에서 자신을 격리시켰다.

──혼자라면 누구도 나를 볼 수 없겠지.

이불의 결계 속만이 히라노의 우주다.

얼마 동안이나 꼼짝도 않고 있었을까. 히라노는 이불의 부드러운 온기에 희미하게 아내의 온기를 겹쳐보며, 아주 잠깐 졸았다.

어머니의 뱃속에 있는 것처럼 히라노는 안심했다.

베개가 뺨을 따끔하게 찔렀다.

딱딱한, 바늘 같은 이물감.

──뭘까──이것은.

깜박.

그것은 뺨에 밀착한 채 벌어졌다.

점막의 젖은 감촉.

―― 우.

얼굴을 베개에서 띄운다.

베개 표면에.

커다란 눈 두 개가 히라노를 보고 있었다.

"우, 우와아아아앗!"

히라노는 울부짖었다.

이불을 튕겨낸다.

―― 눈이다.

눈이다눈이다눈이다눈이다.

눈이다눈이다눈이다눈이다눈이다.

눈이다눈이다눈이다눈이다눈이다눈이다.

천장이고 바닥이고 할 것 없이, 장지와 종이, 기둥에도 대들보에도 문지방에도, 다다미 틈새에 이르기까지 온 방에 눈이 있었다. 온 세계가 히라노를 뚫어져라 바라보고 있었다.

히라노는 다시 한 번, 오오, 하고 소리쳤다.

베개의 눈이 깜박깜박 깜박였다.

"―― 보지 마."

장지의 눈이. 벽의 눈이.

"보지 마 보지 마. 나를 보지 마!"

다리가 풀려 방바닥에 손을 짚자 방바닥의 눈이 손바닥에 닿았다. 눈동자의, 점막의 젖은 감촉. 속눈썹의 이물감.

싫다. 뒤로 물러난다. 손을 띄워 뒤쪽을 더듬는다.

싫다 싫다. 베갯맡의 도구 상자에 손가락 끝이 닿았다.

덜그럭거리는 소리를 내며 상자가 쓰러지고 끌이며 송곳이며 망치가 사방팔방으로 흩어진다.

──흉기가 됩니다. 눈은 망가지지요.

눈은 망가지지요.

히라노는 손에 익은 세공용 끌을 쥐었다.

거꾸로 들고 힘껏 움켜쥔다. 손바닥에 축축하게 땀이 밴다. 몸을 일으킨다. 일거수일투족에 온 방의 눈이 반응한다. 봐라.

히라노는 베개를 끌어당겼다. 베개의 눈은 한층 더 크게 눈을 부릅뜨고 히라노의 얼굴을 노려보았다. 끌 끝을 천천히, 느릿느릿 그 검은 눈으로 가까이 가져간다. 번들번들 수상하게 빛나는 눈의 홍채가 단단히 조여든다. 날카로운 금속이 점막에 닿았다.

힘을──준다.

푸욱.

끌은 깊이 박히고 눈은 뭉개졌다.

"보지 마. 보지 마 보지 마."

히라노는 그 옆의 눈도 뭉갰다. 그리고 방바닥의 눈을 순서대로 찔러 나갔다.

푹, 푹, 푹.

"보지 마! 나를 보지 마!"

세상과 자신의 경계는 점차 상처가 나고, 히라노의 내부는 외부로 확산되었다. 보지 마, 보지 마.

일어서서 벽의 눈을 찌른다. 마구잡이로 찌른다.

고함친다. 목소리를 내면 공포는 조금 누그러진다. 아니, 무섭다거나 두렵다는 평범한 말로 표현되는 감각은 이미 히라노에게는 없다.

직인처럼 하나하나 꼼꼼하게.

그 편이 확실했다.

이어져 있는 장지의 눈은 쉽게 뭉갤 수 있었다.

끝이 점액 같은 것으로 미끌미끌하게 미끄러진다.

자신의 땀일지도 몰랐다.

얼마나 시간이 지났을까. 히라노는 온 방의 눈을 전부 뭉갰다. 다 뭉개었을 무렵에는 자신이 무엇을 하고 있는 것인지 잘 알 수 없게 되어 있었다.

구멍투성이가 된 장지에서 부드러운 햇빛이 비쳐들어 뺨에 닿고, 피부 어기저기에 미열이 느껴져 히라노는 그제야 제정신으로 돌아왔다.

이제 —— 안심이다.

히라노는 씌었던 것이 떨어져 나간 것처럼 힘이 쭉 빠져, 엉망진창이 된 방 중앙에 주저앉았다.

방은 완전히 망가져 있었다. 그 망가진 상태가 지금의 자신과 몹시 닮은 것 같은 기분이 들어서, 히라노는 분위기에 어울리지 않게 조금 즐거운 기분이 들었다.

—— 바보 같다.

미쳐 있었던 것이다. 눈 같은 것이 진짜 있었을까.

그때.

목 양쪽에서 어깨뼈에 걸친 근육이 단단히 긴장했다.

"누구요."

몸째 돌려 돌아보니 야노 다에코가 서 있었다.

크고 검은 눈을 부릅뜨고 ──.

"보지 마."

피투성이가 된 끌을 움켜쥐고, 창백하고 초췌한 히라노 유키치가 시나노마치에 빌려 살고 있던 집에서 뛰쳐나온 것은 1952년 5월 이른 아침의 일이다.

네
번
째
밤

◎

오
너
히
토
쿠
치

鬼
一
口

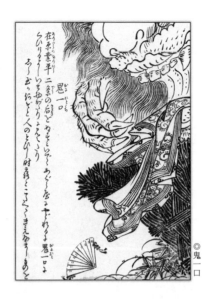

◎ 오니히토쿠치

아리와라노 나리히라가 니조노키사키[19]를 훔쳐내어,
폐가(廢家)에서 밀회를 가질 때 오니히토쿠치에게
잡아먹혔다는 이야기가 이세 이야기[20]에 나오매,
하얀 구슬이냐 무엇이냐고 그 사람이 물었을 때
저것은 이슬이라 대답하고 나도 이슬처럼 사라져 버릴 것을

—— 금석백귀습유 / 중권 · 무

도리야마 세키엔 (1781)

---

19) 후지와라노 다카이코(842~910). 세이와 천황의 후궁으로 후에 황태후가 되었다. 니조노키사키(二
条后)라는 통칭으로 널리 알려져 있다. 이세 이야기, 야마토 이야기 등을 보면 궁에 들어가기 전에
아리와라노 나리히라와 연애 관계가 있었을 것으로 추측됨.

20) 헤이안 시대의 노래 이야기. 작자 미상. 아리와라노 나리히라로 보이는 남자의 일대기풍 형식으로,
남녀의 정사를 중심으로 풍류 넘치는 생활을 묘사한 약 125개의 설화로 이루어져 있다. 나리히라의
가집(歌集)을 원형으로 한 것이라고 하며, 현재의 형식이 된 것은 헤이안 중기로 추측된다.

1

도깨비가 온다——.

나쁜 짓을 하면——.

나쁜 짓을 하면 도깨비가 온다——.

도깨비가 와서 너를 머리부터 잡아먹고 말 거야——.

어릴 때.

아주 어릴 때.

아직 행복했던 무렵.

스즈키 게이타로는 자주 그런 협박을 받았던 것을 기억하고 있다. 어린아이를 속이기 위한 그런 협박이 통하는 것은 고작해야 네다섯 살까지일 것이다. 그렇다면 협박한 것은 아버지일까. 어머니일까. 틀림없이 둘 다일 것이다.

——아마 그 때문일 것이다.

그리고 스즈키는 그렇게 생각했다.

스즈키는 막연하게 도깨비에 흥미를 느끼고 있었다. 연구하고 있다거나 추구하고 있는 것은 아니다. 그냥 흥미가 있다.

스즈키는 지방신문의 활자를 짜는 것이 직업이고, 학자도 학생도 아니어서 고작해야 문외한도 알 수 있는 민속학 관련 서적 등을 즐겨 읽는다——는 정도다. 어중간하다. 들은풍월이다.

스즈키는 어릴 때 들은 협박이 뇌리에 새겨져 있어서 이 나이가 되어서도 그런 것에 흥미가 있는 것이리라고, 그렇게 자신을 분석한 것이다.

맞을 것이다.

이유는 간단하다. 태어나서부터 네다섯 살 정도까지의 생활이 지금까지 자신의 생애에서 가장 행복한 시기였다고——스즈키 자신이 그렇게 생각하고 있기 때문이다.

부모님은 여섯 살 생일을 맞이하기 전에 이혼했다. 그 후에는 왠지 숙부에게 맡겨졌고, 그 후로 아버지와도 어머니와도 만난 적이 없다. 아버지는 10년 전, 어머니는 그 이듬해에 돌아가셨다고 한다. 키워준 숙부도 전쟁 중에 세상을 떠났다.

제대해서 돌아온 스즈키는 천애 고아가 되어 있었다.

따라서 스즈키 게이타로는 도깨비와 비슷한 정도로 가족에도 집착하고 있다.

하기야 천애 고아의 몸인 스즈키에게 애초에 가족이 있을 리도 없다. 이쪽은 고작해야 남의 가족을 곁눈질하며 부러워한다는, 그 정도의 집착이다. 동경이라고도 할 수 있다.

스즈키는 가족을 동경하고 있다.

나쁜 짓을 하면 도깨비가 와서 너를 머리부터 잡아먹고 말 거야.

아버지의 말이었을까.

아니면 어머니가 한 말이었을까.

그 무렵의 추억은 깊고, 그리고 멀다.

결코 잊은 것은 아니지만 또렷하게 떠올릴 수도 없다.

가족이 모두 모여 사이좋게 사진을 찍은——그런 기분도 든다. 어머니에게 안긴 자신과 그 뒤에 선 아버지, 그리고 그 옆에 숙부가 있는 그런 그림을 흐릿하게 기억하고 있다. 그러나 그런 사진은 존재하지 않는다.

그것은 찢어져 버렸다——그런 기억도 있지만 사실 여부는 알 수 없다. 다만 닳고 닳은 어른의 감성으로 생각해 보면 그것도 당연한 일이라는 기분도 든다. 그 시대에 이혼까지 했으니 그런 사진이 있었다면 당장 처분했을 것이다.

다들 하는 일이야. 신경 쓸 것 없어——.

자, 먹어——.

먹어?

뭘까. 무슨 기억일까? 무엇을 먹으라는 것일까? 떠올리려고 하면 상관없는 기억이 섞인다. 그 남자 때문일까?

한 달쯤 전. 스즈키는 길에서 도깨비를 보았다.

뿔도 아무것도 없는, 이상한, 불길한 도깨비다.

도깨비는 망가져 가는 가족을 부수려 하고 있었다.

나쁜 짓을 하면 도깨비가 온다——.

도깨비가 와서 너를 머리부터 잡아먹고 말 거야——.

나는——나쁜 아이일까.

그래서——.

2

도깨비란.

"도깨비란 —— 대체 어떤 것일까요."

스즈키가 그렇게 묻자 군시테이(薰紫亭)의 주인은 늘 그렇듯이 얼굴 전체로 웃음을 짓고 나서 어중간하게 대답한다.

"그건 스즈키 씨, 그 뿔이 있고 호랑이 가죽 바지를 입고 얼굴이 빨간 ——."

그리고 되물었다.

"아니, 아니, 그런 걸 물으시는 게 아닙니까, 그런 것은 이미 알고 계십니까 ——."

가늘고 높은 목소리지만 태도는 부드럽다. 말을 할 때마다 일일이 손짓을 한다. 잡담이나 하려고 해도 항상 열심히 설명하는 모습을 보여서, 스즈키는 그와 이야기할 때마다 강의라도 받고 있는 듯한 착각에 빠진다. 무슨 일에나 열심인 성격이다.

"아뇨, 저는 바로 그런 것을 여쭙고 싶었던 겁니다. 역시 뿔이 있고, 절분 때 엎어지고 자빠지면서 도망치는 그것이 그 소위 말하는, 일반적인 도깨비겠지요."[21]

글쎄요, 저는 전문이 아니라서요, 하고 주인은 한층 더 웃으며 말했다.

"뭐, 보통은 뿔이 있겠지요. 아니, 뿔이 있기에 도깨비라고——."

"그래요, 그래요, 그겁니다. 제가 여쭙고 싶었던 것은——."

스즈키는 과장스럽게 그렇게 말하며, 잡고 있던 비차(飛車)[22]의 말을 장기판 가장자리에 놓았다. 이 승부는 어차피 앞으로 두 수 정도면 스즈키가 지게 된다.

"——그, 가령 뿔이 없는 도깨비라는 것은 있을 수 없는 걸까요. 도깨비로서의 다른 속성을 아무리 많이 갖추고 있어도 뿔이 없으면 그것을 도깨비라고는 부르지 않는 걸까요."

"글쎄요——."

군시테이 주인은 스즈키가 승부를 포기한 것을 재빨리 알아차렸는지, 왼손으로 만지작거리고 있던 몇 개의 말을 장기판 위에 놓았다. 그러고 나서 뿔 숨기기[23]라는 것도 있을 정도니까요, 뿔이 없으면 도깨비인 줄 알 수 없겠지요—— 라고 말하고 또 잠시 웃더니 그건 당신이 각행(角行)[24]을 잡혔기 때문에 하시는 말씀은 아니겠지요—— 하고 농담처럼 말한 후,

---

21) 일본에서는 절분 때 도깨비를 쫓기 위해 콩을 뿌리는 풍습이 있다.

22) 일본 장기 말의 하나. 한국 장기의 차(車)와 비슷.

23) 츠노카쿠시. 일본식 혼례식 때 신부가 머리에 쓰는 흰 천의 이름이다.

24) 일본 장기 말의 하나. 대각선으로는 자유롭게 움직일 수 있고, 적진에 들어가면 전·후·좌우로도 한 칸씩 움직일 수 있다.

"아키타의 그, 나마하게라는 게 있잖아요. 그건 도깨비가 아니라고 합니다."

라고 말했다.

"흐음. 그 커다란 가면을 쓰고 어린아이를 위협하러 온다는 연중행사 말이군요. 섣달 그믐날에 오는 거였던가요. 분장을 하고 집집마다 들어오지요. 하지만 그건 '봄에 오는 도깨비' 종류가 아닙니까. 아마 메하기라든가 스네카라든가, 봄에 찾아오는 도깨비의 일종이라고 책에는——."

흐음, 그러고 보니 스즈키 씨, 당신은 오리쿠치[25]를 즐겨 읽으셨지요, 하고 고개를 끄덕이고 나서 군시테이 주인은 장기판을 옆으로 치운다. 이야기에 본격적으로 들어갈 자세를 보인 것이다.

스즈키는 정좌를 풀고 다리를 편하게 둔 다음, 옆에 놓여 있던 차를 자신의 정면으로 옮겼다.

군시테이 주인은 장기 말을 정리하면서, 하지만 본래 나마하게라는 것은 나쁜 게 아니잖습니까——하고 스즈키에게 물었다.

"별로 나쁜 짓은 하지 않지요."

"그야 그렇겠지요. 오히려 교육적인 존재인 것 같거든요. 하지만 도깨비인 것은 틀림없어요. 무서운 형상으로 칼 같은 것을 들고 으름장을 놓는 거잖아요, 아이들에게. 우는 아이는 없느냐, 나쁜 아이는 없느냐——."

나쁜 짓을 하면 도깨비가 온다——.

도깨비가 와서 머리부터 잡아먹고 말 거야——.

---

25) 오리쿠치 시노부. 오사카 출신의 국문학자로, 민속학을 국문학에 도입하여 신경지를 열었다.

"──그러니 무서운 존재이기는 하지요. 역시 도깨비잖아요, 무서워야지요. 무엇보다 그거야말로 뿔이 있어요. 나마하게는 얼굴이 도깨비 얼굴이에요."

군시테이 주인은 활짝 웃으며,

하지만 나쁘냐, 나쁘지 않느냐로 따진다면 나쁜 건 어린아이 쪽이겠지요, 하고 매우 온화하게 말하고는,

"켕기는 게 없으면 위협을 받아도 무섭지는 않을 거잖아요?"

하고 말을 맺었다.

"켕기는 기분이 없는 아이는 없습니다, 주인장. 어린아이란 나쁜 짓을 해서는 안 된다는 것은 알고 있어요, 야단을 맞으니까요. 하지만 뭐가 나쁜 짓인지, 전부 판단할 수 있는 지식이나 경험은 없잖아요. 그래서 아이들은 모두 자기도 모르는 사이에 나쁜 짓을 하고 만 게 아닐까 하고 불안하게 생각하는──그런 존재가 아닐까요."

"그렇군요. 그러니까 성실하고 착한 아이일수록 무의식에서는 두려워한다는 건가요?"

"착한 아이도 나쁜 아이도 없다고 생각합니다. 규범적이든 아니든, 자신은 청렴결백하다고 굳게 믿는 달관한 아이는, 있다면 오히려 기분이 나쁘지요. 그렇지 않습니까? 게다가 나마하게가 위협하는 것은 나이를 몇 살 먹지도 않은 어린아이예요. 대개는 그 얼굴에 겁을 먹고 운다고 합니다. 누구나 그 얼굴을 보면 놀랄 거예요. 어른이라도 칼을 들이대면 무서울 테고."

그래요, 그래요, 무섭지요. 저 같은 사람은 완전히 쫄아서 이 나이에도 아마 울 거예요──하고 붙임성 좋은 주인은 양손을 흔들며 그렇게 말했다.

"하지만 나마하게는 나마하게지 도깨비가 아니라고 말하는 분도 계십니다. 그러니까, 음. 잘 설명할 수가 없네요. 그렇지, 그렇지, 분명히 그 얼굴은 무섭지만, 무서워서 그렇게 효과적인 거잖아요, 그 얼굴은. 한눈에 화가 나 있다, 인간이 아니라는 걸 알 수 있으니까요. 뿔이 있고, 새빨갛고, 이렇게 이를 드러내고 있으면——."

알지요, 하며 스즈키는 고개를 끄덕인다.

"아무리 봐도 도깨비의 얼굴입니다. 전형적인."

"아니, 도깨비다——라기보다 사람이 아니다——라는 게 중요합니다."

"사람이——아니다?"

"네. 그러니까 그런 얼굴을 하는 거지요. 어떤 얼굴이든 별로 상관없었을 거예요, 아마. 사람이 아니다——라는 것을 알 수 있다면."

"사람이 아니다——라고?"

"네. 당신의 말씀대로 켕기는 마음이 없는 아이는 없겠지요. 하지만 아이들은——아이들만 그런 것은 아니지만, 거짓말을 하잖아요. 켕기는 데가 있기 때문에 그걸 숨기려고 하지요. 하지만 상대가 사람이면 속일 수 있겠지만, 사람이 아닌 존재는 속일 수 없어요. 나마하게의 얼굴 디자인은 '나는 인간이 아니니 속일 수 없다, 그러니 솔직하게 자백해라' 그런 기능을 가진 셈이지요."

"그렇군요. 그럼——."

"도롱이를 입고 얼굴을 숨기고 이 집 저 집을 찾아오는 존재——봄에 오는 존재는 설령 무섭다고 해도 신이잖아요. 사람이 아닌 것은 분명하지만, 도깨비라는 것도 아니에요. 그냥 무섭게 하는——겁을 주는 거라면 그 얼굴로 하는 게 가장 편리했던 게 아닐까요."

"도깨비의 얼굴이 편리했다는 거군요?"

"그렇다기보다 뿔이라든가, 이빨이라든가."

"아아."

군시테이 주인은 기모노 소매를 잡아당겨 정돈하고 나서, 그러니까 본래는 딱히 도깨비가 아니었던 것까지도 뿔만 돋게 해서 도깨비가 된 것도 있겠지요 —— 하고 말했다.

"—— 그러니까 말입니다."

"뭔가요?"

"도깨비가 아닌데도 뿔이 있는 게 있으니까요."

"그 반대도 —— 있을 거라는 뜻입니까?"

"있지 않을까요. 옛날이야기에 나오는 도깨비에게 뿔이 있느냐고 묻는다면 그야 도깨비니까 있겠지요 —— 라고 대개는 말하지만, 하지만 그건 우리가 그렇게 생각할 뿐이고 실제로 모두 뿔이 있었다고 할 수는 없잖아요? 가령 '우지슈이 이야기'[26]에 혹부리 영감 이야기 같은 것이 실려 있지요. 거기에는 도깨비가 많이 나오지만 뿔 이야기는 적혀 있지 않아요 ——."

그는 일본 전문 고서점 주인이다. 고전에 대해서는 잘 알 것이다.

"—— 뭐, 그 도깨비의 경우 소의 뿔에 호랑이 가죽으로 만든 시타오비[27]는 가노 모토노부[28]의 발명이라고 하는 사람도 있을 정도니까요. 애초에 귀문(鬼門)이 간방(艮方)이니 소의 뿔에 호랑이의 훈도시로 말을 맞춘 것 같기도 하지요. 소와 호랑이로 멋을 낸 거예요."[29]

---

26) 가마쿠라 초기의 설화집. 편자 미상으로 귀족설화, 불교설화, 민간설화 등 197화의 이야기가 수록되어 있다. 불교적 색채가 짙다.

27) 훈도시. 남자의 음부를 가리는 폭이 좁고 긴 천.

28) 무로마치 후기의 화가. 가노 파의 새로운 작풍을 완성하였다.

"원래 도깨비에게 뿔은 없었다는 건가요?"

"그렇다기보다 있으나 없으나 상관없었던 게 아닐까요, 뿔 같은 것은. 다만 도깨비라는 것은 무서운 것이고, 나쁜 것입니다."

나빠야 하는 겁니까――하고 스즈키가 묻자 일단은 도깨비니까요――하고 말하며 군시테이 주인은 머리를 긁적였다. 전문이 아니라는 것치고 매우 잘 아시는군요, 하고 스즈키가 감탄하자 제 전문은 기보시[黃表紙][30]나 샤레본[31] 종류입니다――하고 주인은 몹시 송구해하며 손을 내젓더니 변명하듯이 설명했다.

"아니, 아니, 이건 말이지요. 자백하자면 다른 사람의 학설입니다. 나카노 쪽에 이런 것을 잘 아는 친구가 있거든요. 역시 저와 같은 고서점 주인인데요. 그 친구의 학설을 빌려 온 것입니다. 당신도 잘 아시지만, 그는 이상할 정도로 잘 알지요. 그가 전에 말한 적이 있습니다, 지금 한 것 같은 이야기를요. 아마 일본에서는 신과 도깨비는 딱히 대립하는 것이 아니라네――라는 이야기를 했을 겁니다. 신 중에도 마가쓰히노카미[禍津日神][32]라는 악신이 있는 셈이고요. 하지만 거칠게 날뛰는 신은 화를 가져오지만, 역시 신이지 도깨비는 아니라고 그는 말하더군요. 그러면 도깨비 중에도 착한 도깨비가 있는 것일까 하고 물었지요, 제가. 그랬더니 착한 도깨비는 없다, 착하다면 그것은 도깨비가 아니라 도깨비의 모습을 하고 있을 뿐이라고 했어요. 그래서 아아, 그렇구나, 했답니다."

29) 간방은 축방(丑方)과 인방(寅方)의 중간 방향. 십이간지에서 축은 소, 인은 호랑이.

30) 에도시대 중기에 간행된 이야기책의 일종으로, 그림을 주로 하여 세태·인정을 나타내었으며 익살과 풍자가 특색이다. 표지가 노란색이었던 데서 유래한 이름.

31) 에도시대 후기의 화류계를 소재로 한 소설.

32) 재해나 흉사를 일으키는 신. 일본 신화의 최고신인 이자나기노미코토가 황천의 나라에서 돌아와 몸을 씻었을 때, 그 더러움에서 태어난 신이라고 한다.

얼핏 보면 찻집 별채 같은 깔끔한 방에는 나뭇가지로 꽃꽂이한 화기(花器)와 오래된 장기판이 있을 뿐이다. 장지 너머로 저녁 해가 비쳐들어 다다미를 물들이고 있다.

군시테이의 주인은 보기에 따라서는 30대로도, 50대로도 보이는 신기한 얼굴을 장지 쪽으로 향하며 이런, 벌써 저녁이군요── 하고 말했다.

곧 황혼이 찾아올 것이다.

"도깨비라는 것은── 결국은 악한 존재라는 뜻입니까?"

"그야 그렇겠지요. 뭐, 도깨비는 은(隱)이 변해서 된 것이라고도 하니까요. 은이니 숨어 있다는 뜻입니다. 보이지 않는 거지요. 이건 모습이 보이지 않는다, 평소에는 숨어 있다는 뜻이겠지요."

"숨어 있다고요?"

"숨어 있겠지요. 다만, 이것도 다른 사람의 학설인데, 도깨비라는 것은 도시의 존재입니다. 이방인이나 산에서 온 사람이나, 도적이나 복종하지 않는 백성이나, 모두 도깨비 취급이지만요. 그런 차별도 중앙이나 정권이나 정도(正道)나, 그런 높은 데서 내려다보는 시선이 아니면 성립하지 않겠지요. 도시에는 불교의 지식 같은 것을 풍부하게 가지고 있는 지식층도 있고요."

"음, 그럴까요?"

"가령 단순히 마을과 산의 관계로만 생각한다면, 현재 우리가 생각하는 도깨비 같은 존재는 생겨나지 않지 않겠습니까. 무서운 존재라는 것은 어느 사회에나, 물론 마을 사회에도 있지만 그것에 일부러 도깨비라는 이름을 붙이지는 않겠지요. 두려워하고 숭배할 뿐이라면 산신이라든가, 요괴라든가, 그런 것이면 돼요."

"하지만 중앙뿐만 아니라 지방에도 도깨비는 있잖아요. 도성은 확실히 도깨비의 본고장이지만 민속사회에도 도깨비는 있습니다. 우시오니[牛鬼][33]라든가, 야마오니[山鬼]라든가, 그렇지. 오니카시마[鬼ヶ島]의 도깨비라든가――."

그것은 오카야마 현이었던가.

"그것도 도성이 있어야지요. 뭐, 한 마디로 도시의 문화와 지방의 문화라는 테두리에서 논하는 것도 터무니없는 일이지만, 우선 알기 쉬우니까요. 이건 정보량의 차이―― 라기보다 정보처리능력의 차이라는 식으로 생각해 주십시오."

"도시 쪽이 처리 능력이 뛰어나다는 건가요?"

"처리 방식이 다르지요. 각각 다른 방법으로 정보를 처리하는 겁니다. 그런 뜻으로 마을과 도시로 나눌 수 있을 것 같군요. 그런 틀로 생각한다면――아무래도 그런 전설은 순환하는 모양입니다."

"순환이라니요?"

"도시에는 여러 지방에서 많은 사람들이 모여들잖아요. 실제로 이 도쿄도 지방 사람들이 모여서 이루어져 있고요. 사람이 정보를 가져오지요. 그리고 도시에는 정보를 먼 곳으로 전달하는 매체가 있습니다. 가와라방[瓦版][34]이라든가 독본(讀本)이라든가, 여러 가지지요. 이런 것은 먼 곳이든 어디든 전할 수 있고 남는 것입니다. 다시 말해서 시골의 이야기가 도시로 전해지는 것이지요. 그게 다시 시골로 돌아가는 거예요. 도시의 맛을 첨가해서. 그게 그 지방 고유의 이야기로 정착하기도 하지요. 그게 다시 도시로 흘러오는 것입니다."

---

33) 소의 형태를 한 요괴.

34) 에도 시대에 찰흙에 글자나 그림을 새겨서 기와처럼 구운 인쇄판. 또는 그것으로 인쇄한 것. 메이지 초기까지 사용했으며 오늘날의 신문에 해당.

과연, 하고 스즈키는 납득했다.

"발신지가 수신지로, 수신지가 발신지가 돼요. 그러다가 오리지널이 어느 쪽이었는지 알 수 없게 되는 것입니다. 그러니까 지금 어느어느 산속 깊은 곳에 옛날부터 전해져 오던 이야기를 채집했다고합시다. 하지만 그게 정말로 무엇으로부터도 영향을 받지 않은, 순수한 전승이라고 할 수 있을까요. 정보가 이렇게 빈번하게 교환되면지역의 독자성이라는 것은 의심스러워지지요."

군시테이 주인은 고개를 갸웃거렸다.

"그럼 주인장, 도깨비라는 것은 역시 그, 도시의 도깨비가 기본이되는 걸까요. 그렇다면 ―― 역시 불교의 영향은 강할까요? 지옥도의옥졸 같은 것이 바탕이 되었고 지방의 여러 요괴의 형태를 통합했다는 걸까요?"

말씀대로 절의 영향력이라는 것은 있겠지요 ―― 하며 군시테이주인은 고개를 갸웃거린다. 그러고 나서 시선을 멀리 보내며 마치무언가를 그리워하는 것 같은 말투로,

"그리고 도깨비라고 하면 음양도일까요, 역시. 그렇지, 그 술래잡기[35]. 그건 음양도의 잔재겠지요."

하고 말했다.

술래잡기.

다음은 ―― ,

다음은 게이 네가 ―― .

스즈키는 술래잡기를 싫어했다.

---

[35] 일본어로 술래잡기는 '오니곳코'라고 하는데, '도깨비놀이'라는 뜻이다. 술래는 '오니(도깨비)'.

"그런가요."

하고 단조롭게 대답하자 주인은 가느다란 눈을 살짝 부릅뜨고 그렇 겠지요, 하고 말했다.

"그건 도깨비가 쫓아와서 확 잡는 거잖아요. 그러면 붙잡힌 아이가 다음 도깨비가 되는 것이 규칙이지요. 도깨비가 옮는 겁니다. 그러니 까 이건, 이 경우의 도깨비라는 것은 불결함 같은 것입니다."

"불결함——이라고요——?"

다음은 게이 네가 술래야——.

아니. 스즈키는 술래잡기 같은 것은 한 적이 없다.

이유는 단순명쾌하다.

무서웠기 때문이다.

만일.

쫓아오는 술래에게 붙잡힌다면——.

——잡아먹히고 만다.

나쁜 아이는——도깨비에게 잡아먹히고 마는 것이다.

그러나 그것은 아무래도 아니었을 것이다. 붙잡히면——도깨비 가 옮는다. 잡아먹히는 것이 아니라 자신이 도깨비가 되고 마는 것이 다. 그것은 그런 규칙의 놀이였다.

군시테이 주인은 그런 스즈키의 속마음도 알아차리지 못하고, 역 시 음양도의 유행과 확산은 컸겠지요——하고 중얼거렸다.

그러고 나서 가느다란 눈을 더욱 가늘게 뜨고,

"그 외에는 예능일까요——."

하고 말했다.

"예능이라고요?"

"네. 문외한의 생각입니다만. 정념 같은 것을 이렇게 눈에 보이는 형태로 만들어야 한다, 그런 절박한 필요가 예능에는 있지 않습니까. 연극도 그렇고 춤도 그렇고요. 일일이 설명하는 것도 흥을 식게 만들 테고, 명찰을 붙이고 연기하기도 어렵잖아요. 그러니까 가면이나 인형이나. 아까 말한 나마하게도 마찬가지입니다."

"정념의 시각화?"

"화낸다거나, 원망한다거나 슬퍼한다거나, 그런 표현을 해야 하지 않습니까. 일단 누가 봐도 한눈에 그렇다는 것을 알 수 있도록 기호화해야 해요. 가령 노(能)[36) '아오이노우에'[37)에 나오는 반야(般若)[38)의 가면 같은 것은 도깨비의 기본이지요?"

"아아. 그렇지요."

"그것도 뿔이 있잖습니까. 그러니까 뿔이라는 것은 일종의 그런 기호인 셈입니다."

"도깨비의?"

"도깨비라기보다 그, 화가 났다거나 원망한다거나 미워한다거나, 그런 부정적인 감정이 현저하다는 기호지요. '아오이노우에'에서도 생령일 때는 데이간(泥眼)[39)이라는 가면에 뿔은 없잖습니까? 그런데 마지막에는 반야가 되지요. 이게 더욱 심해지면 이제 뿔 따위는 있든 없든 아무래도 상관없어지지요."

---

36) 일본 고전 예능의 일종. 가면 음악극으로, 탈을 쓰고 하야시 반주에 맞추어 요곡(謠曲)을 부르며 연기한다.

37) 노의 곡명 중 하나. 아오이노우에는 '겐지 이야기'에 나오는 등장인물로 히카리 겐지의 본처인데, 생령의 원한을 사서 아이를 낳다가 죽는다. 노의 곡명인 '아오이노우에'는 이 생령을 각색한 것.

38) 노에 쓰는 탈의 일종. 두 개의 뿔이 달린 귀녀(鬼女)의 탈.

39) 노 가면의 일종. 눈에 금색 진흙을 얇게 바른 여자 가면으로 박력이 있어 질투심을 가진 여자의 역할 등에 사용된다.

"뿔이?"

"그래요. '도성사(道成寺)'라는 게 있지 않습니까. 그 안친 교히메[40]의. 거기에서 질투에 미친 교히메가 이렇게, 뱀이 되잖아요."

군시테이 주인은 손을 꿈틀꿈틀해 보였다.

"아아. 뿔이 돋은 사람 얼굴을 가진 뱀이 종에 감겨 있는 그림을 본 기억이 있는데―― 그림에서는 뱀의 몸이 되어 있었지만, 분명히 노의 경우는 뱀의 모습이 아니겠지요."

"노에서는 뱀의 몸을 가면과 의상의 무늬 같은 것으로 표현하지요. 왜, 뱀의 모습이 되는 것은 무리니까요. 그리고 이때 쓰는 가면이 진사(眞蛇)라는 가면입니다. 이것은 어엿한 뿔도 있고 상당히 무서운 가면인데요, 도깨비로 인식되는 것은 오히려 반야 쪽이지요. 그야 진사는 뱀이니까 이건 어쩔 수 없지만―― 진사의 경우, 이것은 이미 도깨비라기보다 요괴입니다. 뿔은 있지만 도깨비는 아니에요. 둔갑이지요."

"둔갑―― 요괴 둔갑이로군요."

"덧붙여 말씀드리자면 노에서는 그 축시 참배의 '쇠고리'를 나마나리[生成り]라고 부르지요. 나마나리 가면에는 이렇게, 혹 같은 작은 뿔이 붙어 있습니다. '아오이노우에'는 추나리[中成り]. 이쪽은 소위 말하는 반야 가면이지요. '도성사'는 혼나리[本成り]라고 부릅니다. 이것은 뱀의 가면―― 진사를 쓰지요."

"그, '나리'라는 건요?"

"네, 네. '된다'는 뜻인데 무엇이 되느냐 하면 뱀―― 이라기보다

---

40) 기슈 도성사의 전설 속에 나오는 남녀 주인공의 이름. 교히메가 젊은 승려 안친을 연모하였으나 배신을 당하고 큰 뱀이 되어 뒤를 쫓았는데, 도성사 종에 숨어 있던 안친을 종과 함께 불태워 죽였다고 한다.

요물이랄까요. 요괴화가 현저할수록 뿔은 화려해지는 겁니다. 하지만 뱀의 가면은 어디까지나 뱀이지 도깨비는 아니지요. 오히려 추나리인 반야 쪽이 일반적으로 도깨비라고 불리고 있어요——."

"네에."

"한편 나마나리는 역시 도깨비와는 달라요. '하시히메'⁴¹⁾ 같은 것도 나마나리 가면을 쓰는데요, 이건 양쪽 다 인간의 범주입니다. 그러면 ——도깨비라는 것은 사람이기도 하다, 하지만 마물이기도 하다는 경계에 있게 되지요."

"완전한 요괴는 아니라고요?"

"그래요. 모습도 뿔이 있고 색깔이 다르다는 정도고 거의 인간과 같은 모습이잖아요. 그래서 뿔이 중요해지는 거겠지요. 적어도 뿔 정도는 달리지 않으면 사람과 구별이 되지 않거든요, 도깨비는. 이것도 친구한테 들은 이야기인데, 갓파⁴²⁾니 덴구(天狗)⁴³⁾니 하는 것은 역시 몇 마리라고 셉니다. 하지만 도깨비는 몇 명이라고 센다고 하더군요. 도깨비는 사람이 아닌 사람이에요."

"도깨비는——사람입니까."

사람이지요, 하지만 인간은 아니에요——하고 호호할아버지 같은 얼굴을 한 채 군시테이 주인은 말했다.

"도깨비를 중국어로 읽으면 귀(鬼)인데, 이것은 혼, 사령이라는 뜻이지요."

---

41) 질투가 심하여 스스로 도깨비가 되어서 상대 여자를 죽이려고 한 여자. 산 채로 도깨비가 되어 상대 여자와 가족, 남자와 그 가족까지 모두 죽였다.

42) 일본의 요괴로 키는 1m 안팎이고 입이 삐죽하며 정수리의 오목한 곳에 물이 조금 담겨 있다. 다른 동물을 물로 끌어들여 그 피를 빤다고 함.

43) 일본 도깨비의 일종. 하늘을 날고 깊은 산에 살며 신통력이 있다는, 얼굴이 붉고 코가 큰 괴물이다.

"그럼 유령입니까?"

"유령과는 다르겠지요. 중국과 일본이니 애초에 다르기도 하겠지만, 일본의 도깨비는 버드나무 밑에 스르륵 나타나지는 않잖아요. 이것은 역시 이것이고——."

군시테이의 주인은 유령의 손놀림을 흉내 낸다.

"——게다가 그, 일본의 도깨비는 죽지 않으면 될 수 없는 것도 아니에요. 아까 노 이야기에서도 사람은 모두 산 채로 도깨비가 되잖아요. 가령 도깨비의 대표격인 슈텐 동자[44]도 이바라키 동자[45]도, 죽은 사람이 아니라 살아 있습니다. 그건 살아 있는 존재예요. 어쨌거나 퇴치되고 마니까요. 성불하고 승천하는 게 아니라 목이 잘리지요."

"그렇군요——."

스즈키는 약간 혼란스러워졌다. 그냥 가벼운 기분으로 입에 담은 질문이었는데 간단한 이야기가 아니었던 모양이다. 하기야 가벼운 기분으로 입을 뚫고 나왔다고는 하지만, 그의 마음속에서도 그 질문은 뿌리가 깊다.

"——한층 더 모르겠습니다."

스즈키는 생각한다. 아무래도 상관없는 일인데 생각하는 것을 멈출 수가 없다.

"——도깨비란 무엇입니까? 그, 가령 뿔이 있고 없고는 상관없는 거지요?"

"그럴 것 같은데요."

---

44) 단바(현재의 교토 중부와 효고 현 동부 지역) 오에야마 산에 살았다고 하는 전설상의 도깨비. 도성(헤이안)에 나타나 여자와 재물을 빼앗았기 때문에 미나모토노 요리미츠가 칙명을 받아 퇴치했다고 함.
45) 교토 나성문에서 와타나베노 츠나에게 한쪽 팔이 잘리고, 후에 츠나의 큰어머니로 둔갑해 그 한쪽 팔을 도로 빼앗았다는 전설상의 도깨비.

"그러니까 주인장. 뿔이라는 건 심상치 않은 상태를 나타내는 요물의 기호이기는 하지만 특별히 도깨비의 표시라는 건 아니다, 이런 말씀이시군요. 뿔이 있는 신이나 마물도 있다는 거지요?"

군시테이의 주인은 고개를 끄덕이며, 그렇지요, 그렇지요, 뿔이 없는 도깨비도 있는 모양이고 아무래도 뿔이 있으니까 도깨비라고는 할 수 없는 모양입니다——하고 말했다.

"그럼——고작해야 평범한 사람이 아니라는 표식이로군요, 뿔이라는 것은. 그야 그렇겠지요. 다만 그 표식인 뿔의 상태로 본다면——뱀이나 요괴 쪽이 뿔 자체는 더 화려하기도 하다. 즉 인간에서 멀다는 것이군요. 뿔을 기준으로 한다면 도깨비는 신보다 마물보다 더 사람에 가깝다——주인장께서는 이런 말씀이시군요. 하지만 도깨비는 결코 사람이 아니다——."

"인간은 아니겠지요. 도깨비니까요."

"사람이면서 사람이 아니다. 그런 존재는 망자 정도밖에 생각나지 않는데, 그렇다면 도깨비는 유령이냐고 묻는다면——그렇지도 않다고 하셨지요. 도깨비는 죽은 사람이 아니라 산 사람인 경우도 있다고 하셨어요. 그 말씀대로 도깨비는 유령은 아닐 테지요. 하지만 모르겠습니다. 모르겠어요."

"우리 문화에서는 안 그렇겠지요."

"그러면 도깨비의 속성이라는 것은 분산되어서, 신이나 요괴나 유령으로 나누어지고 말지 않을까요? 실체가 없어요. 기독교의 악마와 달리 신과 적대하는 자, 단순히 사악한 존재인 것도 아니잖아요? 그러면 도깨비란 무엇일까요. 그냥 그림으로 그려진 무서운 존재, 만화나 상표 같은 겁니까?"

글쎄요 ── 하며 주인은 우는 듯 웃는 듯한 얼굴을 했다. 그리고 손뼉을 딱 치더니,

"흔히 도깨비 같은 마음을 먹는다[46] ──고 하잖아요. 그것은 냉혹한 기분이 되어 의지를 관철한다는 뜻이지요."

하고 물었다.

"그렇겠지요. 자비의 마음을 깨끗이 버리고 도깨비처럼 잔인한 마음이 된다는 뜻이겠지요. 정을 죽이고 냉철해진다고 할까요 ──."

"그게 아닐 거라고 생각합니다. 저는."

"흐음. 뭐가 아닙니까?"

"도깨비 같은 마음을 먹어서 대체 무엇을 하느냐 하면, 이건 대개 좋은 일을 하지요. 도깨비 같은 마음을 먹고 나쁜 짓을 하는 경우는 적잖아요?"

분명히 그건 그렇다.

"나쁜 짓을 하는 사람은 애초에 도깨비 같은 놈인 거니까요."

"일부러 도깨비 같은 마음을 먹을 필요는 없다는 겁니까? 그럼 대체 ──."

"네에. 그럼 이건 무슨 뜻인가 하면 말이지요, 가령 대의명분 아래 개인적인 집착을 끊는다거나, 의리를 지키기 위해 인정을 끊는다거나, 그런 걸 겁니다, 도깨비 같은 마음을 먹는다는 것은. 즉 냉혹하다거나 잔인하다거나 악랄하다거나, 그런 마음이 아니지요. 보통 같으면 좀처럼 할 수 없는 일을, 망설임을 끊어내고 해 버린다는 뜻이잖습니까?"

스즈키는 고개를 끄덕였다. 그런 뜻일 것이다.

---

46) 마음을 독하게 먹는다는 뜻.

그러니까——하고 군시테이 주인은 말을 잇는다.

"그러니까 죽었든 살았든, 뿔이 있든 없든, 그런 것은 별로 상관이 없지 않을까요?"

"무슨 말씀이신지?"

"도깨비라는 것은 보통 사람은 할 수 없는 일을 하는 존재——가 아닐까요?"

"사람이——할 수 없는 일, 이라니요?"

"신통력이라든가 천리안이라든가, 하늘을 난다든가——그런 마법을 말하는 게 아닙니다. 그건 분명히 사람이 할 수 없는 일이지만, 아무리 결심한다 해도 절대로 할 수 없는 일이잖아요. 하려고 해도 할 수 없어요. 제가 말씀드리는 것은 하면 누구든지 할 수 있지만, 보통은 절대로 하지 않는 일, 할 수 있시만 보통 사람이라면 할 수 없는 일——이라는 뜻입니다. 그런 일을 아무렇지도 않게, 태연하게 할 수 있는——그것이 도깨비가 아닐까요."

"하면 할 수 있는——일?"

그게 중요하다, 고 주인은 말했다.

"기적이라든가 길조라든가, 인간이 절대로 할 수 없는 일을 할 수 있다면 이건 신이나 부처의 영역에 도달한 것입니다. 수행해서 법력이나 마력을 얻는 것은 선인(仙人)이나 수험자(修驗者)[47]겠지요. 한편 뱀의 몸이 된다거나, 사람의 이해를 뛰어넘은 데까지 가 버리면 그냥 요괴나 요물이에요. 기물(器物)이나 금수(禽獸)가 둔갑하는 것은 전부 요물이지 도깨비가 아닙니다. 그리고 도깨비는——우리가 아는 도깨비는 그것과는 다르잖아요. 도깨비라는 것은 인간이 실행 가능한

---

47) 일본 고대의 산악신앙에 불교와 도교 등을 가미한 종교인 수험도를 닦는 사람.

데도 좀처럼 하지 못하는 일을 하는 겁니다. 그것을 할 수 있는 상태를 도깨비라고 부르는 걸까요. 그래서 유령도 그냥 원한만 가진 놈은 단순한 유령이고, 그 이상의 일을 하면 도깨비가 되지요. 그건 ——."

"살아 있어도 —— 마찬가지라는 겁니까."

"그래요. 살아 있어도 마찬가지입니다."

그런 상태를 알기 쉽게 표현하는 데에 뿔이 편리한 걸 거예요, 분명히 —— 하고 군시테이 주인은 말을 이었다.

"도적이나 악당도 도깨비라고 불리지 않습니까. 잔인한 행위, 법을 어기고 계율을 깨는 것. 이것은 일반적으로는 해서는 안 되는, 좀처럼 할 수 없는 일이니까요."

하지만 불가능한 행위는 아니지요, 하면 할 수 있습니다 —— 하고 군시테이 주인은 말했다.

—— 할 수 있는 일인데도,

—— 사람이 하지 못하는 일.

"범죄자는 도깨비 —— 라는 겁니까?"

아닙니다, 아니에요, 그렇지 않습니다 —— 하고 주인은 크게 손을 좌우로 흔든다.

"범죄자를 한데 묶어서는 안 됩니다. 범죄자라는 것은 어디까지나 현행 법률에 위반되는 행동을 한 사람을 가리키는 것이지 않습니까. 그렇다면 종류는 여러 가지입니다. 고민하고 망설인 끝에 저지른 범죄도 있는가 하면, 과실도 있겠지요. 가령 살인이라고 칩시다. 이건 아무런 망설임도 없이 사람을 죽일 수 있다면 그게 도깨비입니다. 조금이라도 망설이거나, 죽이고 나서 후회한다면 그것은 사람이에요. 아무렇지도 않게 저질러 버릴 수 있다면 도깨비지요."

"아아, 그렇군요."

──아무런 망설임도 없이.

──아무렇지도 않게.

"그러니까 도깨비는 사람을 잡아먹잖아요?"

──잡아먹히고 만다.

"사람을 먹는다는 건 불가능한 행위는 아니지요. 인간이라고 해도 고기가 되면 소나 말과 다른 데가 있는 것은 아니고, 복어처럼 독이 있는 것도 아니에요. 돌이나 쇠 같은 것과 달리 먹는 게 불가능한 것은 아닌 셈이지요. 식재료로서는 합격이에요. 그래도 동서고금을 통틀어 문명국에서는 인육을 먹는 짓은 거의 하지 않습니다. 허락되지 않아요."

아니, 할 수 없지요──하고 주인은 말했다.

"뭐, 세계적인 규모로 보자면 드물게 식인의 습관이 남아 있는 지역도 없는 것은 아니겠지만, 그것도 종교적인 의례라든가 지극히 의식적인 색채가 짙을 겁니다. 저급한 책 같은 데는 재미로 식인의 습관을 소개한 것도 있지만, 아다치가하라[48]도 아닌데 여행자를 붙들어 잡아먹는 관습을 가진 사람들은 없을 겁니다. 먹었다고 해도 음식이 아니에요. 오히려 죽은 사람에게 경의를 표하기 위해서 먹는 경우가 많지 않을까요. 일본에서도 뼈를 씹거나 하는 곳이 있지요, 그것과 마찬가지입니다. 그렇지 않다고 해도 가령 동족은 먹으면 안 된다는, 우선 규정이나 터부가 엄연히 존재하는 법입니다."

"식인──이라고요."

---

48) 데즈카 오사무의 단편만화로, 우주 한쪽 구석의 잊혀진 별을 무대로 한 SF 작품. 근처를 지나가는 우주선을 유인하여 승무원들을 잡아먹는 마녀가 사는 별이 나온다.

나쁜 아이는 ──,

도깨비에게 잡아먹혀 ──.

"하지만 ── 도깨비는 아무렇지도 않게 사람을 먹지요?"

도깨비가 온다 ──.

나쁜 짓을 하면 ──.

나쁜 짓을 하면 도깨비가 온다 ──.

도깨비가 와서 너를 머리부터 잡아먹고 말 거야 ──.

"먹는다고 ── 하지요."

"그렇지요. 원령 같은 것은 죽인다고 해도 저주로 죽인다는 느낌이 잖아요? 재앙을 일으키지요. 유령 같은 건 원한의 말을 하고, 병에 걸리게 하거나 하고요. 유령은 사람을 머리부터 씹어 먹거나 하지는 않습니다. 한편 요괴는 놀라게 할 뿐이라든가, 나쁜 짓을 한다든가. 하지만 넋두리를 하는 도깨비나 놀라게 할 뿐인 도깨비는 없어요. 도깨비는 모두 직접적, 물리적 위해를 가합니다. 일본에서 가장 오래된 도깨비의 기술(記述)이라고 하는 '이즈모노쿠니 풍토기'49)의 오하라 노코리[大原郡] 아요노사토[阿用鄕]50)의 외눈박이 도깨비부터가 벌써 잡아먹었으니까요, 사람을. '이세 이야기'의 니조노키사키 다카키코도 나리히라에게 납치된 후 눈 깜짝할 사이에 잡아먹히지요. 그러니까."

"과연, 알겠습니다 ──."

납득이 갔다.

뿔이라든가 훈도시라든가.

───────────────

49) 733년 성립. 완전한 형태로 전해지는 유일한 풍토기(風土記)로, 이즈모 지방의 풍토, 물산, 전승 등을 기록하였다. 고사기나 일본서기에는 보이지 않는 이즈모 지방의 신화도 포함하고 있음.

50) 현재의 시마네 현 오하라 군 다이토초 부근.

신이라든가 요괴라든가.

그런 것은 아무래도 상관없다.

"도깨비는——사람을 잡아먹으니까요."

스즈키는 다짐하듯이 말했다.

즉 도깨비는 폭력이다.

도깨비란——사람을 잡아먹는 것이다.

사람을 잡아먹는 것이야말로 도깨비다.

군시테이의 주인은 기분 탓인지 어깨를 축 늘어뜨렸다.

"뭐. 요곡(謠曲)에 등장하는 도깨비나 문헌상의 도깨비, 구비 전승되는 도깨비, 관념상의 도깨비와 통속적인 도깨비, 여러 가지 도깨비를 전부 한데 묶어서 설명하는 게 이미 난폭한 일이니까요. 그 부분은 그냥 문외한의 이야기라고 생각해 주셨으면 합니다. 생각하면서 이야기하고 있는 거니까요. 하지만 그, 지금 말씀드린 것은 저도 꽤 마음에 듭니다. 친구에게 가르쳐주고 싶을 정도네요——."

스즈키는 이미 이야기를 잘 듣고 있지 않다.

저녁 해도 심상치 않아졌다.

계속해서 이야기하는 군시테이 주인의 얼굴도 이미 똑똑히 확인할 수는 없게 되었다.

스즈키는 약간 불안해졌다.

목소리도, 말투도, 손짓도 체격도, 분명히 그것은 그의 것이다. 무엇보다 방금 전까지 그것은 그였으니 틀림없는 일이다.

그러나——.

그는 도깨비가 아니라고 어떻게 단언할 수 있을까.

도깨비는 사람의 모습을 하고 있다.

아니, 사람이다.

사람은 산 채로 도깨비가 되는 것이다.

── 그래서 뿔이 필요하다.

뿔이 없으면 사람인지 도깨비인지 알 수 없다.

뿔이 없으면 구별이 되지 않는다.

"도깨비는 ── 사람을 잡아먹지요."

나쁜 짓을 하면 ──.

도깨비가 머리부터 ──.

도깨비가 ──.

3

버마의 전선이었다.

스즈키는 떠올렸다.

몇 번인가 꿈에서 보았다.

폭격을 제대로 맞았다.

뜨거운 바람에 쓸려 날아가, 눈앞이 정말로 새빨개지고 ——.

스즈키는 빈사 상태였다.

그러나 자신이 빈사 상태라는 것 —— 즉 살아 있기는 하다는 것 —— 을 스즈키 자신이 깨달은 것은 의식이 돌아오고 나서도 한참 후의 일이었던 것 같다. 하기야 의식만은 돌아왔지만 육체 쪽은 전혀 움직이지 않았으니 그것도 당연한 일이었을 것이다.

손이며 다리며, 인체로서의 실감을 되찾는 데에도 상당한 시간이 걸렸다. 눈꺼풀도 떠지지 않아서 그저 의식만 어둠 속에 떠 있는 것 같은 —— 그런 감각이었다.

하지만 스즈키는 살아 있었다.

말단에서부터 서서히 아픔이 되살아나고 아픔은 혼돈에서 자신의 윤곽을 드러내 주었다. 이윽고 눈이 떠지고, 스즈키는 어렴풋하고 느리게 상황을 파악했다.

괴멸적인 상황이었다. 부대는 전멸이었다.

그때까지는 지루하고 길었다. 전쟁터는 괴롭고 힘들고 끔찍하게 싫고, 그냥 지루하고 길었다.

그러나 그것은 한순간에 끝났다.

—— 눈 깜짝할 사이에.

싫은 상관도, 싫은 장교도 모두 죽었다.

—— 눈 깜짝할 사이에.

하지만. 스즈키는 살아 있었다.

건물 잔해와 시체의 산을 헤치고 스즈키가 일어선 것은, 아마 이틀째 밤의 일일 것이다.

움직일 수 있는 자신이 이상했다.

느릿느릿, 매우 완만한 움직임으로 이동한 것을 기억한다. 출혈과 타박상과 공복과 피로와 골절도 있었던 것 같다. 느릿느릿해도 어쩔 수 없다.

스즈키는 숲 속으로 들어가 커다란 나무의 구멍에 앉아 죽어야 하는가 하고 생각했다.

패해서 물러나서는 안 된다. 제국 군인에게 그런 선택지는 없다. 옥쇄(玉碎)가 바람직하다.

혼자서 적에게 등을 돌리고, 살아서 도망쳐도 될 리가 없다.

심한 죄책감이 스즈키를 덮쳤다.

자신의 행위는 적 앞에서 도망치는 것이 아닌가. 혼자 살아남아서 수치를 당할 바에는 깨끗하게 자결해야 한다. 그것이 대일본제국 군인인 스즈키의, 단 하나뿐인 길이다——그때는 정말로 그렇게 생각했다. 분명히 생각했지만 이대로 살아남아 버린다면 전사한 병사들을 볼 낯이 없다——는 기분이 한층 더 강했던 것 같기도 하다.

이때가 되도록 스즈키의 심장이 계속 고동칠 수 있는 것은 과감한 무용(武勇)의 결과도 뛰어난 지력 덕분도 아니다.

우연이다.

겁이 많고 체력도 기술도 없는 데다 전투 의식도 희박한 신병은 제일 먼저 죽는 것이 당연하지 않은가. 살아남은 죄책감이 스즈키를 죽음으로 유혹했다.

그러나——스즈키는 죽지 않았다.

우선 죽기 위해서 필요한 무기가 없었다.

황송하게도 천황 폐하께서 빌려주신 총검도, 수류탄도, 복용할 독도, 목을 맬 끈도, 아무것도 없었다.

그때 스즈키는 아무것도 갖고 있지 않았다.

죽으려 해도 방법이 없다. 제발 적병에게 발견되기 전에 쇠약해져서 죽기라도 할 수는 없을까 하고 진지하게 생각했다.

그때 스즈키는 깨달았다. 이대로——.

이대로도 괜찮다.

이대로 발견되지 않도록 조심하기만 하면 된다.

이 나무 구멍 속에서 꼼짝 않고 웅크리고만 있으면——기다리고 있는 건 틀림없이 아사(餓死)일 것이다. 자결이라고 부르기에는 너무나도 수상쩍은 방법이지만 자신에게는 맞는 것 같은 기분도 들었다.

실제로는 일어설 만한 체력도 기력도, 그때의 스즈키에게는 아무 것도 남아 있지 않았으니 어차피 마찬가지이기는 했다.

그렇게 결심하자 순간 의식이 몽롱해져서 스즈키는 정신을 잃었다.

꿈을 꾸었다.

야단맞고 있었다. 아버지일까, 어머니일까. 숙부일까.

나쁜 아이구나——.

너는 비겁한 애야——.

비겁한 놈. 부끄러운 줄 알아라——.

나쁜 짓을 하면 도깨비가 온다——.

도깨비에게 머리부터 잡아먹히고 말 거야——.

그러고도 네놈은 일본 국민이냐——.

눈을 감아. 이를 악물어——.

대장님일까. 상관이나 고참병일지도 몰랐다.

도깨비가, 도깨비가 온다——.

붙잡았다.

아니, 붙잡혔다.

다음은 게이 네가 술래야——.

"움직이지 마. 체력을 아껴."

"어——."

"전쟁은 곧 끝날 거야. 그때까지 살아. 목숨을 건질 수 있을지도 몰라."

"끄——끝나다니."

눈을 떠 보니 눈앞에 낯익은 장교의 얼굴이 있었다.

스즈키는 자세를 바르게 하려고 근육에 지령을 보냈지만, 몸의 명령 계통이 혼란에 빠져 있는지 스즈키의 육체는 경련할 뿐이었다. 그만해라, 움직이지 말라는 것인지 장교는 스즈키를 눌렀다.

"자, 장교님, 사——."

"살아 있어. 죽을 것 같나. 나는 냉큼 부대를 버리고 도망쳤는데. 엇차, 얌전히 있어. 네놈한테 이러쿵저러쿵 잔소리를 들을 이유는 없다고. 네놈도 그렇게 살아서 수치를 당하고 있잖나. 부대는 표면적으로 옥쇄하게 되어 있으니까. 어슬렁어슬렁 야전병원으로 갈 수도 없잖아? 끝날 때까지 살아서 숨어 있는 거야. 어떻게든 되겠지."

"끄——끝나다니?"

"앞으로 며칠이야. 전쟁은 끝날 거다. 이런 전쟁은 계속하면 계속 힐수록 손해야. 지려면 얼른 셔야지 안 그러면 나라가 멸망한다고. 아무리 군부가 바보라도 그 정도는 알 거야. 입만 열면 옥쇄, 옥쇄 하지만 나라가 통째로 옥쇄할 수는 없지."

어쨌거나 천황이 계시니까—— 하고 장교는 말했다. 스즈키는 상당히 판단력이 둔해진 머리로 불경한 말의 뜻을 모색해 보았다.

"이 숲은 일본 병사의 시체로 가득 차 있어. 모두 성실하게 싸웠지. 나는 그 지나치게도 빌어먹게 성실한 병사들의 시체를 보고 왠지 화가 치밀었어. 이놈들, 여기서 썩어 없어질 뿐인가 하고 생각하면 왠지 분해져서 말이야. 그래서 주위의 시체에서——."

장교는 자루 주머니를 꺼냈다. 그리고 안에서 넝마에 싸인 작은 것을 꺼내 보여주며,

"——손가락을 잘라냈어."

하고 말했다.

"——손가락만이라도 조국 땅에 묻어주자고 생각했거든. 신원을 확인할 수 있는 놈은 이름을 적고 말이지. 본토로 돌아가면 유족에게 전해 주자고, 그렇게 생각했단 말이야. 다만 그중에는 시체에 섞여서 네놈처럼 살아 있는 놈도 있어. 그래서 나는 밤을 틈타서 하나하나 시체를 조사하고, 생사를 확인하고 다니곤 해. 나는 다치지도 않았고 약해지지도 않았으니까. 하지만 살아 있다는 걸 알아도 나는 어떻게 해 줄 수도 없어. 격려해도, 물이나 먹을 것을 주어도, 다음날 가 보면 죽어 있지."

보아하니 네놈이 제일 멀쩡해 보이는군——하고 장교는 말했다.

그리고 스즈키에게 수통의 물을 먹이고는 과일을 몇 개 건넸다. 그리고,

"갑자기 먹지 마. 천천히 먹어. 내일 오지."

라고 말하고 떠났다.

그 이국의 과일이 무엇이었는지, 달았는지 썼는지 스즈키는 기억하지 못한다. 손이 떨려서 몇 번이나 떨어뜨린 것만은 똑똑히 기억난다.

과일을 먹는 것뿐인데 몹시 흥분했다.

먹고 나서 잠시 지나자 허기감이 몰려왔다. 그런 것은 뒤늦게 오는구나 하고 생각했다. 공복인 채로 정신을 잃다시피 잠들고, 꿈도 꾸지 않았던 것 같다. 그래도 덥다는 것만은 알 수 있었다. 몇 번인가 깨어날 뻔했을 것이다. 춥고 더운 감각이 돌아온 것이다.

낮에는 찌는 듯이 더웠다.

팔과 다리의 상처에는 구더기가 끓고 있었지만 털어낼 기운은 없었다.

밤이 되자 약속대로 장교가 왔다.

"오오, 살아 있었군."

"저, 저는."

"자결하고 싶다는 말은 하지 마. 그런 건 바보나 하는 짓이다."

스즈키는——당혹스러워졌다.

"이상한 얼굴 하지 마. 나라를 위해 죽어라, 폐하를 위해 죽어라, 깨끗하게 죽어라, 죽어라 죽어라 죽어라 하고 되풀이해서 명령을 들으니 정말로 그런 기분이 드나? 잘 들어, 네놈이 지금 여기서 죽으면 일본은 전쟁에 이길까? 못 이겨. 이길 리 없잖아."

장교는 내뱉듯이 말했다.

"네놈이 지금 여기서 죽든 살든, 전황에는 아무런 변화도 없어. 시시한 생각은 버려. 네놈만이 아니라고. 이 근처에 죽어서 썩어 있는 놈들은 누구 하나 국익에 공헌하지 못했어. 나도 포함해서 병사는 전부 버러지 같은 인간이야. 죽든 살든, 역사에 이름을 남기지도 못해. 그렇다면 왜 죽지? 무엇을 위해서 죽나——."

장교는 스즈키를 응시했다. 스즈키는 뱀 앞의 개구리처럼 움츠러들었다.

"——벌레 한 마리가 뭉개져도 아무도 기뻐하지 않아. 일억의 불구슬이니, 전원 옥쇄니 부르짖지만 일억의 대부분은 버러지 같은 인간이지. 국민이 한 덩어리가 돼서 임하면 마음이 하늘에 통해서 큰 소원도 이룰 수 있다——는 정신주의는 환상에 지나지 않아. 버러지는 몇 마리가 있어도 버러지거든. 알겠나? 그러니까 우리 버러지들이 할 수 있는 일은 그냥 사는 것뿐이야. 살아서 수치를 당하고 똥을 누면서 계속 사는 것뿐이야. 그게 뭐가 나쁘지?"

장교는 스즈키의 얼굴을 양손으로 움켜쥐었다.

"알겠나? 일단 —— 나는 네놈의 상관이니까 명령은 들어. 살아라."

그냥 눈물이 났다. 기쁘다거나 슬프다거나 분하다거나 하는 눈물이 아니었다.

장교는 스즈키의 상처 상태를 자세히 살피고, 이 정도면 괜찮아, 하고 말했다.

"구더기 따위는 먹어 버릴 정도의 기백이 아니면 살아서 조국 땅을 밟을 수 없을 거다. 곪은 데는 지금 어떻게든 해 주지. 자, 이걸 먹어."

찌그러진 반합 속에는 작게 자른 고기조각이 들어 있었다.

"살아 있는 동안에는 매일 와 주지. 자, 먹어. 이건 신선하니까 괜찮아."

맛은 기억나지 않는다.

끈적거리는 식감이었다.

세 입째부터는 게걸스럽게 먹었다.

포만감이라고 하기엔 거리가 멀었지만, 만족감만은 있었다. 고맙다는 말도 하지 않고 잠에 빠졌던 것 같다.

다음 날 아침에도 더워서 깨었다. 불쾌했다.

결국은 그제야 살고 싶다는 욕구가 스즈키 안에 싹튼 것이다. 그것은 점점 부풀었다. 그런 상태가 되고 나서야, 제대로 움직이지 않는 사지가 답답하게 여겨졌다.

다음으로 스즈키는 고독이나 공포라는 감정을 되찾았다. 적에게 발견되면 포로가 된다. 자칫하면 죽임을 당한다. 이렇게 된 이상, 그 장교의 말대로 살아서 돌아가고 싶다고 강하게 생각했다.

장교는 성실하게 찾아왔다.

그리고 스즈키는 또 고기를 받았다.

귀중한 것을 주셔서 고맙습니다, 하고 처음으로 감사 인사를 했다.

그리고 먹었다.

──맛있다.

그렇게 생각했다.

그것만은 똑똑히 기억난다.

맛은 잊었다. 그러나 맛있다고는 생각했다.

"다들 하는 일이야. 신경 쓰지 마."

장교는 그렇게 말했다.

4

"또——부모를 때리고 있어."

스즈키는 걸음을 멈추었다. 주위는 이미 해가 져 있었다.

황혼——해 질 녘. 길을 가다가 마주친 사람이 누군지 알아볼 수 없게 되는 시각이다. 그것은 또 마(魔)를 만나는 시간이라고도 불린다고 한다. 누구인지도 알지 못한 채 마를 만나고 마는 시각——이라는 뜻일 것이다.

군시테이에서 물러나 하숙집으로 돌아가는 도중이다.

하숙집에서 군시테이까지 가는 길을, 스즈키는 꽤 좋아한다. 스즈키가 군시테이를 자주 찾아가는 것은 주인의 인품에 끌린 것도 물론 있지만, 그 약간 한적한 경관을 바라보기 위해서라고——하지 못할 것도 없다.

도착하고 나서 주인과 장기를 두거나 잡담을 하는 것도 물론 좋지만, 완만하게 뻗은 길도 나름대로 즐겁다고 생각하기 때문이다.

낮은 기와지붕. 햇볕에 타서 탈색된 간판. 검은 담장에 벌레 먹은 구멍이 몇 개나 뚫려 있는 전봇대. 타일을 바른 이발소. 소금 전병 한 종류밖에 만들지 않는 전병가게. 이끼가 자란 석조 건물 사진관.

그 사진관 앞의 광경이다.

어머니가 땅에 엎드려 있다.

때리는 사람은 딸일 것이다. 아직 어린 데가 남아 있는 용모의 젊은 아가씨다.

매춘 같은 짓은 그만둬——어머니는 그렇게 소리치고 있다. 시끄러워 할망구——하며 딸은 걷어찬다.

벌써 몇 번이나 이 광경을 보았을까.

처음은 석 달쯤 전의 일이었다.

스즈키는 그때까지 이 사진관 앞에 장식된 가족사진이 왠지 좋아서, 앞을 지나갈 때마다 걸음을 멈추고 바라보는 습관이 있었다.

그날——고함 소리가 들리고 쇼케이스의 유리가 깨졌다. 스즈키가 좋아하는 사진은 쓰러져 유리 파편 범벅이 되었다. 몹시 놀랐지만, 그때는 그냥 모녀지간의 싸움이라고 생각했다.

그것은 틀렸다.

스즈키는 자주 싸우는 가족의 모습을 목격했고, 볼 때마다 딸은 변모해 갔다. 복장이 화려해지고 머리카락을 파마하고 화장을 하게 되고, 지금은 마치 창부 같다. 근처에서 전후파(戰後派)[51]인 듯한 남자친구와 껴안고 있는 모습을 본 적도 있다. 미군의 팔에 매달리다시피 한 채 걸어가는 교태 어린 모습도 보았다.

---

51) 제2차 세계대전 후 젊은이들의 방탕하고 퇴폐적인 경향, 또는 그런 경향의 사람을 가리키는 말.

한편 사진관 쪽은 겨우 석 달 사이에 형체도 없이 황폐해졌다. 손님의 발길도 뜸해졌을 것이다. 순식간에 황폐해져 가는 것을, 앞을 지나가기만 해도 똑똑히 알 수 있었다. 깨진 유리는 복구되지 않았고, 가족사진은 쓰러진 채 고쳐지지 않았다.

그것을 볼 때마다 스즈키는 안타깝다는 기분이 들었다.

그리고.

그 남자의 존재를 깨달은 것은 한 달쯤 전의 일이다.

그 남자는 사진관의 대각선 맞은편에 있는 우체통 뒤에서 물끄러미, 소리를 지르며 날뛰는 딸과 울부짖는 부부를, 가족의 불행을 응시하고 있었다.

역시 해 질 녘이었다.

남자의 하얀 얼굴은 해 질 녘의 얇은 막 너머로 흐려져서 매우 흐릿했다. 다만 옷차림은 말쑥해서 칙칙한 정경에서는 튀어 보였다. 그 탓인지 남자가 있는 풍경은——왠지 불길했다. 그렇게 느껴졌다.

——이 풍경은.

본 적이 있다. 그때는 그렇게 생각했다. 그리고 그 기시감은 착각이 아니라는 것을, 스즈키는 곧 알아차렸다.

——그러고 보니.

그 남자는 늘 보고 있었다.

불행한 가족의 불행한 다툼을, 그는 쭉 보고 있었던 모양이다. 스즈키가 사진관 앞을 지나는 것은 거의 사흘 간격이다. 그리고 두 번에 한 번은 소동과 마주친다.

잠자코 지나갈 때도, 걸음을 멈추고 분위기를 살필 때도 있다. 그러나 그 남자는 그때마다 늘 어딘가에 서서,

―― 보고 있었다.

―― 저것은. 저 남자는,

―― 저 녀석은――도깨비다.

그리고 그렇게 생각했다.

뿔도 없다. 이상하게 생기지도 않았다. 그래도 스즈키는 직감적으로 그렇게 생각했다.

―― 저 남자가 저 가족에게 불행을 가져온 것이다.

저 녀석은――도깨비다.

이유 같은 것은 없다. 그냥 떠오른 생각이다. 그러나 스즈키는 그렇게 강하게 확신했다. 그래서 오늘 군시테이의 주인에게 그런 것을 물었다. 하지만.

스즈키는 꼼꼼하게 주위를 둘러보았다.

―― 오늘은――없을까.

역시 우연이다.

아니, 기분 탓이다. 그야 그럴 것이다. 그렇지 않다고 해도 애초에 도대체 도깨비가 어쨌다는 것인가?

그런 것을 진지하게 생각하고 있었다면, 생각하고 있던 스즈키 쪽이 이상한 것이다.

만일 이 세상에 도깨비가 있다면 그것은――.

흠씬 얻어맞은 어머니의 비명이 들렸다.

스즈키는 담장 주변에 몸을 숨기고 상황을 살폈다.

―― 저 아가씨는――.

"저 아가씨는 가키자키 요시미라는 못된 아가씨입니다."

어느 사이엔가.

스즈키 옆에 그 남자가 서 있었다.

"보십시오. 저 집은 불행합니다. 아주 불행해요. 저 사진관은 이제 곧 망할 거예요. 건물도 남의 손에 넘어갈 겁니다. 이제 끝장이에요."

담담하고 감정이 담기지 않은 목소리였다.

"당신은——대체."

남자는 젊었다. 목소리가 젊다. 그러나 얼굴은 잘 보이지 않는다. 어둡기 때문이다. 다만 단정한 옷차림의 신사이기는 하다. 정발제의 향긋한 냄새가 코를 간질였다.

"보세요. 저렇게 얻어맞아도 저항하지 않지요. 저 어머니에게는 켕기는 데가 있어요. 게다가 아버지도 집을 나가서 들어오지 않아요. 빚쟁이가 감시하고 있을 거라고 착각하고 있는 겁니다."

"그럼 당신은——."

채권자나 뭐 그런 것일까. 남자는 스즈키가 말을 다 마치기도 전에 어미를 다 듣지도 않고,

"걷어차이고 있는 여자는 사다라고 하는데, 저 아가씨의 친엄마가 아니에요. 어리석은 여자입니다. 요시미의 어머니는 공습 때 죽었어요. 저 여자는 후처입니다. 그래서 딸을 어려워해요. 어머니로서 스스로에게 자신이 없는 겁니다. 딸은 그게 마음에 안 드는 거고요."

하고 사무적인 말투로 말했다.

"이런, 떠밀렸네요. 이마가 찢어지고 말았어요. 더럽게."

남자는 코웃음을 쳤다.

어둑어둑해서 잘 보이지 않는다.

어머니의 이마에서 검은 액체가 흐르고 있는 것 같았다.

——피일까.

남자는 스즈키 옆으로 겨우 한 자 정도 떨어진 곳에 서서 더욱 냉혹한 말투로 말했다.

"저 집 부모는 자신의 불행은 자신이 가난하기 때문이라고 생각하고 있어요. 하지만 경제적인 사정은 어디나 비슷한 법입니다. 이런 시대니까요. 풍족한 사람은 별로 없어요. 가난하다면 모두 가난하지요. 해방감에 얼버무려져 있기는 하지만 모두가 어딘가에 부족함을 품고 있어요. 그걸 숨기듯이 행복한 얼굴을 하고 기운차게 행동하는 녀석은 스스로를 속이는 거예요. 뭐, 그런 놈들에게 비하면 저 집 사람들의 방식은 옳겠지요. 추해요. 본성을 다 드러내고. 보세요, 아직도 걷어차고 있어요. 어지간히 마음에 안 드는 건지. 화를 잘 낸답니다. 저 아가씨는."

"다──── 당신은 누구─────."

"불행의 원인은 가난이 아니에요. 어리석기 때문입니다."

남자는 스즈키의 말꼬리를 자르듯이 그렇게 말했다.

"어, 어리석다니──."

"어리석습니다. 저 사다라는 여자는 매일의 생활이 너무 힘들어서 신심에 의지했어요. 그래서 일주일에 한 번, 쓸데없는 돈을 쓰면서 뭔지 모를 강의를 듣고 있습니다. 시시하지요. 그리고 그때마다 딸을 타이르려고 하는 겁니다. 딸 쪽은 중 냄새나는 바보 같은 이야기 따윈 들으려고 하지 않아요. 그래서 저렇게 저항하지요. 그런 걸로는 고칠 수 없어요. 그런 걸로 공허한 틈은 메워지지 않지 않습니까."

이 남자는── 저 사진관의 친척일까. 스즈키는 한순간 그렇게 생각했다. 가정의 내부 사정을 아주 잘 알고 있다.

"일의 발단은 딸의 행실입니다──."

남자는 스즈키가 입을 다물고 있는 것을 기회로 잔혹한 혼잣말을
계속했다.

"──올해 초봄까지, 저 아가씨는 저 집의 자랑스러운 딸이었다고
합니다. 실제로 착한 아이였던 모양이에요. 하지만 그런 것은 표면적
일 뿐입니다. 알맹이가 없어요. 잔머리가 좋고 교활한 아이는 대개
착한 아이거든요."

그것은──그럴 것이다.

아이는 거짓말을 하는 법이다. 거짓말을 할 수 있는 아이는 착한
아이로 보인다.

하지만 거짓말이 들통 나 버리면──.

제 눈은 속일 수 없어요──하고 남자는 말했다.

"애초에 자신들의 어리석음은 제쳐놓고 아이를 행복의 근거로 삼
으니까 이런 꼴을 당하지요. 가족이라고 해도 균열 없이, 바싹 붙어서
서로 기대어 있는 건 아니에요. 빈틈으로는 어리석은 것이 들어옵니
다. 설령 부모라고 해도 서로 부족한 부분을 메울 수는 없어요. 딸은
비뚤어져서 매춘 같은 짓을 하다가 지도를 받았어요. 아버지는 이유
를 모르니까 그저 호되게 야단을 쳤지요. 어머니는 저렇고요. 딸의
소행은 날이 갈수록 나빠져요. 당연합니다."

"당연? 그건──."

"저 아가씨는 죽은 전처를 쏙 빼닮았어요. 아버지는 죽은 아내의
그림자를 저 딸에게 찾고 있지요. 딸은 민감하게 그것을 알아차리고
있어요. 분명히 아버지는 딸을 사랑합니다. 웃기지요. 그런 식으로
사랑받는 건 딸의 입장에서 보자면 민폐예요."

스즈키는 납을 삼킨 것 같은 불쾌한 기분이 들었다.

남자는 바보 취급하는 것 같은 말투로 말했다.

"그리고 저 어머니는 마음 깊은 곳에서는 그런 딸을 질투하고 있어요. 죽은 아내의 얼굴이 떠오르지요. 하지만 겉으로는 자애롭게 행동해요. 그렇게 대하다간 파탄 날 게 뻔하지. 딸은 가정 내에서 개인으로서의 인격을 인정받지 못하고 있는 겁니다. 어라――아버지가 나왔네요."

사진관 주인의 그림자. 모두 새까만 그림자가 되어 있다.

"연극의 2막이 시작되겠어요. 저 아버지――구니하루라는 남자는 소심하고 교활하지만, 장사는 서툴러요. 어차피 딸에게 의견을 말하지도 못할걸요. 고함을 쳐도 그건 연기라는 걸 금방 알 수 있어요. 자, 보세요. 당장 손을 쳐들지만 내리치지는 못해요."

"그――그만 좀 하세요!"

스즈키는 모녀에게서 시선을 돌리며 말했다.

"아까부터 듣자 듣자 하니까, 당신은 좋을 대로 말하고 있군요. 당신은, 아니, 댁은 어째서 그런 이야기를 내게 들려주는 겁니까? 친척의 수치를 드러내는 게 뭐가 좋다고――."

"친척이 아니에요."

남자는 강한 말투로 스즈키의 말을 가로막는다.

"나는 저런 놈들의 친척이 아니에요."

"그럼 댁은――."

"나는 수집가입니다."

"수집가?"

남자는 천천히 그 가면 같은 얼굴을 스즈키 쪽으로 향했다.

역시 몽롱한 어둠이 그 세세한 부분을 애매하게 만들고 있다.

"나는 불행의 수집가입니다. 이 세상에 넘쳐나는 모든 불행, 모든 슬픔, 모든 고통의 —— 수집가입니다."

"그 —— 그런 당신, 그건 너무나 ——."

"당신한테 이러쿵저러쿵 잔소리 들을 이유는 없어요."

네놈한테 이러쿵저러쿵 잔소리 들을 이유는 없다고 ——.

"네?"

"당신도 그냥 보고 있을 뿐이잖아요. 당신은 늘, 아주 즐거운 듯이 저 집의 불행을 바라보고 있었어요."

"그렇지는 ——."

"그래서 나는 당신한테 가르쳐 준 겁니다. 저 집 사람들은 구제할 길이 없는 불행의 늪에 빠져 있다고 ——."

"즈, 즐기는 게 아니에요, 나는 ——."

"거짓말을 하면 안 돼요. 그게 거짓말이 아니라고 해도, 도와주지도 참견하지도 않고 그냥 보고 있으니까 마찬가지지요. 당신은 한 번도 도움의 손길을 내밀지 않았어요. 당신은 늘 타인의 얼굴로 저 비참한 광경을 즐기고 있었어요. 타인의 불행은 자신의 행복입니다. 당신의 얼굴은 만족으로 가득 차 있었어요."

"아, 아니야. 나는 ——."

저 아가씨는 나쁜 아이다 ——.

나쁜 아이는 머리부터 ——.

도깨비가 ——.

남자는 비웃듯이 말했다.

"다들 하는 일이에요. 신경 쓸 거 없어요."

다들 하는 일이야. 신경 쓰지 마 ——.

스즈키는 순간 말을 잃었다.

── 나는. 왜 보고 있었을까.

자신은 왜 저 사진관의 불행을 보고 있었을까. 방관자라는 것을
핑계로 재미있어하며 자세히 관찰하고 있었던 것은 아니었을까.

"저 ── 저 아가씨는 ──."

당신 생각대로예요 ── 하고 남자는 말했다.

"저 아가씨는 나쁜 딸입니다. 저 집의 불행은 바보 같은 부모 탓이
기도 하지만 역시 저 딸 때문입니다. 저 딸만 없으면 저 두 사람은
평화로워요. 하지만 그렇다고 해서 저 딸이 없어진다면 저 집의 중심
에는 큰 빈틈이 생기겠지요. 빈틈이야말로 우둔의 상징입니다. 부족
한 것은 모조리 열등한 거예요."

남자의 눈은 딸을 응시하고 있다.

가을 밤바람이 스즈키의 목덜미를 스윽 스치고 간다.

오싹오싹 한기가 들었다.

── 이 남자는 ──.

수상쩍은 어둠의 한가운데에서 세 가족은 다툼을 계속하고 있다.
서로 절대로 통하지 않는 말을 쇳소리로 서로에게 고함치면서, 절대
로 끝나지 않는 토론을 계속하고 있다.

── 저것이 가족이다.

쇼케이스에 쓰러져 있는, 그 사진 속의 단란한 어느 가족도 결국은
마찬가지다. 그저 웃으며, 보지 않고 듣지 않고 만지지 않도록 하고
있을 뿐이다.

너는 비겁한 애야 ──.

너 같은 지독한 애는 ──,

어디론가 가 버려——.

나쁜 애야 나쁜 애야 나쁜 애야——.

나쁜 아이는 도깨비에게 머리부터 잡아먹혀——,

"저 못된 딸은 내가 받아 가지요."

"네?"

돌아보니 남자의 모습은 없었다.

——아.

이번에는 게이 네가——.

"아니야!"

스즈키는 짧게 외쳤다. 아니다, 아니다. 혼란스럽다. 시선이 이리
저리 흔들리고 사진관 앞을 지난다. 아버지가 웅크리고 있는 어머니
를 껴안고 검은 덩어리가 되어 멈추어 있다.

못된 딸도——사라졌다.

"아니야. 그게 아니야."

스즈키는 소리 내 말하고 검은 덩어리로 달려갔다.

아니다, 아니다. 자신은 그런——.

——그럴 생각은 아니었다.

그때.

어머니와 숙부에 대해서 아버지에게 말한 것은 그냥 기뻤기 때문이
다. 고자질한 것이 아니다. 일러바친 것이 아니다. 게다가 거짓말을
하는 것은 좋지 않다고, 숨기는 것은 좋지 않다고, 그렇게 가르쳐준
사람은 어머니가 아닌가. 숨기는 것은 켕기는 일이 있기 때문이다,
마음에 거리낌이 없다면 거짓말을 할 것도 없다고, 그렇게 말한 사람
은 아버지가 아닌가.

그래서.

그날.

한창 숨바꼭질을 하던 중이었다.

숨을 장소를 찾아 들어간 헛방 안에는 어머니와 그리고 숙부가 있었다. 어머니는 눈을 휘둥그렇게 뜨며 놀랐다.

숙부는 몹시 당황하고 있었다.

하지만.

──몹시 기뻤다.

어머니는 다정하고 따뜻해서 매우 좋았다.

동거하고 있던 숙부는 아이들을 좋아했는지, 매일같이 잘 놀아주어서 역시 좋아했다. 그 두 사람이 나란히 헛방 안에 있었기 때문에 물론 깜짝 놀랐시만──몹시──기뻤다.

절대로 아버지한테 말하면 안 돼──.

아버지는 무서운 분이니까──.

이건 비밀이야──.

그런 말을 들었다.

하지만 어린아이였으니까.

매우 기뻤으니까.

아버지는 대단히 엄한 사람이었다.

하지만.

나는 착한 아이였기 때문에, 켕기는 일이라곤 아무것도 없었기 때문에 무섭지 않았다. 위엄 있는 훌륭한 사람이라고 어린 마음에 존경하고 있었다. 화를 내면 물론 무서웠지만, 이유도 없이 화내는 사람이 아닌 것도 알고 있었다. 게다가.

나쁜 짓을 하면 도깨비가 온다 ──.

도깨비가 와서 너를 머리부터 잡아먹고 말 거야 ──.

숨기는 것은 나쁜 일이잖아요.

거짓말을 하는 것은 나쁜 일이잖아요.

그럼 거짓말을 하거나,

숨기거나 하면,

도깨비에게.

그래서.

── 그래서 이야기해 버렸다.

그리고 가족은 망가졌다.

그때까지는 쭉, 그 사진 속의 가족처럼 화목하게 살고 있었는데.

아버지는 얼굴을 붉히며 고함치고 어머니는 창백해져서 소리쳤다. 두 사람 다 도깨비 같은 형상을 하고 있었다. 그래서 영문도 모른 채 울며 호소했다.

어머니는 도깨비의 형상을 한 채 말했다.

입 다물고 있으라고 했잖니. 그렇게 굳게 약속하라고 했는데. 너는 비겁한 아이야. 너 때문에 모든 게 망가졌어. 너 같은 비열한 아이는 어디론가 가 버려 ──.

아버지도 도깨비의 형상으로 말했다.

너는 어리석은 애구나. 내 자식이라고 생각하면 가엾지만, 그런 줄 알았으니 어쩔 수 없지. 이런 난잡한 매춘부가 낳은 아이의 얼굴 따윈 보고 싶지 않다. 어디론가 가서 도깨비한테든 뱀한테든 먹혀 버려 ──.

── 도깨비한테 잡아먹혀.

도깨비한테.

게이 찾았다 ──.

다음은 게이 네가 ──.

"괜찮으세요?!"

스즈키가 말을 걸자 초췌한 두 남녀는 어색한 동작으로 명료하지 못한 얼굴을 들었다. 머리카락이 흐트러진 여자의 이마는 깨져 있고, 흐른 피가 코 옆을 타고 흐르고 있다. 몹시 겁먹은 눈을 한 남자는 스즈키를 보자 당황하며 얼굴을 숨기려고 했다.

"아니에요. 저는 빚쟁이가 아닙니다. 따님은 ── 따님은 어디에 있습니까!"

"요시미? 요시미."

여자는 피투성이가 된 얼굴을 든다.

남자는 비틀비틀 일어선다.

"요, 요시미는 ── 어 ──."

저녁 어스름이 거리에 침투해 오고 있다. 우스꽝스러울 정도로 가련한 모습의 부모는 그 엷은 푸른색의 저녁 어스름 속을 헤엄치듯이 그저 오갔다. 역시 딸의 모습은 없었다.

"요시미가 ── 어디론가 가 버렸어!"

머리부터.

한입에.

나쁜 아이는 머리부터 한입에 잡아먹힌다.

5

가키자키 사진관이 망한 것은 그 후로 얼마 되지 않아서였던 모양이다.

스즈키는 그날을 경계로 그 길을 지나가지 않아서 그것이 언제인지 정확하게는 모른다.

군시테이에도 가지 않게 되었다.

소문에 의하면 가키자키 요시미는 정말로 어디론가 사라져 버린 모양이다. 딸의 실종은 그 남자의 예언대로 불행한 가족의 존속에 종지부를 찍기에는 어울리는 사건이었나 보다.

그 남자는 무엇이었을까.

──아마.

아무것도 아니었을 것이다.

그냥 구경꾼이었을 게 틀림없다.

그 남자의 입장에서 보자면 스즈키 자신이 수상쩍고 괴이한 남자로 보였을 거라고, 그런 생각도 한다. 어쨌거나 황혼이 질 무렵이다. 그 남자의 얼굴이 흐릿하게 어둠에 녹아 있었던 것처럼 스즈키의 얼굴도 상대방에게는 잘 보이지 않았을 것이 틀림없다. 조건은 서로 마찬가지다.

요시미는 부모를 때리고, 스즈키가 혼란에 빠져 눈을 뗀 사이에 달아나 그대로 가출한 것이리라. 인간이 사라져 버릴 리가 없다.

지금쯤은 미국 헌병의 애인이라도 되어서 우아하게 살고 있을지도 모른다. 그렇게 생각했다.

——뭐가 도깨비냐.

바보 같다. 단 하룻밤 사이에 스즈키의 불길한 망상은 완전히 빛깔이 바래고 말았다. 그 후에는 도깨비에 대해서도 가키자키 가에 대해서도 그 남자에 대해서도 생각하지 않게 되었다. 자신의 과거도 포함해서 스즈키는 모든 것을 잊고 일상을 되찾았다. 일상생활을 당연하고 성실하게 살아가다 보면 도깨비 같은 것을 생각할 여유는 없다.

스즈키는 부지런히 일했다. 오늘도. 내일도 모레도 활자를 짰다.

다

다나시에서

다나시에서 발견되

다나시에서 발견된 오른팔

다나시에서 발견된 오른팔은 지문 조회로 가와사키에 거주하는 가키자키 요시미 씨(15세)의 것으로 거의 단정되었다. 피해자의 것으로 생각되는 오른팔 및 두 다리는 이미 발견되었지만, 몸통 및 머리는 아직 발견되지 않았다. 또한, 그 밖의 피.

머리부터 ──.

머리부터 잡아먹히고 만다 ──.

나쁜 아이는 도깨비에게 잡아먹히고 만다 ──.

아아, 그 살은.

다음은 게이 네가 술래야 ──.

스즈키 게이타로가 갑자기 직장에서 모습을 감춘 것은 1952년 9월 중순의 일이다.

다섯번째밤

◎

엔엔라

煙々羅

◎ 엔엔라
가난한 집에서 피운 모기향의 연기가 서로 얽혀
요사스러운 형태를 이룬다
마치 얇은 옷감이
바람에 나부껴 찢어질 듯한 모습이라
엔엔라라는 이름을 붙였다

—— 금석백귀습유 / 상권 · 운(雲)
도리야마 세키엔 (1781)

1

하얀 연기가 뿜어져 나왔다.
비늘처럼 요철이 새겨져 있는 칠흑의 덩어리를 치운다.
아직도 연기가 나고 있다.
새빨갛게 탄 숯이 드러나 있다.
얼굴이 뜨겁다.
열기가 단숨에 해방되어 바람을 일으킨다.
이대로는 눈이 망가진다.
눈을 감고 얼굴을 돌린다.
새까맣게 탄화한 기둥이 쓰러졌다.
재가 무너져 허공에 휘날렸다.
——여기가 아닌가.
부지지, 하고 가스를 뿜어내는 타다 남은 것들을 신중하게 타고
넘는다.

당연히 발 디딜 곳이 마땅치 않다. 타다 남은 것들은 잘못 밟으면 무너진다. 기와나 쇠는 아직 타고 있어서 한층 더 위험하다. 화상을 입게 된다.

──그건 그렇고.

잘도 탄다.

주위가 온통 황량한 들판으로 변해 버렸다. 이곳에는 타지 않는 것은 무엇 하나 없었는지, 멋질 정도로 불타고 있다. 몇 개의 기둥을 제외하고 건물은 완전히 소멸했다. 낯선 이국 풍경을 그린 그림 속에 있는 것 같다.

연기가 몇 줄기나, 빠져나가듯이 겨울 하늘로 올라간다.

──이 근처다.

경찰 감식반이 뒤를 쫓아온다. 걸음은 느리다.

──놈들보다 빨리.

건물 잔해를 타고 넘는다.

표면적으로는 행방불명된 사람을 수색하는 것이지만 어디에서 보아도 이것은 시체 찾기다. 경찰 놈들이 내켜 하지 않는 것도 당연하다.

──저건.

건물 잔해와 타서 무너진 물건들의 산 밑에 무언가 커다란 것이 보인다.

아마 원래는 부처님일 것이다.

주의 깊게 다리를 딛고 한 발짝 한 발짝 올라간다.

쉬익쉬익 연기를 내뿜고 있다.

녹은 금박을 확인할 수 있었다.

──가깝다. 아마 옆일 것이다.

장갑을 다시 낀다.

그렇게 큰 가람(伽藍)[52]이 무너진 것이다. 어쩌면──아니 분명히 ──상당히 깊이 파 내려가지 않으면 나오지 않을지도 모른다. 그러나 그 편이 좋을 것 같기도 하다.

── 연기가.

연기가 빠지지 않아서.

곡괭이를 내리친다.

판다. 치운다.

헤친다.

땀이 이마를 타고 흐른다.

턱 끈을 풀고 모자를 벗은 후 소매로 땀을 닦고, 그러고 나서 다시 쓴다.

그 김에 팔을 걷는다.

산은 쌀쌀한데 이곳만은 뜨겁다.

지면에서 김이 피어오르고 있다.

──아.

숯과 불탄 물건들 사이에──.

한층 더 시커먼 것이 보였다.

──머리다. 이것은──.

완전히 뼈만 남았다. 곡괭이를 내려놓고 양손으로 건물 잔해를 치운다.

서벅거리며 치운다.

뼈다. 불탄 뼈다. 이것은 그──.

─────────────

52) 승려가 살면서 불도를 닦는 곳.

흔들, 하고 연기가 피어올랐다.
레이스 천처럼. 스르륵 올라간다.
품에서 병을 꺼내 뚜껑을 연다.
──이제 놓치지 않아.

2

이혼할 것처럼은 전혀 보이지 않았는데——하고 반쯤 감탄이라도 하는 것 같은 말투로 말한 후, 호리고시 마키조는 차통의 뚜껑을 탁 열고 시선을 이쪽으로 향했다.

대꾸할 말이 없어서 다나하시 유스케는, 죄송합니다——하고 우선 사과했다.

"사과할 건 없잖아. 무엇보다 나는 사과를 받을 이유가 없어."

마키조는 그렇게 말했다. 그리고 이어서, 차라도 마시겠나——하고 물었다. 신경을 써 주는 것이다. 예에, 추우니까 마실게요, 하고 유스케는 별로 밝지 않은 목소리로 대답했다.

패기가 없군——하고 마키조는 말했다.

마키조라는 남자는 아마 일흔이 다 되어가는 고령일 테지만, 시골 사람인 주제에 묘하게 시원시원하고 노인이라고는 생각할 수 없는 말투를 쓴다. 마음이 젊다.

유스케가 웅얼거리고 있자니 노인은, 뭐 어쩔 수 없지 —— 하고
중얼거리면서 찻주전자에 찻숟가락으로 차를 넣기 시작했다. 손놀림
이 익숙하다. 배우자를 잃은 지 5년이나 지나니 홀아비 생활도 경지
에 이른 것이다.

다만 손끝이 튼 것이 애처로웠다.

유스케는 노인의 손에서 눈을 피한다.

벽에는 그을린 소방복 한텐[53]이 장식되어 있다.

마키조는 그 오래된 장식 앞에서 등을 웅크리고 쇠 주전자에서
찻주전자에 뜨거운 물을 따르면서 미간에 살짝 주름을 짓는가 싶더
니, 유스케 쪽은 보지도 않고, 그건 그렇고 요전의 신년 소방 의식은
훌륭했지 —— 하고 뜬금없이 말했다.

화제를 고르고 있다.

신경을 써 주는 것이다.

"뭐라고 해도 아저씨를 보내는 신년 의식이니까. 다들 힘이 들어가
있었어요."

그렇게 말하자 마키조는 일부러 재미없다는 듯한 얼굴을 지으며,
정말 웃기는군, 하고 말하면서 무뚝뚝하게 차를 권하고, 고작해야
귀찮은 걸 떨쳐냈다는 거겠지 —— 하고 말을 맺었다.

"그런데 자네, 몇 년째인가."

"뭐가요?"

"소방 말이야."

"아아 ——."

---

53) 기장이 짧은 웃옷. 가슴 끈을 달지 않고, 목덜미의 옷깃을 접지 않고 입는 것으로 작
업복이나 방한복으로 입는다.

유스케가 13년입니다, 하고 대답하자 마키조는 미간의 주름을 지우며, 그래, 벌써 그렇게 되었나—하고 몹시 감개무량한 듯이 말했다.

하코네 소방단 소코쿠라 분단에 입단한 지 13년. 유스케는 이제 1, 2위를 다투는 선임 소방관이다.

한편 마키조는 소방단이 아직 온천마을 소방조라고 불리고 있던 시절부터 35년 남짓을 일하다가 작년 말에 은퇴한 신분이다.

마키조의 말대로 올해의 신년 소방 의식은 예년보다 성대했다. 마키조의 공을 치하하는 의미도 있었지만, 오랜 현안이었던 운송용 소형 트럭을 마련할 수 있도록 허락이 떨어진 탓도 있었다.

그때 마키조는 벽에 걸려 있던 한텐을 십여 년 만에 껴입고 작은 눈에 눈물을 글썽이며, 노복은 떠나고 트럭이 온다, 정월 축하까지 더해서 축하할 일이 세 배다—하고 허세를 부렸다.

"뭐, 저 같은 건 아저씨에게 비하면 아직 햇병아리지요."

하고 유스케가 아첨도 겸손도 되지 않는 헛소리를 늘어놓자, 어디가 햇병아리야, 자네쯤 되는 사람이 정신 바짝 차리지 않으면 어쩌려고—하고 꾸중을 들었다.

"도대체가 지금 있는 놈들은 데오시[54]도 몰라."

"네에, 이제 저랑 고타 정도일 겁니다. 도하쓰[55]가 온 지도 벌써 6, 7년은 지났잖아요. 지금은 전쟁이 끝난 후에 입단한 사람이 8할이니까요."

"그렇겠지."

---

54) 손으로 눌러서 물을 뿜어 올리는 가장 간단한 형태의 펌프.

55) 선외기, 소방펌프를 주로 생산하는 일본의 도하쓰 주식회사를 가리킴. 여기에서는 도하쓰에서 나온 소방펌프.

그렇게 말하며 마키조는 한텐을 올려다보았다.

그러고 나서 잠시 동안 한텐을 들여다보다가, 여러 가지 일이 있었지만 젊은 사람들이 열심히 해 줘야지 —— 하고 보기 드물게 노인 같은 말을 내뱉었다.

유스케도 한텐을 보았다.

다이하치구루마[大八車][56]에 데오시 펌프를 싣고 길도 없는 길을 질주한다 —— 유스케가 입단했을 무렵에는 아직 그런 시대였다. 핫피[57]를 입고 배에 띠를 두른 멋들어진 옷차림은 소방관이라고 부르기보다 역시 히케시[58]라고 부르고 싶다.

마키조는 아무리 봐도 총을 드는 것보다는 소방단의 기를 드는 편이 어울리는 느낌으로, 히케시 그 자체 같은 풍채였다. 사극 활동사진에 그 모습 그대로 등장해도 전혀 이상하지 않았을 것이다. 유스케가 마키조의 언동에 대해서 아무래도 에도 사람 같은 인상을 받고 마는 것도 아직 그 당시의 용맹한 모습이 어딘가에 남아 있기 때문일지도 모른다.

멋들어진 늙은이는 호호할아버지처럼 활짝 웃으며,

"트럭은 어때. 편해졌지?"

하고 물었다.

"글쎄요, 그건 모르겠어요."

"아니 이보게, 왜 모른단 말인가."

"트럭을 쓸 화재가 없어요."

---

56) 짐을 운송할 때 쓰는 커다란 이륜차로, 두세 명이 함께 끌었다. 에도 초기부터 사용되었으며, 8인분의 일을 대신한다는 뜻으로 이런 이름이 붙었다.

57) 옥호, 상표 등을 등이나 옷깃에 염색해 나타낸 겉옷. 작업복으로 주로 입었다.

58) 불 끄는 사람이라는 뜻으로, 에도 시대의 소방관을 가리키는 이름.

유스케가 간단히 대답하자 마키조는 웃었다.

"확실히 한동안 반종(半鐘)[59] 소리를 듣지 못했군. 하지만 그건 다행 스러운 일이야. 화재는 없는 게 제일이지."

마키조는 한층 더 웃었다. 그리고 진지한 얼굴로 돌아와,

"그런데——이유는 뭔가."

하고 물었다.

"이유라니."

"이혼한 이유 말이야."

"아아."

마키조는, 아아, 아닐세, 불평하러 온 게 아닌가——하고, 가능한 억양을 주지 않고 표정도 바꾸지 않은 채 말했다. 이야기하기 어렵고 묻기 어려운, 그런 기분이 그런 몸짓에 상세하게 나타나고 있다. 그것 을 민감하게 느끼고 유스케는 약간 미안해졌다. 다만 그것도 지나친 생각일지도 모른다.

평소 마키조의 응대가 어땠는지, 유스케는 잘 생각이 나지 않았다.

"이유는 없어요."

"없다는 건 뭔가."

"아무것도 없습니다."

모르겠구먼——하고 중얼거리고, 마키조는 뜨거운 차를 단숨에 비운다.

유스케는 혀만 적시고 찻잔을 쟁반에 도로 내려놓았다. 그리고 가 져온 보자기를 슬쩍 자신의 몸 뒤로 숨겼다.

——이것은 내놓을 수 없다.

---

59) 화재, 홍수, 도둑 등 비상시에 울린 종.

"저도——모르겠어요. 그 사람의 이야기로는 저는 무엇이든——
지나치게 성실하다면서."

"좋은 일 아닌가."

"좋을 것도 없어요."

유스케는 다시 찻잔을 들어 코끝으로 가져간다. 가벼운 김이 코에
닿는다. 차 향기가 난다. 코끝이 살짝 축축해진다.

"뭐, 제가 소방 일에만 정성을 쏟는다고요."

"집안일에 정성을 쏟으라고?"

"그런 게 아니에요. 소방은 매일 하는 일이 아니지요. 저는 세공에
도 정신을 쏟고 있었어요. 그게 잘못이라고 한다면."

"잘못이라고? 음, 뭐, 자네는 노는 남자는 아니니까. 그건 내가
잘 알고 있지. 여자라고는 지난 10년 동안 전혀 없었고, 술도 내가
가르친 거나 마찬가지고."

예에——하고 유스케는 침울하게 대답한다.

찻잔에서 김이 피어오른다.

둥실. 흔들.

곧 사라진다.

둥실. 흔들.

왜 그러나, 유스케.

흔들.

"왜 그렇게 멍하니 있어."

"이거."

"왜?"

"이 김이라는 건 물방울이겠지요."

"무슨——말을 하려나 했더니."

"예에."

김은 연기와는 다르다. 금세 사라지고 만다.

유스케는 그런 생각을 하고 있다.

김 너머로 마키조의 둥근 얼굴이 보였다. 노인은 가느다란 눈을 실처럼 더욱 가늘게 뜨며 의아하게 여기고 있다.

유스케도 그것을 흉내 내어 눈을 가늘게 뜬다. 노인의 얼굴이 김에 흔들흔들 흔들렸다. 그 흔들리는 입가가 움직인다. 아무래도 자네 피곤한 모양이군——하고 말한 것 같았지만 유스케에게는 잘 들리지 않았다.

"왜 그러나. 정신 차려."

마키조는 큰 소리로 그렇게 말하고 나서 일어서서 쇠 주전자에 물을 떠다가 화로에 얹었다.

"정말이지 얼빠진 꼴이 두고 볼 수가 없군. 화재 현장에서의 기운은 다 어쨌나. 자네, 이 근처 조(組)에서는 제일가는 조장 아닌가. 아무리 마누라가 도망쳤다고 해도 한심하군."

하아——하고 목소리를 낸다.

김이 흩어졌다.

"아저씨는."

"왜."

"아저씨는 우리 집사람이——아이를 잃었을 때의 일을 기억하세요?"

유스케는 그렇게 물었다.

기억하지——하고 마키조는 작은 목소리로 말했다.

"아마 전쟁이 끝난 다다음해 쯤이었지. 5년쯤 전이었던가? 그건 오히라다이였지. 그 왜, 철물상의 쓰레기통에서 불이 나서."

"맞아요."

큰 화재였다.

소식을 들은 유스케는 산달이 다 된 아내를 혼자 남겨두고 헐레벌떡 현장으로 달려갔다. 조건은 나빠서 소화 활동은 난항을 겪었다. 장소가 높은 데다 건물이 밀집해 있고, 게다가 수원(水源)이 멀었던 것이다. 진화까지 다섯 시간, 뒤처리까지의 모든 과정을 포함하면 도착했을 때부터 현장을 떠나기까지 열 시간 이상이 걸린 엄청난 일이었다.

그때 유스케는 전혀 아무 생각 없이 소화 구출 활동에 종사했다. 어린아이를 안고, 노인을 업고, 용감하게 맹렬한 불을 뚫고 움직였던 것이다.

그 보람이 있었는지, 사망자는 한 명도 나오지 않았다. 동쪽 하늘이 하얗게 밝아올 무렵, 물먹은 솜처럼 지쳐서 귀가해 보니 ——.

아내는 울고 있었다.

유산이었다.

산파가 화난 듯한 얼굴로 유스케를 노려보았다.

베갯맡에 향이 한 대 피워져 있었다.

가느다란 줄기를 만들며 하얀 연기가 슬슬 피어오르고, 흔들흔들 흔들리며 흩어지고 있었다.

그 자리에 어울리는 말은 어디에도 없었다. 무슨 말을 해도 변명이 되고, 어떤 말도 위로든 치유든 되지 않을 것 같았다. 그래서 유스케는 그저 피어오르는 연기를 멍하니 바보처럼 바라보았다.

이런 상황에도 향은 피우는구나, 하고 그때 유스케는 생각했다.

슬슬. 슬슬.

흔들.

"그때의 일을——."

"잊지 않고 있나?"

"아직도 얘기해요——."

쇠 주전자의 입에서 김이 피어오른다.

둥실.

"——무슨 일이 있을 때마다. 당신은 다른 사람의 목숨과 자기 자식의 목숨 중에서 어느 쪽이 소중하냐고 하면서, 그 사람은 저를 다그쳤어요."

그건 도리에 안 맞지——하고 마키조는 말했다.

"자네가 그 자리에 있었다면 아이가 살기라도 했을 거라는 거야? 아버지란 산실 앞을 곰처럼 어슬렁어슬렁 왔다 갔다 하는 게 고작이야. 무사히 태어났든 사산했든, 애초에 출산이라는 건 사람 마음대로 되는 게 아니잖나. 남자가 옆에 있어 봐야 방해만 될 뿐 도움은 안 돼."

"그건 그렇지만."

"하물며 자네는 인명을 맡는 중요한 일을 하고 있었으니 원망하는 건 잘못이지."

"그것도 그렇지만."

기분 문제다. 그렇게 말했다.

"뭐, 그것도 이해는 가지만 말이야, 논리로 구분할 수 있는 것도 아닐 테지. 하지만 그때는 소방조 중 한 명이라도 빠졌다면 불은 *끄지*

못했을 거야. 그랬다간 참사지. 몇 사람이나 죽었을 테니까."

"그것도 그렇지만요."

"뭐야. 미적지근하군."

마키조는 빈 찻잔을 다시 한 번 홀짝인다.

"그런 게 아니라——."

외로웠겠지요——하고 유스케는 말했다.

그것은——그럴 것이 틀림없다.

뭐, 그렇지——하고 마키조는 떫은 얼굴을 했다.

"자네 아내의 그 슬프다, 괴롭다는 마음은 이해가 가고, 안됐다고
도 생각하네만. 끝나 버린 일을 가지고 그렇게 집요하게 얘기해도
곤란하지."

유스케는 아무 대답도 하지 않았다.

마키조는 한층 더 불쾌한 얼굴이 되었다.

"뭐, 그런 일로 책임을 느끼고 망가져서는 안 돼, 유스케. 자네만
잘못한 것도 아니고. 기분 문제라면 자네의 기분도 있잖아. 아이가
유산되어서 괴로운 건 꼭 자네 아내만이 아닐 거야. 그건 자네도 마찬
가지가 아닌가. 그때는 상당히 풀이 죽어 있었잖아. 나는 말도 못
걸 지경이었다고."

"네에. 괴로웠어요."

"그렇다면 피장파장 아닌가. 지난 일은 잊고 새로 시작하자고 생각
하는 게 긍정적인 거야. 아이는 앞으로 또 생기겠지."

"그래서 더더욱——그랬는지도 모르겠어요."

아아——하며 마키조는 입가를 일그러뜨렸다.

"그래서? 그게 그 이번의?"

그런 것도 아니지만요 —— 하고 유스케는 대답했다. 그렇게 대답할 수밖에 없다.

"그 후로는 —— 어쨌거나 그 사람은 제가 소방 일을 하는 게 마음에 들지 않는 거예요. 그것만이 아니에요. 소방 일이 아니라도, 무엇이든 일을 하는 게 마음에 안 들었어요. 일하지 않으면 먹고살 수 없다는 건 알고 있어요. 알고는 있지만 마음에 안 드는 거지요. 제가 성실하게 일하면 일할수록 화가 나요. 하지만 일을 안 하고 있으면 되는가 하면, 그건 그것대로 마음에 안 들고요."

"어렵군."

"어렵지요. 일하고 있을 때도 저는 켕길 뿐이에요. 열심히 일을 해내도 칭찬을 받을 수 있는 것도 아니지요. 성취감이 없어요. 그러면 生活은 망가지고요."

"그건 그러니까 자네 ——."

물론 알고 하는 말입니다 —— 하고 유스케는 자포자기한 말투로 말했다.

"이치는 알고 있어요, 그 사람도. 자기가 하는 말이 부조리하다는 걸 잘 알면서 그러는 거예요."

"하지만 그건 앞뒤가 맞지 않아."

"앞뒤가 맞든 맞지 않든 상관없나 봐요. 그건 뭐, 이해는 가지만요."

쇠 주전자의 물이 숭숭 소리를 내며 끓었다. 김이 뿜어져 나온다.

"어떻게 아나."

"그러니까 외로웠던 걸 거예요. 다른 이유는 없어요."

나는 모르겠는데 —— 하고 말하며 노인은 쇠 주전자를 내려 뜨거운 물을 식히는 그릇에 따랐다.

김이 뭉게뭉게 피어올랐다.

둥실.

흔들.

"이러니저러니 해도 6년인가? 7년인가? 그 정도는 같이 살았잖아. 자네도 아직 마흔도 안 됐어. 집사람은 서른도 안 됐겠지. 아이도 포기하기에는 일러. 마흔이 넘어서 낳은 아이는 부끄러운 아이라고 하지만, 그건 마흔이 넘어도 아이는 낳을 수 있다는 뜻이야."

마키조는 식힌 물을 찻주전자에 따른다.

──아이라.

아이는 상관없다.

유스케는 대답하지 않고, 그제야 마실 수 있을 정도로 식은 차를 목구멍으로 흘려 넣는다. 그리고 손을 뒤로 돌려 보자기를 움켜쥐고 가까이 끌어당겼다.

"아저씨."

"왜."

"아저씨는 어째서 소방관이 되셨어요?"

"왜 그런 걸 묻나."

"듣고 싶어서요."

흥, 하고 코웃음을 치고 나서 노인은 다리를 풀어 책상다리를 했다. 그리고 목을 움츠리고 얼굴을 찌푸리며, 그건 사람을 구하기 위해서지──하고 단호하게 말하며, 나는 정의와 진실의 사람이거든, 헷헷헤──하고 무서운 얼굴을 한 채 웃었다.

"──라고 말하면 뭐 듣기에는 좋지만. 나는 배움이 짧아. 손재주도 좋지 못하지. 있는 거라곤 배짱과 완력뿐이야──."

노인은 팔을 걷고 거무스름한 두 팔을 두드린다.

"──그렇게 되면 달리 될 것도 없지. 하지만 군인은 성미에 맞지 않았어. 왜냐고 물어도 성미에 맞지 않는 건 어쩔 수 없지. 사람을 죽이는 것보다는 살리는 게 나한테 맞는다고, 그렇게 생각했거든."

"그렇──습니까."

묻지 말 걸 그랬다──고 유스케는 후회했다. 지당하다. 지나치게 지당하다. 너무나도.

── 너무나도 자신과.

"그것──뿐인가요?"

재삼 묻자 마키조는 아랫입술을 내밀며, 왜, 그걸로는 불만인가, 하고 말했다.

"불만──이라는 건 아니지만."

그렇군──하고 마키조는 한 번 위를 향하고 천장을 잠시 바라보며 가까이 있던 담배합 위에서 담뱃대를 집어 들어 한 대 피웠다. 맛있다는 듯이 빨아들인다.

──연기.

후우──하고 연기가.

흔들흔들 보라색 연기가 피어오른다.

──아아. 연기다.

유스케는 그것을 응시한다.

"이 근처는 지진이 많잖나."

"예에."

"그래서 2차 재해도 많지."

"적지는 않겠지요."

"우리 할머니도 화재로 돌아가셨어."

"그래서 —— 소방관이?"

그것도 있다는 거지 —— 하고 마키조는 말힌다.

"사람이란 그렇게 단순한 게 아니잖나. 하나의 이유가 하나의 결과
를 낳는 게 아니야. 이유는 몇 개나 있고 결과도 몇 개나 있지. 그러니
까 결심 같은 건 누구한테나 있겠지만, 대개는 우연히 그렇게 되어
버렸다는 게 옳지 않을까. 자네의 이혼도 그렇겠지."

"우연히 —— 라고요."

"우연히. 그리고 결심이지."

"결심."

—— 그렇다. 결심이다.

그러는 자네는 어때 —— 하고 마키조는 무뚝뚝하게 물었다.

"이야기하지 않았던가요?"

"들은 적은 없는데."

연기.

마키조는 연기를 내뿜는다.

뭉게뭉게 —— 주위가 흐려진다.

문이 꼭 닫혀 있는 방에 연기가 가득 찬다.

흔들.

"연기 ——."

"응? 맵나?"

"그게 아니에요. 연기입니다."

"그러니까 —— 뭐가."

"소방관이 된 이유 말이에요 ——."

3

13년 전, 큰불이 있었다.

아마 어머니가 돌아가신 이듬해였던 것 같다. 그렇다면 1940년의 일이다. 아마 그게 틀림없을 것이다.

역산하면 그 무렵 유스케는 스물대여섯이었다는 계산이 된다. 다만 자신의 나이만은 아무래도 확실하지 않다. 혼자 살고 있었기 때문일까. 세상 천지에 자신 혼자라면, 설령 자신이 몇 살이든 전혀 상관없다. 나이를 기억해 주는 가족도 친척도, 당시의 유스케에게는 없다.

눈이 많이 내린 해였다.

정월 3일이었을까. 유스케는 고와쿠다니에서 더 안쪽으로 들어간 곳에 있는 작은 마을로 향했다.

심부름을 부탁받았던 것이다. 그냥 물건을 가져다주기만 하면 도소주[60]라도 한 잔 대접해줄 거라고 했다.

그 귀띔대로 ── 물건을 가져다준 곳에서는 도소주와 조린 콩을 대접해 주었다. 유스케는 이래서야 마치 어린아이 심부름 같다고 약간 자조하는 기분이 들었지만, 그래도 고맙게 받아먹었다.

모든 것이 부족한 시대였기 때문이다. 배도 고팠다.

그곳에서 돌아오는 길이었다.

눈길을 밟다가.

문득 얼굴을 들었다.

저녁놀이 진 하늘에 한 줄기.

연기 ──.

검은 연기. 하얀 연기. 불똥. 온갖 연기.

연기가 뭉게뭉게 피어오르고 있다.

그것은 저녁놀이 아니었다.

오싹하니 한기가 들었다.

예감 ── 이라는 것일까.

몇 명의 마을 사람들이 유스케를 추월해 달려갔다.

이윽고 유스케를 둘러싼 뭔가 초조한 공기가 사방에서 소란이 되어 그 틀을 좁히고, 그러다가 많은 사람들이 와글와글 들끓어 유스케 주위는 사람들로 가득 찼다.

마쓰미야 저택이 불타고 있다 ──.

큰일이다.

이것은 큰일이다 ──.

── 화재 ── 일까.

전방이 오렌지색으로 물들어 있었다.

---

60) 도소를 담근 미림. 불로장수에 효험이 있다고 하여 설날에 축하주로 마신다.

유스케는 마을 사람들을 피해 달려갔다.

──아아.

불타고 있다. 새빨갛게 불타고 있다.

그──그때의 불보다 수십 배, 수백 배나 되는 불꽃이 그때와 똑같이, 아니, 훨씬 더 격렬하게 구웅구웅 소리를 내며 활활 타오르고 있었다.

유스케는 넋을 잃고 바라보았다.

눈꺼풀이 불꽃으로 새빨갛게 물들었다.

물이다, 물, 하고 소란을 피우는 목소리가 들렸다.

어리석다고 생각했다.

이제 와서 물 같은 걸 뿌린다고 어떻게 되는 것도 아니라는 것은 한눈에 알 수 있었다. 하늘이 뚫리고 공중의 비가 한꺼번에 쏟아져 내려도 그 맹렬한 불은 끌 수 있을 것 같지 않았다.

사람은, 안에 사람은 있나──?

소방조다, 소방조를──.

타닥타닥 나무가 튀었다.

향하고 있는 얼굴의 이마와 뺨이 따끔따끔 타는 것처럼 뜨거워진다. 그래도 눈을 돌릴 수는 없었다. 구웅, 하고 무언가가 무너진다. 고함 소리인지 울음소리인지, 희미하게 사람의 목소리가 들렸다.

그것은 히이히이 하는 소리로 들렸다.

──아아, 사람이 타고 있다.

유스케는 그렇게 확신했다.

곧, 안에 사람이 있다──하고 뒤쪽에서 고함치는 소리가 났다. 유스케는 비틀비틀, 홀린 듯이 앞으로 걸어갔다.

―― 사람이, 사람이 타고 있다.

유스케는 등불에 이끌리는 벌레처럼 느릿느릿, 서서히 지옥불로 접근했다.

올려다보니 대량의 연기가 하늘을 덮고 있었다.

"그때 ―― 자네 현장에 있었나?"

마키조는 놀란 듯한, 또는 슬픈 듯한 얼굴을 하고 유스케의 미간 언저리를 응시했다.

예에 ―― 유스케는 음울한 목소리로 대답한다.

"아마 다섯 명이 죽었 ―― 던가요."

아아 ―― 하고 마키조도 어두운 목소리로 대답한다.

"그 마쓰미야 가의 화재는 내 35년 소방 생활 중에서 최대의 오점이야. 그날 나는 너무 분해서 눈물이 멈추지 않았어. 도착이 15분이라도 빨랐다면 그래도 한 명 정도는 구할 수 있었을지도 모른다고, 그렇게 생각했거든. 어쨌거나 ―― 희생자 중에서 세 명은 퇴로가 끊겨서 타 죽었으니까. 길만 내 주었다면 ――."

"그래요."

"그렇다 ―― 니?"

"아저씨들이 도착할 때까지, 마을 사람들은 들통이며 대야로 물을 뿌리는 등 그야말로 열심히 하고 있었지만 ―― 어쨌거나 불길이 너무 강해서 결국 누구 한 사람 건물에 접근할 수도 없는 꼴이었는데요 ――."

그야 그렇겠지 ―― 하고 마키조는 몹시 지친, 나이에 어울리는 표정을 보였다. 유스케는 아래를 보며 분명치 못하게 말한다.

"저는요, 아저씨. 뒤쪽으로 돌아갔어요."

"뒤쪽이라고? 뒤쪽으로 도는 건 ──무리였던 거 아니야? 아니, 자네 말대로 문외한이 접근하는 것조차 어려웠을 텐데. 뒤쪽이라면 불길이 상당히."

타고 있었다. 활활 타고 있었다.

"저는 활활 타오르는 건물로 다가가서, 정신이 들어 보니 ──강한 불길을 뚫고 들어가고 있었어요. 그리고 그때, 옆을 지날 때 창문으로 보이더라고요."

"뭐가."

"사람이 ──창에 손을 대고."

히이 ── 히이 ──.

"이렇게, 괴로워하면서."

미기조는 흠칫 반응했다.

"그건 그, 외국인 고용인이군. 역시 ──조금만 더 빨랐다면."

"버둥거리고 있었어요. 타고 있었는지도 몰라요. 아저씨들이 도착한 것은 그 직후였어요. 저는 물을 뒤집어쓰고 집을 부수고 들어가던, 아저씨의 용감한 모습을 똑똑히 기억해요. 하지만 저는 어떻게도 할 수가 없었어요."

"당연하지. 지금의 자네라면 모를까, 문외한이 손을 댈 수 있는 화재가 아니었어. 섣불리 행동했다간 죽었을 거야. 시체가 하나 늘어날 뿐이지."

"하지만 ──요."

"하지만 뭔가."

"제가 그 창을 깼다면, 그 고용인인가 하는 사람은 살았을지도 몰라요. 아니, 살았을 거라고 생각합니다."

"그러니까 그건 자네가 그 후에 소방관을 ——."

마키조는 거기에서 침묵했다.

유스케는 머뭇머뭇 시선을 들었다.

마키조는 이상한 얼굴로 유스케를 보고 있다.

"—— 그래서 자네 —— 소방관이?"

그것도 —— 있지만 —— 하고 유스케는 애매하게 대답했다.

"그야 확실히 그런 마음도 조금은 있었습니다. 하지만 저는 아저씨와 달리 비뚤어진 사람이라 정의감이나 책임감이나, 그런 건 개나 먹으라는 생각이지만요. 하지만 —— 예에. 아까 아저씨가 말씀하신 대로예요. 그렇게 단순한 게 아니겠지요 ——."

유스케는 옆을 향했다. 마키조의 이상한 얼굴을 직시할 수가 없었다. 보따리를 본다.

"—— 이유라는 건 몇 개나 있고, 결과도 몇 개나 있는 거잖아요."

좁은 방이다. 한참 전에 마키조가 토해낸 담배 연기가 허공에 희미하게 남아서 소용돌이를 만들고 있었다.

연기.

"연기예요."

"연기, 연기라니 —— 그 연기라는 건 뭔가."

연기는 연기지요, 하고 말하며 유스케는 희미한 소용돌이를 후우 하고 불어 날렸다.

"제가 소방관이 된 이유. 그리고 아내가 저를 싫어하는 이유입니다."

"—— 모르겠어."

—— 모를 것이다.

"제가 소방조에 들어갈 생각을 한 것은 분명히 그 마쓰미야 가의 화재가 계기였어요. 그건 틀림없지요. 하지만——."

연기가.

그때.

"사람이 타고 있는데도 아무것도 할 수 없었던 저는, 뒤로 돌아가서 아저씨들이 불을 끄는 걸 계속 보고 있었어요. 그러다가 저택의 절반이 타서 무너졌지요. 제가 있는 곳에도 무시무시한 열풍이 불어와서, 저는 순간적으로 산 쪽으로 도망쳤어요. 그래서——조금 높은 언덕 위에서 불이 꺼질 때까지 계속 보고 있었어요."

"불이 꺼질 때까지——말인가?"

"정확하게 말하자면 연기가요."

"연기가?"

"연기가 사라질 때까지——계속이요. 계속 넋을 놓고 보고 있었어요. 만 하루 이상——이 될까요."

그건 이상하다고, 마키조는 의아한 얼굴을 한다. 눈을 뗄 수가 없었어요, 하고 유스케는 변명이 되지 않는 변명을 한다.

그것은 진실이었다.

"저는 연기에서 눈을 뗄 수가 없었어요. 술술술술, 연기는 얼마든지 났지요. 타고 남은 기둥에서, 타다 만 대들보에서, 그을린 땅에서, 뭉게뭉게, 뭉게뭉게 연기는 피어올랐을 거예요. 시커멓게 그을린 시체가 들것으로 실려 나가고, 경찰이 오고, 그래도 연기는 멈추지 않았어요. 실려 가는 시체에서도 연기는 나고 있었어요."

"그건."

마키조는 곤혹스러운 것 같았다.

"그건 자네."

"연기, 연기 연기 연기. 어디나 연기투성이였어요. 그때, 만일 경찰이 오지 않았다면 저는 틀림없이 그 불탄 자리로 날려가서 연기를 뒤집어쓰고 있었을 겁니다."

"연기를 —— 뒤집어써?"

아저씨 —— 유스케는 몸을 앞으로 숙였다.

"대체 연기란 무엇일까요. 저는 배우지 않아서 모르겠어요. 그건 기체입니까? 가스와는 다르겠지요. 김과도 달라요. 안개와도 노을과도 다르지요?"

"연기는 연기야."

"그래요, 연기는 연기예요. 연기는 사물에서 나오는 겁니다. 사물은 무엇이든지 타지요. 그리고 타면 연기가 나요. 사람도 타면 연기가 나요. 그러니까 연기는 덩어리입니다. 연기는 스윽 하고 하늘로 올라가지 않습니까. 사물의 더러움이 불타 버려서, 마지막에 연기가 되는 거예요. 타고 남은 재라는 건, 진짜 찌꺼기예요. 그러니까 연기야말로 모든 사물의 진실한 모습이지요."

"바, 바보 같은 소리. 연기라는 건 가느다란 검댕이야. 검댕 중에서 작은 것이 따뜻해진 기류를 타고 올라가는 거겠지. 찌꺼기라면 연기도 찌꺼기라네."

"그건 아니에요. 연기는 연기예요. 하얗고 청정한 연기와는 달라요. 게다가 연기는 흩어지지만 사라지는 건 아니잖아요. 연기는 어딘가로 갈 뿐이에요. 결코, 사라져서 없어지는 게 아니에요. 연기야말로 사물의 진정한 모습입니다."

"유스케, 자네 ——."

연기는 ── 영원(永遠)이다.

마키조는 굳어졌다. 굳어진 채 뒤로 몸을 뺀다. 눈에 불신감이 그대로 나타나 있다. 아마 마키조는, 아니, 확실히 마키조는 유스케가 정상인지를 의심하고 있는 것이다. 미치광이를 보는 눈이다.

── 이상하다.

"그래요 ── 저는 이상해요. 소방조에 들어온 이유도, 그러니까 그 대략적인 이유는 있지만, 실은 ── 틀림없이 연기의."

4

여자가 타 죽었다.

유스케가 열 살 때의 일이다.

유스케는 그 여자를 동경하고 있었다. 짝사랑하고 있었다. 하지만
슬프다거나 외롭다거나, 그런 기분은 없었다. 어차피 이루어지지 않
을 사랑이었다. 여자는 형의 아내가 될 사람이었다.

──와다 하쓰.

하쓰는 타 죽었다.

자살이었다. 다이쇼[61]가 끝나고 쇼와[62]가 된 지 얼마 안 되었을 때
의 일이다.

이유는 모른다.

나중에 조사해 보니 바로 천황이 붕어하신 다음 날의 일이었다.

---

[61] 1912~1926년까지 사용된 연호.

[62] 1926~1989년까지 사용된 연호.

하지만 설마 황송하게도 천황의 뒤를 따라가겠다──는 것도 아닐 거라고는 생각한다. 그것은 그렇게 생각하지만 그럼 왜 죽은 것인지, 유스케는 전혀 알 수가 없었다. 아무도 가르쳐주지 않았고 굳이 묻지도 않았다.

그것은 그렇다고 유스케 안에서 결말이 난 일이었기 때문에, 그 후로 20여 년 동안 유스케는 하쓰가 죽은 이유 따윈 생각한 적도 없었다.

──지금 생각하면.

하쓰는 형과의 혼인을──죽을 만큼──싫어했던 것인지도 모른다. 아니면 그 반대일 수도 있을 것이다. 하쓰에게는 형과──죽어도──결혼할 수 없는, 말하려 해도 말할 수 없는 이유가 있었던 것인지도 모른다. 뛰어넘기 힘든 장해가 하쓰를 죽음의 늪으로 몰아넣었다──는 상상도 할 수 있다.

하지만 그런 것은 전혀 상관없는 일이기도 하다. 하쓰는 정말로 변덕으로, 죽고 싶어서 죽었을 뿐인지도 모른다. 어차피 확인 따위는 할 수 없고, 또 알아봐야 의미도 없다.

자살하는 사람의 기분을 유스케는 이해할 수가 없다.

애초에 타인의 기분 같은 것은 알 길이 없다. 알았다고 생각해 봐야 소용없고, 옳은지 그른지 확인할 방법도 없다. 아무리 좋아하는 상대라도 타인은 타인이고, 설령 그것이 연애 대상이라고 해도 그 벽은 넘을 수 없는 법이다. 따라서 유스케는 하쓰의 자살 동기에는 전혀 흥미가 없다.

슬프지도 않고 외롭지도 않다.

다만.

하쓰는 유스케의 눈앞에서 타 죽었다.

유스케에게는 오직 그 사실만이 중요했다.

하쓰는 그 지방 사람이 아니었다.

말투나 억양이 조금 다르다. 부드러운 그 말투가 과연 어느 지방의 것인지, 그 무렵의 유스케는 몰랐다.

또 모른다고 해서 유스케가 새삼스럽게 그것을 알아본 적도 없었다.

그 부드럽게 귀에 와 닿는 느낌은 내력을 알아본다는 멋없는 작업을 스스로 거부하고 있었다.

지금 와서 생각하면——기억 속의 하쓰의 말투는 분명히 간사이 지방의 것이다. 아마 교토 사람이었을 거로 생각한다. 그러나 그것도 아무래도 상관없는 일이기는 하다.

어쨌거나 귀에 익지 않은 말이나 기품 있는 태도, 깔끔한 옷차림, 가볍고 사소한 몸짓, 하쓰를 구성하는 그런 모든 것들이 하나같이 산의 풍경과는 동떨어져 있었던 것 같다.

그녀는 분명히 이방인이었다.

그 일거수일투족이 하쓰를 이질적인 존재로 돋보이게 했다.

그래서.

그래서 세상 물정 모르는 산골 촌뜨기의 눈에는 눈부시게 비친 것이 틀림없다. 열 살짜리 애송이의 마음이란 고작해야 그런 것이다. 그런 것에 연애나 사모 같은 말을 쓰고 싶지는 않다. 시시한, 어린아이의 동경이었을 것이다.

그렇다.

그런 것은 사랑이 아니다.

유스케는 어쩌면 하쓰와는 얼굴을 마주 보고 말을 한 적조차도 없었을 것이다. 어떤 경위로 형에게 시집을 오게 되었는지, 왜 혼례를 올리기 전부터 유스케의 집에 와 있었는지, 유스케는 그것조차 몰랐다. 하쓰는 어느 날 갑자기 찾아와서 겨우 석 달을 하코네에서 살았고, 혼례를 눈앞에 두고——석 달째에 분신자살을 한 것이다.

그것뿐이다.

그 무렵 유스케는 아직 어린아이였다. 학교에도 가지 않고 아버지 밑에서 나무 조각 세공의 수습 수업 같은 것을 하고 있었다.

역시 공부에는 맞지 않는 성격이었고, 내향적이고, 도시의 세련된 생활에도 익숙해지지 못했고, 반면 가업을 잇는 데에 망설임은 전혀 없어서 별반 불만도 없이 그저 묵묵히 나뭇조각을 깎고, 서툴게나마 쟁반이며 국자를 만들고 있었다.

한편 형이라는 사람은 유스케와는 달리 사교적이고 상업적인 재능도 있어서, 당시에는 채석장의 책임자 겸 영업담당이라는 직함이었고 나름대로 수입도 있었다. 언젠가는 마을을 떠나 새로 사업을 일으키려고 이것저것 생각하고 있는 것 같은, 그런 남자였다.

나이 차이가 꽤 많이 났던 탓도 있어서, 별로 이야기를 하지 않았던 것 같다.

좋은 추억은 거의 없다.

아버지는——가업을 물려받을 생각이 없는 그런 아들을 더 자랑스럽게 생각하고, 고분고분 후계자 자리에 만족하는 유스케 쪽을 싫어했던 것 같다. 사실은 아니었겠지만, 그 당시 유스케는 그렇게 느끼고 있었다. 아마 아버지는 유스케를 어엿한 직인으로 키워내기 위해서 모질게 대했을 뿐일 것이다.

그것은 빨리 독립할 수 있도록 하려는 부모 마음이기도 했을 것이다. 하지만 그것은 20년이나 지났으니 그렇게 생각하는 것이고, 설령 본심이 어쨌든 그 당시 유스케가 싫었던 것은 사실이디.

따라서 유스케는 아버지가, 형이 싫었다. 입 밖에 내서 말한 적은 한 번도 없다. 미워하거나 원망한다는 것과도 다르다. 그냥 싫었다. 거기에.

하쓰가 왔다.

하쓰가 온 날——.

유스케는 나무 조각 세공을 잘하지 못해서 몇 번이나 실패하고, 봉당 구석에서 몇 번이나 끌을 움직이고 있었다.

값비싸 보이는, 고풍스러운 옷차림의 부인에게 손을 잡힌 채 웬 아가씨가 가만가만 들어왔다. 어차피 형의 손님일 게 틀림없다. 그렇게 생각했다. 따라서 안쪽 방에서 무슨 이야기가 오갔는지 유스케는 모른다.

곧 돌아갈 거야. 상관없어.

그렇게 생각하고 있었다.

곁눈질로 힐끗.

보았을 뿐이었다.

하지만 하쓰는 돌아가지 않았다.

형의 색시야——하고 어머니는 작은 목소리로 소개했다. 그러고 나서 하쓰는 계속 집에 있었다.

몹시 거북했다.

그래서 유스케는 한층 더 과묵하게 나뭇조각을 깎았다.

그러니 이야기를 나눌 수 있을 리도 없었다.

다만.

하쓰는 아버지나 형 앞에서 별로 웃지 않았던 모양이지만, 유스케에게는 몇 번인가 웃는 얼굴을 보였다. 그것은 물론 예의상의 웃음이었을 것이다. 아니, 어쩌면 비웃음의 표정이었을지도 모른다.

어느 쪽이든 상관없었다.

하쓰가 자신에게 호의를 품고 있든, 아니면 경멸하거나 성가시게 여기고 있든, 어차피 유스케에게는 마찬가지였다. 하쓰의 본심은 유스케가 알 길도 없고, 그렇다면 판단하는 것은 유스케 자신이다. 유스케에게는 외면적인 것이 전부다. 그 이면에 어떤 심층이 숨겨져 있든, 하쓰의 얼굴이 웃는 형태가 된 것만은 사실이었다.

유스케는 서서히 하쓰에게 끌리게 되었다.

그날.

산 쪽의, 집 뒤쪽. 경사진 공터는 온통 눈에 덮여 있었다. 유스케는 나무 부스러기를 한가득 안고 있었다. 틀림없이 일터를 청소하고 있었을 거라고 생각한다.

한가운데에 왠지 흠뻑 젖은 하쓰가 있었다.

촛불과 들통을 들고 있었다. 유스케는 눈을 피했다.

그 무렵 유스케는 하쓰를 정면에서 바라보아서는 안 된다고, 왠지 그렇게 굳게 생각하고 있었던 것이다.

유스케 씨——하고 부른 것 같은 기분이 들었다.

기분 탓이었을지도 모른다.

얼굴을 들자,

불이.

아아.

하쓰가 불타고 있다.

하쓰는 기름을 뒤집어쓰고 있었던 것이다.

아름다웠다. 눈 깜짝할 사이에.

홍련의 불꽃이 하쓰를 활활 감쌌다.

그것은 그때까지 본 어떤 의상보다도 아름답게 하쓰의 몸을 장식하고 있었다.

농염하고 붉은 불이 하얀 피부를 할짝할짝 기다시피 몸에 달라붙고, 아지랑이가 흔들흔들 흔들리며 여자의 윤곽을 애매하게 했다. 미칠 것 같을 정도로 붉은 불꽃이 희열이라고도 받아들일 수 있는 표정을 띤 여자의, 그 홍조된 뺨을 더욱 심홍색으로 물들이고 있었다.

히이히이, 하고 하쓰는 가늘게 비명을 질렀다.

그리고 땅바닥을 굴렀다.

검은 연기가 뭉게뭉게 피어오르고, 지방이 투둑투둑 흩어졌다. 여자는 데굴데굴 굴렀다.

화염은 그때마다 그 형태를 이리저리 바꾸며 그저 여자의 몸을 가득 채웠다.

불 속에 여러 가지가 보였다.

유스케는 그저 멍하니 그것을 바라보았다.

말릴 생각도 도울 생각도 하지 않았다.

하기야 불덩어리가 되어 버둥거리는 사람을 말릴 수도, 도울 수도 없었겠지만.

여자는 새까맣게 그을어서 죽었다.

더 이상 예쁘지도 어떻지도 않았다.

유스케는 그저 피어오르는 연기를 보고 있었다.

술술.

어른들이 달려온 것은 불이 완전히 꺼진 후였다. 울고 고함치고 난동을 부리고, 이미 완전히 죽은, 타고 남은 숯 같은 덩어리를 많은 사람이 몰려와 널문에 싣고 어디론가 가져갔다.

연기가——.

연기만이 남았다.

유스케는 비릿한 듯한, 아릿한 듯한 그 그을린 공기를 머뭇머뭇.

들이마셨다. 그리고 가슴 가득히.

들이마셨다.

심하게 기침이 났다.

그리고 유스케는 몽상했다.

—— 연기란 무엇일까.

기체일까. 가스와는 다르다. 김과도 다르다. 안개와도 노을과도 다르다. 연기는 사물에서 나온다. 사물이 타면서 나온다. 그리고 하늘로 올라간다.

사물은 불꽃에 의해 정화되고, 그리고 연기가 되는 것이다. 타고 남은 재는 진짜 찌꺼기다. 그러니까 연기야말로 추출된 사물의 진실이다. 연기는 흩어지지만 사라지지는 않는다. 그것은 어디론가 갈 뿐이지 절대 사라지지는 않는다. 연기는 이 세상에 있는 모든 것의, 마지막 진실한 형태인 것이다. 연기는—— 영원이다.

그날부터,

유스케는 연기에 씌고 말았다.

연기에.

며칠 후. 하쓰는 화장되었다.

모두 울고 있었다. 형은 통곡하고, 어머니는 흐느끼고, 아버지는 오열하고, 많은 사람이 따라 울었다.

모두 울고 있었다. 주위에 온통 슬픔이 가득 차 있었다. 통곡과 애절과 감상과 연민과 동정으로 주위가 온통 축축하게 젖어 있는 것 같았다.

하지만 유스케는——한 번 불에 탄 것도 또 타는구나, 하는 그런 감상밖에 느낄 수 없었다. 무엇이 슬픈 것인지 정말로 알 수 없었다.

그리고.

이윽고.

괴물처럼 우뚝 솟은 굴뚝 꼭대기에서.

스윽——하고 하얀 연기가 피어올랐다.

하쓰는 술술 하늘로 올라갔다.

바람이 가볍게 연기에 닿는다. 연기는 둥실둥실 형태를 바꾸었다. 술술 소용돌이치고, 또는 흩어지고 또는 겹쳐지고, 섞이고, 구불구불.

여자의 얼굴이 되었다.

모두 아래를 보고 울고 있어서 알아차리지 못하는 것이다.

얼마나 어리석은가.

모두 뼈만 소중하게 여기지만, 타고 남은 것이 대체 어디가 소중하다는 것일까. 뼈는 그냥 덩어리다. 필요 없는 부분이다.

땅속 깊이 묻혀서 썩어갈 뿐이지 않은가.

아래를 보고 있는 놈들은 모르는 것이다.

여자는, 하쓰는 공중에서 웃었다.

그리고 스윽, 하고 엷어진다.

엷어졌다가 다시 나타난다.

나타났다가는 다시 흐려진다.

여자는 공기와 섞여 무한하게 커진다.

사라지는 것이 아니다. 확산될 뿐이다.

여자는 하늘 자체가 된다.

——아아,

저 연기를 갖고 싶다.

날개가 있다면 저 굴뚝 끝까지 날아올라서 저 연기를 가슴 가득
들이마시고 싶다고——유스케는 진지하게 생각했다.

해가 지고, 가마의 불도 꺼지고, 화장터의 불빛도 꺼지고, 주위가
서서히 어두워질 때까지 유스케는 그저 하늘을 올려다보고 있었다.

너도 슬프냐, 같이 슬퍼해 주는구나——하고 형은 그렇게 말했다.
웃기지 마. 하쓰는 당신 것이었을지도 모르지만 하쓰의 연기는 내
거야——유스케는 그렇게 생각했다.

5

　마키조는 할 말을 잃고 그저 미치광이를 보는 것 같은 눈으로 유스케를 보고 있었지만, 유스케가 완전히 이야기를 마치자 한 번 눈을 감고 무언가 고민하듯이 미간에 손가락을 대고는, 그건 사실이야, 아니면 농담이야 —— 하고 물었다.

　—— 농담일 리가.

　거짓은 없습니다 —— 하고 유스케는 대답했다.

　"뭐 —— 그 —— 그렇게 어렸을 때 분신자살 같은 걸 —— 정말로 봐 버렸다면 —— 그야 마음에 상처가 되기도 하겠지."

　"상처 —— 라고요."

　유스케에게 그런 인식은 없다.

　"무서웠을 테니까."

　"무섭지 않아요. 슬프지도 않고요. 그건 그냥 그것일 뿐입니다."

　"말은 그렇게 해도 ——."

노인은 당혹스러워하고 있다.

"──아니, 그야 뭐, 자네 자신은 그렇게 생각하고 있어도 아마도 상처가 되었을 거야. 나는 그렇게 생각해. 나였다면 ── 그것만은 체험한 사람이 아니면 모르겠지. 나는 모르겠지만. 그래서 ── 그 형님은."

"형이요? 형은 그 후에 다른 여자를 아내로 맞이하지도 않고, 하쓰가 죽은 지──그렇지, 2년 후에 그대로 덜컥 죽고 말았어요. 병사였지요. 그 해에 뒤를 쫓듯이 아버지도 돌아가셨어요. 그 후로 저는 나이 드신 어머니와 둘이서 재미도 없는 세월을 그냥 보냈지요. 그리고 그 어머니도 제가 한창 일을 하고 있을 때, 지켜보는 사람 하나 없이 외롭게 돌아가셨습니다 ──."

유스케는 떠올린다.

"──형도 아버지도 어머니도."

둥실.

술술.

"──아름다운 하얀 연기가 되어서 화장터의 굴뚝을 통해 느릿느릿 하늘로 올라갔어요. 어쨌거나 그 연기를 제대로 본 건 저뿐이었지요. 저만 남고 말았어요."

으음, 하고 마키조는 숨소리를 낸다.

유스케는 혼자서 말을 잇는다.

"싫었던 형도, 무서웠던 아버지도, 쇠약해진 어머니도 모두 연기가 된 후에는 아름다웠어요. 싫은 것은 전부 불타 버렸거든요. 이 세상의 굴레도, 추한 속세의 더러움도 전부 불타서 없어졌어요. 청정해져서, 화장터 굴뚝으로 스윽, 하고 ──."

마키조는 천천히 가느다란 눈을 뜨고,

"지친 ── 거야, 자네는."

하고 말했다. 다시 뜬 그 가느다란 눈에는 아주 약간 애처로움이 깃들어 있다.

지친 거야 ── 하고 마키조는 되풀이했다.

예, 지쳤습니다 ── 하고 유스케는 말한다.

"저는요, 계속 혼자였어요. 아저씨. 아저씨의 보살핌으로 가정도 꾸릴 수 있었지만 역시 혼자인 쪽이 성미에 맞았는지도 모른다는 생각이 듭니다. 보살펴 주신 아저씨께는 죄송하지만, 아내와의 생활은 피곤할 뿐이었어요. 그건 그 사람에게도 마찬가지겠지요. 그러니까 그 사람한테는 가엾은 짓을 했지요 ──."

무슨 말인가 ── 마키조는 만지작거리고 있던 담뱃대로 담배합을 내리쳤다.

"아버지가 죽었다느니 어머니가 죽었다느니, 그런 말을 한다면 나도 마찬가지야. 나는 자네보다 훨씬 더 힘든 시절에 양친이 모두 돌아가셨다고. 그래도 혼자가 좋다고는 생각하지 않았어. 할멈하고는 쉰 살부터 같이 살았네. 그 할멈도 죽고 말았지만, 그래도 혼자가 좋다고는 생각하지 않아. 자식도 손자도 있으니까. 그러니까 ── 다시 생각하라고는 하지 않겠지만."

"이미 늦었어요."

"늦었어?"

늦었을 것이다.

"마음이 떠나 버렸어요. 저는 그 사람을 아무래도 진심으로 사랑할 수는 ── 없었던 것 같습니다."

그건 그──라고 말하고 나서 마키조는 한동안 굳은 듯이 침묵하고, 몹시 말하기 어려운 듯이, 하쓰인가 하는 형수의 일이 있었기 때문인가──하고 물었다

"자네는 지금도 그──그 여자를──."

그것은 아니다.

"아니에요. 저도 그런 바보는 아닙니다."

"바보는 아니라니──그 하쓰인가 하는 죽은 여자한테 반해 있었잖아."

반하지 않았다.

"몇 번이나 말씀드리지만 저는 그 여자를 진지하게 좋아했던 건 아니에요. 열 살짜리 꼬마였는걸요. 이마에 피도 안 마른 어린애지요."

"나이는 상관없어. 동경이든 뭐든, 좋아했던 마음은 마찬가지잖아. 다 커서도 어머니의 젖을 그리워하는 얼간이도 요즘은 있다고."

"저는 그런 게 아니에요."

"그렇겠지. 하지만 좋아했던 여자가 눈앞에서 죽었다는 건── 뭐, 차인 것보다 더 뒤끝이 남을 거야. 죽어 버리면 싫어질 수도 없으니까."

"그건 그렇지만요."

"그래. 그 여자가 얼마나 미인이었는지 나는 모르지만. 자네 말처럼 어린아이의 눈이니 자못 예쁘게 보였겠지. 자네 아내도 그럭저럭 남들만은 하지만, 추억 속의 여자 얼굴에 비하면."

"그런 게 아니고요."

그게 아니다. 유스케는 아내를 싫어하지는 않는다.

다만 아내의 요구에 응할 수 없는 자신이 싫을 뿐이다. 그러니 오히려 아내 쪽이 자신을 싫어할 거라고 유스케는 말했다.

"그건 자네에게 성의가 없기 때문이야. 방금 자네 입으로 말하지 않았나. 아무래도 아내를 사랑할 수가 없다고. 그건 그, 죽은 여자에게 집착하고 있기 때문이겠지. 그렇다면 이야기는 이해하지 못할 것도 없어."

노인은 약간 안도의 표정을 띠었다.

이제야 이해가 된다고, 그렇게 생각한 것일까.

"잊어버려. 그런 여자는. 자네가 죽은 여자의 추억 같은 걸 질질 끌고 있으니까 자네 아내도 언제까지나 죽은 아이 이야기를 하는 거야. 함께 잊고 다시 시작해. 내가 이야기를 해 줄 테니까."

마키조는 잊어버려, 잊어버려 ── 하고 큰 소리로 말하고, 자네 아내는 지금 어디 있나, 내가 만나서 이야기를 해 주지 ── 하고 말을 이었다.

유스케는 곤혹스러워졌다. 아니다.

"아니에요. 마흔 살이나 먹고 그런 풋풋한 추억에 묶여 있지는 않습니다. 솔직히, 저는 그 여자에 대해서는 지난 10여 년 동안 떠올린 적도 없었어요."

"그 ── 래?"

"떠올린 것은 바로 얼마 전이에요. 아내와 잘되지 않게 된 것은 더 전이고요. 그러니까 ──."

"그럼."

"이해가 안 되시죠."

"모르겠군."

유스케는 옆에 놓아두었던 보따리의 매듭을 잡아 무릎에 올려놓았다. 마키조는 이해할 수 없다는 얼굴이 되어, 그건 뭔가——하고 물었다.

"연기예요."

"뭐라고?"

"그러니까 이게——아내와 헤어지게 된 원인입니다."

유스케는 보따리를 어루만진다.

마키조가 숨을 삼키는 것을 알 수 있다.

"무——무엇이——들어 있나."

"그러니까 연기라고요."

"농담하지 마."

"농담이 아니에요. 이건——그렇지, 망설였지만——보여드리지 않고 그냥 가려고 했는데——이제 어쩔 수 없네요."

"가? 가다니 무슨 소리야."

마키조는 땀을 흘리고 있다. 유스케는 가엾은 기분이 들었다.

"아저씨."

"왜——왜 그래."

"요전의——그 절에서 일어난 큰 화재."

"절——아아, 그 산의 화재?"

"맞아요. 그건 큰 화재였어요. 하코네 분단이 모두 나서서——아니, 인근 소방서는 전부 왔으니까요. 경찰도, 가나가와의 경관을 모두 보낸 것 같았고요. 장소도 나빴어요. 그런 곳에 절이 있을 줄은 아무도 생각하지 않았지요. 길도 없으니까요. 전소하기는 했지만, 산불로 번지지 않아서 다행이었어요."

"그게 —— 뭐 어쨌다는 거야. 확실하게 말해."

"그때, 제일 먼저 현장에 도착한 건 우리 분단이었어요. 가까우니까 당연하지만요. 모처럼 갖춰졌지만, 그곳은 트럭 같은 걸 쓸 수 있는 곳이 아니지요. 어쩔 수 없이 다이하치구루마를 끌어내서 도하쓰를 싣고, 그걸로 올라갔어요."

"그랬 —— 나."

"엄청난 현장이었어요. 저는 지금까지 그렇게 큰 화재는 본 적이 없어요. 공중이 새빨간데, 그것도 시커먼 빨간색이어서, 마치 ——."

유스케는 눈을 감았다.

"—— 마치 이 세상의 끝 같았어요."

"그, 그래?"

"하쓰가 불타 죽었을 때보다도, 그 마쓰미야 가의 화재보다도 훨씬 더 컸어요. 온 세상이 불타 버린 것 같은 화재였지요. 그것도 지진이나 공습 때 같은 그런 무서운 게 아니에요. 조용했어요."

"조용?"

"조용히, 엄숙하게 타고 있었어요. 하지만 —— 경찰의 말로는 아직 안에 세 명인가 사람이 남아 있다, 하지만 구할 수 없을 거라는 겁니다. 옷에 불이 붙었다나요 ——."

"옷에?"

유스케는 보따리를 방바닥 위에 놓았다.

"저는 —— 그렇다면 내가 구조하러 들어가겠다고 했어요. 모두 말렸지요. 하지만 산문 같은 것도 불타서 떨어지고, 주위 나무에 옮겨 붙어 버렸으니까요. 소화니 구출이니 할 단계가 아니었지요. 산불을 막는 게 선결이었어요. 하지만 사람이 —— 사람이."

――사람이 불타고 있다면.

"자네, 들어갔나?"

"들어갔어요."

물을 뒤집어쓰고.

젖은 핫피를 뒤집어쓰고.

활활 타오르는 절 안으로.

이 세상의 끝인 맹렬한 불 속으로.

"하쓰가 있었어요."

"뭐?"

"하쓰를 똑 닮은 스님이, 커다란 부처님 앞에서 불타고 있었어요. 활활, 활활――."

마키조는 일어섰다.

"그만하지 못해!"

그리고 큰 소리로 말했다.

"이봐, 유스케. 나는 그런 헛소리는 듣고 싶지도 않아. 듣자 듣자 하니까 영문도 알 수 없는 말을 장황하게 늘어놓고 말이야. 자네, 대체 무슨 말이 하고 싶은 거야? 갑자기 찾아와서 아내와 헤어졌다고 하기에, 그럼 여자라도 생겼나, 아니 아내에게 남자라도 생겼나 걱정이 되어서, 그래서 나는 이야기를 들어줄 마음이 든 거야!"

"그러니까."

"제일 중요한 건 아무것도 말하지 않고, 무엇을 물어도 아니다, 아니다 하면서 말이나 돌리고, 급기야는 연기니 뭐니――헛소리도 작작 좀 해."

"그러니까 연기입니다."

"뭐가 말인가!"

"이미 늦었어요. 불덩어리였어요. 버둥거리지도 괴로워하지도 않았으니까, 그때는 이미 살아 있지 않았을지도 몰라요. 그 스님은 제 눈앞에서 활활 타고, 그리고 새까맣게 그을어서 죽었어요. 저는 또, 또 어쩌지도 못하고 그저 눈앞에서 불타고 있는 사람을 바라볼 뿐, 그대로 물러났습니다. 하지만——."

유스케는 보따리의 매듭을 집었다.

"저는——불이 꺼질 때까지 기다렸어요."

"뭐?"

"진화될 때까지 이틀이나 걸렸어요. 저는 진화된 후에 제일 먼저 현장에 들어갔습니다. 행방불명자 수색대였거든요. 행방불명이라고 해도 살아 있을 리는 없으니까 아무도 진지하게 찾지는 않았어요. 하지만 저는 달랐어요. 어떻게 해서라도 찾아내고 싶었어요. 저는 곧장, 그 커다란 부처님이 있었던 곳으로 갔습니다. 아직도 연기가 뭉게뭉게 나고 있었어요. 이쯤이다 싶은 곳을 팠더니 아니나 다를까 뼈가, 아니, 완전히 숯이 된 그 스님이 나왔습니다. 그래서 저는 이 병에——."

스르륵. 매듭을 푼다.

보따리는 사방으로 펼쳐진다.

"——불탄 스님의 연기를 주워 넣었어요."

"바——바보 같은."

텅 빈 투명한 약병.

안은——뿌옇고 걸쭉하다.

뭉게뭉게, 뭉게뭉게.

"보세요, 아저씨. 연기는 사라지지 않아요. 그냥 흩어질 뿐이지요. 그러니까 이렇게 병 속에 가두어 버리면——여기에 가두어 버리면 영원히 여기에——이 안에——."

"바, 바보 같은 소리 하지 마!"

마키조는 고함쳤다.

"바보 같은 소리가 아니에요. 보세요, 흔들흔들, 뭉게뭉게——보세요, 아저씨. 이게 하쓰의 얼굴이에요. 예쁜 얼굴이지요. 조금 작지만, 쓸데없는 건 불타 버렸으니까. 이게 진짜 하쓰의 모습이에요. 병에 들어 있는 혼입니다."

유스케는 병을 조심스럽게 손에 들고 마키조를 향해 내밀었다.

"보세요. 그 사람은——아내는 저를 보고 미쳤다면서 그 길로 나갔어요. 히지만 보세요, 정말로 보이지요? 이렇게 예쁜 얼굴이——저는 미친 걸까요? 아저씨, 제대로 좀 봐 주세요."

"자——자네는 미쳤어. 자네 아내가 도망친 것도 당연해. 그, 그런 것은——."

둥실.

유스케 씨.

"멍청한 놈!"

마키조가 힘껏 병을 뿌리쳤다.

병은 유스케의 손에서 떨어져 방바닥을 굴렀다.

뚜껑이 툭 열렸다.

아아, 도망치고 만다.

우와아아아아.

마키조가 고함쳤다.

병 입에서 여자의 얼굴을 한 연기가 스윽, 하고 피어올라 방 안을
흔들흔들 떠돌고, 두둥실 소용돌이치고 ──.

"싫어, 싫어어, 싫어어."

여자의 얼굴은 서서히 커지고, 엷어지고, 흐려지고, 이윽고 창이나
장지 틈으로 도망쳐 확산되고 사라졌다.

그 순간. 여자는.

── 웃었다.

그리고 다나하시 유스케는 무언가를 잃었다.

1953년 이른 봄의 일이다.

여섯 번째 밤

◎

케라케라온나

倩兮女

陰

◎ 倩兮女

◎ 케라케라온나

초나라 송옥의 이웃 나라에 미녀가 있었는데
성벽에 올라가 송옥을 그리며
요염하게 한 번 웃을 때마다
양성(陽城)의 사람들을 현혹하였다
대저 미색이 사람의 마음을 사로잡는 일이
고금에 그 예가 많으니
케라케라온나(깔깔 웃는 여자)도 입술을 붉게 칠하고
많은 사람을 현혹한 음부(淫婦)의 예이다

―― 금석백귀습유 / 상권 · 운
도리야마 세키엔 (1781)

1

웃는 데 익숙하지 못하다.

그럼 어떻게 할까.

입 끝을 위로 추어올리는 것이다.

입가의 근육을 긴장시킨다. 꽤 어렵다.

——이러면 웃는 것처럼 보일까.

거울에는 입을 한일자로 다물고 불쾌한 듯이 있는 여자가 비칠 뿐이었다. 힘을 주면 줄수록 입은 옆으로 벌어지고 오히려 곤란한 듯한, 우스꽝스러운 얼굴이 된다. 웃는 얼굴과는 거리가 멀다.

——안경이 문제인 걸까.

안경을 벗어 본다.

세상이 흐려진다.

상관없다.

전혀 상관없다.

그림이 일그러져 한층 기묘한 얼굴이 되었다.

대체 어떻게 하면 명랑하게 웃는 얼굴이라는 것을 만들 수 있는 것인지, 생각해도 노력해도 전혀 알 수가 없다.

——뺨의 문제일까.

뺨에 힘을 준다.

입을 옆으로 늘리고 신경을 광대뼈에 집중시킨다.

갖다 붙인 것 같은, 실로 기묘한 웃음 같은 것이 완성되었다.

전혀 즐겁지 않다.

——릴랙스가 필요하다.

미간에 세로로 주름이 가 있어서는 역시 웃는 얼굴은 되지 않을 것이다.

손가락으로 미간을 누른다.

눈을 감고 몇 번인가 문질러 본다.

——바보 같다.

우스꽝스럽다.

우스꽝스럽지만 재미있지도 않다.

나이도 먹을 만큼 먹은 여자가 거울 앞에서 자기 얼굴을 만지작거리며 진지하게 고민하고 있다.

시시하다.

세상에는 생각해야 할 일도, 해야 할 일도 훨씬 더 많이 있을 텐데.

——하지만. 지금은.

다시 거울을 들여다본다.

화장 같은 것은 한 적이 없다. 몸단장 정도로——라고 그 사람은 말했다. 하지만 남자는 몸단장을 할 때 화장을 하지는 않는다.

여자한테만 이성에게 아양을 떠는 듯한 행위가 사회성을 획득하기 위한 조건이 되는 것처럼 말하는 것은 그래도 이상하다고 생각한다.

——웃음.

대부분의 웃음은 타인을 희생하면서 생겨나는 것이라고 말한 사람은, 아마 플라톤이었을까.

그것은 제약되어 있던 충동이 갑자기 채워졌을 때 생겨나는 심적 상태다——라고 분석한 사람은 프로이트였던 것 같다.

결국 웃음이란 악의의 굴절된 표출이고 에두른, 그러면서도 직설적인 차별 표현이다. 보들레르를 인용할 것까지도 없이 그것은 그로테스크하고 천박한 것이다.

——하지만.

인간인 이상은 억지로 뺨을 경련시키며 기계적으로 추한 표정을 띠어야 한다.

웃어 웃어 웃어.

꾸며 꾸며 꾸며.

야마모토 스미코는 열심히 뺨을 경련시켰다.

——웃지 않으면.

웃음을 당한다.

깔깔깔깔.

——웃음을 당하고 있다.

흠칫 올려다본다.

창 밖.

울타리 너머로 하늘 가득히——.

커다란 여자가 스미코를 비웃고 있었다.

2

학생들의 동향이 몹시 신경 쓰이기 시작한 것은 청혼을 받은 후의 일이다.

기둥 뒤. 계단 뒤. 교정 구석.

모여 있는 여자아이들이 속삭이는, 바람 같은 목소리.

물론 눈이 마주치면 흩어진다. 발소리만이라도 흩어진다.

—— 비웃고 있다.

틀림없이 비웃고 있다, 그렇게 생각한다.

그러나—— 그것은 꼭 어제오늘 갑자기 시작된 일은 아니다. 엄격한 교사, 융통성 없는 사감, 도깨비 같은 여자 교관—— 스미코에 대한 여자아이들의 평가는 훨씬 전부터 그렇게 정해져 있었으니, 어떤 경우든 스미코는 학생들에게 경원(敬遠)시 되고 있기는 했다.

그때까지도 여자아이들은 스미코가 얼굴을 향하면 시선을 피하고, 발소리를 울리면 달아나곤 했다. 아무것도 달라지지 않았다.

자신에게 꺼림칙한 데가 없으면 그런 태도를 취할 것은 없을 테니, 결국 그것은 여자아이들 쪽이 좋지 못한 짓을 하고 있기 때문에 취하는 행동일 것이다.

계속 그렇게 생각하고 있었다.

—— 그런데.

왜 신경이 쓰이는 것일까.

스미코에게는 켕기는 데라곤 없다.

스미코는 남의 눈에 신경을 써야 할 법한 짓은 결코 하지 않았다. 비웃음을 당할 만한 일을 한 기억도 없다.

자신이 있다.

스미코는 30년 동안, 그야말로 가슴을 펴고 당당하게 살아왔다.

마음에 한 점의 그늘도 없으니 설령 험담하는 사람이 있다고 해도 신경 쓸 필요는 없을 것이다. 나쁘게 말하자면 그런 말을 하는 사람이 잘못이다.

잘못된 말을 하는 것은 어리석은 자다.

어리석은 자의 말에 귀를 기울이는 것은 시간 낭비다.

듣기만 해도 불쾌해진다. 불쾌해지는 만큼 손해다. 그러니 그런 잡음은 듣지 않는다.

하고 싶은 말이 있다면 정정당당하게 하면 된다. 얼굴을 맞대고 발언할 수 없다면, 설령 그것이 옳은 말이라고 해도 들을 필요는 조금도 없다.

그것이 스미코의 신념이다.

—— 그런데.

최근에는 신경이 쓰여서 견딜 수가 없다.

여자아이들은 무슨 이야기를 하는 것일까. 왜 몰래 도망치는 것일까. 자신의 소문을 수군거리고 있는 것은 아닐까. 경멸하고, 악의를 가지고 욕하고, 비웃고 있는 것은 아닐까.

── 그런 것은.

그런 것은 생각할 수 없다.

여자아이들에게 약점을 보인 기억은 없다. 애초에 스미코에게 약점이란 없다. 교육자, 관리자로서 스미코의 방어는 철벽일 것이다.

전쟁 전의 편향교육에 대한 반동 때문인지, 최근에는 학생에게 우호적인 태도를 취하는 것만을 바람직하게 여기는 풍조도 있다. 친구 같은 선생이 좋은 것이라고도 한다. 스미코의 생각으로는 그것은 잘못되었다.

물론 스미코는 전쟁 전의 교육이 옳다고 생각하는 것은 아니다. 모든 의미에서 그것은 잘못되어 있었다. 황국이니 군국이니 하는 헛소리는 말할 필요도 없지만, 설령 그렇지 않다고 해도 한쪽으로 치우친 이데올로기를 비판 없이 밀어붙이는 것은 어떤 경우에도 좋지는 않을 것이다. 그것은 소위 말하는 세뇌다. 거기까지는 누구나 지적한다. 그러나 가령 그것이 정치적인 의미를 지니지 않은 사상이라고 해도, 또는 아무런 주의 주장도 가지고 있지 않은 어수룩한 것이라고 해도, 학생에게 사색이나 선택의 여지를 주지 않는 교육이라면 어차피 마찬가지라고 스미코는 생각한다. 평화적이든 민주적이든 ── 어쨌든 모두 한쪽으로 치우친 이데올로기임에는 틀림이 없다.

이 세상에는 치우치지 않은 이데올로기 따윈 없는 것이다. 그렇다고 해서 가르치는 쪽이 헤매고 있어서는 배우는 쪽이 당혹스러울 뿐이다.

결국 아무리 배려를 해도, 아무리 열심히 해도 교육이라는 것은 보편적으로 일종의 세뇌일 뿐이다——라는 뜻일 것이다. 그것은 움직이기 어려운 사실이다.

따라서 항상 비판에 노출된 방식이야말로 옳은 것이라고, 스미코는 생각한다.

학생과 두루뭉술한 관계여서는 그런 정상적인 긴장감은 유지할 수 없다. 그러므로 교사와 학생은 일정한 거리를 두어야 한다고, 스미코는 그렇게 생각하는 것이다. 교사는 항상 자기비판을 해야 하고, 마찬가지로 학생도 그저 고분고분 교사의 말을 받아들여서 좋을 리가 없다. 미성년이든 어린아이든 비판 정신을 잊어버려도 되는 것은 아닐 것이다.

그걸 가르치는 거잖아——라고 말하는 사람도 많이 있다.

그러나 비판하는 기준부터 가르치려고 하면, 그것은 역시 일종의 세뇌가 되지 않을까. 스스로 판단하는 것을 포기하게 하는 것을 세뇌라고 부를 것이다. 판단은 어디까지나 학생 본인이 하게 해야 한다.

서너 살의 어린아이도 제대로 키우면 판단 정도는 할 수 있다. 열네다섯 살이 되어도 사물의 옳고 그름조차 판단하지 못한다면, 그것은 학교 교육을 받기 이전의 문제다. 학교는 그런 판단력을 키우는 곳이 아니다.

인격을 쌓는 것은 부모이고 가족이고 지역이고, 그리고 아이 자신이다.

——따라서.

교사가 학생의 인격에까지 끼어들고 참견하는 것은 월권행위라고 스미코는 생각한다.

교육자는 신이 아니다. 가르치고 키울 수는 있어도 사람을 만들수는 없다. 그것을 바꿔 끼우면 일그러진다. 착각해 버리면 거만을 떨고 교만하게 된다.

학교는 성역이 아니고 교직도 성직은 아니다. 그것은 하나의 기관이고 장치에 지나지 않는다. 교사는 자신이 가르칠 수 있는 것만 가르치면 된다.

분수를 알아야 한다.

그렇다고 해서 자신의 역할도 파악하지 못한 채 그저 편하다는 이유만으로 학생과 친화적인 관계를 맺는 사람들의 마음도, 스미코는 이해할 수 없다.

그리고 교사라도 될까——라든가 교사밖에 될 게 없으니까——라는 이유로 교직에 종사하는 무책임한 사람 또한, 스미코는 용납할수가 없다.

비판을 집중적으로 받는 입장에 설 각오도 없이 교사 일을 할 수있을 리도 없다. 교직이라는 직업은 학생과의, 사회와의, 그리고 자신과의 투쟁이다.

스미코는 그렇게 생각하고 있다. 따라서——.

한순간도 긴장을 푼 적은 없다.

웃은 적조차 없다.

——그렇다, 웃은 적도 없는데.

그녀들은 무엇을 보고 웃는 것일까.

아무래도 신경이 쓰인다.

정신이 들어 보니 스미코는 등을 웅크리고 양손으로 몸을 껴안아 몸을 감싸다시피 하며 걷고 있다.

——자의식 과잉이다.

정말 그렇다. 바보 같다.

스미코는 자신의 어리석음을 떨쳐내기 위해 가슴을 펴고, 팔을 흔들고, 큰 발소리를 내며 걸었다. 또각또각 소리가 울린다.

돌로 지은 건물은 모든 것을 튕겨낸다.

발소리는 사방을 튕겨 다니고 나서 사라졌다.

커다란 기둥 뒤.

한순간 그늘이 졌다.

깔깔.

——웃었다.

스미코는 달려갔다.

기둥 뒤에는 감비리라는 니이 많은 교사가 시 있었다. 감바라의 시선이 향한 곳에 쪼르르 달려가는 여학생의 뒷모습이 보였다.

감바라는 그 모습이 완전히 보이지 않게 될 때까지 눈으로 쫓고, 그러고 나서 스미코를 돌아보며 말했다.

"야마모토 선생님, 무슨 일이십니까."

마치 100년 전의 궁녀 같은 완만한 말투다.

"방금 그 아이——."

——왜 웃고 있었을까?

"방금 그 학생들은——."

아아——하며 감바라는 눈을 가늘게 떴다.

"안 되지요. 복도에서 뛰면."

"그건."

그런 것은——.

"제 모습을 보더니 갑자기 뛰기 시작했어요. 저는 훨씬 뒤에 있었는데 말이에요. 저 애들은 나쁜 짓을 하고 있었던 게 아니에요. 그냥 수다를 떨면서 걷고 있었을 뿐이지요. 틀림없이 저를 알아차리지 못한 게 거북했던 게 아닐까요."

"무——무슨 이야기를 하고 있었나요?"

"그런 거야, 교사라고 해도 엿들어서는 안 되지요."

나이 많은 교사는 그렇게 말하며 웃었다.

"하지만——."

도망친 걸 보면 좋지 못한 이야기를 하고 있었던 게 아닐까요——하고 스미코는 물었다.

감바라는 의아한 얼굴을 한다.

"좋지 못한 이야기라니 그게 뭔가요?"

"남이 들으면 안 되는 이야기 말이에요."

"예를 들면?"

"그건——."

—— 자신의 험담.

그런 말은 할 수 없다.

"뭐, 이 학교는 규율이 엄하잖아요. 복도에서는 사담도 삼가야 한다고, 그렇게 가르치고 있으니까 그래서 도망친 거겠지요. 아마 별것도 아닌 이야기를 하고 있었을 거예요."

그것은 그럴 것이다. 그럴 것이 틀림없다.

—— 하지만.

"하지만——웃고 있지 않았나요?"

도망친 뒤에 웃음소리가 남아 있었다.

그렇게 말하자 감바라는 고개를 갸웃거렸다.

"글쎄요——둘이서 수다를 떨 때는 웃기도 했겠지요. 제 얼굴을 보더니 목을 움츠리고 달려갔으니까요——게다가 그렇게 웃으면서 뛰거나 했다면 저도 주의를 주었을 테고요."

그렇다. 이 학교에는 함부로 웃어서는 안 된다는 규율도 있다. 하지만 지키는 사람은 한 명도 없다. 눈앞의 나이 많은 교사조차 이 짧은 시간에 몇 번인가 미소를 지은 것이다.

——지킬 수 없다면 내걸지 마.

그렇게 생각한다.

그런 규율이나 터부는 전부 기독교의 규율에 근거한 것이라고 한다. 스미코가 일하고 있는 이 학교는 기독교 계열의 전원 기숙사제 여학교다.

그러나——그곳에서 일하고 있기는 해도 스미코 자체는 완전한 무신론자다.

애초에 기독교적인 이념을 내걸고 있다고는 해도 신앙 자체는 거의 형체만 남아 있을 뿐 학교 내에서는 아무런 기능도 하고 있지 않았다. 다만 이 감바라만은, 듣자 하니 경건한 크리스천이라고 한다.

그 감바라부터가——웃는다.

스미코는——웃은 적이라고는 없다. 언제나 벌레를 씹은 것 같은 얼굴을 하고 있다.

스스로도 기가 막힐 정도로 기분이 나쁘다.

지금도 그렇다.

"야마모토 선생님——요즘 피곤하신 거 아니에요?"

감바라는 그렇게 물었다.

확실히 피곤하기는 하다.

여름부터 쭉, 스미코는 자신 혼자서는 다 끌어안을 수 없을 정도로 심각한 문제를 안고 있다. 생각해도 생각해도 출구가 보이지 않는 복잡한 문제다.

게다가 그 문제는 두 가지다.

하나는 학생의 매춘.

또 하나는——.

—— 결혼.

그 두 가지는, 일반적으로는 같은 선상에 놓고 이야기할 수 있는 종류의 것이 아니다. 그러나 스미코에게 그 두 가지는 어떤 키워드를 통해 같은 선상의 문제로 파악해야 할 것이고, 또한 논해야 할 것이기도 하다.

매춘과 결혼. 이것을 같은 선상에 놓게 되는 키워드란,

즉 여자다.

스미코는 교사임과 동시에 여성지위향상운동의 투사이기도 하다. 그런 견지에서 보면 매춘도 결혼도, 여성에게서 부당하게 많은 것을 착취하는 고루한 제약임에는 변함이 없다.

따라서 스미코는 매춘을 미풍양속에 반하는 부도덕이라든가, 법에 저촉되는 범죄행위라고 무조건 단정 짓고 규탄할 수는 없다.

마찬가지로 결혼도 인생 최대의 행복으로서 전면적으로 받아들일 수도 없다.

그런 무조건적인 일반론을 별다른 생각도 없이 누린다는 것은 개인으로서의 판단을 포기한 것이나 마찬가지인 어리석은 행위다. 따라서 스미코는 밤낮으로 필사적으로 생각하고 있다.

그것은——물론 지금까지도 많이 생각해 온 것이기는 하다. 그러나 이론과 현실은 아름답게 어우러질 수 있는 것이 아니다. 논리를 다지고 정합성 있는 결론을 얻으면 된다고 할 수는, 도저히 없었다.

매춘한 것은 자신의 제자다. 그리고 결혼하는 것은 자기 자신이다. 양쪽 다 현실의 일이었다. 판단하는 데에도 결론을 내리는 데에도 심사숙고가 필요하다. 경거망동은 후에 화근을 남기게 된다.

결혼은 어차피 자신의 일이니까 그나마 처리하기가 나았다. 아무래도 결심이 서지 않으면 보류해 두면 되는 것이다.

그러나 매춘 쪽은 그럴 수 없었다.

행위 자체를 규탄하고 타당한 조치를 하는 것뿐이라면 간단한 일이었겠지만 일은 그렇게 단순하게 끝나지는 않는다. 스미코의 일거수 일투족이 그 학생의 일생도 좌우할 수 있는 것이다. 물론 의견을 밀어붙일 생각은 없다. 다만 이 경우, 학생이 어떤 신념을 지니고 있든 세상에는 통하지 않는다.

스미코의 생각을 정확하게 전달하고, 또 학생 개인의 의사도 충분히 존중하여 학생 자신이 판단하게 할 수밖에 없을 거라고, 그야 그렇게 생각한다.

그러고서 세상이라는, 어떻게도 할 수 없이 어리석은 것으로부터도 지켜 주어야 할 것이다. 그것이 교사로서 해야 할 역할이라고 스미코는 생각한다.

따라서 그 학생과는 몇 번이나 대화했다.

학생 자신의 결심이 설 때까지 학교 측에도 보고하지 않았다.

직원의 대부분이 어리석은 남성우위사회의 세례를 받은 차별주의자로 구성되어 있기 때문이다.

사고(思考)를 정지한 자들에게 상담해 봐야 제대로 된 결과를 얻지 못할 것은 명백하다.

어중간한 일이 아니었다.

고심의 나날은 벌써 석 달이나 되었다.

그래서 스미코는 피곤하기는 하다.

그러나——그렇다고 해서 그것이 직무에 영향을 미치고 있다고는 생각하지 않는다. 스미코는 할 일은 하고 있다고 생각한다.

그렇게 말했다.

당신은 지나치게 성실해요, 야마모토 선생님——하고 나이 많은 교사는 말했다.

"보는 사람이 지쳐 버리겠어요. 언제나 그렇게 긴장하고 있다가는 몸이 버티지 못해요. 학생들에게도 그런 것은 전해지겠지요."

"그게——안 되는 일일까요."

안 되는 건 아니지만——하고 말하며 나이 많은 교사는 불안하게 발을 내디뎠다.

"아이들은 당신을 무서워하고 있어요."

"바라는 바예요."

"아이들이 당신을 좋아하기를 바라지는 않나요?"

"학생에게 아양을 떨 생각은 없어요. 저는——저예요. 저를 비판하려면 정면에서 그렇게 말하면 될 일이에요. 그 비판이 이치에 맞는다면 저는 깨끗하게 패배를 인정하고 생각을 고칠 테니까요. 논파당한다면 언제든지 제 생각을 굽힐 각오는 있습니다."

왠지 전투적이네요——하고 말하며 나이 많은 교사는 걸음을 멈추고 어이없다는 듯한 얼굴로 스미코를 응시했다.

"당신이 하는 여성해방운동은 저도 의의가 있는 일이라고 인식하고 있어요. 그런 주장이 실린 잡지 같은 것도 읽었어요. 그 주장은 지극히 당연하다고, 그렇게 생각했어요. 저 같은 사람이 읽어도 일부 속이 후련해지는 부분도 있었고요."

"고맙습니다."

하지만요――하고 나이 많은 교사는 타이르듯이 말했다.

"논조가 조금 지나치게 엄하지는 않나요?"

"그럴――까요."

"씌어 있는 말은 옳아요. 하지만 쓰는 방식은 남자의 방식이에요."

"그런――가요."

그래요――하고 감바라는 말했다.

"소리 높여 주장한다고 세상이 바뀔까요. 최근에는 정치하시는 부인도 많이 계시는 것 같고, 그건 저도 바람직하다고 생각하지만―― 그래요, 아무래도 제게는 그녀들이 남자인 척하는 여자로밖에 보이지 않아요. 그렇게 받아들이는 건 저뿐일까요."

"그렇지는 않을 거예요. 그렇게 하지 않으면 받아들여질 수 없다는 것도 잘 알고 있지만요. 세상은 아직 남자 중심의 사회니까요."

"제 말은 그런 게 아니에요, 야마모토 선생님. 그 사람들이나 당신이 하는 말은, 전부 남성이 사용하는 문법으로 이루어져 있어요."

"남성의 문법――이요?"

"그런 생각이 들어요. 우리 여자들이 여자의 말을 획득하지 않는한, 설령 이 세상의 주도권을 여성이 쥔다고 해도 그것은 남에게서 빌린 영화(榮華)예요. 남자가 하고 있던 일을 여자가 하는 것만으로는, 머리를 갈아 끼운 것에 지나지 않잖아요."

그것은 그렇다.

"하지만 ──."

그러니까 ── 하고 말하며 나이 많은 교사는 다시 복도를 나아가
기 시작했다.

"정당하다고 해서 부당한 것을 쳐부수는 방식을 써도 되는 걸까요.
부당한 것은 쳐부수는 게 당연하다는 생각이 기본에 있으면, 결국은
부수는 쪽이 옳다는 뜻도 될 수 있어요. 그러면 힘이 센 사람, 목소리
가 큰 사람이 이기게 되지 않을까요."

"부당한 사람의 힘이 세고 목소리가 크기 때문에, 주먹을 들고 큰
소리를 질러야 하게 되는 거예요. 정당한 사람이 짓밟히고 있는 게
현실이니까요."

"아아 ── 하지만 아무리 정론이라고 해도, 과격한 논조로 몰아세
우는 것만이 효과적이라고는 할 수 없어요. 반대로 아무리 어설픈
논지라고 해도 서서히 여론을 변화시켜 갈 힘을 가지고 있는 말투,
방식이라는 것도 있겠지요. 노회하다거나 비겁하다거나 그런 탐탁한
방법이 아닌 경우도 많겠지만, 최종적으로 효과가 있는 쪽이 좋은
경우도 있잖아요."

"모르는 건 아니에요. 하지만 제게는 뭐라고 대답할 방법이 없네
요."

정공법 이외의 길을, 스미코는 걸을 수가 없는 것이다.

뭐, 야마모토 선생님은 젊으시니까 ── 하고 감바라는 말하며,
또 희미하게 미소를 지었다. 조금 화가 났다.

── 젊다.

젊지 않다.

스미코는 올해로 서른 살이다. 실제로 학생들은 뒤에서 스미코를 아줌마라느니 할망구라느니, 입이 험한 사람의 경우에는 도깨비 할 멈이라고까지 부르고 있다.

그것은 스미코도 알고 있다. 이 감바라도 학생들 사이에서의 통칭 은 '노부인'이다.

——그래. 아줌마야.

자신이 그렇게 불리고 있다는 것을 안 것은 마침 청혼을 받았을 무렵이었다.

——그게 원인일까.

그럴지도 모른다.

그 야마모토 아줌마가 말이지——

그 빌어먹을 할망구가——.

여자아이들은 그렇게 수군거리고 있었다.

도깨비라고 불리는 것은 상관없다. 도깨비란 사람이 할 수 없는 일을 하는 존재일 테고, 그렇다면 도깨비라는 호칭은 스미코가 바라 는 바이기도 하다.

그러나 할망구는 싫었다.

나이를 개인적 특성으로서 캐리커처 하는 것은, 성별을 그렇게 하 는 것과 마찬가지로 용납할 수 없는 일이라고 생각한다. 나이도 성별 도, 개성을 좌우하는 것이기는 하지만 개성 그 자체는 아니기 때문이 다.

육체적 특징을 비웃는 쪽이——좋고 나쁜 것으로 가르자면 당연 히 나쁜 일이지만——개인을 비방하는 재료로는 그나마 낫다고, 스 미코는 생각한다.

다시 말해서.

여자라서 이렇다거나, 그 나이라면 이래야 한다거나 하는 것은 허울 좋은 차별이다.

왜냐하면 성별도 나이도, 개인에게는 선택의 여지가 없는 사항이기 때문이다. 그것은 이름으로 인간을 차별하는 것과 하등 다를 바가 없는 행위다.

출신지나 신분으로 사람을 재서는 안 된다고 그럴듯한 말을 늘어놓고, 그 혀뿌리가 마르기도 전에 여자니까 이렇게 해라, 여자인 주제에 건방진 —— 하고 떠드는 바보는 아무 생각도 없는 것이나 마찬가지다.

혈액형이나 태어난 날 같은, 근거도 없고 선택지도 없는 일로 개인의 특성을 결정하는 것도 마찬가지로 바보나 하는 짓이다.

장난이라는 한 마디로 끝날 일이 아니다.

전쟁 후라는 시대는 민주주의니 남녀평등이니 하면서 몹시 듣기 좋은 말만 늘어놓기는 하지만, 그런 미사여구를 예찬하는 한편으로 세상은 그런 차별주의에는 대개 눈을 감고 있다. 그런 잠재적인 차별적 풍조는 그대로 아이들에게 대물림된다.

아이들은 바보가 아니다. 어른들의 맑고 탁함을 그대로 삼키며 자랄 뿐이다.

그래서 아이들은 할배니 할망구니 하면서 사람을 헐뜯는 것이다.

연장자라는 것 자체는 하등 그 개인을 헐뜯을 요인이 될 수 없다. 그런 것은 생각하지 않아도 알 수 있는 일이다.

그런 간단한 이치도 모르는 어리석은 자야말로 비방을 들어야 한다고 스미코는 생각하지만, 세상은 아무래도 그렇지 않은 것 같다.

애초에 성별이 여자라고 해서 부당하게 경멸을 받을 이유는 없다는, 그야말로 바보라도 알 수 있는 자명한 이치조차 오랫동안 아무도 깨닫지 못하고 있었으니, 그것도 어쩔 수 없는 일일지도 모른다.

하지만 그런 어설프고 어리석은 상황을 방치해 놓고 교육의 장(場)에만 인격 육성의 책임을 떠넘기면 감당할 수 없다고, 스미코는 그렇게 생각하는 것이다. 따라서.

──그 때문일까.

스미코는 자신을 할망구라고 부른 학생을 꾸짖었다. 매우 호되게 꾸짖었다. 자신이 잘못했다고는 생각하지 않아서 철저하게 자신의 의견을 말했다. 그러나.

──역효과──였을까.

분명히 감바라의 말대로, 아무리 옳더라도 고압적인 말만이 효과적이라고 하긴 어렵다.

그 자리에서는 순종적으로 사죄했지만, 그 학생들이 정말로 스미코의 논지를 이해했는지 어떤지는 몹시 의심스러웠다. 그 후로──.

──아이들은 내 나이를 비웃고 있을까.

그렇게 생각했을 때.

깔깔깔.

등 뒤에서 커다란 웃음소리가 들렸다.

돌아보니 하늘 가득 여자의 환영이 보였다.

3

어릴 때, 이웃에 다정한 아주머니가 있었다.

아주머니라고 해도 그것은 어린아이의 눈을 기준으로 한 표현이
고, 그 사람은 소위 말하는 중년이라고 부를 수 있는 정도의 나이는
아니었던 것 같다.

옅어져 버린 기억에 의지해서 생각해 보면, 그녀는 당시 아마 스물
일고여덟 정도가 아니었을까. 그렇다면 그 여자는 지금의 자신보다
두세 살 아래였던 셈이 된다.

아줌마, 아줌마, 하고 부르곤 했다.

──부르곤 했다.

할망구가 되면 험담일 뿐이지만, 이렇게 곰곰이 생각해 보면 아줌
마라는 호칭 자체에는 악의가 없는지도 모른다.

아줌마든 할머니든, 본래는 아주머니고 할머니일 것이다. 그렇다
면 부모, 형제라는 것과 같은 종류의 말이다.

말하자면 나이를 나타내는 호칭이 아니라 친척 관계를 나타내는 말이었던 것이다.

── 친밀함을 담아서.

언제부터 그것은 차별어가 되고 말았을까── 하고 스미코는 생각한다.

나이나 성별과 개인의 사회적인 역할이 어긋나는 일 없이 일치했던 행복한 시기라는 것은 과거에는 있었을지도 모른다. 그런 시대에는 그런 말들이 아무런 장애도 없이 개인의 특성을 나타내는 말로 기능하고 있었을 것이다. 그러나 사람은 진화하고, 개인의 모습도 세분화되고 다양화되어, 어느새 그것은 반드시 일치하는 것이 아니게 되고 말았다.

그렇다면 그런 시대에 배양된 모델이 암묵 중에 상정된 것이다. 그 모델에서 개인이 어느 정도 일탈했느냐, 그 차이가 바로 차별의 대상이 될 것이다.

일탈의 정도를 식별할 수 없는 유아기에는 그것은 차별어가 될 수 없다.

어쨌거나 스미코는 그 무렵 그 여자를 아무런 악의도 없이 아줌마라고 부르곤 했다.

본명은 모른다.

그 여자는 자주 말을 걸어 주었다. 과자 같은 것도 주었다. 노래를 불러 주기도 했다. 아이를 좋아했던 건지도 모른다.

아주머니는 늘 깔끔한 옷차림을 하고 있었다.

지금에 와서 생각하면 짙게 화장을 하고, 머리 모양도 화류계 여자가 좋아하는 구시마키[63] 머리고 옷맵시도 약간 흐트러져 있고, 기모노도 화려한 무늬의 아름다운 것으로──어린 마음에는 그것이 예쁘게 보였겠지만──요컨대 물장사를 하는 것 같은 여자였다.

스미코의 부모는 둘 다 교육자였다.

아버지는 가부장제의 화신 같은, 경멸해 마땅한 봉건주의자였고 어머니는 그런 아버지와 싸우기 위해서 결혼한 듯한 과감한 여자였다.

아버지는 늘 고함을 치고 있었고 어머니의 미간에는 항상 세로로 주름이 새겨져 있었다.

이상하게 완고한 아버지와 역시 이상하게 신경질적인 어머니. 고함 소리와 고요함. 스미코는, 아버지는 강요하는 존재고 어머니는 항의하는 존재라고, 계속 믿어 의심치 않았을 정도다.

그렇다고 해서 스미코는 자신이 자란 가정환경이 특별히 이상했다고 할 생각은 없다. 그렇게 생각한 적도 없다. 뭐라고 해도 양친이 모두 살아 있고, 경제적으로도 안정되어 있고, 과한 것도 모자란 것도 없는 중류 가정이기는 했던 것이다.

애정이 부족했던 것도 아니다. 표현이 서툴거나 사고방식이 편향되어 있었을 뿐이지, 아버지도 어머니도 보통 이상으로 사랑해 주었다고 스미코는 생각하고 있다.

다만 가정에 웃음은 없었다.

엄격한 아버지는 들뜬 세상이 아마 재미없었을 것이다. 뺨 한 번 움직이는 것을 본 기억이 없다. 그 표정은 다른 사람을 위압하고 공격할 때만 바뀌었다.

---

63) 일본식 머리형의 일종으로, 머리를 끈으로 묶지 않고 빗에 감아 머리 위에 틀어올리는 간편한 방법.

우아함을 좋아하는 어머니는 웃는 것을 천한 행위라고 보고 있었나 보다. 역시 눈썹 하나 움직이는 모습을 본 기억이 없다. 그 표정은 똑같이 고뇌한 끝에 위협할 때만 바뀌었다.

그래서 스미코도 웃는 데 익숙하지 않은 것이다.

그 여자——아주머니는 잘 웃었다.

정말로 자주 웃곤 했다.

산울타리가 있고, 그 안의 작은 정원에 동백나무인지 뭔지가 많이 심어져 있고, 아주머니는 즐거운 듯이 나무를 손질하곤 했다. 자주 있는 평범한 상황이지만 그 무렵 스미코의 눈에는 몹시 기이한 광경으로 비쳤던 것을 기억하고 있다.

처음에는 미친 게 아닌가 생각했던 것 같다고 기억한다. 웃음을 모르는 아이에게는 웃고 있는 여자란 이방인에 지나지 않았던 것이다. 그래서 스미코는 멍하니 바라보았을 것이다. 아주머니는 무례한 아이에게 매우 붙임성 좋게 웃음을 짓고, 처음에는 아마 이렇게 말했던 것 같다.

아가씨는 모퉁이의 선생님 댁 아이구나——.

부럽다——.

훌륭한 집의 아이라서——.

부모님께 잘해야 한다——.

그리고 아주머니는 다시 웃었던 것 같다.

예쁘다고 생각했다.

얼굴이 하얗고 입술이 빨갛고, 눈이 반짝반짝 빛나고, 본 적도 없는 아름다운 얼굴이라고, 어린 시절의 스미코는 그렇게 생각했던 것이다.

아주머니는 종이로 싼 라쿠간[64]을 주었다.

몰래 먹으렴 ——.

그리고 그렇게 말했다.

그 후로 스미코는 몇 번이나 울타리 앞에 섰다.

아주머니가 집에 들여보내 준 적도 있다. 매우 둥실둥실한 기분이었다. 아마 냄새 때문일 것이다. 아주머니도, 아주머니의 집도 아주 좋은 냄새가 났던 것이다. 지금 생각하면 그것은 싸구려 화장품 냄새였을 것이다.

전부 비밀이었다.

스미코가 부모에게 숨긴 것은 그것이 처음이자 마지막이었다고 생각한다. 그 이전에도 그 이후에도 비밀을 가진 적은 단 한 번도 없다.

하기야 그 이전이라는 것은 아직 철도 들지 않은 어린아이였으니, 이것은 숨기고 말고 할 것도 없다. 그 이후에는 꺼림칙한 마음이 없다면 숨길 필요도 없다고 굳게 믿으며 살아왔고, 사실 숨길 것이라곤 아무것도 없었다.

그때도 나쁜 짓을 하고 있다는 의식은 없었다. 다만 이것은 비밀이라고, 그것만은 자각하고 있었던 것 같다.

아주머니는 —— 언제나 스미코가 갈 때마다 다정하게 미소를 지어 주었다.

그 웃음은 어머니가 경멸하는 것 같은 천박한 것이 아니었던 것 같다.

---

64) 볶은 메밀가루·찹쌀가루·콩가루·보릿가루 등에 설탕이나 물엿을 섞고 소금과 물을 조금 넣어 반죽한 다음 틀에 찍어 말린 과자.

그렇게 보인 것은 아주머니가 결코 소리를 내어 웃지 않았기 때문일지도 모른다. 웃음이라기보다 미소다. 스미코는 만날 때마다 흉내를 내 미소를 지으려고 했다.

하지만 아무래도 할 수가 없었다. 아무리 해도 웃을 수가 없었던 것 같다. 귀염성이 없는 아이는 그저 경련할 뿐 전혀 웃지 않았던 것이 틀림없다.

그런 일이 아마 반년 정도 계속되었다.

그러던 어느 날의 일이다──.

스미코는 어머니와 함께 아주머니의 집 앞을 지났다. 아주머니는 담장 너머에서 여전히 붙임성 있게 스미코에게 웃음을 지었다. 말을 걸어온 것도 아니다. 마주 본 스미코 쪽도 역시 마주 웃지는 않았다. 노려보는 것 같은 반응이었던 것이 틀림없다.

그것뿐이었다.

단지 그것뿐이었는데, 어머니의 미간에는 깊고 깊은 세로 주름이 새겨졌다. 그 후에 어머니가 내뿜은 것은 얼어붙을 것 같은 차가운 시선이었다. 아주머니는 곤란한 듯이, 그러나 그러면서도 여전히 미소를 지으면서 미안한 듯이 눈인사를 했다.

그날로──스미코와 아주머니의 비밀 관계는 끝났다.

아무래도 그 이튿날, 어머니는 모든 것을 알아채고 그 집에 쳐들어간 모양이었다. 어머니는 스미코를 전혀 야단치지 않았지만 단 한마디, 그 집에는 두 번 다시 가서는 안 된다고 타일렀다. 험하게 말하지 않은 만큼, 스미코는 더욱 몸으로 절절하게 느꼈던 것을 기억하고 있다.

이제 만날 수 없다──고.

별로 슬프지는 않았다.

정말로 그것을 끝으로 가지 않았다.

그 후로 한 달쯤 후의 일이었다.

그날이 그 여자를 본 마지막이 되었다.

그것은 갑작스러운 고함 소리로 시작되었다.

큰길이 몹시 소란스러워져서 별생각 없이 밖으로 나가 보니, 그 울타리 앞에 아주머니가 끌려나와 땅바닥에 납작 앉혀져 있었다. 아주머니 앞에는 무언가 자잘한 무늬의 값비싸 보이는 기모노를 입은 부인이 버티고 서서 큰 소리로 욕을 내뱉고 있었다. 그것을 멀찍이서 에워싸고 구경꾼들이 보고 있었다.

이 암돼지 같은 년——.

부인은 옷차림에 어울리지 않는 말을 내뱉었다.

부끄러운 줄 모르는 도둑고양이—— 이런 곳에 이런 집을 갖고 —— 네가 뭐라고 되는 줄 알아—— 이 옷은 뭐야——.

부인은 아주머니의 멱살을 잡았다.

벗어—— 내놓으라니까 내놔——.

그리고 아주머니의 옷을 벗기려고 했다.

그 부인은 얼굴을 새빨갛게 붉히고 불같이 화를 내고 있었다. 틀림없이 아주머니는 신분이 높은 남자의 정부였을 것이다. 질투에 사로잡힌 본처가 정부가 있는 곳을 냄새 맡고 쳐들어온 것이다.

물론 그때의 스미코는 그런 복잡한 어른의 사정을 알 리도 없다. 어렸던 스미코의 눈앞에는 그저 타인을 내려다보며 위협하는 여자, 아래를 보며 견디는 여자가 있었을 뿐이다.

그때 부인은 정의를 내걸고 있었다.

그러나 본처와 첩이면 본처 쪽이 높다는 것은 잘못된 사고방식이다. 그런 격차는 적자(嫡子)를 문제로 삼는 가부장제 밑에서만 유효한 것이다.

분명히 남자에게 기대어 살아가는 정부의 삶은 칭찬받을 만한 것은 아닐 것이다.

하지만 힐책을 받아야 할 것은 정부가 된 여자가 아니라 정부로 삼은 남자 쪽이다. 호적에 들어가 있든 들어가 있지 않든, 또는 어느 쪽이 먼저이든, 여자 쪽에서 보자면 하는 일은 다르지 않다.

본처라고 해도 자립하지 않고 남자에게 기대어 살아간다면 첩과 다를 바가 없고, 첩이라고 해도 남자에게 착취당하고 있는 것은 마찬가지다. 그런 것에 격차를 두는 것은 항상 남자의 논리다. 그리고 남자 쪽은 균등하게 본처에게서도 첩에게서도 인간성을 박탈하고 그저 태평스럽게 지내고 있는 것이 된다.

매춘부——.

창녀——.

부인은 더러운 말로 욕을 했다.

그것은 남자의 말이다.

스미코는 그저 그 광경을 바라보았다.

뒤에서 어머니가 나와서 스미코의 눈을 소매로 덮으며, 봐서는 안 된다고 말했다.

저 사람은 나쁜 사람이란다——.

어머니는 그렇게 말했다.

웃음소리가 일었다. 소매 끝으로 엿보니 아주머니는 속옷 차림으로 벗겨져서 쓰러져 있었다.

당장 어디론가 사라져 버려——.

부인이 소리치고 있다.

아주머니는 스윽 일어서서 비웃음 속을 뚫고 스미코의 집 쪽을 향해 비틀비틀 걸어왔다.

얻어맞은 것인지 얼굴이 약간 부어 있었다.

그래도——.

아주머니는 희미하게 웃음을 띠고 있었다.

스미코의 집 앞을 지나칠 때, 아주머니는 힐끗 스미코를 보았다.

그리고 이전과 똑같이,

역시 다정하게,

——웃었다.

그리고 그때 스미코는 자각했다.

이 세상에는 두 종류의 인간이 있다.

웃는 인간과 웃지 않는 인간이다.

그리고 자신은 웃지 않는 인간이라고, 스미코는 어머니의 소매 속에서 분명히 그렇게 생각했다.

——왜냐하면.

스미코는 아주머니에게 마주 웃어주는 것이 끝까지 불가능했기 때문이다.

——계속.

계속 잊고 있었다.

스미코는 이미 기억 저편으로 흐려져서 이목구비조차 뚜렷하지 않은 아주머니의 웃는 얼굴을 떠올렸다.

얼굴의 특징도 거의 사라졌다.

상기된 것은 붉은 입술 색깔과 거의 추상화되어 버린 웃는다는 불가사의한 운동뿐이었다.

——웃는다.

여자아이들의 웃음소리.

그렇다 —— 웃음이다.

스미코는 학생들에게 나이 때문에 비웃음을 당해서 화가 났던 것이 아니다. 이유 없는 험담을 듣는 데에 불쾌감을 느끼고 있는 것도 아니다. 왜 웃고 있는 것인지는 아무래도 상관없는 일이다. 스미코는 웃음을 당하는 것에, 아니, 웃음 자체에 깊은 트라우마를 가지고 있는 것이 아닐까.

왜 저렇게 명랑하게 웃는 것일까?

무엇이 재미있는 것일까?

왜 웃을까.

"왜 웃을까."

깔깔깔깔.

깔깔깔깔깔.

스미코가 소리 내어 말한 순간, 돌로 에워싸인 견고한 건물 안에 홍소인지 조소인지 모를 크고 천박한 웃음소리가 울려 퍼졌다.

4

"당신은 결혼이라는 행위를 부끄러운 것으로 받아들이고 있다고,
나는 생각해요——."

그 남자는 성실한 목소리로 그렇게 말했다.

"——그래서 그걸 하려고 하는 자신도, 마치 부끄러운 존재인 것
처럼 착각하고 있는 게 아닐까요. 그래서 학생의 눈 같은 게 신경
쓰이는 겁니다."

"그렇지는 않은——것 같아요."

그럴까요——하고 남자는 의문형으로 말했다.

"——그렇다면 학생들의 동향에 신경을 쓸 필요는 없을 텐데요.
당신은 누가 봐도 훌륭한 교사니까요. 부끄러워해야 할 점은 하나도
없어요."

"저는——부끄럽지 않아요."

"그건 아주 좋은 일이지만——하지만 그렇다면 당신은 왜 그렇게

타인의 눈에 신경을 쓰는 걸까요. 애초에 내가 당신에게 청혼한 것은 일부 친척을 제외하고는 아무도 모르는 일이에요. 교직원이라면 모를까, 학생들이 알 리가 없는데요."

그렇다. 알고 있을 리가 없다.

"그래도 그녀들의 시선이 신경 쓰인다면, 그건 역시 당신 내면의 문제라는 뜻이 되지 않을까요."

"그건 ── 그렇게 생각하지만요."

그러면 ── 하고 그 남자는 말한다.

"── 역시 당신은 ── 결혼을 어딘가에서 꺼리고 있는 거군요. 아무런 망설임도 없이 승낙해 준 게 아니었네요."

낡은 인습. 형체만 남은 제도. 속박과 의존. 착취와 차별.

스미코는 결혼을 헐뜯기만 했다.

그런 의미로 망설임이 없는 것은 아니었다. 그러나 그런 것은 깨끗이 버렸다.

"망설이고 있는 건 ── 아니에요."

"정말인가요? 나는 당신의 기분을 존중하고 싶어요. 그러니까 망설이고 있다면 철저하게 대화를 해 봅시다. 타협은 당신에게는 어울리지 않아요."

그건 그렇다고 생각한다.

그러나 스미코는 결코 타협해서 결혼을 승낙한 것이 아니다.

다만 ──.

── 웃음이.

남자는 진지한 표정을 지으며 말을 이었다.

"현행 혼인 제도에 전혀 문제가 없다고는, 나도 생각하지 않아요.

다시 살펴보아야 할 점은 많이 있겠지요. 하지만 제도는 제도예요. 이건 어디까지나 개인과 개인, 당신과 나의 대등한 계약이니까 우리만 사신들의 이상적인 모습을 세내로 파악하고 있으면, 그건 어떻게든 되는 일이 아닐까요 ——."

그런 것은 당연한 일이다 —— 그렇게 생각했다. 그러나 스미코는 잠자코 있었다. 이 남자는 적어도 성실한 사람이기는 하다.

"—— 실제로 결혼 같은 건 하지 않아도 된다고 해 버리면, 그건 그뿐이에요. 종잇조각 한 장으로 무언가가 바뀌는 건 아니지요. 그런 종잇조각에 속박되는 건 질색이라고, 그런 사고방식도 있겠지요. 그건 나도 그렇게 생각해요. 하지만 그건 뒤집어 보면, 그건 그냥 종잇조각 한 장에 서명날인만 하는 것에 지나지 않는 것이고, 그렇다면 그런 것에 속박되지는 않는다 —— 고도 할 수 있잖아요."

그것도 그럴 것이다.

서명날인해서 혼인 계약을 나눈다고 해도 아무것도 달라지지는 않는다. 부모의 성을 쓰든 결혼 상대의 성을 쓰든 스미코는 스미코이고, 다른 사람이 되는 것은 아니다. 그러나 주위의 시선은 달라진다. 당사자끼리는 달라지지 않아도 사회에서의 위치는 달라지는 것이다.

"분명히 사회적인 위치는 변화하지요."

남자는 스미코의 생각을 꿰뚫어본 것처럼 말했다.

"하지만 그건 나쁜 것만은 아니에요. 적어도 지금의 당신에게는 좋은 일일 거라고 나는 생각해요."

"무슨 뜻인가요?"

"남성 중심의 사회를 변혁해 나가기 위해서도, 내가 지금 있는 포지션이라는 것을 이용하지 않을 수는 없잖아요 ——."

이 남자의 반려자가 된다는 것은 동족 기업의 중심에 들어간다는 뜻이기도 하다.

스미코는 남자의 얼굴을 본다.

재벌의 장(長)이다.

솔직히 스미코에게는 아무래도 상관없는 일이지만, 지위나 명예도 있다. 막대한 자산도 있다. 세상 사람들이 보기에는 반려자로서 나무랄 데 없는 남자일 것이다. 그런 것을 제쳐두더라도 인간으로서 매력적인 면을 가지고 있다. 성실하고, 앞뒤 다르지도 않고, 관용적이고 행동력도 있다. 머리도 나쁘지 않다.

스미코도 물론 싫어하지는 않는다.

싫어하지는 않는다기보다 —— 좋아하기는 한다.

그러나 이런 이야기를 할 때, 이 남자의 말은 어딘가 피상적이어서 스미코의 중심에 아무래도 닿아 주지 않는다.

예를 들면.

나는 당신을 정말로 존경해요 —— 라고 남자는 말했다.

존경과 애정은 같은 뜻이 아니니, 존경하니까 결혼해 달라는 것은 납득할 수 없다고 청혼을 받았을 때는 그렇게 대답했다.

그때 남자는 이렇게 말했다.

어떤 애정도 존경 없이는 성립할 수 없는 법이라고 나는 생각합니다 ——.

인간적으로 존경할 수 있는 상대가 아니면 진심으로 사랑할 수는 없잖아요 ——.

나는 당신의 인격을, 사고방식을, 삶의 방식을 존경해요 ——.

당신이라는 개성을 존중하고, 이렇게 청혼을 하는 겁니다 ——.

사랑 고백이라고는 도통 생각되지 않는, 속이 빤히 보이는 말의 나열이다.

그러나 그것은 스미코 같은 성질의 여자에게는 지극히 쉽게 와 닿는 말이었을지도 모른다. 달콤한 말이나 다정한 사랑의 속삭임은 생각만 해도 역겹다. 스미코처럼 사무적이고 건조한 인간에게는 역시 사무적이고 건조한 말이 더 잘 와 닿는다.

그리고 스미코 같은 여자에게 그런 희롱의 말을 해 주는 남자는 기쁘게도 전 세계를 찾아봐도 아마 이 남자밖에 없을 거라고, 그것은 정말로 그렇게 생각한다.

따라서 이 남자가 그때 그런 연약한 말을 내뱉지 않았던 것은 스미코에게 요행이었을지도 모른다.

"성(姓)이라면——."

남자는 아직도 말을 잇고 있다.

"——입적 때문에 성이 바뀐다는 건, 본래 어느 쪽이 어느 쪽으로 예속된다는 의미를 갖는 건 아니라고 생각해요. 요컨대 재산 권리의 상속권을 얻기 위해서 지위나 직함이 바뀌는 거나 마찬가지라고, 그렇게 생각하면 될 거예요. 그런 뜻으로는 나도 지금 집에는 양자로 들어간 거니까 원래는 다른 성이고, 신경 쓸 건 없을 것 같은데. 나도 지금 집에 예속되어 있다는 생각은 없어요."

"그건——."

"성은 단순한 기호에 지나지 않아요. 설령 어떤 이름이 되든 당신 자신이 바뀌는 건 아닐 테고——물론 당신이 지금의 성에 집착할 이유가 있지 않다면 말이지만요."

——그런 것은.

그런 것은 전혀 상관없다.

확실히 청혼을 받은 것은 스미코에게는 청천벽력이었다. 따라서 그것 자체에 대해서도 스미코가 당혹을 느낀 것은 확실했고, 같은 시기에 학생의 불상사가 발각된 탓도 있어서 꽤 망설인 것도 사실이다.

그러나 결혼 자체가 스미코를 뒤흔들고 있었던 것은 아니다. 그 점을 이 남자는 아무리 해도 이해해주지 않을 것이다. 가정 문제나 혼인 제도를 제쳐두고 여성의 사회 진출을 진지하게 논할 수 있을 리가 없지 않은가.

지금까지도 지긋지긋할 정도로 생각해 왔다.

스미코는—— 설마 자신에게 혼담이 들어올 거라고는 생각하지 않았지만— 그런 것에 대해서는 밤낮으로 열심히 고찰을 거듭해 왔던 것이다. 논문도 썼다. 따라서 그런 문제에 대해서 스미코는 확고한 사견을 가지고 있다. 그것은 현재 쉽게 흔들릴 만한 것은 아니고, 그래서 쉽게 설명할 수 있는 것도 아니다. 이런 상황에서 새삼 그런 의견을 듣는다고 해서 어떻게 될 만한 것도 아니다.

그래서.

"성이 바뀌는 건——신경 쓰지 않아요."

그렇게 간단하게 대답했다.

그런가요——하며 남자는 웃었다.

무엇이 재미있는 것일까.

"그럼——이건 좀 말하기 어려운 거지만, 혹시——역시 나이나 교직이라는 입장이 장해가 되고 있는 걸까요?"

"그건——없는 건 아니에요."

그렇다. 없는 것은 아니다.

이 나이에 —— 라는 기분은, 자세히 생각해 보면 스미코 안에도 있었던 것이다. 연장자인 것 자체는 하등 개인을 멸시할 요인이 되지 못한다고 그렇게 단언해 놓고도, 그렇게 학생을 질책해 놓고도, 그래도 그런 차별 의식의 일면은 자신 안에도 있었던 것이다.

하지만.

"하지만 —— 하지만 상관없어요."

그렇게 대답했다.

현행 혼인 제도의 시비는 옆으로 제쳐둔다고 치고, 나이를 먹고 나서 결혼하는 것은 이상하다는 사고방식은 여자니까 일을 할 수 없다는 것과 비슷할 정도로 근거 없는 폭론(暴論)일 것이다. 그런 것에 좌우되어서는 안 된다. 어리석은 생각은 배제해야 한다.

"그렇다면 문제는 없잖아요."

남자는 그런 말을 했다.

"문제는 —— 없나요?"

"나는 당신을 필요로 하고 있어요. 당신이 모든 의미로 내 반려자가 되어 주었으면 좋겠어요. 인생의 반려자, 일의 반려자 —— 당신은, 이런 말을 하면 미안하지만 이런 작은 학교의 교사 자리에 들어앉아 있을 수 있는 그릇이 아니라고, 나는 생각해요. 좀 더 사회의 바깥 무대로 나가서 활약해야 해요. 물론 당신이 현재 하고 있는 운동에는 전면적으로 협조하고 싶고요."

그렇다. 이 남자는 스미코가 이야기하는 여성의 지위향상론을 진지한 얼굴로 진지하게 들어주는, 몇 안 되는 —— 이라기보다 거의 유일한 —— 남성이다.

다만 이해하고 있는지 어떤지는 매우 의심스럽다. 그러나 이해하려고 노력하는 것만은 확실한 것 같다.

성실한——사람이기는 하다.

왜 그러세요——하고 남자는 물었다.

"——뭔가 있다면 얘기해 주세요."

"특별히——아무것도 없어요. 결혼은 승낙할게요. 제 쪽에는 반대할 만한 친척도 없고요——."

하지만.

——괜찮은 걸까.

남자는 매우 기쁜 듯이 웃었다.

——왜 웃는 걸까?

"그럼——예정대로 친척들을 만나 주시는 거지요?"

"뵙는 건 상관없지만, 저를 마음에 들어 하실지 까지는 책임질 수 없어요. 저는 이런 사람이라서 남들 앞에서 태도를 꾸미거나 하지도 못하고요. 주장할 것은 주장하고 마니까요."

그래도 상관없어요——하고 남자는 말했다.

"당신은 평소에 당신이 생각하는 걸 말해 주세요. 평범한——아아, 이런 말투는 실례가 되겠지만——뭐, 세상 물정 모르는 아가씨를 아내로 맞이하겠다고 해도 그 사람들은 납득하지 않을 거예요. 하지만 당신에게는 기지가 있어요. 인재로서 반드시 인정하지 않을 수 없을 거예요. 내게는 자신이 있습니다."

그렇게——잘 될까.

듣자 하니 스미코가 만나야 하는 것은 남자의 친척이라기보다 동족 기업의 간부 임원들이라고 한다.남자 사회의 중심에 둥지를 튼 것 같은 사람들이 여성을 정당하게 평가할 수 있을까.

그래서 솔직하게 그렇게 말했다.

남자는 또 미소를 지었다.

"분명히 그들은 남성중심주의와 여성 멸시의 고루한 풍습에 목까지 잠겨 있는 거나 마찬가지인 사람들입니다. 하지만 그들도 바보는 아니에요. 아시겠어요? 이건 제일 꼭대기를 먼저 떨어뜨리자는 작전이에요. 당신은 실제로 실력을 갖춘 사람이니까 걱정할 필요는 하나도 없어요. 모든 건——프레젠테이션하기 나름이에요."

"프레젠테이션?"

그래요——하고 남자는 쾌활하게 말했다.

"뭐, 간단한 일이에요. 다시 한 번 말하지만 그들은 바보가 아니거든요. 오히려 상당히 교활하고, 즉 머리는 좋아요."

"그건 그렇겠지만——."

"그러니까 주의 주장이 정론이라면 그들은 반드시 납득할 겁니다. 다만 같은 씨름판에 올라가지 않으면 이야기조차 듣지 않겠지요. 그런 사람들이에요. 그러니까——본의는 아니겠지만 나름대로 몸단장에는 신경을 써 주셔야겠죠. 평상복을 입고 갈 수는 없어요."

"그 정도는——알고 있지만요."

"몸단장 정도로 차려입고 옅은 화장 정도는 해 주세요. 당신은——차별적인 발언은 아니라고 양해를 구하고 나서 말하겠는데——."

예쁜 분이니까——하고 남자는 말했다.

스미코는 몹시 당혹스러웠다.

"그리고——싸우러 가는 건 아니니까 온화하게, 그렇지, 미소라도 띠고 있으면——."

"미소를?"

미소라는 건가.

── 어떻게?

"그래요. 재미도 없는데 어떻게 웃겠느냐── 고 당신이라면 말할 것 같지만──."

── 그렇지 않다.

재미있어도,

재미있어도 웃을 수 없는 것이다.

간단한 일이에요── 하고 남자는 다시 되풀이했다.

"표정은 무기가 되거든요."

"무기── 라고요?"

"무기예요."

"웃는 걸로── 공격하는 건가요?"

그게 아닙니다── 하고 남자는 묘하게 진지하게 대답했다.

"공격이 아니라── 말하자면, 그렇지, 흥정이지요. 웃음은 인간 관계를 원활하게 하고 사람과 사람의 흥정을 매끄럽게 하기 위한 유효한 무기가 돼요. 이 무기는 쓸모가 있어요. 예를 들면 상대방을 굴복하게 만들려고 해도 처음부터 덤벼들어서는 안 되지요. 일종의 전술이랍니다."

"웃는 게── 전술인가요?"

"그래요. 아니, 전술이나 무기라는 위험한 말을 쓰는 게 잘못이겠 군요. 그렇지, 도구예요. 비즈니스의 세계에서는, 남자들은 대개 재 미도 없는데 웃어요. 웃음은 공순함을 나타내지요. 복종도 나타내요. 적의가 없는 것을 과시하는── 웃는 얼굴을 보인다는 행위는 계약

서에 서명을 하는 것 같은 행위예요. 일종의 사인이지요. 물론 속은 달라요. 하지만 상대방을 혼내주겠다고 생각하고 있어도 우선은 우호적인 태도를 보이는 거예요. 서로 두들겨 패고 싸우는 거라면 다르지만, 처음부터 공격적으로 덤벼들면 대화가 잘 될 리가 없잖아요. 웃는 얼굴이라는 것은 우선 신사적으로, 그러면서도 속을 터놓고 이야기하자는 사인입니다. 약속이에요. 웃는 건 문명인의 증거지요."

"그런——."

그런 일은 할 수 없다.

"미국인들은 무릎을 치면서 크게 웃잖아요. 어떤 농담도 그렇게 재미있을 리는 없고, 그 정도까지 가면 역시 과장이라고 생각하지만 —— 하지만 서양인의 말에 따르면 아시아인은 표정이 전혀 없다고 하더군요. 그거야말로 차별이에요. 금수는 웃지 않으니까 아시아의 인간은 짐승에 가깝다고 말하고 싶기라도 한 거겠지요."

"짐승은 웃지 않나요?"

웃지 않는대요——하고 남자는 말했다.

"표정근이라는 안면의 근육이 발달한 건 인간뿐이라고 해요. 금수에게 희로애락이 있느냐 없느냐 하는 점에 대해서는 학자에 따라서도 다 말이 다른 모양이지만, 웃는다는 안면의 운동 자체는 할 수 없지요, 동물은. 해부학상 무리예요. 그러니까 웃는 건 인간뿐입니다. 웃음은 문화라고——하잖아요?"

"그건——."

"하지만 문화라고는 해도, 해부학적인 견지에서 말하자면 웃음이라는 건 아무래도 후천적으로 학습하는 게 아닌 모양이더군요. 태생적으로 갖추어져 있는 기능인가 봐요. 갓난아기도 웃으니까요. 재미있는 건지 어떤지는 확인할 길도 없지만요."

"갓난아기가 ── 웃어요?"

깔깔?

웃어요, 얼마나 귀여운데요, 하고 말하며 남자는 미소를 지었다.

"그러고 보니 ── 재미있는 이야기를 들었어요. 서양인은 우리를 무표정하다고 바보 취급하는 주제에, 그러면서도 그들의 말에는 웃음을 나타내는 말이 두 종류밖에 없대요. laugh와 smile이지요. 입을 벌리고 웃느냐, 다물고 미소 짓느냐. 그 차이밖에 없어요."

"입을 벌리느냐 ── 다무느냐."

그래요 ── 남자는 유쾌한 듯이 말한다.

"이 ── 입을 벌리고 웃는 경우에 말이지요. 이건 아무래도 기원적으로는 위협의 표정이라나 봐요. 동물로 거슬러 올라가면, 웃는 표정을 만드는 근육은 위협하기 위해서 움직이는 근육과 발생이 같다고 해요."

"위협 ── 이요?"

"그래요. 호랑이나 원숭이나, 고양이도 그렇지만, 적을 위협할 때 입을 벌리고 카악 하잖아요. 그거라는 거지요. 그 위협 행위가 인간에 이르러서는 웃음이 되었어요."

위협하는 ── 웃음?

"그리고 입을 다무는 미소 쪽은, 이게 완전히 반대여서 이 경우에는 상대방에 대한 열위(劣位), 즉 백기를 드는 의미의 표정이래요. 쫓기다가 도망칠 곳을 잃은 짐승이, 이렇게 귀를 눕히고 꼬리를 말고, 끼잉 끼잉 울잖아요. 용서해 달라고. 그게 미소의 기원이래요. 죽이지 말아줘, 이제 저항하지 않을 테니까 ──."

―― 이제 저항하지 않을 테니까.

공순함을 나타내는 ―― 웃음.

왜 그러세요 ―― 하고 남자는 물었다.

아무것도 아니에요 ―― 하고 스미코는 대답했다.

"그러니까 서양인의 웃음은 이 위협과 항복 두 가지를 그대로 물려받은 거지요. 말이 그걸 증명하고 있어요. 일본인은 더 복잡하게 웃음이 진화했고요. 일본에는 미소, 대소(大笑), 고소(苦笑), 홍소(哄笑), 염소(艶笑), 폭소 ―― 말도 몇 개나 있어요 ――."

그렇게 말하며 남자는 또 웃었다.

"그러니까 짐승에 가깝다고 한다면 오히려 그쪽이 아닐까요. 뭐, 시시한 농담이지만요. 양쪽 다 차별적인 발언이기는 하지요 ――."

그렇다. 웃음이란 차별이다. 사람을 위협하고 사람에게 아첨하는 의사표시다. 자비의 웃음 따윈 없다. 행복해서 짓는 미소 따윈 없다.

아버지와 어머니는 웃는 대신에 위협했다.

아주머니는 아첨하는 대신에 미소를 지었다.

웃음은 우월감이나 열등감 없이는 발생하지 않는다.

격차를 두고 멸시를 하고 악의를 가져야만 비로소, 진심으로 솟아오르는 것이다. 죽여주마, 죽이지 말아 줘, 그런 근원적인 투쟁이 승화하여 웃음이 되는 것이다. 그러니까 웃지 않으면 ―― 웃음을 당할 뿐이다.

웃음을 당하는 것은 싫다.

깔깔깔깔.

깔깔깔깔깔.

어디에선가 여자가 웃고 있다.

5

스미코는 그렇게 결혼을 결정했다.

결정한 이상은 웃어야 한다.

그래서 거울을 보며 웃는 노력을 하고 있다.

우스꽝스럽다.

엄청나게 우스꽝스럽다.

존엄함이라고는 조금도 없다.

그래도 스미코는 열심히 얼굴을 만들었다.

일그러진 표정은 아무리 시간이 지나도 웃음은 되지 않았다.

망가진 분라쿠 인형처럼, 그저 우스꽝스러웠다.

화장이라도 하면 그나마 나아질까 싶어서 분을 칠해 보았다. 입술을 빨갛게 칠해도 보았다. 광대처럼 유쾌한 얼굴이라도 될까 싶었는데, 역시 광대처럼 슬픈 얼굴이 되었다.

깔깔깔깔.

웃음이라는 기능은 인간에게 선천적으로 갖추어져 있는 것이라고 한다. 그것이 사실이라면 웃지 못하는 사람은 사람이 아니기라도 하다는 걸까. 분명히 학생들도 나이 많은 교사도 그 남자도, 매우 자연스럽게 웃는다. 모두 웃으려고 노력 따윈 하지 않는다. 그냥 의미도 없이 웃는다. 의미도 없이 차별한다. 거기에는 아무런 사상도 없다. 그래도 웃는다.

──왜 나는 웃지 못할까.

스미코는 거울을 바라보았다.

깔깔깔깔.

──웃음을 당하고 있다.

흠칫하며 얼굴을 든다.

창 밖. 울타리 너머의 하늘 가득히 ──.

커다란 여자가 스미코를 비웃고 있었다.

──아줌마.

붉은 입술. 저건 아줌마다.

스미코는 창문을 열었다.

깔깔깔깔.

아니다, 아니다. 전혀 다르다.

아주머니는 소리 내어 웃고 있었다.

하늘 가득히 퍼져서, 우스꽝스럽고 왜소한 스미코의 모습을 내려다보며 배를 잡고 웃고 있었다.

아아, 저러면 되는 것이다. 아주 재미있지 않은가 ──스미코는 그 모습을 보고 아마도 태어나서 처음으로 웃었다.

와하하하하하하, 와하하하하하.

재미있다, 재미있다, 재미있다.

그러나.

거울을 보고 있지 않았던 스미코는 자신이 웃고 있다는 것을 알아차리지 못했다.

그대로 시야는 뚝 끊겼다.

야마모토 스미코가 폭한(暴漢)의 습격을 받고 웃는 얼굴을 한 채 숨이 끊어진 것은 1952년, 음력 섣달이 다가온 연말의 일이다.

百鬼夜行 - 陰

일곱 번째 밤

◎

히마무시뉴도

火間虫入道

◎ 火間虫入道

◎ 히마무시뉴도
인생은 부지런함에 있다
일해야 할 때에 가난하지 않다 하여
살아 있을 때 유익함이라고는 없이
시간을 허송하며 일생을 보낸 자는
죽어서도 그 혼이 히마무시뉴도가 되어
등잔불의 기름을 핥으며
밤까지 일하는 사람을 방해하는데
지금은 이를 잘못 읽어 헤마무시라고 부르며
헤와 히의 소리가 서로 바뀐 것이다

—— 금석백귀습유 / 중권 · 무
도리야마 세키엔 (1781)

1

벌레가 있다.
바스락바스락 소리가 나니까.
싫은 벌레다. 미끈미끈하다.
게다가 새까맣다.
바퀴벌레일까.
그럴 것이다.
그것도 노인의 얼굴을 하고 있다.
그 벌레가 굼실굼실 귀찮게 움직여서, 이와카와 신지는 깨어났다.
캄캄한 방이다. 좁은, 두 평 반 정도의 방 한가운데다.
어디인지는 모른다. 밤인지 낮인지도 모른다. 덥지도 춥지도 않다.
이상하게 천장이 높은 것 같다.
그리고 이상하게 넓다.
두 평 반 정도의 좁은 공간인데, 벽이 멀다.

손을 뻗어도 닿을 리가 없을 것 같은 기분이 든다. 하지만 손을 뻗자 팔이 엿처럼 늘어났다. 손끝도 멀어진다.

곰팡냄새가 난다. 먼지 냄새가 난다.

목소리가 들린다. 울고 있는 목소리나 화내고 있는 목소리, 달래는 목소리, 고함치는 소리, 흐느껴 우는 소리, 거친 숨소리, 심장 고동, 피부가 떨리는 소리가 난다. 아아, 잘 들린다.

하지만. 바스락바스락하는 잡음이 섞인다.

벌레다.

벌레가 있다.

벌레는──그렇다, 이와카와의 뇌수 속에서 꿈틀거리고 있는 것 같았다.

몹시 싫은 기분이었다. 이런 불쾌한 기분은 경험한 적이 없다. 머릿속에는 여러 가지 것이 들어차 있을 텐데. 그런 비좁은, 피와 살과 수액 속에 바퀴벌레가 있다니 믿을 수가 없었다.

소년의 목소리가 난다.

──저 녀석이다.

그 악마다.

이와카와의 인생을 엉망진창으로 만든 그 아이가 바로 옆에 있는 것이 틀림없다.

이와카와는 몸을 일으켰다.

천장이 불쑥 가까워져서 꼭 머리가 받칠 것 같을 정도다. 어쩌면 이렇게 천장이 낮을까.

아아, 벌레가 시끄럽다.

시끄러워서 아무것도 들리지 않는다.

이와카와는 고개를 흔든다. 세상이 빙글빙글 돌았다.

과연 흔들리는 것은 세상 쪽이고, 자신 쪽은 조금도 움직이지 않는다. 그럴 거라고 이와카와는 생각했다.

그건 그렇고──.

아버지는 불쌍한 사람이었지.

어머니도 불행한 사람이다.

아내는 살아 있을까.

장인어른은 돌아가셨을까.

다시 한 번 아들을 보고 싶다.

아아, 그보다 뭔가 그림이 그리고 싶군.

이와카와는 붓을 쥔다.

그러나 붓대는 몹시 굵고, 붓끝은 칼 같았다. 마치 식칼 같다. 이래서는 섬세한 그림은 그릴 수 없겠구나, 하고 이와카와는 생각한다. 하지만 뭔가 그려야 한다.

이와카와는 손에 든 식칼로 바닥에 '헤마무시'[65] 하고 장난스러운 그림을 새겼다.

그만해. 그만──.

벌레가, 노인이 머릿속에서 말했다.

그런 짓은 그만둬── 소용없어──.

닥쳐. 시끄러워. 방해하지 마. 이제 지긋지긋해.

나는 저 아이를 죽여야 해.

이와카와는 식칼을 쥐었다.

---

65) 글자 놀이의 일종. 가타카나의 헤(ヘ : 머리), 마(マ : 눈), 무(ム : 코), 시(シ : 입과 턱)로 사람의 옆얼굴을 그리는 것이다.

저 소년은 이와카와의 뇌수 틈으로 슬쩍 들어와서 이와카와에게서 모든 것을 빼앗았다. 직장도, 가정도, 그리고 이와카와 자신까지도 저 녀석이 부쉈다. 저 악마 같은 소년은——.

저 녀석은 대체——.

2

그 악마 같은 아이를 만난 것은 대체 언제의 일이었을까.

역광이다.

소년은 역광 속에 서 있었다.

반짝반짝 빛나는 빛의 입자를 등지고, 그 악마는 서 있었다. 그 때문인지 윤곽과 웃을 때 보인 하얀 이밖에 인상에 남아 있지 않다.

아저씨는 불행하세요? ──그런 말을 했던가. 아닐지도 모른다. 아저씨는 운이 안 좋으세요? ──였을까.

그것도 아니다.

무슨 슬픈 일이 있었나요 ──.

그렇게 말했던가.

애초에 그것은 ──.

봄이었을까 가을이었을까.

더웠을까.

추웠을까.

강 수면을 건너와 뺨을 어루만진 바람은 차가웠던 것 같기도 하지만 그것은 이와카와의 온몸이 땀으로 흠뻑 젖어 있었던 탓인지도 모른다.

피부의 감각은 믿을 수 없다.

이와카와는 몇 번이나 고개를 젓는다.

아니다. 그렇지 않다.

그것은――.

저녁이다.

해 질 녘이었던 것은 틀림없다.

저녁 해를 등지고, 그 녀석은 물끄러미 이와카와를 보고 있었다. 그러나――그 작은 악마의 등 뒤에서 밝게 빛나며 흔들리고 있던 것은 과연――참억새였는지. 아니면 유채꽃이었는지, 이와카와는 아무리 생각해도 생각이 나지 않는다.

끝도 없는 기억은 정확한 형태를 이루지 못한 동안에는 재생되는 것을 거부하지 않는다. 따라서 가령 그 둥실둥실한 솜사탕 같은 것에서 아주 약간의 단서를 찾아내는 것은 가능하다. 그러나 그렇다고 해서 추억의 전체상을 명료하게 내려다보기는 어렵다.

그것은 결국 띄엄띄엄 확정할 수밖에 없기 때문이다.

한때의 기분이라든가, 희미한 소리라든가 냄새라든가, 추억은 언제나 단편일 뿐이다.

그 단편적인 사항을 이어 붙여서 어렴풋한 상(像)을 만드는 것은 상상력이다. 지금의 이와카와에게는 그 상상력이 현저하게 부족했다.

그래도 이와카와는 복잡하게 뒤얽힌 기억의 실을 더듬어, 필사적으로 떠올리고 있다. 이제 아무래도 상관없는 일이기는 하지만. 이대로——.

이대로는 곧 그 애매한 기억까지도 완전히 풍화되고 말 것 같은, 그런 기분이 들었기 때문이다.

그런데도——.

끝도 없는 기억은 어떤 틀에 들어간 순간, 재현되는 것을 거절하기 시작한다. 아무래도 정합성(整合性)을 유지할 수가 없다. 아무리 열심히 떠올리려고 해도 기억 저편의 영상도, 피부 감각도, 소리도 냄새도, 긁어모아도 연결해도 어떤 제대로 된 형태는 되지 못하고, 모호하고 전혀 미덥지 못한 것이 되었다.

그래도 이와카와는 떠올린다.

기억을 확인하는 작업은 이와카와가 이와카와 자신이라는 것을 자각하기 위한 의식 같은 것이다.

어쨌거나——.

어쨌거나 그때, 소년은 강가에 서서 생글생글 웃고 있었다.

강가——.

그렇다, 강가다——이와카와가 소년을 만난 장소는 강가다. 강가에서 무엇을 하고 있었지?

젖은 감촉. 흙과 풀의 향기.

저녁 해. 저녁 해가 비치는 강의 수면.

이와카와는 그때 강을 바라보고 있었다. 제방에 걸터앉아, 그저 무심히——.

어째서일까——.

강가 같은 곳에서 자신은 대체 무엇을 하고 있었던 것일까——이와카와는 이상하게 생각했다.

이와카와는 메구로 서에 전속된 시점에서 이미 경위로 승진이 정해져 있었다. 관할서라고 해도 형사과의 직무는 빡빡하다. 하물며 중간 관리직인 이와카와가 그런 한가한 시간을 만들 수 있을 리가 없다.

그렇다면 그것은 일찍 출근하는 날의 일이었을까. 일을 마치고 집으로 돌아가는 길에 기분전환이라도 하고 있었던 것일까——.

아니, 그렇지 않다——.

이와카와는 그때 직장을 빠져나온 것이다.

그렇다. 탐문을 나간다든가 잠복하러 간다든가, 이런저런 적당한 이유를 붙여서, 이와카와는 아직 해도 다 지지 않은 시간에 일찌감치 경찰서를 빠져나온 것이 틀림없다. 농땡이다.

그러고 보니——그 무렵에는 늘 그랬던 것 같기도 하다. 아니, 늘 그랬다.

메구로 서에 온 후로 한동안, 거의 매일같이 이와카와는 서를 빠져나와 강가나 공원을 배회하며 시간을 때우곤 했다. 직장에 있는 것은 싫었다. 집으로 돌아가기는 더 싫었다.

왜——.

싫었던 것일까?

자신의 일인데도, 지금의 이와카와는 그 무렵 자신의 심정을 잘 이해할 수가 없다. 일은 확실히 재미없다. 보람도 느끼지 못하고 성취감도 얻을 수 없다.

하지만——.

알 수가 없었다.

그때.

처음에 그 녀석이 이와카와를 향해서 했던 말은——이와카와는 그것도 잘 기억하지는 못하지만——어쨌거나 동정하는 듯한, 위로하는 듯한, 그런 것이었던 것 같다.

그렇다면 이와카와는 그때 상당히 비장한 얼굴이라도 하고 있었던 것이 틀림없다. 부상을 입었다거나 쓰러져 있었던 것이라면 모를까, 그렇지 않다면 아무리 무서운 것이 없는 어린아이라도 낯선 상대에게 친근하게 말을 걸거나 하지는 않을 것이다.

힘든 일이 있었나요——.

그 녀석은 그렇게 말했을까.

그렇다면 역시 이와카와는 그때 차마 볼 수도 없을 정도로 불행한 얼굴을 하고 있었을 것이다.

그러나——.

그러면 자신은 그때 왜 그렇게 고민하고 있었을까——이와카와는 머리를 끌어안았다.

직장을 내팽개치고, 가정도 돌보지 않고, 새빨간 남, 게다가 어린아이가 무심코 말을 걸고 말 정도로 고뇌할——그 이유는 대체 무엇일까. 그런 슬픈 일을 당한 기억은 없다. 하지만——.

그러고 보니 매우 힘들었던 시기가 있었던 것 같기도 하다.

셀 수 없을 정도로 많은 한숨을 쉰 것을 이와카와의 몸은 똑똑히 기억하고 있다.

싫어서. 싫어서.

무엇이 그렇게 싫었던 것일까.

아아, 아무래도 애매하다——.

그래도 지금보다는 나았을 텐데.

그렇게 생각하니 이제 과거의 일 따윈 아무래도 상관없어진다. 아무래도 상관없어진 순간, 그것은 떠올리려고 하기 이전보다 훨씬 더 두루뭉술한 기억으로 떨어지고 만다.

안 된다――.

몽롱해지기 시작했다.

약기운이 돌기 시작한 것 같다.

완전히 떠올리기 전에 잠들어 버리면 기억 자체가 사라지고 만다.

그러면 이와카와는 이와카와가 아니게 되고 말지도 모른다.

그런 것은 싫다. 그래도――.

그래도 될까.

응, 돼―― 뱃속에서 노인이 그렇게 말했다.

3

소년은 친근하게 말을 걸어왔다.

꿈이다.

동정하는 듯한 첫 마디에 (꿈속의) 이와카와는 느릿하게 몸을 뒤집었다. 제방 가득 펼쳐진 잡초가 저녁 해를 받으며 살랑거리고 있다.

눈부시다. 너무 눈부셔서 (꿈속의) 이와카와는 눈을 가늘게 떴다. 광량이 줄어들고 실루엣이 떠오른다.

검은, 작은 그림자가 서 있다.

그림자는 생긋 웃었다.

"■■■■?"

뭔가 말하고 있다.

입가에 엿보이는 하얀 이.

잘 알아들을 수가 없다.

"■■■지요?"

아니, 알아들을 수 없는 것이 아니다. 들리지만 의미를 이루지 않을 뿐이다. 아니, 아마 의미도 통하겠지만 (꿈을 꾸고 있는) 이와카와에게는 그 말이 말로 인식되지 않을 뿐이다. 그 증거로 (꿈속의) 이와카와는 대답을 하고 있다. 어느샌가 잘 알아들을 수 없는 물음에 대답하고 있다.

——그런 건 아니야. 결코 그런 건 아니야. 나는, 그렇지. 나는 조금 피곤할 뿐이야. 바빠서.

어째서 이런, 본 적도 없는 처음 만나는 어린아이에게 그런 것을 설명하고 있는 것일까.

그것을 (꿈을 꾸고 있는) 이와카와는 잘 모른다. 하지만 (꿈속의) 이와카와는 그다지 의문을 가진 것 같지도 않다. 아이는 한층 더 생글생글 웃으며 (꿈속의) 이와카와 옆까지 다가온다.

아이는 말한다.

"하지만 아저씨는 매일 여기서 한숨만 쉬고 있어요. 아마 경위님이었지요?"

——그래. 너는 잘 아는구나. 응, 전에 이야기했던가?

그래요 —— 하고 소년은 말했다.

그럴 리는 없다. 그날이 처음 만난 것이었다 —— 고 (꿈을 꾸고 있는) 이와카와는 강하게 생각했지만, 어찌 된 셈인지 (꿈속의) 이와카와는 소년에게 전혀 수상함을 느끼지 않았다.

그것도 그럴 것이다. 이것은 과거를 재현한 꿈이다. 소년과 대화하고 있는 것은 (꿈속의) 과거의 이와카와고, 의심을 품고 있는 것은 (꿈을 꾸고 있는) 현재의 이와카와니까.

"뭔가 잘 되지 않는 일이라도?"

소년은 천진한 얼굴로 본다.

──잘 되지 않아? 아아, 잘 되지 않지. 뭐, 어제오늘 일은 아니야.

그렇다, 잘 되지 않는다. 이와카와는 지금껏 방해만 받으며 살아왔다.

──나는 말이지, 옛날에 화가가 되고 싶었어.

무슨 말을 하는 것일까.

──될 수 있을지 어떨지 몰랐지만. 잘 그리지도 못하는 주제에 좋아했던 건지도 모르지.

이와카와는 쭉 화가가 되고 싶었다.

그림이 좋았다. 그림 공부를 하고 싶었다. 하지만 방해를 받았다.

방해한 것은──아버지였다.

이와카와의 아버지는 무역상이었다. 자수성가하여 굉장한 재산을 모은 성공가다. 이미 한참 전에 죽고 말았지만. (꿈속의) (그리고 꿈을 꾸고 있는) 이와카와는 아버지를 떠올린다.

얼굴이 또렷하지 않다.

기억 속의 아버지는 미끈미끈하다. 게다가 색깔이 없다. 굴곡도 별로 없다.

집을 자주 비웠기 때문일까. 틀림없이 오래된 기억이라 낡아서, 이제 완전히 빛깔이 바래고 만 걸 거라고 (꿈속의) 이와카와는 생각한다.

머나먼 추억이니까. 그래서 색깔이 빠지고, 볕에 타고, 음영도 엷어지고 만 것이다.

그렇다면. 그렇다면 그것은 영정 사진이다. 떠올리는 것은 아버지의 얼굴이 아니라 불단 위에 세워져 있던 아버지의 영정 사진이다.

그러니 흑백인 것은 당연하다고 (꿈을 꾸고 있는) 이와카와는 생각한다.

싫은 아버지였다. 왜 싫었는가 하면 계속 집에 없었기 때문이고, 잘났기 때문이기도 하고, 왠지 이와카와의 마음은 조금도 이해하지 못했기 때문이다.

아버지는 일만 했고 잠시도 집에 없었던 주제에 엄청나게 영향력을 가지고 있어서, 이와카와는 그 자기장 같은 것에 사로잡혀 겁먹은 듯이 살았던 것이다. 높은 사람이 되어라, 훌륭해져라, 강해져라 하고 사진처럼 평활한 표면의 아버지는 입도 열지 않고 목소리도 내지 않고 말했다.

하지만 집에 없었으니까—— 하고 (꿈을 꾸고 있는) 이와카와는 생각한다.

그렇다. 어차피 아버지는 이와카와의 생활에 직접 관계를 갖고 있지는 않았다.

이와카와가 자신의 의지로 살아가고 있었던 것에는 변함이 없다. 하지만, 하지만 역시 방해한 게 아닐까 하고 (꿈속의) 이와카와는 생각한다. 아버지는 마지막 순간까지 계속 이와카와를 방해했다.

아버지는 내가 스무 살이 되기 전에 맥없이 돌아가시고 말았어, 하고 (꿈속의) 이와카와는 말했다.

—— 만년은 비참했지. 빈주먹으로 성공해서 온갖 영화를 누린 사람이었지만, 내가 열다섯 살쯤 되었을 때 재산의 대부분을 잃었거든.

—— 뭐, 아버지도 실수한 거야. 심복한테 배신당했지. 누구보다도 신용했던 남자가 아버지가 모르는 사이에 멋대로 회사를 처분하고, 그 돈을 가지고 도망쳐 버렸어.

──나중에 조사해 봤더니 그 녀석은 훨씬 전부터 회사 돈을 쓰고 있었대. 아버지는 너무나 큰 충격 때문에 폐인 같은 상태가 되어서 돌아왔어.

──어떻게 생각했느냐고?

슬펐어──하고 (꿈을 꾸고 있는) 이와카와는 대답했다. 그러나 (꿈속의) 이와카와의 입에서는 꼴좋게 됐다고 생각했지──라는 말이 미끄러져 나왔다.

"그렇게 방해가 됐어요?"

소년은 묻는다.

이와카와는 고개를 가로젓는다.

──아니. 실제로 아버지가 방해된다고 생각하게 된 건 그 후, 완전히 망가져 버린 아버지가 가족의 짐이 되고 나서야. 자존심만 남고 텅 빈 껍데기가 되어 버린 아버지는, 그래도 입에서 신물이 날 정도로 되풀이해서 말했어. 다른 사람을 믿지 마라, 타인은 전부 도둑이다, 착한 사람은 살아서는 안 된다, 똑똑해져라──.

교활해져라, 비겁해져라.

이와카와는 열심히 노력하고 있었는데.

그야말로 무엇보다 큰 방해가 아닌가.

노력하고 있는데 방해만 하고.

그렇지 않다.

그렇지 않다. 아버지는.

아버지는 그저 헛소리할 뿐이었다. 직접 이와카와를 방해한 사람은 오히려 어머니 쪽이었다.

그렇다, 어머니다. 어머니가 늘 방해를 하곤 했다.

그림을 그리고 있을 때 참견한 것도, 이야기를 뚝 자른 것도, 기쁜 마음에 찬물을 뿌린 것도, 결혼에 반대한 것도 어머니였다. 취직에 실패한 것도 어머니가 참견했기 때문이다 ──.

어머니가, 어머니가.

기억 속의 어머니는 처음부터 젊지 않아서 백발 머리의 쭈글쭈글한 노파다. 임종 때의 모습이구나 ── 하고 (꿈을 꾸고 있는) 이와카와는 생각한다. 방해만 한다니까 ── 하고 (꿈속의) 이와카와는 대답한다.

차가운 눈으로 흘겨보는 거야, 모처럼 사람이 기뻐하고 있는데, 하고 (꿈속의) 이와카와는 말했다.

"아버지와 아저씨를 비교하나요?"

소년은 그렇게 물었다.

── 뭐, 그런가.

── 나는 무슨 일이나 열심히 했어. 요령이 좋은 편은 아니었고, 남들보다 뛰어난 자질을 가지고 있었던 것도 아니야. 천부적인 재능이라고 할까, 그런 것과는 인연이 없었으니까.

── 노력은 했어. 하지만 노력하면 좋은 결과가 나온다는 것도 아니잖아? 노력해도 나쁜 결과가 나올 때도 있어. 그건 어쩔 수 없지. 하지만 결과가 나오는 데 시간이 걸리는 경우도 많잖아. 그 도중에, 결과가 나오기 전에.

방해를 받는다.

참견을 당한다.

그런 걸 한다고 무슨 소용이 있니, 그런 쓸데없는 짓을 해서 어쩌려고, 돈 한 푼 되지 않는 일에 그렇게 심혈을 기울이다니 바보 아니니,

너를 위해서 하는 말이야, 실패하고 나서 후회해도 다시 할 수는 없으니까——.

——의욕을 없애는 말만 하는 거야. 그건 방해 아닌가?

그래, 의욕 따윈 없어졌어——하고 (꿈속의) 이와카와는 생각한다. 의욕이라는 게 처음부터 있기는 했나——하고 (꿈을 꾸고 있는) 이와카와는 생각한다.

이와카와는 결코 요령이 좋은 남자는 아니다. 오히려 요령이 나쁜 편이다. 성실하다고 바꾸어 말해도 될 것이다.

그러나 그냥 성실한 것만으로는 바보가 될 때도 있다는 것 정도는 알고 있다.

그래도 이와카와는 그저 우직하게 살고 싶었을 뿐이고, 어리석은 자에게는 어리석은 자의 방식이 있다고 생각하고 싶었을 뿐이다. 그런데 뭔가 할 때마다——.

결과가 나오지 않는 노력은 쓸모없다고 임종할 때의 얼굴로 어머니는 말했다. 비겁해라, 교활하라고 영정 사진의 아버지는 말했다.

그때마다 의욕은 깎이고, 고양감은 시들고, 이와카와는 실패했다.

잘 되지 않은 것은 전부 너희들 때문이잖아. 지금까지 깨닫지 못했다니, 정말이지 사람 좋은 데에도 정도가 있다.

이와카와의 지루한 인생이 좌절과 굴절의 연속이었던 것은, 굴욕과 인내의 축적이었던 것은 전부 부모 탓이 아닌가——.

그렇게 생각한 것은 (꿈속의) 이와카와일까.

아니면 (꿈을 꾸고 있는) 이와카와일까.

애초에 (꿈속의) 이와카와도 (꿈을 꾸고 있는) 이와카와도 모두 이와카와 자신임에는 틀림이 없다.

"그래요 —— 좋은 걸 깨달았군요."

소년은 말했다.

"아저씨는 그냥 성실하게 살 생각이라 하더라도 가만히 있으면 비뚤어지고 말아요. 손해를 보지요. 바보가 돼요. 그래서 늘 불행한 기분을 가지고 있어요. 그렇지요? 그런 거지요?"

그럴 —— 지도 모르지.

"공을 세우려고 해도 방해를 받아요. 옆에서 가로채요. 그렇다고 해서 아저씨가 방해하거나 가로채거나 하면 주위에서 아저씨를 흘겨 보지요."

소년은 그렇게 말하며 이와카와의 눈을 바라보았다.

"—— 아닌가요?"

그 말이 맞다.

우매한 행위를 성실하게 쌓아올린다고 해도 얻을 수 있는 것은 아무것도 없었다. 성실해도 어차피 어리석은 행위는 어리석은 행위에 지나지 않는다. 두툼한 것은 아무리 쌓아올려도 두꺼워지지 않는다. 따라서 현명한 놈들에게, 재능 있는 놈들에게, 싸움을 잘하는 놈들에게, 사전 공작을 잘하는 놈들에게 좋은 부분은 전부 빼앗기고 만다. 어머니의 고언도 아버지의 조언도 틀린 것은 없었던 것이다.

하지만 ——.

그렇다고 교활하게 행동해서 좋은 일이 있었느냐 하면, 그런 것은 결코 아니었다. 동료는 그런 이와카와를 경멸했다. 똑같은 짓을 하고 있는데 존경 따윈 받지 못했다.

아니, 이와카와는 굳이 존경받고 싶었던 것은 아니다. 물론 존경도 받고 싶었지만. 남들이 추어올려 주기를 바랐던 것도 사실이지만.

그것보다도──그게 아니라.

무엇을 원하고 있었던 것일까──.

이와카와는 잘 모른다. 다만──.

"아저씨는 분하겠지요."

소년은 말한다.

"다들 똑같이 치사한 짓을 하고 있어요. 나쁜 짓도 하고 있어요. 그걸로 놈들은 이득을 보고 있어요. 그런데──아저씨만은 달라요."

──나만──다르다?

"그래요, 아저씨만은 달라요──그렇지요? 아저씨가 나쁜 짓을 하면 주위 사람들은 일제히 아저씨를 비난해요. 치사한 짓을 하면 일제히 모멸의 시선을 보내오고──아니, 사실은 보내고 있는 것처럼 아저씨는 생각할 뿐이지만──그렇지요?"

그래──.

이와카와는 어느새 형사가 되어 있었고──형사가 되고 싶다고 생각한 적은 단 한 번도 없었지만──.

아버지가 회한을 산더미처럼 남긴 채, 망념을 바다처럼 담은 채 죽고, 정신이 들어 보니 이와카와는 형사가 되어 있었고.

그래도.

그래도 출세하라고 어머니는 말했다.

파출소 근무부터 차근차근 시작해서. 교통과에서 몇 년이나 무위도식을 하고. 무능하다느니 도움이 안 된다느니 힐책을 당하고.

그래도 병든 어머니를 돌보기 위해 참고 일하고. 그런데도 어머니에게는 우둔하다고 비난을 듣고.

그러고도 아버지의 자식이냐, 아버지가 우시겠다, 아버지는 대단
했다, 아버지는 돈을 잘 벌었고 존경도 받고 있었고 너 같은 것과는
전혀 다르다고 경멸을 당하고.

그런 어리석은 놈으로 키운 기억은 없다고 너는 최선을 다하지
않는다, 게으르다고 비방을 당하고.

호화롭게 해 달라, 더 잘해다오, 소중하게 대하지 못하겠니 이 불효
막심한 놈, 하고 더러운 욕을 먹고.

힐책당하고 비난을 듣고 경멸을 당하고 비방을 당하고 욕을 먹고.

칭찬받은 적은 한 번도 없이.

그런 말은 근면을 장려하지 않는다.

그건 근면한 태도를 방해할 뿐이잖아요, 어머니 ——.

그래서 이와카와는 한껏 치사한 짓을 하고 조금은 지위가 높아졌
다. 형사과에 배속되고, 그때는 아주 조금 훌륭해진 것 같은 기분이
들었다.

하지만 그래도 어머니는 칭찬해 주지는 않았고, 영정 사진이 된
아버지는 여전히 불평만 늘어놓고 있었다.

좋은 일 따윈 조금도 없었어, 하고 이와카와는 소년에게 말한다.

치사하다. 잔인하다. 악랄하다. 그런 말을 들었다.

성실했는데 ——.

상사의 딸과 선을 봐서 결혼하고, 이와카와는 또 아주 조금 지위가
높아졌다. 주위 사람들은 노골적으로 이와카와를 경멸했다. 멸시당
하고 있다는 것은 금방 알 수 있었다.

—— 어머니는 숨을 거두는 그 마지막까지 나를 나쁘게 말했어.
형편없어, 형편없어, 우둔해, 우둔해 하면서 죽었다.

――그 여자는 틀림없이 조금도 행복하지 않았겠지. 그러니까 뭐, 나는 불효자이기는 할 거야――.

소년은 생글생글 웃었다.

"그래도 아저씨는―― 요전에 영전했잖아요? 아닌가요?"

영전. 승격.

――뭐 그래. 이제 익숙해졌지. 그래서 또 치사한 짓을 하고, 동료의 차가운 시선을 받으면서 간신히 경위가 됐어.

그렇다면 좋잖아요, 하고 소년은 말했다.

그래, 이걸로 됐어―― 이와카와는 그렇게 대답할 생각이었다.

하지만 입에서 나온 것은 한숨이었다.

"■■인가요?"

알아들을 수 없다.

■■일지도 모르지――.

뭐라고 대답했을까?

소년은 가벼운 목소리로 말했다.

"아저씨에게 향해지는 것은 결코 비방이나 모멸의 시선이 아니에요. 그건 질투나 선망의 눈빛이에요. 아저씨가 옳아요. 뭘 그렇게 괴로워할 필요가 있나요?"

그럴까.

"괴로워하고 있다면 그 이유는 하나밖에 없어요. 아저씨는 ■■■인 거예요."

들리지 않는다.

"아저씨는 ■■예요. 그렇죠?"

그럴지도 모른다.

―

맞아, 하고 뱃속에서 노인이 말한다.

누구지?

너는 누구냐.

이 녀석은 ■■고 ■■서 견딜 수가 없는 거야.

그래서 ——.

"닥쳐. 그건 ——."

그건 아니다. 아니라고 —— 무엇이 아닌 걸까.

이와카와는 생각한다. 소년은 웃는다.

"재미있어요. 아주 재미있어. 그렇다면 아저씨에게 좋은 걸 가르쳐 드리지요. 그, 다카반초 전당포 살인사건의 범인은 말이에요 ——."

전당포 살인사건의 범인?

"말하지 마, 말하지 마. 그런 말 하지 마."

"그건 말이지요."

"듣고 싶지 않아. 듣고 싶지 않아."

이와카와는 허둥지둥 귀를 막는다.

힘껏 (꿈을 꾸고 있는) 이와카와는 (꿈속의) 이와카와의 귀를 막는다.

들으면 안 된다 들으면 안 된다 안 된다 안 된다.

하지만 들리고 만다.

거기에서 —— 잠이 깨었다.

이와카와는 땀을 흘리고 있다. 어깨로 거칠게 숨을 쉬고 있다. 몽롱하고 모호한 의식 아래에서 이와카와는 생각한다.

잠들어 버린 탓에 그 악마 같은 소년의 기억이 더욱 불확실해지고 말았다.

잃어버린 과거를 되찾는 것은 이제 어렵겠다고, 이와카와는 실감한다.

4

스스로 생각해도 ──.

스스로 생각해도 비겁하군, 하고 그때 이와카와는 생각했다.

　그렇게 생각했을 정도이니 이와카와에게도 켕기는 마음이 전혀 없었던 것은 아니었을 것이다. 그렇다고 해서 어떻게 하자는 생각도 하지 않았던 것 또한 사실이다. 어쨌거나 이제 와서 정직하게 신고한다 해도 무덤을 팔 뿐이라는 것은 거의 틀림없었다.

　알아차리지 못하는 쪽이 잘못이다 ──.

　이 경우, 오히려 이와카와 같은 사람이 진상을 깨달은 것이 더 이상하다. 제출된 서류를 적당히 훑어보면서 이와카와는 그런 생각을 하고 있었다. 글씨는 눈에 들어오고 있었지만, 인식은 되지 않았다. 그래도 이와카와는 반쯤 기계적으로 글자의 나열을 쫓고 있다. 읽고 있지 않으니 훑어보지 않고 도장만 찍으면 될 것 같기는 하지만, 그래도 의식처럼 이와카와는 안구를 움직인다.

그것이 일이다. 글씨 같은 것이 적혀 있는 종이를 들고, 안구를 좌우로 움직이는 것이 바로 이와카와가 하는 일이다.

경위님, 경위님 하고 몇 번 불리고 나서 이와카와는 겨우 얼굴을 들었다. 거무스름한 부하의 얼굴이 눈앞에 들이대어 져 있었다.

"사노 건인데요——."

머리카락을 짧게 친 젊은 부하는 매우 작은 목소리로 그렇게 말했다. 흠칫 놀란다. 그때, 이와카와가 생각하고 있던 것은 바로 그 사노 건——이었기 때문이다. 이와카와는 휴지로 인주를 닦아내고, 그건 안 돼——라고 대답했다.

"역시 잘못 짚은 거였습니까."

부하는 말했다.

이와카와는 이 부하——가와라자키가 거북했다.

가와라자키는 몹시 예의 바르다. 게다가 정의니 공익이니, 누구나 뻔히 아는 대의명분을 신조로 삼고 있는 구석이 있다. 이와카와는 그런 종류의 대의명분을 매우 싫어한다. 어차피 겉으로만 그러는 걸 거라고 생각하고 있었지만, 아무래도 그렇지 않다는 것을 알게 되어 더욱 싫어졌다. 가와라자키는 술을 마시면 한층 더 정론을 퍼부었다. 이와카와는 금방 취하기 때문에 술자리에는 거의 나가지 않지만, 술자리에서 부하에게 험담을 듣는 것 같은 기분이 들어서 불편해지고, 일전에 얼굴을 내밀었다가 더욱 불쾌한 기분을 맛보았던 것이다.

취한 가와라자키는 사회정의라느니 의협심이라느니 충성심이라느니, 속이 메스꺼워질 것 같은 말을 진지한 얼굴로 했다. 모두 정론이니 반론은 어렵다. 그래도 싫은 건 싫었다.

이유는 모른다. 이와카와는 불쾌하게 말한다.

"당연하지. 흉기를 가지고 있었거나, 범행이 목격되었다거나 ──
어쨌든 뭔가 있어야지."

"알아보는 게 좋을까요."

됐어 ── 하며 이와카와는 얼굴을 찌푸린다.

"자네는 자네 할 일을 해. 살인사건은 1계 담당이잖아. 그보다 우선
사취 사기[66]를 해결해 봐. 사노에게 걸려 있는 건 사기 혐의니까 빨리
증거를 모아."

"그렇 ── 군요. 죄송합니다."

부하 ── 가와라자키는 머리를 숙였다.

정론을 들이밀면 금세 물러난다.

다루기 쉽다면 다루기 쉽지만, 그 깨끗한 태도가 왠지 모르게 역겨
운 기분이 든다. 순순히 물러난다고 해도 이와카와의 꺼림칙한 기분
은 늘어날 뿐이기 때문이다. 불평 한마디 불만 한마디라도 해 주는
편이 얼마나 더 편할지 모른다.

이와카와는 가와라자키의 정수리를 바라보았다.

그 뒤에는 바쁜 듯이 오가고 있는 특별수사본부 수사원들의 모습이
보인다.

── 알 바 아니야.

알 바 아니다.

애초에 이와카와는 형사과 수사2계의 계장이다. 2계가 취급하는
것은 주로 고소고발사건이고 흉악범 사건은 1계의 담당이다.

사노는 이와카와가 다루고 있는 별건 ── 사기사건의 피의자였
다.

---

66) 처음부터 대금을 치를 생각 없이, 상품을 다량으로 주문하여 사취하는 일.

그 사건은 피해 액수도 극히 적고 검거한다고 해도 칭찬받을 수 있는 종류의 사건은 아니어서, 솔직히 말해 이와카와가 무성의한 기분으로 수사하고 있었던 것은 틀림없다. 그러나.

이런 녀석이 공을 세우다니 참을 수 없지——.

살인사건 피해자와 사기사건 피의자의 사소한 접점을 발견한 것은 가와라자키였다. 부하의 자세한 보고를 듣고, 이와카와는 사노 범행설을 어느 정도 신빙성 있는 것으로 판단했다.

귀찮다——.

처음에 이와카와의 가슴 속을 스친 것은 그것뿐이었다. 1계에 정보를 제공하자든가 과장에게 보고하자든가, 그런 생각은 조금도 하지 않았다.

정말로 귀찮았다.

그런 것은 자신이 할 일이 아니다.

"자네는 몇 계에 배속되어 있나? 그 건에 대해서는 정식으로 특별 합동수사본부가 설치되었어. 본청 분들도, 시부야의 수사원도 밤낮없이 철저하게 조사하고 있으니까 우리가 나설 자리는 없을 걸세. 무엇보다 전속 수사원이 그렇게 많은데 알아차리지 못했을 리가 없지 않나."

그렇다. 그것이 진실이라면 내버려두어도 누군가가 알아차릴 것이다. 계속 그렇게 생각하고 있었다. 하지만 며칠이 지나도 아무도 알아차리지 못했다. 수사 선상에는 사노의 사 자도 떠오르지 않은 것 같았다.

가와라자키는 얌전히 잔소리를 듣고 있다.

이 눈이 싫다——.

이와카와는 시선을 피하며 만년필 캡을 열고 서류 구석에 잘 나오는지 써 보면서, 이제 됐으니까 가 보게 —— 하고 가와라자키에게 말했다.

"내버려둬도 될까요, 최소한 본부장님께 ——."

하고 부하는 말한다.

"이봐, 자네. 사기도 어엿한 범죄일세. 혹시 자네는 사기죄 수사는 살인 수사보다 한 단계 낮은 일이라고 생각하는 건 아니겠지 ——."

다, 당치도 않습니다 —— 하고 가와라자키는 손을 흔들며 말했다.

"정말 그런가? 자네는 아무래도 혈기가 왕성해서 큰일이야. 옳은 것은 옳다고 말하는 태도는 얼핏 보면 바람직한 것 같지만 말이야. 전쟁 전의 특별고등경찰도 정의를 표방하고는 있었네. 정의를 내걸고 그들이 무슨 짓을 했는지, 그 결과 어떻게 되었는지, 자네도 잘 알고 있겠지. 자네의 뾰족한 태도를 보고 있으면 아무래도 나는 안절부절못하겠어. 우리는 민주 경찰이야."

알고 있습니다 —— 하고 말하며 가와라자키는 정중하게 경례를 했다.

그런 태도가 마음에 들지 않는 거라는 것을, 이 부하는 아무래도 모르는 모양이다. 사실은 무뢰한인 주제에 예절을 중시하기도 한다.

속으로는 무슨 생각을 하고 있을지 알 수 없다고 이와카와는 생각한다.

이런 성실한 태도를 취해 놓고 마음 깊은 곳에서는 이와카와를 경멸하고 있을지도 모른다. 그렇게 생각하면 몹시 화가 난다. 그게 아니라 진심으로 성실한 생각을 하고 있다면 그것은 그것대로 싫은 녀석이라고 생각한다.

알고 있다면 이야기는 끝이라고, 이와카와는 말했다.

"하지만 저는 단순히 그, 사건 해결이 말이지요."

"가와라자키 군. 라디오 상인의 증언을 받아낸다면 사노의 체포 영장은 받을 수 있을 걸세. 그러니 쓸데없는 생각은 버리고 직무를 수행해——."

하아, 그 말씀이 옳습니다, 제가 착각하고 있었습니다——라고 말하며 가와라자키는 다시 머리를 숙였다. 얼른 가라고 이와사키는 말했다.

"그렇다면 이런 곳에서 잡담하고 있을 시간은 없을 텐데. 얼른 가 보게——."

이와카와는 신경질적으로 그렇게 말했다.

그러고 나서 부하의 등을 향해, 전낭포 쪽은 더 이상 소사하지 말게 ——하고 고함쳤다.

서류에는 헤마무시 낙서가 남았다.

다카반초 전당포 주인 살인사건 수사본부라는 글씨가 서 내에 나붙은 것은 두 달 전의 일이다. 그리고 동일인의 범행이라고 생각되는 살인사건이 시부야에서 발생한 것이 그 보름쯤 후의 일이었다. 광역 살인사건으로서 본청이 나서게 된 지도 한 달 이상이 지났다.

옆에서 보아도 수사는 난항을 겪고 있는 것 같았다.

용의자의 수는 날마다 증가하고, 그리고 그것들은 눈 깜짝할 사이에 전부 사라져 갔다.

관계자의 대부분이 의심을 받은 모양이었지만, 그래도 사노는 수사 선상에 걸리지도 않았던 것이다. 애초에 사노는 잔챙이다. 그를 점찍은 사람은 없었을 것이다.

가와라자키의 조사에 의하면 사노는 범행 당일, 틀림없이 다카반초의 현장 부근에 있었다. 시부야 사건 쪽도 마찬가지다. 목격자도 있다.

그렇다고 해서 알려줄 의리는 털끝만큼도 없다고 생각했다. 만일 사노가 진범이었을 경우, 누설하면 공을 빼앗길 뿐이다.

시선을 든다.

아무도 이와카와를 보지 않는다.

이와카와는 찌푸린 얼굴을 지으며 천천히 자리에서 일어서서 칠판에 외출이라고 적고 밖으로 나갔다.

경찰서 바깥은 묘하게 밝았다. 덥지도 않고 춥지도 않지만, 결코 지내기 쉬운 체감온도라고는 할 수 없었다. 의복으로 덮인 피부는 축축하게 땀으로 젖고, 드러나 있는 부분에 닿는 바람은 몹시 차가웠다.

오늘은 조금 이른가——.

전날도, 전전날도, 이와카와는 이렇게 정처 없이 거리를 배회하며 심야 가까이 시간을 때웠던 것이다. 집으로 돌아가기는 싫었다.

바람이 불어오는 방향으로 시선을 향하니 강이 있었다.

낮은 나무가 늘어선 곳을 넘어 제방으로 내려가서, 이와카와는 눈을 가늘게 뜨고 강을 사이에 둔 맞은편 기슭을 찌푸린 얼굴로 바라보고 나서 시든 잔디 위에 걸터앉았다. 손을 짚었더니 대지는 젖어 있다.

재미없다——.

구역질이 났다. 빌어먹을, 하고 소리 내어 말한다. 특별히 싫은 일이 있었던 것은 아니다. 굳이 말하자면 손바닥이 차갑게 젖은 감촉이 불쾌했을 뿐이다.

이와카와는 젖은 마른 풀을 뜯어 강가 쪽으로 던졌다. 무의미하다.

풀은 수면에 닿기는커녕 바람에 불려 전부 자신의 다리 위로 떨어졌다. 이와카와는 빌어먹을, 하고 다시 한 번 말하고는 바지를 털었다. 젖은 풀은 천에 달라붙어 거의 떨어지지 않았다.

강을 불어오는 젖은 바람이 한층 더 차갑다.

이와카와는 크게 한숨을 쉰다.

왠지 바보 같은 기분이 든다.

수면이 서서히 어두워져 간다.

이윽고──천천히 흔들리는 거울 같은 검은 수면에 저녁 해가 붉게 비쳤다.

"아저씨──."

이이의 목소리가 났다.

"이와카와 씨지요──."

목소리를 듣고 이와카와는 천천히 몸을 돌렸다.

제방 가득 펼쳐진 잡초가 저녁 해를 받아 살랑거리고 있다. 눈부시다. 너무 눈부셔서 이와카와는 눈을 가늘게 뜬다.

서 있는 검은, 작은 그림자가 보였다.

그림자는 생긋 웃었다.

"■■■지요?"

소년은 친근하게 말을 걸어왔다.

입가에 하얀 이가 보인다.

웃고 있다.

"그런 건 아니야. 결코, 그런 건 아니야. 나는, 그렇지, 나는 조금 피곤할 뿐이야. 바빠서──."

질문 자체는 잘 알아들을 수 없었지만 이와카와는 건성으로 대답했다.

이 아이는——.

자신이 아는 아이일 것이다. 소년은 한층 더 생글생글 웃으며 이와카와 옆까지 다가왔다.

"하지만 아저씨는 매일 여기서 한숨만 쉬고 있어요. 아마 경위님이었지요?"

"그래. 너는 잘 아는구나. 응, 전에 이야기했던가?"

이야기했을 것이다. 이런 아이에게 신분과 이름을 말할 이유는 없지만——이야기했을 것이 틀림없다.

"뭔가 잘 되지 않는 일이라도?"

소년은 천진한 얼굴로 본다. 몹시 어른스러운 말투다. 아직 열네다섯 살일 텐데.

"잘 되지 않는 일은 없어. 정말로 피곤할 뿐이야."

이와카와는 그렇게 말했다.

소년은 희미하게 고개를 저었다.

"그럼 아저씨, 왜 아저씨는 곧장 집으로 돌아가지 않나요?"

"그건 말이지——."

그것은.

아내의 아버지가 집에 있기 때문이다.

아내의 아버지는 이와카와의 이전 상사——전 이케부쿠로 서 교통과장——다.

장인은 반년 전에 병에 걸려 자리에 누웠고, 그대로 자리에 누운 채 일어나지 못하게 되었다.

장모는 이미 세상을 떠났고 장남도 전사했기 때문에 보살필 사람이 없어서 이와카와 가에서 모시게 된 것이다.

장인은 말은 또렷하게 할 수 있었지만 약간 치매 기운이 있었다. 신세를 진 은혜도 있고 물론 체면이나 세인의 이목도 있었기 때문에 이와카와도 모시는 데에 이의는 없었지만——.

"——마누라가."

이와카와는 그 말밖에 하지 않았다. 그러나 소년은 모든 것을 알고 있다는 얼굴로,

"장인어른과 아저씨를 비교하나요?"

그렇게 물었다.

"뭐, 비교——라고 할까."

비교당할 때도 있다. 그러나 이와카와가 무엇보다 싫은 것은—— 솔직히 말하면 장인을 보살피는 것이었다. 사람으로서 마땅히 해야 하는 일일 것이다. 친아버지라는 이유만으로 아내에게만 맡길 수는 없다.

간호하는 것은 사위인 이와카와의 의무이기도 할 것이다. 그렇게 생각한다.

하지만.

적어도——그때까지 이와카와의 가정은 엉망진창이 되었다—— 고 이와카와는 인식하고 있다.

중환자를 데리고 있는 가족의 부담은 크다. 듣기 좋은 말로 끝낼 일이 아니라는 것은 알고 있었지만, 진지하게 보살피려면 일을 하고 있을 시간은 없었다.

그래도 일은 쉴 수 없었다.

그러나 일에 집중할 수 있는 환경이 아니었던 것도 사실이고, 그렇다고 간호에 정신이 팔려 일이 소홀해지면 역시 힐책을 당했다. 그러고도 경찰관 일을 할 수 있겠나, 그러고도 경위냐, 하고 자리에 누운 장인은 되풀이해서 말했다.

이와카와는 그저 헤실헤실 웃으며 지낼 수밖에 없었다. 장인에게는 거역할 수 없었다. 하지만 일에 집중하면 집중하는 대로, 결국 그때마다 찬물이 끼얹어졌다. 무엇 하나 해내지 못했다. 아내는 지칠 대로 지쳤고 아이는 불평을 늘어놓았다.

결코 일을 하고 싶었던 것은 아니었지만, 일을 시켜주지 않는 것은 그 나름대로 괴로웠다.

"—— 일이."

"방해됐어요?"

응—— 이와카와는 조금 으스스한 예감을 느꼈다. 이 아이는 타인의 마음을 읽는 것일까.

"방해가 아니야. 환자를 보살피는 건 당연한 일이니까. 나는 —— 싫지 않아. 일이 소홀해지는 건 조금 곤란하지만 —— 뭐, 내가 빠진다고 해도 ——."

아무도 곤란하지는 않을 것이다. 장식물처럼 앉아 있기만 하는 것이 일이니까. 아무도 이와카와 따위는 보지 않고 ——.

소년은 미소를 짓는다.

그리고 말한다. 그럴까요, 그건 정말로 아저씨의 본심일까요 ——.

"아저씨는 그냥 정직하게 살 생각이라 하더라도 가만히 있으면 비뚤어지고 말아요. 손해를 보지요. 바보가 돼요. 그래서 늘 불행한 기분을 가지고 있어요."

"어?"

"그렇지요? 그런 거지요?"

그런 걸까——.

"그럴——지도 모르지. 내가 성실하게 일하고 있는 이유는, 틀림없이 내가 소심한 사람이기 때문일 거야. 꾸중을 듣는 게 무서워. 미움을 받는 게 싫어. 그리고 내가 장인어른을 모시고 있는 그 이유도, 역시 겁쟁이이기 때문일 거야. 공무원으로서의 사명감이 있는 것도, 장인어른에 대한 헌신적인 마음이 있는 것도 아니지. 그냥 다른 사람이 화내거나 힐책하는 게 싫어서, 자신을 위해서 하고 있는 일이야——."

기특한 자기분석이다.

"그래요?"

소년은 이와카와의 얼굴을 들여다보았다.

이와카와는 그 단정한 얼굴을 본다.

"공을 세우려고 해도 방해를 받아요. 옆에서 가로채요. 그렇다고 해서 아저씨가 방해하거나 가로채거나 하면 주위에서 아저씨를 흘겨보지요."

소년은 이와카와의 눈을 바라본다.

"——아닌가요?"

그것은 틀리지 않다.

요령이 없는 이와카와는 늘 누군가에게 방해만 받고 있다. 애가타서 이쪽도 방해하면 적대시되고 소외되었다.

"아저씨는 분하겠지요."

소년은 말한다.

"다들 똑같이 치사한 짓을 하고 있어요. 나쁜 짓도 하고 있어요. 그걸로 놈들은 이득을 보고 있어요. 그런데 —— 아저씨만은 달라요."

"나만 —— 달라?"

"그래요, 아저씨만은 달라요 —— 그렇지요? 아저씨가 나쁜 짓을 하면 주위 사람들은 일제히 아저씨를 비난해요. 치사한 짓을 하면 일제히 모멸의 시선을 보내오고 —— 아니, 사실은 보내고 있는 것처럼 아저씨는 생각할 뿐이지만 —— 그렇지요?"

"내가 생각할 뿐이라는 건 ——."

착각이에요 —— 하고 소년은 말한다.

"그래도 아저씨는 —— 요전에 영전했잖아요? 아닌가요?"

"맞아 ——."

이와카와는 다른 사람의 공을 가로채서 승진했다.

장인에게 칭찬을 받고 싶었기 때문이다.

아내를 기쁘게 해 주고 싶었기 때문이다.

자신이 —— 안심하고 싶었기 때문이다.

"그렇다면 괜찮잖아요."

괜찮지 않아 —— 이와카와는 한숨을 쉬었다.

"친구를 잃었어. 뭐, 상대방이 친구라고 생각하고 있었는지 어떤지는 모르겠지만. 동료들은 모두 나를 시궁쥐라고 했어. 도둑고양이라면 알겠는데. 시궁쥐래."

이와카와는 웃었다.

"아무것도 하지 않는 게 —— 무엇보다 가장 좋아. 아무것도 하고 싶지 않아. 누구와도 관련되지 않고 살 수 있다면 그게 제일 좋지.

그렇게 —— 생각하지 않니?"

어린아이한테 물어도 소용없는 일이다.

"■■인가요?"

소년은 가벼운 목소리로 물었다.

뭐라고 말했는지 알아들을 수 없었다.

"왜냐하면 아저씨에게 향해지는 것은 결코 비방이나 모멸의 시선이 아니니까요. 그건 질투나 선망의 눈빛이에요. 아저씨는 옳아요. 뭘 그렇게 괴로워할 필요가 있나요?"

"질투 —— 선망 ——."

"그래요. 아저씨도 다른 사람의 성공을 목격하면 부럽다는 생각이 들잖아요. 악담이라도 한마디 하고 싶어질 거예요. 아니, 다리를 잡아당겨서 떨어뜨려야겠다는 생각 정도는 하겠지요."

생각하겠지요, 생각할 거예요, 생각하지요 —— 소년은 천천히 말했다.

그럴까. 그건 그럴 것이다. 그럴 것이 틀림없다 —— 이와카와도 그렇게 생각한다.

당연한 일이에요, 하고 소년은 말한다. 그게 보통이에요, 하고 연거푸 말한다.

"다른 사람도 마찬가지예요. 아저씨가 미움 받는다면 미움 받는만큼 아저씨는 성공하는 거예요 ——."

성공?

"—— 미움 받으면 미움 받는 만큼 아저씨는 행복하다는 뜻이에요. 아저씨는 행복해요 ——."

행복?

"아저씨는 괴로워할 필요 없어요. 아저씨는 옳아요. 아저씨는 ──
충분히 행복해요."

"아니 ── 나는 행복하지 ──."

"행복해요 ──."

소년은 단언했다.

"아저씨보다 불행한 인간은 세상에 얼마든지 있어요. 신념이 있어
도 보답을 받지 못하는 사람은 얼마든지 있지요. 재력이 있어도 여유
가 없는, 지위가 있어도 인망이 없는, 아니, 아무것도 없는 사람도
많이 있어요. 아래를 보자면 끝이 없어요. 아저씨는 충분히 행복해요.
그리고 틀리지도 않았어요. 아저씨는 다만 ── 행복을 맛보는 방법
을 모를 뿐이에요."

"행복을 ── 맛보는 방법?"

이와카와는 눈을 크게 떴다.

소년은 일어섰다.

마른풀이 춤추었다.

이와카와는 올려다본다.

"너는 ──."

"저는 사람의 마음을 들여다볼 수 있어요."

"내 ── 마음?"

"아저씨는 하나도 틀리지 않았어요. 그걸로, 그대로 좋아요 ──."

"하, 하지만 나는 ──."

괴롭다. 아니, 괴로운 것 같은 기분이 든다.

"아저씨가 ──."

소년은 이와카와를 내려다보았다.

"아저씨가 괴로워하고 있다면 그 이유는 하나밖에 없어요. 아저씨
는 ■■■인 거예요."

들리지 않았다.

"아저씨는 ■■예요. 그렇죠?"

그것은 아니다.

아니라니——.

뭐가 아닐까.

—— 지금 뭐라고 말했지?

이와카와는 생각한다.

소년은 웃는다.

"망설일 것 없어요. 사람은 누구나 행복해질 권리를 가지고 있어
요. 그러니까 아저씨도 그 권리를 충분히 행사하는 게 좋아요."

"권리 행사라니——."

"간단한 일이에요. 아저씨에게는 권리가 있어요. 그러니까 아저씨
는 아저씨 생각하는 대로——살면 돼요."

"생각하는 대로——."

"그래요. 생각하는 대로. 타인을 걷어차고. 타인을 떨어뜨리고. 뭐
가 안 되나요. 딱히 안 될 것도 없어요. 그러면 되는 거예요."

"하——하지만."

"싫은 일은 안 하면 돼요. 안 해도 된다면 그것도 재능이에요."

"싫은 일은——안 해도——."

안 해도 되는 것일까.

이제 야단을 맞지는 않겠지.

"——싫은 일은 안 해도——되는 거야?"

"그래요!"

소년은 신나는 목소리로 말했다.

"재미있어요. 아주 재미있어요. 그렇다면 아저씨에게 좋은 걸 가르쳐 드리지요. 그, 다카반초의 전당포 살인사건, 그 범인은 말이에요 ──."

"다카반의 ── 다카반이라니."

"그래요. 그건 사노예요. 사노가 왜 사취 같은 걸 해야만 했는지, 그걸 나는 알고 있어요. 사노는 ──."

싫다 싫다 듣고 싶지 않다.

이와카와는 힘껏 귀를 막았다. 아니, 이와카와의 귀를 막은 것은 (꿈을 꾸고 있는) 이와카와다.

그 아이는 악마다. 그 아이의 목소리에 귀를 기울여서는 안 된다. 그 아이는 악의로 이루어져 있다. 인간이 아니다 ──.

왜 그래, 공을 세울 수 있잖아, 하고 뱃속의 노인이 말한다. 들으면 좋았을 것을, 표창을 받았을 텐데. 뱃속의 노인이 미끈미끈하게 굳어져 간다. 바스락바스락, 마치 바퀴벌레처럼 움직인다. 싫다, 몹시 싫다.

5

스스로 생각해도 ──.

스스로 생각해도 비겁하군, 하고 이와카와는 생각했다.

켕기는 마음 따윈 전혀 없었다.

이와카와는 크게 웃었다.

이와카와는 아무렇지도 않은 얼굴로 사노의 사기 혐의를 확정하고 체포 영장을 받았다. 그러나 그 체포 영장은 사용하지 않았다. 이와카와는 단독으로 행동했고, 결국 사노를 상해 미수 현행범으로 구속했다. 그리고 두 건의 살인사건에 대해서 자백하게 하는 데 성공했다. 메구로 서 형사과 수사2계 이와카와 신지 경위는 하룻밤 만에 일약 명성을 떨친 것이다.

물론 이와카와에게는 확신이 있었다. 사노가 살인범이라는 것을 이와카와는 알고 있었다. 알면서도 숨기고 있었던 것이다. 계속 모르는 척하고 있었던 것이다.

아니, 모르는 척하고 있었던 것만이 아니다. 이와카와는 사기 혐의로 체포 영장을 받을 때까지 1계가 사노를 조준하는 일이 없도록 세심하게 신경을 써 왔다.

범죄로 이어지지 않을 정도로 사소한 거짓말을 하기도 했다.

이와카와는 눈에 띄지 않도록 현장을 잘못 이끌어 온 것이다.

수사2계의 계장이 그런 무도한 짓을 하고 있으리라고는 아무도 생각하지 않는다. 아직도 의심하는 사람은 없을 것이다. 부하조차 알아차리지 못했다. 모두 바보이기 때문이다.

꼴좋다 ——.

그렇게 생각한다.

철저하게 개인주의이지 않으면 형사 일 따위는 할 수 없다. 누구나 자신의 처지라면 똑같이 행동했을 거라고 생각한다. 그런 놈들을 이와카와는 별의 수만큼이나 많이 알고 있고, 출세하는 것은 꼭 그런 놈들이다. 그 증거로 이와카와의 상사들은 하나같이 비겁하고 편향된 인간들이다.

그러니까 ——.

상관할까 보냐. 굴러 들어온 호박이니 어부지리니, 말하고 싶은 놈들에게는 말하도록 내버려두면 된다. 더럽다느니 치사하다느니 하는 비판에도 귀를 기울일 필요는 없다. 범죄를 눈감은 것이라면 비난 받아도 어쩔 수 없지만, 어쨌거나 검거한 것은 틀림이 없다.

자신에게 쏟아진 차가운 시선은 전부 선망이고 질투라고 이와카와는 생각하고 있다.

어차피 싸움에 진 개들이 짖어대는 것이다.

알 바 아니다.

그런 짖는 소리에 귀를 기울일 필요는 조금도 없다고, 이와카와는 생각하고 있다.

상해 미수도 바람잡이를 이용한 연극이다.

평상시에 경미한 죄를 눈감아 주거나 하면서 포섭하고 있던 무뢰한 을 시켜, 취한 척해서 시비를 걸게 한 것이다. 사노가 성미가 거친 남자라는 것은 알고 있어서, 이와카와는 사노가 반격으로 나오기를 기다렸다가 그가 폭력을 행사한 순간에 붙잡았다. 사기 혐의 체포 영장은 보험 같은 것이었다.

이와카와는 표창을 받았다.

이와카와가 상승세를 탄 것은 그 직후의 일이었다. 이와카와의 검 거율은 순식간에, 실로 빠르게 상승했다.

상승세를 탄 사람에게 대드는 사람은 없다. 이와카와에 대해서 나 쁘게 말하면 말한 쪽이 불리해진다. 패자에게 정론은 없다. 동료나 경쟁 상대는 손바닥을 뒤집은 것처럼 태도를 바꾸었다.

실력이란 자신의 힘이 아니다. 자기 배후의 힘이다. 이와카와에게 는 그것이 갖추어진 것이다. 그렇게 되면 사건기자까지 인사하러 온 다. 동네의 높으신 분——요컨대 야쿠자——들도 모두 이와카와에 게 꼬리를 흔들었다. 그런 놈들과 형사는 실은 상부상조하는 관계다. 이해관계가 일치하기 때문에 친해지면 친해질수록 일은 순조롭게 풀린다.

가만히 있어도 정보는 이와카와에게 집중되고, 실적은 더욱더 올 랐다.

이와카와는 거만해졌다. 잘난 체하는 것이 뭐가 나쁘단 말인가. 강한 자가 거들먹거리는 것은 당연하다.

오는 정이 있으면 가는 정도 있는 법——이다.

이와카와는 정보 제공자에게는 철저하게 편의를 봐 주었다. 돈을 뿌리고, 눈감아 주고, 적극적으로 암흑가의 인간과 접촉했다.

외국인 절도단의 대량 검거, 대규모 아편 밀매 조직의 적발, 기업 간부의 횡령 배임 행위 적발 등, 굴러 들어오는 호박은 얼마든지 있었다. 정보는 얼마든지 새어 들어왔고 범죄는 재미있게 폭로되었다.

이와카와는 더욱더——거만해졌다.

지금까지 성가시게 여기던 상사들과도 잘 지낼 수 있었다. 치켜세울 부분을 치켜세워 주면 아무런 지장도 없었다. 확실하게 성과를 올리는 이와카와에게 상사들도 처음부터 불만은 없었던 것이다. 놈들이 사수하고 있는 지위를 위협하는 듯한 언동만 삼가면 그들은 아무 말도 하지 않는다. 그들은 실로 단순한 종족이었다. 왜 그런 단순한 일을 그때까지 할 수 없었던 것인지, 이와카와는 이상하게 생각했을 정도다.

시시하다——.

실로 시시했다.

이와카와는 일이 재미있어서 견딜 수가 없었다.

그리고——이와카와는 전혀 집에 돌아가지 않게 되었다.

장인의 용태가 나빠졌다는 말을 들어도, 아내가 아버지를 돌보기가 힘들다며 울어도 돌아갈 기분은 들지 않았다. 죄책감도 전혀 없었다. 귀가하지 않을 만한 대의명분이 이와카와에게는 있다. 바빴다. 일을 해라, 출세를 하라고 장인은 몇 번이나 말하곤 했고 밥을 먹을 시간이 있으면 수사를 해라, 잘 시간이 있으면 체포해라, 검거하라고 이와카와는 몇 번이나 병상의 장인에게 질타를 받곤 했던 것이다.

그대로 했을 뿐이다.

자업자득이다. 뭐가 잘못인가.

장인은 죽었다.

아무런 감개도 가질 수가 없었다.

부고를 들었을 때 이와카와는——아아, 그래?——라고 한마디 했을 뿐이다. 다만 장례식만은 성대하게 치렀다. 그것도 장인의 인맥을 장악해 두고 싶어서 그런 것일 뿐이다. 명부를 산 것이나 마찬가지다.

아내는 매우 수척해져 있었다. 간병에 울다 지치고, 생활에 지칠 대로 지쳐서 아내는 장례식 도중에 쓰러졌다.

알 바 아니었다.

이와카와는 아내를 못 본 척했다. 모처럼 상승세를 탔는데 그 도중에 찬물이 끼얹어지는 것은 사양이라고 생각했다. 그런 걸로 방해받고 싶지 않았다. 방해받는 것은 이제 지긋지긋했다. 그래서 병원에 입원시키고 문병도 가지 않았다. 시간이 아깝다. 어차피 출세를 위해서 결혼한 여자다. 그 여자를 위해서, 출세로 이어지지도 않는 쓸데없는 시간을 낭비하다니 본말전도다.

이와카와는 정보 수집을 위해 유곽에 다니고, 못된 놈들과 사귀고, 거기에서——.

돌이킬 수 없는 짓을.

"돌이킬 수 없는 짓을 했어——."

꿈속의 이와카와는 소리친다. 꿈을 꾸고 있는 이와카와는 눈을 뜬다. 눈꺼풀이 무겁다. 아무것도 보이지 않는다.

약 기운이 돌고 있다.

그런 거래를 하는 게 아니었다.

이와카와는 이제 약 없이는——.

안 된다. 아무래도 눈이 떠지지 않는다. 뇌수와 함께 기억이 녹는다. 그러니까 말했잖아, 하고 뱃속의 노인이 말했다. 굼실굼실 이동한다. 머릿속에서 벌레가 꿈틀거린다.

그런 꼬마의 달콤한 말에 넘어가서, 너는 뭘 착각하고 있는 거냐. 너는 바보다, 무능해. 아무것도 못하는 어리석은 놈이야. 사람을 믿지 마. 타인은 전부 도둑이다. 그렇게 말했잖아——.

"시끄러워 닥쳐, 나를 방해하지 마——."

미끈. 바퀴벌레 노인은 이와카와의 코에서 얼굴을 내밀었다. 노인은 그만둬——하고 말했다.

"닥쳐! 방해만 하고. 네가 방해만 하니까 나는, 나는 이런——."

"뭐가 방해냐. 너야말로, 너야말로 계속 귀찮았을 뿐이잖아——."

"아아."

이와카와는 각성했다.

캄캄하고 좁은 방 안에서.

6

"귀찮지요'?"

그 작은 악마는 처음에 그렇게 말했다.

"귀찮기 때문이에요. 아저씨는 귀찮은 거예요."

—— 귀찮다.

그것이 본심이다.

방해받았다거나 훼방을 받았다거나, 전부 자기 정당화를 위한 궤변에 지나지 않는다.

이와카와는 진심으로 화가가 되고 싶었던 것이 아니다. 사회에 나가서 일을 해도 인정받을 자신이 없어서, 일하는 것이 귀찮아서 그런 생각을 해 보았을 뿐이다.

이와카와는 출세나 성공을 바랐던 것이 아니다. 아득바득 일하기가 귀찮았을 뿐이다.

장인을 모시는 것도 그렇다. 귀찮았을 뿐이었다.

일을 빼먹고 강가에 있었던 것도 귀찮아서였을 뿐이다.

하지만.

그렇게 말할 수는 없었으니까.

대의명분이 없다. 말해 본들 그렇게 제멋대로 구는 것은 통하지 않는다고 일축당하고 아무런 대꾸도 하지 못할 것이 뻔하다. 혼나기는 싫다. 변명하는 것은 더 귀찮다. 그래서. 게다가. 하지만.

그래도 귀찮은 것은 귀찮다. 세로로 놓든, 가로로 놓든, 뒤집든 바뀌는 것은 아니다. 하고 싶지 않다. 귀찮다 귀찮다 귀찮다.

세상을 찬찬히 둘러보면 싫은 것은 싫다고 말하는, 그 이유만으로 자기 자신을 관철할 수 있는 사람들이 산더미처럼 많이 있다. 하지만 이와카와는 그럴 수 없다. 왜냐하면 이와카와에게는 거부할 수 있을 만한 신념조차 없었기 때문이다.

그냥 귀찮았을 뿐이니까.

귀찮아——라고 웃으면서 말할 수 있을 만한 배짱도 기지도 또한 이와카와에게는 없었다.

하지만 귀찮았어.

좋지 못한 놈들과의 유착이 밀고당해, 이와카와는 강제로 사직당했다. 체면상으로는 자진 퇴직이지만 실질적으로는 추방이었다. 빚이 불어나고, 집도 팔고 아내와도 이혼했다. 이와카와는 전락했다.

귀찮다는 한 마디를 하지 못했다는 이유만으로.

귀찮다는, 그런 시시한 것을 정당화하려고 한 이유만으로. 이와카와는 직장을, 가족을, 그리고 자기 자신을 잃었다.

소년의 목소리가 난다.

그 녀석 때문이다——.

장지문 너머에 이와카와를 함정에 빠뜨린 그 작은 악마가 있다. 이제 잃을 것은 없다. 이와카와는 칼을 쥔다.

그만해, 그만 ── 바퀴벌레가 말한다.

이와카와는 방바닥의 낙서 위를 바스락거리며 달리는, 자신에게서 끓어 나온 노인 같은 벌레를 ──.

손가락으로 뭉갰다.

뿌직 ──.

약물 의존증의 환각 증상에 사로잡힌 이와카와 신지가 살인 현행범으로 긴급체포된 것은 1953년 6월 19일 새벽의 일이다.

百鬼夜行－陰

여덟 번째 밤

◎

에
리
타
테
고
로
모

襟立衣

◎襟立衣

◎ 에리타테고로모

히코 산(英彦山)의 부젠보(豊前坊) 시라미네 산(白峰山)의 사가미보(相模坊)

다이센(大山) 산의 호키보(伯耆坊)

이즈나의 사부로(三郎) 후지 산의 다로(太郎)

그 외 고노하(木の葉) 덴구까지

깃털부채가 바람에 따라 나부끼는 구라마야마(鞍馬山) 산의

소조보(僧正坊)가 입은 에리타테고로모가 되었다고

꿈에 생각하였다

── 백기도연대 / 상권
도리야마 세키엔 (1784)

1

교주가 죽었다.

그것뿐이다.

신자 따윈 한 명도 없다. 우는 사람도 아쉬워하는 사람도 없다. 교주를 따르는 사람은 교주밖에 없었고, 다시 말해서 교단은 이 남자 안에만 있을 뿐이다. 그래서 교주라고 자처하는 이 남자는 단순한 미치광이에 불과했을지도 모른다.

그렇다면 방금 노인 한 명이 숨을 거두었다 ──는 것뿐일까.

아무런 감개도 없다.

증오도 혐오도, 지금에 와서는 아무것도 없다.

따라서 유감스럽지도 않다. 기쁘지도 슬프지도 않다.

한 조각의 애도의 마음조차 솟아나지 않았다.

송장 썩는 냄새.

이상한 일이다.

방금 죽었는데 벌써 희미하게 송장 썩는 냄새가 느껴진다.

그런 것일까. 많은 시체를 보아오기는 했지만, 임종의 현장에 있었던 것은 처음이다. 틀림없이 그래서일 것이다.

아니면 살아 있을 때부터 부패가 진행되기라도 했다는 것일까. 확실히 노인은 이미 오랫동안 자리에만 누워 있었고, 그 육체는 살아 있을 때부터 이미 생기도 빠져나간 것처럼 시들어 있기는 했었지만.

이완된 채 응고한 근육.

버스럭버스럭 건조되어 갈라진 점막.

검푸르게 변색되어 탄력을 잃은 피부.

가늘고 지저분한, 백발이 섞인 수염.

초점을 맞추는 것을 영원히 포기한, 희게 흐려진 눈동자.

경련하듯이 반쯤 벌어진 입속으로 누런 이가 보인다.

주름. 얼룩. 상처. 변형. 각질화. 썩어 문드러짐.

늙고 추함.

추하다.

사람은 살고 살고 살다가, 이렇게 추해져서 죽는 것일까. 시들기 위한 이유만으로 살아가는 것일까. 더럽다. 지저분하다.

그래도 조금 전까지 이 추한 덩어리는 송장 썩는 냄새를 풍기지는 않았던 것 같다. 호흡이 멈추고, 순환을 멈춘 혈액이 침전하고, 가까스로 이루어지던 대사도 마침내 끊기고, 쇠약하고 추한 생물이 그냥 사물이 되고——그 순간 썩은 냄새를 풍기기 시작한 것 같은 기분이 든다.

죽은 것이다.

아무것도 하지 못한 채.

이 남자는──시시한 야망도 이루지 못하고, 게다가 시시한 만족
도 얻지 못하고, 무엇 하나 제대로 하지 못한 채 누구에게도 사랑받지
못하고, 아무도 사랑하지 않고, 자신만을 사랑하고, 자신에게만 사랑
받고, 그냥 조용히, 그저 무의미하게 죽은 것이다. 이러고도 생을
완수했다고 할 수 있을까.

어리석다.

아무런 가치도 없는 인생.

아니──.

사는 것에 가치가 없는 것처럼 죽는 것에도 가치는 없다.

이런 덩어리에는 아무런 가치도 없다.

쓰레기다. 찌꺼기다.

──빨리 썩어 버려.

송장 썩는 냄새를 맡으면서 그렇게 생각한다.

한산한 본당에는 썩기 시작한 시체와 본존이 있을 뿐이다.

그리고 야단스럽게 장식된 교주의 가사(袈裟)와 법의.

아무것도 움직이지 않는다. 아무 소리도 나지 않는다.

공기조차 침전해 있다.

송장 썩는 냄새가 가득 찬다.

──아아.

견디지 못하게 되어 일어서서 향을 피운다.

연기가 스윽 하고 피어올랐다.

2

할아버지는 아주 무서운 분입니다.

할아버지는 높은 스님입니다. 언제나 반짝반짝 빛나는 훌륭한 법의를 입고 계십니다. 불을 피우고 경을 읽고, 기도하고 계십니다.

옴 모지. 짓다. 못다. 바나야 믹.

옴 모지. 짓다. 못다. 바나야 믹.

할아버지의 목소리에 맞추어서 많은 사람이 매일 경을 읽습니다. 아버지도 읽습니다. 아주 큰 목소리가 됩니다.

그래서 어린 저도 지지 않도록 큰 소리로 경을 읽습니다. 그렇게 하지 않으면 부처님께 들리지 않는다고, 유모 후미가 말했기 때문입니다.

할아버지한테는 몇 개나 되는 눈이 있습니다.

틀림없이 그럴 거라고 생각합니다. 할아버지는 눈을 감고 계셔도, 뒤돌아계셔도 전부 보이시는 것입니다.

그래서 할아버지한테는 아무것도 숨길 수가 없습니다.

머리 뒤나, 등이나, 어깨나, 어딘가에 다른 눈이 있습니다.

그렇습니다, 저는 보았습니다.

옴 모지. 짓다. 못다. 바나야 믹.

옴 모지. 짓다. 못다. 바나야 믹.

제가 다섯 살이 된 날 아침부터, 제가 훌륭한 스님이 될 수 있도록 할아버지와 아버지가 기도해 주시게 되었습니다.

아침 일찍 일어나서 몸을 깨끗이 씻고, 영험한 허공장보살(虛空藏菩薩)[67]님의 진언을 천 번이나 외는 것입니다.

옴 바사라라타야음

옴 바사라라타야음

옴 바사라라타야음

옴 바사라.

이런 일이 있었습니다.

어느 날 아침.

경을 읽고 있는데 무당벌레가 날아왔습니다.

저는 그 작고 빨간 무당벌레가 몹시 귀여워서 저도 모르게 넋을 놓고 바라보고 말았습니다.

벌레에 정신이 팔려 제 목소리가 작아졌거나, 아니면 얼굴을 숙여서 박자가 어긋난 것이겠지요. 할아버지는 그것을 알아채고 경을 읽는 것을 멈추고 말았습니다. 뒤에서 기도하고 있던 아버지가, 왜 그러십니까, 하고 물으셨습니다.

---

67) 허공과 같이 무한히 크고 넓은 지혜와 자비로 중생의 여러 바람을 이루어 준다고 하는 보살.

할아버지는 대답하시지 않았습니다.

아버지는 저를 꾸짖으셨습니다.

교주님이 화내고 계신다——.

정신이 흐트러졌기 때문이야——.

네가 그래서는 아무것도 되지 않는다——.

누구를 위한 기도인지 알고 있는 거냐——.

죄송합니다 죄송합니다.

저는 손을 짚고 사과했지만 그래도 마루방을 기어가는 무당벌레에게 정신이 쏠리는 것은 어쩔 수 없었습니다. 아버지는 더욱 저를 꾸짖었습니다.

너는 네 입장을 뭐라고 생각하는 거냐——.

그러고도 내 아들이냐 교주의 자리를 물려받을 사람이냐——.

죄송해요 죄송해요 죄송해요——.

옴 바사라, 기니, 하라치,

하타야소와카.

할아버지는 아무 말씀도 하지 않으셨습니다.

그러자 다쿠도 님이 아버지를 말려 주셨습니다. 다쿠도 님은 할아버지의 제자 중 한 사람으로, 매우 상냥한 스님이었습니다.

뭐, 그렇게 꾸짖지 말게.

도령도 몇 살 먹지도 않은 어린아이 아닌가.

뒷간이라도 가고 싶어진 게지.

그렇습니다.

죄송합니다.

뒷간에 가고 싶습니다.

저는 거짓말을 했습니다. 무당벌레에 정신이 팔렸다고 정직하게 말하는 것보다 뒷간에 가고 싶어졌다고 말씀드리는 것이 죄가 가벼울 것 같았습니다. 물론 그렇지는 않았지만, 다쿠도 님이 말을 거들어 주시기도 했기 때문에 그 편이 낫다고, 아마 그렇게 생각한 것이겠지요. 아버지는 한층 더 화를 내셨습니다.

기도 중에 무슨 미흡한 마음가짐이냐.

어리다고 해도 변명은 되지 않는다.

너는 언젠가 교단의 장이 될 몸.

그 자각이 없는 거냐.

아버지는 제 멱살을 잡고 몹시 엄한 목소리로 고함치셨습니다. 하지만 다쿠도 님이 달래 주셨기 때문에, 저는 일어서서 마렵지도 않은데 뒷간으로 향했습니다.

그러나.

그때, 그때까지 잠자코 계시던 할아버지가 단 한 마디,

"벌레가 날아간다."

고 말씀하셨습니다.

문득 보니.

할아버지의 말씀을 따르듯이, 그때까지 바닥을 느릿느릿 기고 있던 무당벌레가 스윽 날아올랐습니다. 벌레는 할아버지 앞에서 파직파직 소리를 내며 타오르는 호마(護摩)[68]의 불 쪽으로, 마치 빨려 들어가듯이 팔랑팔랑 날아가,

쉭,

---

68) 부동명왕·애염명왕 등을 본존으로 하여 그 앞에 단을 쌓고 화로를 마련하여 호마목을 태우며 재앙과 악업을 없애 줄 것을 기도하는 밀교 의식.

하고 불탔습니다.

저는 얼어붙은 것처럼 꼼짝도 할 수 없게 되고 말았습니다.

아버지도 다쿠도 님도, 다른 스님들도 무슨 일인지 모르는 것 같았습니다. 다만 당사자인 저만이 할아버지의 영험함에 벌벌 떨었던 것입니다.

할아버지는 알고 계셨습니다.

뒷간에 가고 싶다는 것은 거짓말이고, 저는 무당벌레에 정신이 팔리고 말았을 뿐이라는 것을 할아버지는 알고 계셨습니다.

어떻게 아셨을까요.

제 바로 옆까지 다가온 아버지도, 다쿠도 님도 몰랐던 아주 작은 벌레의 움직임까지 할아버지에게는 손에 잡힐 듯이 보인 것이 틀림없습니다.

"대일여래(大日如來)[69] 님이 시험하신 것이다."

할아버지는 그렇게 말씀하셨습니다.

"사람은 속일 수 있어도 부처님은 속일 수 없어."

지릿지릿.

타닥타닥.

저는 그 자리에 앉아, 이마를 마루판자에 문지르다시피 하며 할아버지께 사과했습니다.

죄송해요 죄송해요.

벌레가 귀여워서 그랬어요.

"사과할 것은 없다."

---

69) 진언 밀교의 본존(本尊). 우주의 실상을 체현하는 근본 부처로, 그 광명이 온 우주를 밝히며, 덕성이 해와 같다 하여 이르는 말이다.

할아버지는 그렇게 말씀하셨습니다.

"다만 이 기도는 잠시 그만두자꾸나. 네가 무슨 시험을 받았는지, 잘 생각해 보아라."

할아버지는 돌아보지도 않고 그렇게 말씀하셨습니다.

어린 저는 냉수를 뒤집어쓴 것처럼 오싹했습니다. 너무나 무서워서, 머뭇거리며 얼굴을 들었습니다.

아버지가 도깨비 같은 얼굴로 노려보고 계셨습니다. 다쿠도 님이 애처로운 듯한 눈으로 바라보고 계셨습니다.

그래서 저는 눈을 피했습니다. 시선을 향한 곳에 할아버지의 넓은 등이 있었습니다. 거기에──.

할아버지의 반짝반짝 빛나는 법의의, 그 뾰족하고 커다란 옷깃 바로 아래에 ── 저는 보았습니다.

두 개의 커다란 눈을.

3

할아버지는 교주라고 불리고 있었다.

매일 밤낮으로 많은 사람이 할아버지를 찾아와 머리를 조아리고, 엎드려 우러르고 받들었다.

유모는 어린 내게 자주 이야기해 주었다.

"도련님의 할아버님은 살아 있는 부처님이세요. 전국의 산을 다니시면서 엄청난 수행을 하셔서 부처님께 천안통(天眼通)의 힘을 받았대요. 대사님[70]의 환생이라고 말하는 사람도 있을 정도니까요. 똑똑히 기억해 두세요, 도련님은 부처님의 손자인 거예요──."

거룩해라, 거룩해라.

나무귀의불(南無歸依佛). 나무귀의법(南無歸依法). 나무귀의승(南無歸依僧).

유모는 할아버지를 숭배하는 사람이기도 했을 것이다.

---

70) 일본 진언종의 개조인 구카이 대사를 말함.

경건한 신자의 말에는 당연히 거짓도 과장도 없었다. 유모는 진심으로 그렇게 생각하고 있었던 것이다. 어린 나는 그것을 믿을 수밖에 없었다.

그래서 —— 일 것이다.

설령 내가 장난을 친다고 해도 유모는 절대 꾸짖지 않았다. 꾸짖는 대신에 유모는 늘 이렇게 말했다.

"천안통이라는 것은 멀리 있는 것이 보이는 것만이 아니에요. 교주님은 무엇이든지 꿰뚫어 보신답니다. 그러니까 도련님도 나쁜 짓은 할 수 없어요. 할아버님께는 아무것도 숨길 수 없으니까요. 지금도 어디에선가 지켜보고 계실 거예요 ——."

거룩해라, 거룩해라.

나무귀의불. 나무귀의법. 나무귀의승.

그렇다 ——.

할아버지는 신통력을 가지고 있었다.

할아버지는 만 리 밖의 것도 본다고 한다. 인간의 마음 깊은 곳을 본다고 한다. 고대의 어둠을 본다고 한다. 미래의 빛도 볼 수 있다고 한다.

할아버지는 세상의 비밀을 알고 있다. 할아버지는 우주 자체와 말을 나눈다. 할아버지는 우주 자체와 같다. 할아버지는 ——.

할아버지는 진리 그 자체다.

금강삼밀(金剛三密)의 가르침.

즉신성불(卽身成佛).

할아버지는 살아 있으면서도 부처가 되었다.

나는 태어나면서부터 부처의 손자였다.

유모는 또 이런 말도 했다.

"그러니까 도련님은 언젠가 어른이 되시면 할아버님 같은 산 부처님이 되시는 거예요. 그러면 저 같은 어리석은 늙은이를 구해 주세요. 할아버님의 가르침을 굳게 지키시고, 정진하셔야 합니다. 도련님이라면 틀림없이 훌륭한 후계자가 되실 거예요 ——."

부처의 손자이기 때문에.

"수행하세요. 수행하세요 ——."

거룩해라, 거룩해라.

나무귀의불. 나무귀의법. 나무귀의승.

나는 ——.

1885년에 태어났다.

아버지 —— 교주의 아들 —— 는 당연하다는 듯이 교단의 간부였다. 바빴는지, 아들에게 흥미가 없었는지, 거의 자리를 비웠고 함께 지낸 기억은 없다.

어머니 —— 나를 낳은 여자에 대해서는 얼굴도 이름도 아무것도 모른다. 신자 중 한 명인 것 같다.

그러나 그래도 나는 고독했던 것은 아니다. 내 주위에는 아마 필요 이상으로 사람이 많았을 것이다. 나는 유모를 비롯한 많은 교단 관계자들에게 둘러싸여 살고 있었다. 나는 적어도 그 무렵 —— 할아버지가 살아 계실 때 ——에는, 소위 말하는 애지중지 취급을 받으며 아무런 부족한 것 없이, 실로 사치스러운 나날을 보내고 있었다.

교단의 이름은 금강삼밀회(金剛三密會)라고 했다.

그 당시 우후죽순처럼 탄생한 소위 신흥종교 교단 중 하나 ——이기는 했을 것이다.

그러나 당시의 나는 할아버지의 교단이 신흥종파라고는 생각지도 못했다.

물론 그것은 내가 어리고 세상 물정을 몰랐기 때문일 것이다. 그러나 거기에 더해서 금강삼밀회가 불교 교단이었다는 것도 큰 영향을 주었을 거라고 생각한다. 신불분리(神佛分離)[71], 폐불훼석(廃仏毀釈)[72]의 조장 때문인지, 다른 신흥 교단이 대부분 신도계였던 것에 비해 금강삼밀회는 불교계 신흥 교단이었다. 할아버지의 가르침은 전통 불교인 진언밀교의 흐름을 수용한 것이었다.

그렇다기보다도——사실 여부는 제쳐두고, 금강삼밀회는 노골적으로 진언종의 일파를 표방하고 있었던 것이다.

진언종 금강삼밀회.

어쨌거나 삼문(三門)[73]에는 그렇게 적혀 있었다.

내가 계속 기거하던 곳——교단 본부의 사원도 본래는 진언종 계열의 말사(末寺)였던 모양이다.

게다가 할아버지가 옛날에 진언종 총본산인 동사(東寺)[74]에 적을 둔 승려였던 것도 사실인 것 같았다.

따라서 애초에 교단 자체도 자신들이 신흥종교라는 의식은 갖고 있지 않았을지도 모른다.

무엇보다——그 무렵 내게는 절이란 모두 똑같아 보였던 것이다.

---

71) 신불습합(神仏習合)을 중지하고 신도와 불교의 구별을 명확히 하려는, 메이지 초기 유신 정부의 종교 정책.

72) 불교를 폐하고 석가의 가르침을 버린다는 뜻. 메이지 정부의 신도 국교화 정책에 기초하여 일어난 불교 배척 운동. 1868년 신불분리령 발포와 함께 불당·불상·불구·경전 등에 대한 파괴가 각지에서 일어났다.

73) 선사(禪寺)의 정문.

74) 교왕호국사의 통칭. 교토에 있는 진언종의 총본산이다. 서사(西寺)와 함께 헤이안을 수호하기 위해 지어진 절.

세상에는 종파나 교의가 다른 여러 가지 신앙이 있다는 것을 안 것은—— 그리고 설령 같은 불교라고 해도 종파가 다르면 양립할 수 없는 부분을 갖는다는 것을 안 것은—— 조금 더 자라고 나서의 일이다.

그때까지 내 마음속에서 불교는 전부 한 종파였다.

아니, 애초에 할아버지의 가르침은 당시의 시류를 거스르는 신불습합(神仏習合)[75]의 색채가 짙은 밀교 계열—— 수험도 계열의 것이어서, 어린 내 눈에는 신사도 절의 부속물처럼 비쳤던 것이다.

신도 부처도 본래 같은 것이고, 일본의 절과 신사는 보편적으로 그 존귀한 존재를 모시는 곳이다——.

그리고 할아버지는 살아 있는 부처다——.

그렇다면.

일본의 모든 신사와 불각은 할아버지를 모시고 있는 것이라고—— 어린 시절의 나는, 아무래도 그렇게 생각하고 있었던 것 같다. 어렸던 나는 일본의 모든 인간이 할아버지를 우러르고 있다고, 그렇게 믿고 있었던 것이 틀림없다.

그것은 어리석은 착각이기는 했을 것이다.

그러나—— 애초에 내 주위에는 할아버지를 숭앙하는 사람들밖에 없었고, 그 모두가 할아버지의 영험함을 칭송하고 있었다.

따라서. 설령 어린 내가 아무리 할아버지나 교단에 불신을 품는다 해도—— 그런 어린아이의 치졸한 의심은 신자들의 손으로 간단히 분쇄되고 만 것이다.

---

[75] 일본 고유의 신을 믿는 신앙과 외국에서 전래된 불교 신앙을 융합·조화하기 위해 주창된 교설(教說).

누구에게 무엇을 물어도 소용없었다. 그것은 교주님의 신통력 덕분입니다, 교주님은 살아 있는 부처님이니까요——라는 대답이 마치 당연한 것처럼 돌아올 뿐이었으니까.

적어도 나는 그렇게 배우며 자랐다. 어린 내게 할아버지는 우주에서 가장 위대하고 존귀한 존재였다.

의심하지는 않았다.

의심할 수도 없었다.

끊임없이 조부를 찾아오는 신자들의 수는——지금에 와서 생각하면 그렇게 많은 것은 아니었겠지만——그래도 백 명이 넘고 나면 더 이상 개인으로 파악할 수는 없었다. 그래서 어린 눈에는 무한대로 비친 것이다. 바깥 세계를 모르는 나에게, 그것은 일본 전국의 인간이 모여드는 것과 다를 바가 없는 것이었다.

게다가 할아버지는 내 눈앞에서, 그리고 모든 사람이 지켜보는 앞에서 수많은 기적을 행했다. 할아버지는 펄펄 끓는 물에 손을 집어넣고, 새빨갛게 달아오른 숯불이나 칼 위를 맨발로 걸었다.

어린 나는 눈을 휘둥그렇게 떴다.

몇 번을 보아도 믿을 수가 없었다.

게다가 할아버지는 할아버지가 알 리도 없는 불특정 다수 신자들의 과거를 훌륭하게 알아맞히고 또 그들이 알 리 없는 미래를 차례차례 예언했다.

예언은 모두 적중한 모양이었다. 빗나갔다고 불평하러 오는 신자는 한 명도 없었으니 들어맞았던 것이 틀림없었다.

어린 나는 그렇게 이해하고 있었다.

할아버지는 또 내 마음속도 잘 읽었다.

내가 무엇을 생각하고 있는지, 할아버지는 손에 잡힐 듯이 알 수 있는 모양이었다. 할아버지가 무언가 말할 때마다 나는 매우 놀랐다. 어린 마음에 감복했다. 한 번이라면 우연으로 끝나겠지만 열 번이 넘으면 의심할 수는 없었다.

거룩해라, 거룩해라.

나무귀의불. 나무귀의법. 나무귀의승.

그런 환경에서 자란 나에게, 계속해서 발휘되는 할아버지의 힘은 틀림없이 기적이고 신통력 그 자체였던 것이다.

어렸던 나에게 할아버지는 진짜 살아 있는 부처님이었다.

나무귀명정례(南無歸命頂禮). 대일대성부동명왕(大日大聖不動明王).

사대팔대제대명왕(四大八大諸大明王).

그래서 ——.

일본의 모든 신사와 불각은 할아버지를 모시는 것이라고, 모든 사람이 할아버지를 숭앙하고 있다고, 어린 나는 확신하고 있었다.

그렇게 배우면서 나는 자랐다.

천청정(天淸淨).

지청정(地淸淨).

내외청정(內外淸淨).

육근청정(六根淸淨).

심성청정(心性淸淨)하여 모든 더러움과 부정이 사라진다.

내 몸은 육근청정이므로 천지의 신과 같은 몸이며, 모든 법(法)은 그림자의 상을 따르듯이 하는 일마다 맑고 깨끗하게 하면 소원이 이루어질 것이요, 더없이 행복과 장수를 누리며 더없이 존귀한 영적 보물을 얻을 것이다.

나는 지금 부족한 것이 없으며 마음이 청정하다——.

이윽고.

시간이 지나고, 내게도 쓸데없는 지혜가 생기고 세상의 구조를 조금씩 알게 되었다.

그러나 알아봐야 그런 근본적인 인식은 크게 달라지지는 않았던 것 같다.

할아버지 이외의 존재를 신앙하는 자들은 모두 어리석은 자다—— 나는 그렇게 생각했다.

어떤 논리가 붙든 다른 종파는 음사사교(淫祀邪敎)에 지나지 않는다고, 나는 어디에선가 생각하고 있었다. 굳게 믿고 있었던 것이다.

아비라운켄 바사라다토반.

메이지유신을 경계로 불교와 신도는 확실하게 나뉘었다. 세나가 중국적인 부처의 가르침은 폐불훼석의 역풍을 맞아 국가 신도보다 한 단계 낮은 것으로 틈만 나면 배척당했다. 메이지유신은 불교 수난 시대의 개막이었던 것이다.

게다가 일종일관장제(一宗一管長制) 하에 명확하게 종파의 차이나 본말의 계통이 정해지고, 마치 스모 선수의 서열을 정하듯이 불교계는 조직화되고 말았다.

그리고 나는 내가 처해 있는 처지를 똑똑히 인식했다.

할아버지가 일으킨 금강삼밀회는 신도보다 한 단계 낮은 불교의, 수많은 종파 중 단 한 종파, 그것도 한 분파에서 독립한 신흥이었다. 게다가 그것은 본산이 인정하지 않는 무허가의 이단 방파——덧없는 신흥 교단에 불과했던 것이다.

서열이 정해질 대상도 못 되었다.

그것을 알고도, 그래도 내 인식은 크게 흔들리지는 않았다.

그런 현상(現狀)을 인식하고도 —— 내 안에서 할아버지는 여전히 위대한 살아 있는 부처의 연화좌(蓮華坐)[76]에 앉아 있는 존귀한 존재였다. 그것이 흔들림 없었기 때문에, 나는 다른 종파를 알면 알수록 오히려 그 신앙을 부정했다.

그것은 ——.

—— 그 옷깃 아래의 눈이.

그 커다란, 모든 것을 꿰뚫어보는 눈이.

—— 감시하고 있는 것 같은 기분이 들어서.

할아버지가 지도하는 기도 —— 허공장보살능만제원최승(虛空藏菩薩能滿諸願最勝) 심다라니구문지법(心陀羅尼求聞持法)이 다시 시작된 것은 내가 딱 열 살이 되던 해 —— 1895년의 일이었다.

---

[76] 불상을 안치하는 연꽃 모양으로 만든 대좌(臺座).

4

할아버지는 거늘먹거리고 있었다.

옴, 바사라, 라타야, 운.

옴, 바사라, 라타야, 운.

옴, 바사라, 라타야, 운.

힐끗 훔쳐본다.

옴, 바사라, 라타야, 운.

옴, 바사라, 라타야, 운.

옴, 바사라, 라타야, 운.

옴, 바사라, 라타야, 운.

금실과 은실로 지은 호화찬란한 칠조가사(七条袈裟)[77]와 오우비[78].

선명한 수다라(修多羅)[79]. 소고에리[80]를 세운 능직 솜옷.

---

77) 불교의 세 가지 가사 중 하나. 일곱 폭을 옆으로 꿰매어 지은 가사.
78) 승려가 칠조 이상의 가사를 입을 때 따로 오른쪽 어깨에 걸치는 직사각형의 천.

바싹 올라온 옷깃에 가려져서 그 표정까지는 보이지 않는다.

옴, 바사라, 라타야, 운.

옴, 바사라, 라타야, 운.

어린 나는 커다란 옷깃 맞은편에 할아버지의 얼굴을 떠올린다. 위엄 있는 얼굴 생김새다. 육군 대장보다도 훨씬 높아 보인다. 할아버지는 거들먹거리고 있다. 거들먹거리는 것이 잘 어울린다.

옴, 바사라, 라타야, 운.

옴, 바사라.

진언이 딱 그쳤다.

"라타야 운."

내 목소리만 새어나왔다.

할아버지는 내게 일별도 주지 않고, 오직 화려한 등으로 어린 나를 위압했다. 나는 마른 침을 삼키며 그저 할아버지의 등을 바라본다.

무서웠다.

야단친다. 화낸다. 욕한다. 할아버지는 아는 것이다. 할아버지는 수행 중에 내가 정신을 다른 데 팔고 있었던 것을 꿰뚫어본 것이 틀림없다. 싫다. 무섭다. 두렵다.

나는 목을 움츠린다. 두개골과 뇌 사이가 충혈되어 가는 듯한, 견딜 수 없는 기분이 든다. 어딘가 먼 곳에서 현기증이 찾아온다. 진정이 되지 않는다. 안절부절할 수가 없다. 이 산만한 기분도 할아버지는 알아 버릴까. 알아 버릴 것이 틀림없다.

어쨌거나 할아버지는 무엇이든지 꿰뚫어보니까.

---

79) 가사의 장식으로 늘어뜨리는, 흰색과 붉은색의 네 줄의 띠.

80) 뒤통수가 가려지도록, 법의의 목 뒤쪽에 삼각형의 판자를 사용해 옷깃을 감추어 입는 것.

할아버지에게 야단맞는 것은 싫다. 맞는 것보다 차이는 것보다 더 무섭다. 죽는 것보다 무섭다. 두렵다.

무섭다 두렵다 겁이 난다.

타닥.

호마단 속에서 나뭇조각이 튀었다.

할아버지는 돌아보지 않았다.

"옴, 바사라."

뭉개진, 그러면서도 불당 내에서는 잘 울리는 목소리. 할아버지의 목소리. 기도는 다시 시작되었다. 나는 허둥지둥 목소리를 낸다.

라타야, 운. 옴, 바사라,

라타야, 운. 옴, 바사라,

라타아, 운. 옴, 바사라,

용서해 준 것일까. 아니면 지금 중단한 것은 무언가 다른 이유 때문 이었을까.

질타를 받지 않았으니 그럴지도 모른다. 그럴 것이 틀림없다. 할아 버지도 모르는 것은 있다.

틀림없이 그렇다.

틀림없이.

라타야, 운. 옴, 바사라,

라타야, 운. 옴, 바사라,

라타야, 운. 옴, 바사라,

라타야.

"야, 운."

안 된다.

"안 되겠구나 ──."

할아버지는 엄하게 말했다.

"── 물러가도 된다."

"교, 교주님."

호마단에서 불꽃이 한층 높이 일었다.

할아버지의 그림자가 떠오른다.

"네 눈앞에는 무엇이 있느냐."

"예 ──."

타닥타닥타닥.

눈앞에. 눈앞에는.

"교주님이 ──."

"그렇지 않다."

할아버지는 주저주저하며 어물거리는 내 말을 조용한 말투로 가로
막았다.

어린 나는 필사적으로 생각한다.

등롱일까. 사방등일까. 법구(法具)일까. 호마단일까.

경상(經卓)일까. 본존일까. 아니 ──.

눈앞에 있는 것은 역시 할아버지다.

"그건 네가 보고 있는 풍경이다. 네 눈앞에 나는 없어. 네가 풍경으
로 나를 보는 이상, 너와 나의 거리는 무량대수(無量大數)만큼 떨어져
있다."

"그건 ──."

"모르겠느냐. 그렇다면 좋다."

옴 사라바. 타타캬타. 한나. 만나노 ──.

교주님, 교주님, 제발 다시 한 번, 다시 한 번.

다시 한 번 기도를 계속해 주십시오.

삼매법라성(三昧法螺聲) ──.

일승묘법설(一乘妙法說) ──.

경이멸번뇌(經耳滅煩惱) ──.

당입하자문(當入阿字門) ──.

열심히 하겠습니다 집중하겠습니다 제발 저를 버리지 말아 주십시오 저는 저는 ──.

타닥.

숯불이 튄다.

"죄, 죄송합니다 ──."

나는 엎드려 머리를 숙인다. 납작 엎드려 성심성의껏 공순한 대도를 보인다.

저는 교주님을 존경합니다, 진심으로 존경하고 받들고 있습니다 ──.

할아버지는 아무 대답도 하지 않았다. 대신 등 뒤에 대기하고 있던 아버지가 일어섰다.

"또 ── 냐."

죄송해요 죄송해요 죄송해요.

싫다.

아버지는 싫다.

아무것도 못하는 주제에 거들먹거린다.

내 마음도 읽지 못하는 주제에, 앞날도 내다보지 못하는 주제에, 대단하지도 않은 주제에 화를 낸다.

아버지의 눈은 탁하다.

저 눈은 흐리다.

아버지에게는 보일 것도 보이지 않는 것이다.

아무것도 보이지 않는다.

그런데도.

"5년을 수행하고도 그 꼴이냐. 너에게는 교주님의 뒤를 물려받을
자로서의 자각이 없는 거냐."

죄송해요 죄송해요.

모르겠습니다.

할아버님의 말씀을 모르겠습니다. 제게는 할아버님 같은 능력이
없습니다——.

"오——교주님의——."

"어리석은 놈. 자, 일어서."

아버지는 나를 일으켜 세웠다.

그리고 엄하게 말했다.

"교주님은 무엇이 보이느냐고 물으신 것이 아니다. 네 눈앞에는
무엇이 있느냐고 물으신 것이지."

"무엇이——있냐니."

"아무것도 없다——."

아버지는 그렇게 말했다.

"——네 눈앞에 있는 것은 허공이다. 허공이야말로 지혜의 보고(寶
庫)지. 너는 호마단 앞에 모셔진 비단 뒤에 앉아 있는 부처를 뭐라고
생각하느냐. 그 천 뒤에 그려져 있는 것은 허공장보살님이다——."

아버지는 당당하게 가리킨다.

"——허공장보살님은 우주의 지혜, 모든 복과 덕, 무량 법보(法寶)를, 마치 허공처럼 끝없이 많이 가지고 계시기에 그런 이름이 붙게 된 것이다. 너는 그 입으로 허공장 진언을 외면서도 마음은 색계(色界)에 있어 전혀 공(空)에 다다르지 못하고 있다. 교주님은 그것을 나무라신 것이다."

——거짓말이다.

——그런 것은 거짓말이다.

나는 그렇게 생각했다.

——그런 논리는 상관없다.

"지금 네가 생각한 그대로다."

할아버지가 단호하게 그렇게 말했다.

"무, 무엇을, 그렇게."

"그런 논리는 상관없는 것."

나는 심장이 입으로 튀어나올 뻔했다.

역시 —— 읽히고 있다.

"나는 그런 것을 나무란 것이 아니야."

"교, 교주님, 그럼."

아버지는 의아한 얼굴을 했다.

"색(色)은 공(空)이고 공은 색이다 ——."

할아버지는 말을 이었다.

"——성자(聲字)를 허로 보느냐 실로 보느냐가 현밀(顯密)의 차이다. 밀교에서는, 문자는 말이고 말이야말로 진리다 ——."[81]

---

81) 성자실상의(声字実相義)라는 헤이안 초기의 불교서가 출처. 구카이가 지은 책이며 성립 연도는 미상이다. 음성과 문자는 그대로 진리를 나타낸다고 하는 밀교의 사고방식을 쓴 책.

── 진리.

"── 성자라는 것은 본래 육법대계(六法大界)의 소산이며 불생불멸. 삼라만상의 모습 자체가 진언이다. 즉 큰 깨달음을 얻은 자는 그저 입으로 외기만 해도 그것은 진리가 되고 실상이 되는 것이다."

"하, 하지만 아버지 ──아니, 교주님 ──."

할아버지는 아버지를 무시하고 내 이름을 불렀다.

"너는 왜 사과하느냐."

"왜?"

"너는 가쿠쇼의 그 억지 이론에는 승복할 수 없었을 테지. 그렇다면 왜 사과하느냐."

"그 ── 그것은."

읽히고 있다.

역시 읽히고 있다.

"사과한 시점에서 네 수행은 끝이다."

할아버지는 돌아보지도 않고 그렇게 말했다.

나는 얼굴을 든다.

할아버지의 등. 커다란 옷깃 아래에 ──.

커다란 눈이 ──아니, 커다란 얼굴이 있었다.

"앞으로 3년 더 수행하라 ──."

할아버지는 그렇게 말을 맺었다.

5

그러나 할아버지는 그 이듬해에 죽었다.

나는 그것이 어떤 의미가 있는 현상인지 잘 이해할 수가 없었다.

신이 죽었다느니 부처가 멸했다느니, 그런 사상가의 잠꼬대 같은 대사는 현실과는 인연이 없다고 생각하고 있었다. 말이 그렇다는 것이라면 모를까 그것이 현실에 일어날 수 있는 일이라고는, 나는 도저히 생각할 수 없었던 것이다.

뿐만 아니라——할아버지의 장례식 모습 또한 내게는 전혀 납득이 가지 않았다.

신불이 훌륭하게 열반하신 것이다.

온 세계가 슬퍼할 거라고 생각했다.

하늘이 무너지고 땅이 갈라질 거라고 생각했다.

하지만——.

확실히 장례식은 성대하게 거행되었다.

그러나 그것은 그것뿐이었다. 모여든 신자는 고작해야 백 명 남짓이었고 법회 자체도 월례 법회와 큰 차이 없는 규모였다.

나는 완전히 헛물을 켜고 말아, 슬퍼하거나 당황하는 것도 잊고 그저 멍하니 있었다.

할아버지의 죽음을 슬퍼하는 사람——할아버지를 숭배하는 사람들은 실로 그것이 전부였던 것이다. 고작해야 백 명 남짓 되는 집단으로 구성된 세계가 나에게는 전 세계였던 셈이다.

그 무렵——교단은 존속의 위기에 빠져 있었다. 아니, 그 표현은 옳지 않다. 금강삼밀회는 내가 태어났을 때부터 이미 쇠퇴의 길을 걷기 시작하고 있었다.

나만 몰랐던 것이다.

본산과 교류를 끊고, 할아버지가 독자적인 교의에 기초한 교단을 일으킨 것은 1868년의 일이라고 한다.

들은 바로는 그 당시, 할아버지의 비범한 법력은 천하에 널리 알려져 있어서 밤낮을 가리지 않고 입신(入信)을 희망하는 사람들이 문전성시를 이루었고 전혀 끊길 줄을 몰랐다고 한다. 그 결과, 한때는 신자 수도 이천 명을 넘은 시기가 있었다고 한다. 그러나 그 영화는 십 년도 가지 못했던 모양이다. 내가 태어났을 무렵, 신자 수는 전성기의 3분의 1로 줄어 있었다. 그 후에도 신자 수는 가속도를 더해 줄어들었고, 할아버지가 돌아가신 해——1896년에는 백 명으로 줄어 있었다.

모시는 사람이 겨우 백 명 남짓인 살아 있는 부처.

그 존귀한 자리는——아버지가 물려받았다.

아버지는 할아버지의 법회가 끝난 단계에서 금강삼밀회의 2대 교주를 세습한 것이었다.

납득이 가지 않았다.

분명히 아버지는 교주의 적자(嫡子)——할아버지의 피를 물려받은 사람이기는 하다. 그러나 그 이유만으로 부처의 자리에 앉아도 되는 것일까.

애초에 아버지는 내 앞에서 한 번도 기적을 보인 적이 없었다.

아니, 아버지에게 신통력이 있을 리가 없다. 신통력을 가져도 되는 것은 어디까지나 살아 있는 부처인 할아버지이고, 아버지는 고작해야 할아버지를 신앙하는 신자——제자 중 한 명에 지나지 않는다.

제자라는 척도로 잰다고 해도 그것은 납득할 수 있는 선택이 아니었다. 나는 아버지가 수행되어 있었다고는 도저히 생각되지 않았다. 오히려 첫째 제자인 마키무라 다쿠도 쪽이 훨씬 할아버지에게 가까운 위치에 있었던 것 같다.

확실히 아버지는 조직 운영이라는 견지에서 보는 한 교단에서 빼놓을 수 없는 인물이었을 것이라고는 생각한다. 교단 내부에서의 지위는 높았던 것 같다. 하지만 그것도 이 경우에는 일반 신자보다 아주 조금 높다는 의미밖에 갖지 않는다. 아무리 높아도, 필요해도 그런 입장은 다른 사람도 대신할 수 있는 것에 불과하다.

교주라는 것은 신분이나 직함이 아니다. 그것은 치환할 수 없는 것이어야 한다.

어리석은 어린아이였던 내 눈으로 보아도, 아버지는 교주의 자격을 갖춘 인물은 아니었다.

아버지는 다른 사람이 대신할 수 없는 위치에 오르는 것이 어울리는 인물은 결코 아니었던 것이다.

아니——.

이 세상에 할아버지를 대신할 수 있는 인물은 처음부터 있을 리도 없었다. 있어서는 안 되었다.

천청정. 지청정. 내외청정. 육근청정.

심성청정하여 모든 더러움과 부정이 사라진다.

아버지가 교주가 된 날 밤——.

나는 아버지에게 가서 물었다.

아버지——.

"교주다."

교주님——.

교주님은——.

살아 있는 부처가 될 수 있어요?

아버지는 웃었다.

"그런 것은——누구나 될 수 있지."

거짓말 마——.

"잘 들어라——."

아버지는 큰 소리로 말했다. 그리고 이렇게 말을 이었다.

"——너도 나중에는 내 뒤를 이어 교주가 될 몸이야. 그렇다면 잘 기억해 두어야 한다. 알겠느냐, 신통력을 가진 인간은 없다. 있을 리가 없지. 신통력은 그것을 보는 사람 안에만 있는 거다. 많은 사람에게 신통력을 보이는 힘을 가진 사람이야말로 곧 살아 있는 부처다."

"그런——."

바보 같은.

그런 바보 같은 일이 있을까.

하지만 그럼 그 기적은——.

"무슨 멍청한 소리를 하는 거냐. 그런 것은 길거리 곡예야."

곡예 ──.

할아버지의 법력이, 살아 있는 부처님의 신통력이 마술이나 기술과 똑같기라도 하다는 것일까.

물론 똑같지 ── 하고 아버지는 더욱 웃었다.

"── 끓는 물에 손을 넣는다. 칼 위를 걷는다. 불을 건넌다 ── 그런 것이라면 근처 길거리 재주꾼도 자주 하는 일이야. 하지만 놈들이 하는 것은 곡예지. 우리가 하는 것은 기적이고. 그 차이는 ── 무엇에서 유래한다고 생각하느냐."

종교인에게 수행은 불가결 ──.

그렇다면 수행의 선물이 ──.

아니야, 아니야, 하고 아버지는 야비한 말투로 말했다.

"재주꾼도 수련은 쌓는다. 구경거리라고 해도 아무나 할 수 있는 기술은 아니야. 그건 우리가 수행하는 것과 똑같은 거다. 하지만 우리 종교인이 하는 것과 놈들이 하는 것은 하늘과 땅만큼 차이가 있지. 그게 뭔지, 너는 아느냐."

뜻이 다르다는 것일까.

그것도 아니라고 아버지는 대답했다.

"생각할 것까지도 없는 일이야. 놈들은 재주꾼이고, 네 할아버지는 교주님이었다 ── 그것뿐이야."

그건 ──.

"즉 ── 신통력을 가진 사람이라서 교주인 게 아니라 교주가 하기 때문에 신통력이 된다, 이런 말이야. 알겠느냐. 하는 일 자체는 하등 특별한 것이 아니야."

그런 ──.

그런 것은 믿을 수 없다.

당신에게는 과거가 보이는가.

당신에게는 미래가 보이는가.

당신에게는 사람의 마음이 보이는가.

당신은 ── 사람을 구원할 수 있는가.

아버지는 웃으면서 대답했다.

"그런 건 전부 사기야."

나는 ── 할 말을 잃었다.

"신자에 대해서는 미리 조사되어 있어. 내가 상세히 조사해서 선대
교주에게 알려 주는 구조지. 미래의 일은 적당히 말할 뿐이야. 마음을
읽는다니, 그거야말로 말재간에 지나지 않는다."

뭐냐, 그 얼굴은 ── 아버지는 위협하듯이 말을 이었다.

"신자를 구원하고 있었던 건 아버지가 아니야. 교주라는 직함이다.
교단이라는 그릇이다. 살아 있는 부처의 실체는 내용물이 아니야.
바깥쪽이다. 저 ──."

아버지는 거기에서 벽을 가리켰다.

그 손가락이 가리키는 곳에는 할아버지가 몸에 걸치고 있던 그
호화찬란한 옷이 걸려 있었다.

"── 화려한 옷이 바로 신통력이다."

저.

옷깃 밑에.

그러니까 ──.

아버지는 큰 목소리로 말한다.

"——누가 입으나 마찬가지야. 즉 네 말로 하자면 나는 오늘부터 신통력을 갖게 되었다는 뜻이 되겠지. 너도 언젠가 저 옷을 입게 될 게다. 그러면 그날부터 네가 살아 있는 부처야."

그런 일은 있을 수 없다 그런 것은 믿을 수 없다 그런 속임수는 통하지 않는다.

할아버지는 아주 무서운 분입니다 할아버님은 높은 스님입니다 할아버지는 할아버지는——.

"아버지——."

당신은 대체 얼마나 수행을 쌓았다는 것인가. 당신은 세상의 비밀을 전부 알고 있다는 건가. 당신은 우주 자체와 말을 나눌 수 있다는 건가. 당신은——.

"착각하지 마."

아버지는 허둥거리는 나에게 큰 소리로 꾸짖었다.

그러고 나서 내 얼굴을 끈적끈적한, 싫은 시선으로 천천히 바라보았다. 나는 울고 있었을지도 모른다.

"좋은 기회니까 가르쳐주마——."

아버지는 그렇게 말했다.

"——네 할아버지—— 선대 교주는 옛날에 수험자였다. 소위 말하는 야마부시[82]지. 그건 알고 있겠지."

산을 돌아다니며 고행을 쌓아 신통력을 익혔다고 들었다. 그러나 내가 그렇게 말하자 아버지는 크게 웃으며 자세를 무너뜨렸다.

"수험도라는 것은 네가 생각하는 것 같은 고등(高等)한 것이 아니야."

---

82) 수험자의 다른 이름.

아버지는 그렇게 말했다.

"── 저속한 종교다."

저속. 저속이란 무엇일까. 신앙에 상등이나 하등이 있단 말인가.

"── 산에서 수행했다고 하면 듣기에는 참 좋지만, 야마부시가 산을 활보하며 수행했던 것은 옛날도 아주 옛날, 엔노 바소쿠[83]의 시대 ── 아득히 먼 고대의 일이다. 아버지가 산에 있었을 때는 산야를 떠도는 것조차 막부가 금지하고 있었으니까. 야마부시라고 해도 본산이나 다른 산이나 ── 어느 사원에 귀속해서, 한 곳에 정착해서 사는 게 의무였다. 이런 것을 사토야마부시라고 하지. 그래서야 산악 수행이 될 리가 없어. 가짜다. 아버지는 가짜 기도사야. 뭐가 천안통이냐. 웃기고 있네."

아버지는 비웃는다.

나는 그저 당황하여 허둥지둥한다.

"거짓말이 아니다. 요즘 세상에 구카이나 사이초[84]가 있다 한들, 과연 똑같이 수행할 수 있었을까 ──."

아버지는 독이 고인 탁한 눈으로 나를 응시한다.

"── 막부 시대라고 하면 꼭 옛날인 것 같지만, 그렇게 먼 옛날은 아니다. 막부가 쓰러지고 시대가 완전히 바뀌었다고 모두가 믿고 있는 것 같은데, 그건 착각하고 있을 뿐이다. 누가 위에 서든, 설령 혁명이 일어나더라도 시간은 끝도 없이 줄줄이 이어지는 거다. 지금 과 달라진 게 있을 것 같으냐."

그러나 ── 그래도.

---

83) 7세기 후반에서 8세기에 걸친 산악수행자. 수험도의 시조이다.
84) 헤이안 초기의 승려로 일본 천태종의 개조(開祖).

── 할아버지는.

존귀한 분이셨습니다, 하고 나는 말했다.

아버지는 불쾌한 듯이 얼굴을 찌푸렸다.

"멍청한 소리 마라. 뭐, 네가 태어났을 때 아버지는 이미 교주님이
었으니까. 하지만 내가 태어났을 때 그 남자는 아마 거지였을 거다.
사토야마부시는 거지나 마찬가지야. 메이지유신 전의 일이지만. 그
무렵 내 어머니 ── 네 할머니는 이치코(市子)였어. 이치코라고 하면
영매지. 아버지는 아내를 무녀로 만들어서 수상쩍은 가지기도를 하
는 기도사였다."

기도사 ──.

"마을을 돌아다니면서 집집마다 트집을 잡아서는 기도를 하고, 돈
이나 먹을 것을 뜯어내는 기도사 말이야. 게보즈[85], 가마바라이[86],
온교[87], 뭐라고 부르든 상관없지만 그런 수상쩍은 부류의 사람이야.
어쨌거나 네 할아버지가 천한 태생인 것은 사실이다. 웃기는 일이지.
잘난 척 폼을 잡고 떠받들어지기는 했지만, 어떻게 꾸미든 타고난
비천함은 숨길 수 없는 법이다. 나는 엄숙하게 거들먹거리는 아버지
의 모습을 보고, 아버지에게 머리를 숙이는 바보들의 모습을 보면서
계속 비웃고 있었어. 그렇잖으냐. 교주니 야마부시니 하고 부르면
대단한 것 같지만, 거지란 말이다. 너도 나도 거지의 피를 물려받은
거야 ──."

거지 ──.

---

85) 속인의 신분으로, 장례식 등에 승려를 대신하던 사람. 주로 일향종(一向宗)에 속했으며
세습적으로 반승반속(半僧半俗)의 생활을 보냈다.
86) 매월 말일에 무녀가 민가의 아궁이에 불제 등을 하여 깨끗이 하던 일. 또는 그 무녀.
87) 행자 같은 차림을 하고 방울을 흔들며 부적을 팔러 다니던 사람.

"알겠느냐, 내 생각에 아버지는 산의 유랑민이다. 산와(山窩)[88] 같은 부류지. 그걸 알면 누가 무서워하겠느냐. 손을 모으고 기도하거나 하지는 않겠지. 하지만 아버지는 사람을 속이고 거들먹거리는 재주만은 가지고 있었다. 아버지는 —— 사기꾼이었어."

사기꾼 ——.

그것도 뛰어난 사기꾼 —— 이라고 아버지는 되풀이했다.

"메이지 시대가 되어 신불분리령이 발령된 것 정도는 너도 알고 있겠지. 많은 중이 승적을 버리고 환속할 수밖에 없었다. 야마부시도 마찬가지. 하지만 천태진언 중 어느 한쪽에 편입된다고 해도 어차피 수험도는 잡종(雜宗)이야. 수험도에서는 신과 부처는 나눌 수 없다. 신불습합은 당연한 것이지. 권현(權現)[89] 님도 본지(本地)[90] 부처도 없이 꾸려나갈 수는 없어. 사기꾼이었던 아버지는 그걸 예측한 거다."

아버지의 말에는 독이 있었다.

할아버지에 대한 저주가 담겨 있었다.

"그래서 —— 막부 말에서 메이지 시대에 걸쳐서, 힘 있는 수험자나 민간 종교인은 대부분 신을 세웠다. 금광교(金光教)는 금신(金神)을 모시고, 온타케강(御岳講)은 온타케교(御岳教)[91]가, 후지강(富士講)은 부상교(扶桑教)나 신도수성파(神道修成派)가 되었어. 이것은 수험계 교파신도지. 하지만 아버지처럼 신자도 강(講)[92]도 아무것도 없는 기도사는 그

---

88) 산지의 하천 등을 이동하며 대나무 세공이나 수렵 등을 업으로 하던 사람들.

89) 부처나 보살이 사람을 구하기 위해서 일본의 신으로 모습을 바꾸어 나타난 것.

90) 신에 대하여 그 본래 모습인 부처·보살. 가령 일본의 최고신은 아마테라스 오미카미의 본지는 대일여래다.

91) 교파신도의 일종으로 1873년 시모야마 오스케가 온타케강을 집결하여 만든 교단.

92) 경전을 듣거나 신불에 참배하는 모임. 강회라고도 함.

럴 수도 없었어. 아버지는 한 가지 꾀를 내어, 당장 살던 곳을 버리고 교토로 갔다. 그리고 과연 어떤 연줄을 썼는지 —— 동사(東寺)에 들어 간 거야."

그것도 방편이었지 —— 하고 아버지는 마치 경멸하듯이 말했다.

수행을 위해서가 아니라는 것일까.

"방편이라고."

아버지는 다시 한 번 말했다.

"아버지가 살던 곳에 빌붙어서 계속 기도사 노릇을 하고 있었다면 이 교단은 없었을 테지. 1872년에는 수험종(修驗宗)은 완전히 폐지가 명해졌으니까. 그렇게 되면 아버지도 진언종 관할 말사의 하급 승려 취급이야. 근처 작은 절의 주지로서는 폐불훼석의 거친 파도는 넘을 수 없지. 그렇다고 그게 싫다면, 아버지는 한층 더 수상쩍은 점쟁이라 도 될 수밖에 없었을 게다. 하지만 봐라 —— 아버지는 교주가 되었 어."

교주가 —— 되었다 ——?

"아버지가 원한 것은 본산(本山)의 간판이다. 불교 수난 시대라고는 해도 —— 아니, 그런 시대이니 더더욱, 긴 역사를 가진 전통 불교 총본산의 간판은 효험이 있었거든. 어쨌거나 큰 간판이니까 ——."

신앙의 동기가 불순하다고 아버지는 말했다.

"—— 교왕호국사라고 하면 진언종의 총본산이다. 거기서 수행했 다면, 말사에서도 따돌림을 받는 수험자와는 대우가 다르지. 아버지 는 본성을 숨기고 얌전히 몇 년을 지냈어. 그리고 이 절을 손에 넣었다 ——."

아버지는 절 내를 둘러보았다.

"── 이곳도 어차피 세 치 혀로 손에 넣었을 것이 틀림없어. 이 절에 와서, 아버지는 수상쩍은 기도사의 진가를 발휘했지. 네가 말하는 신통력 말이다 ──."

2대 교주는 내뱉듯이 그렇게 말했다.

"── 아까 말했던 대로 길거리 재주꾼이 연기하면 곡예지만 훌륭한 절의 스님이 하면 그건 법력이다. 아버지의 법력은 평판을 얻었고 신자도 늘었어. 틈을 보아 아버지는 본산과 손을 끊고 독립한 거다. 교묘한 방식이었지. 하지만 아버지는 ── 그것을 위해서 아내를 희생했어. 아버지는 교토에 갈 때 자식인 나와, 아내인 어머니를 버리고 갔다. 어머니는 가난에 시달린 끝에 병을 얻고 실의 속에서 죽었어."

할머니가 ──.

"자기 아내 하나 구하지 못하는 산 부처가 어디 있느냐."

하고 아버지는 욕을 했다.

"내가 이 절에 불려 온 것은 ── 어머니가 죽고 몇 년 지난 후, 교단이 생긴 후의 일이다. 지저분한 옷차림이었던 아버지가 저런 옷을 입고 거들먹거리고 있었으니 ── 놀랐지. 그리고 ──."

할아버지는 ── 거들먹거리고 있었다. 그래서.

"그래서 나는 웃었다. 화도 냈어. 난 아버지를, 교주를 경멸했지."

그럼 왜 ── 어째서.

"그런 생활은 이제 싫으니까."

아버지는 그렇게 말했다.

"마을에서 우리가 어떤 취급을 받았는지, 너는 모르겠지. 우리는 사람으로 취급받지 못했다. 사람에게는 신분이 있다. 신분에는 위아래가 있지. 하지만 우리는 그런 신분 바깥에 있었다 ──."

그렇게 말하며 아버지의 얼굴은 일그러져 있었다.

"──어차피 우리는 마을 사람이 아니야. 그렇다고 산에 있을 수는 없지. 더러움을 씻어내는 사람은 또 더러운 존재이기도 했기 때문이다. 그런데 봐라. 저런──."

반짝이는 옷.

"──저런 것을 걸친 것만으로, 아버지는 남들보다 존귀한 부처가 된 거다."

명심해라──아버지는 일어섰다.

"교주에게 필요한 건 교만한 마음 하나다. 내가 남들보다 높다고 생각하는 마음이 가장 필요한 거야. 의심해서는 안 된다. 그걸 의심해 버리면 기댈 곳은──하나도 없어."

교만해라.

그냥 교만해라.

아버지는──새 교주는 그런 말을 남기고 안쪽 방으로 사라졌다. 나는 그저 넓은 법당 안에 웅크리고, 머리를 끌어안고, 그저 흐느껴 울었다.

그냥──슬펐다.

"우십니까──."

목소리──다쿠도 님의 목소리.

나는 옆구리 밑으로 목소리가 난 쪽을 뚫어져라 바라보았다.

마키무라 다쿠도가 거기에 있었다.

"다──다쿠도 님──저어."

"방금 교주님이 말씀하신 것은──진실이오. 받아들이는 게 좋겠지요."

"하지만 그, 그러면."

다쿠도는 내 이름을 부르고, 이렇게 말을 이었다.

"잘 생각하십시오. 분명히 교주님이 말씀하신 대로 신통력 같은 것은 가짜. 곡예와 다를 바가 없습니다. 다만 재주꾼은 필경 사람을 즐겁게 하기 위한 것일 뿐이겠지요. 사람을 구원할 수는 없습니다. 하지만 같은 일을 했어도──선대 교주님은 많은 사람을 구원하셨습니다."

"구원했다──."

"그러니 결과적으로 그 분은 산 부처님입니다. 도련님이 본 그대로의 할아버님, 그것 또한 진실입니다. 지금 아버님이 하신 이야기를 받아들인다고 해도──그렇다고 도련님이 견식(見識)을 바꿀 필요는 없습니다."

"그, 그래도."

그럼 이제부터 나는──.

"물론──어떤 때에도 수행은 중요합니다. 그건 틀림없어요. 하지만 그냥 무턱대고 수행하는 것만으로는 역시 안 됩니다. 열심히 수행을 쌓으면 물론 훌륭한 인간은 될 수 있을지도 모르지만──그건 자신을 구원하는 일일 뿐. 타인을 구원할 수는 없으니까요. 한두 명은 구원할 수 있어도 많은 사람은 구원할 수 없습니다. 많은 사람을 구원하기 위해서는 수행만이 아니라──."

방편이 필요한 것입니다, 하고 다쿠도는 말했다.

"──아버님은 교만하라고 하셨습니다. 하지만 아버님은 아직 완전히 교만해지지는 못하셨습니다. 교주로서는 미숙하지요. 주위뿐만 아니라 자신까지도 믿게 하지 못하고서는──."

교주는 될 수 없는데 말이지요 ──그렇게 말하며 다쿠도는 슬픈 듯이 벽에 걸린 할아버지의 옷을 보았다. 물론 그 현란한 천에는 ── 눈도 얼굴도 없었다.

6

열다섯 살 때, 나는 교단을 떠났다.

교주――아버지에 대한 혐오감이나 불신감을 아무래도 씻을 수가 없었던 것이다.

그것은 확실히 뿌리 깊은 것이었다.

게다가 그것과는 별도로 정말로 득도를 얻고 진짜 불법을 배우고 싶다는 기분 또한, 내게는 강하게 있었던 것이다.

교단은――황폐해져 있었다.

그곳에 신앙은 없었다.

아버지가 교주를 물려받고 나서 신자의 수는 눈에 띄게 줄었다. 할아버지가 돌아가신 것을 계기로 교단을 떠나는 사람도 많았던 것 같다. 간부들조차도 한 사람 줄고 두 사람 줄더니, 결국에는 마키무라 다쿠도 님도 아버지 곁을 떠났다.

그래도 아버지는 의기양양하게 교주를 계속 연기했다.

그렇게 하면 사람은 모여들 거라고, 아버지는 믿어 의심치 않았던 모양이다.

아버지의 신통력——재주는 할아버지의 것을 정확하게 답습하는 것이기는 했지만 결코 그 이상은 아니었고, 게다가 길거리 재주꾼의 곡예보다도 훨씬 생기가 없었다. 애초에 시류는 그런 것을 요구하고 있지는 않았던 것 같다. 아버지가 아무리 과장스럽게 행동해도 사람들의 마음은 떠날 뿐이었다.

우스웠다.

아무도 아버지를 원하지 않았다.

아무도 아버지를 받아들여 주지 않았다.

교단의 중추부조차 아버지의 곁을 떠났다.

나도——가망이 없다고 판단했다.

몇 개의 절을 전전했다.

밀교뿐만 아니라, 나는 법화종이나 염불종도 배웠다.

가마쿠라에서는 선사(禪寺)에 잠도(暫到)[93]로 입문하여 3년 정도 선 수행도 했다.

그러나 어느 것도 내게는 친숙해질 수 없었다. 단순히 완벽하게 수행하지 못했을 뿐일 거라고도 생각하지만, 역시 어릴 때 새겨진 믿음은 좀처럼 불식할 수 없었던 것이다.

여러 지방을 떠돌아다니다가 결국 내가 다다른 곳은——고야산[94] 이었다. 동사와 어깨를 나란히 하는 진언종의 정점, 청암사(靑巖寺) ——금강봉사(金剛峯寺)다.

---

93) 임시로 입당이 허가된 신참 승려.

94) 와카야마 현 북동부에 있는 산지. 진언종의 총본산 금강봉사가 있다.

1912년, 스물일곱 살 때의 일이었다.

나는 깊은 감명을 받고, 그때까지의 이름도 인생도 전부 버리고 발원 득도하여 서원(誓願)[95]했다.

중생무변서원도(衆生無辺誓願度).

복지무변서원집(福智無辺誓願集).

법문무량서원학(法門無量誓願學).

여래무변서원사(如來無辺誓願事).

보제무상서원증(菩提無上誓願證).

십선계(十善戒)[96]를 받고, 결연관정(結緣灌頂)[97]을 마치고 ——.

나는 겨우 진언승이 된 것이었다.

그 후로 10년 동안.

나는 진언 밀교를 배웠다.

초심으로 돌아가 그저 열심히 배웠다.

현약(顯藥)[98]의 먼지를 털어내고 진언의 창고를 연다.

신밀(身密). 구밀(口密). 의밀(意密).[99]

---

95) 원(願)을 세우고, 그것을 이루고자 맹세하는 일.

96) 십선을 지키기 위한 계율. 십선은 열 가지 악을 범하지 않는 것을 말하는데 불살생(不殺生), 불투도(不偸盜), 불사음(不邪淫), 불망어(不妄語), 불양설(不両舌), 불악구(不悪口), 불기어(不綺語), 불탐욕(不貪欲), 불진에(不瞋恚), 불사견(不邪見)이 그것이다.

97) 불교의 여러 종파 가운데 밀교가 특히 관정을 중시하는데, 스승이 여래의 5가지 지혜를 의미하는 5병의 물을 제자의 정수리에 부어주며, 이것은 부처의 지위를 계승함을 알려주는 의미로 이해되었다. 이 중 결연관정은 출가승이나 재가불자가 부처와 인연을 맺는 관정을 말한다. 관정을 받는 자는 단상에 놓여 있는 여러 불상을 향하여 꽃을 던져 꽃이 떨어진 곳과 가장 가까운 곳에 있는 부처를 인연이 있는 부처라고 생각하여 본존(本尊)으로 삼는다. 이때 관정자는 불명호(佛名號)를 부르면서 스승에 의하여 병에 있는 물로 3번 머리가 씻기며, 인장(印章)과 다라니를 받게 된다.

98) 밀교 이외의 불교를 가리키는 말.

99) 밀교의 삼밀(三密). 신밀은 손으로 수인을 맺는 것, 구밀은 입으로 다라니를 외는 것, 의밀은 다라니를 외면서 진언 범자를 생각하여 몸에 그 글자 하나하나를 또렷하게 새기는 것이다.

육대(六大)¹⁰⁰⁾. 사만(四曼)¹⁰¹⁾. 삼밀(三密) ——.

옴 아모캬베이로샤노마카보다라마니한도마진바라하라바리타야

운 ——.

내가 ——.

아버지의 소식을 안 것은 1922년의 일이었다.

알려준 사람은 바로 마키무라 다쿠도다.

마키무라는 치치부¹⁰²⁾에 있는 진언종 계열 사원의 주지가 되어 있었던 모양이었다. 편지에 따르면 몇 년 전에 양자를 들여 주지 자리를 물려주고 노사(老師)가 되어 은퇴 생활을 하고 있는 것 같았다.

마키무라 —— 할아버지의 애제자는 교단을 떠날 때 할아버지의 가르침 —— 수험도적인 것과도 밀교적인 것과도 한 번은 결별했다고 한다.

편지에 따르면 나와 마찬가지로 선사의 문을 두드리기도 했다고 한다. 그러나 아무래도 개종은 하지 못해서 일단 환속한 후, 다시 진언종 승려로 새롭게 출가했다고 한다. 역시 —— 할아버지의 주박(呪縛)에서는 도망칠 수 없었던 모양이었다.

그리고.

나는 내가 교단을 떠난 지 이십 년 이상의 세월이 흘렀다는 것을 알았다.

---

100) 만물의 구성요소인 지, 수, 화, 풍, 공, 식. 진언 밀교에서는 이를 만물의 본체라고 하며 대일여래의 상징으로 삼는다.

101) 진언 밀교의 4종의 만다라. 부처의 형상을 그린 대만다라, 부처가 가진 물건이나 인결(印契)을 그린 삼매야(三昧耶)만다라, 부처의 진언을 나타낸 법만다라, 부처의 동작을 나타낸 가쓰마(羯磨)만다라.

102) 사이타마 현 서부에 있는 도시의 이름.

마키무라는――내가 전에 의탁하고 있던 가마쿠라 선사의 승려에게서 내 이야기를 듣고, 그 후로 내 발자취를 꾸준히 더듬고 있었던 모양이었다. 이름을 버리고, 과거를 버리고 산에 틀어박혀 있어도 세상과의 인연은 좀처럼 끊을 수 없는 법이다. 아니면――마키무라라면, 설령 어디를 들러 오더라도 내가 갈 곳은 어차피 진언사일 것이라고 처음부터 꿰뚫어보고 있었을지도 모르지만.

금강삼밀회는 내가 떠난 지 겨우 몇 년 만에 막을 내렸다고 한다.

신자는 단 한 명도 남지 않았고, 교단 경영은 파탄을 맞아 절조차 남의 손에 넘어갔다고 한다. 그래도 아버지는 교단 부흥을 포기하지 않고, 혼자서 반쯤 사기 같은 종교 활동을 계속하고 있었던 모양이다.

길거리 곡예를 해야 했던 것이다.

아버지는 사람이 거칠어지고, 몇 번이나 수감되었다.

그 악명은 마키무라의 귀에도 들어갔다고 한다.

아무리 인연을 끊었다고 해도, 아버지와 얕지 않은 인연을 가진 마키무라는 자신 신앙의 계기가 된 교단의 몰락에 가슴이 아팠고, 그 상징인 인물의 악명에 마음이 아팠을 것이다. 영락한 아버지는 볼썽사납게 계속해서 버둥거렸고, 버둥거리면 버둥거릴수록 상황은 나빠졌다고 한다.

이윽고――극빈 생활 속에서 아버지는 몸이 망가졌다.

그래도 그 남자는 포기하지 않았다.

어떤 부귀영화를 꿈꾸고 있었는지, 그것은 알 수도 없는 일이지만 어떤 역경 속에서도 그 남자는 계속 교주라고 자처하는 것을 멈추지 않았다고 한다.

한심할 정도의 집착이다.

결국 아버지는 살 집도 잃고 마을에서 쫓겨나, 방랑 끝에 쓰러져서 반신불수의 몸이 되고 말았다고 한다.

마키무라는 몸이 생각대로 움직이지 않게 되고 생활 능력을 완전히 잃은 아버지의 꼴을 보다 못해, 그 신병을 거두어 주었다고 한다.

거지나 마찬가지였던 모양이다.

그래도 아버지는――교주의 표시인 그 할아버지의 법의만은 손에서 놓지 않았던 모양이다. 풍문을 더듬고 더듬어 마키무라가 찾아갔을 때, 아버지는 가사니 법구니 하는 것을 꼭 껴안고 가드레일 밑에 웅크리고 있었다고 한다. 숨이 다 끊어져 가고 있었다고 한다.

내 암자로 모신 지 오 년이 지나――라고 편지에는 적혀 있었다. 다쿠도가 거두어준 지 오 년째에, 아버지는 위독한 상태에 빠진 것이었다.

나는――왠지 몹시 당혹스러웠다. 아버지에 대한 응어리는 이십 년이 지난 지금도 전혀 사라지지 않았다.

불도에 힘쓰고 수행을 쌓고서도, 그것은 내 안에 또렷하게 응어리져 있었다.

나는 아버지가 싫다.

아니――나는――.

그게 아니라.

편지에는 다음과 같은 글이 적혀 있었다.

아버님은 육도윤회의 길을 벗어나 덴구의 길에 빠진 것으로 사료됩니다. 시라카와인[白河院][103]의 말에도 있다시피 불법을 닦는 자이기

---

103) 시라카와 천황. 인(院)이라는 것은 천황이나 황족이 속세를 떠나 불도에 귀의했을 때 붙는 호칭이다.

때문에 지옥에도 떨어지지 않고, 무도한 마음 때문에 극락왕생도 하지 못하고 ──.

마성 ──.

히코 산[英彦山]의 부젠보[豊前坊]. 시라미네 산[白峰山]의 사가미보[相模坊]. 다이센 산[大山]의 호키보[伯耆坊]. 이즈나야마 산[飯綱山]의 사부로[三郎]. 후지 산의 다라니보[陀羅尼坊]. 아타고 산[愛宕山]의 다로보[太郎坊]. 히라 산[比良山]의 지로보[次郎坊]. 그리고 구라마야마 산[鞍馬山]의 소조보[僧正坊][104] ── 치열한 수행 끝에 마도에 떨어진 불법자(佛法者)들. 윤회의 고리에서 벗어나, 해탈하지도 못하는 마연(魔緣)에 묶인 자들.

교만 ──.

교만해라 ──.

나는 몹시, 몹시 혼란스러웠다.

---

104) 모두 일본의 유명한 덴구의 이름.

7

아버지는 죽었다.

내가 찾아간 지 삼 일째 되는 날의 일이다.

만날 때까지는——육친인 이상, 얼굴이라도 보면 정도 갈지도 모른다고——그런 생각도 있었다. 그러나 그것은 망상이었다. 늙고 추해진 아버지의 모습을 본 순간, 나는 한층 더 모멸의 마음이 강해졌다. 아무런 감동도 느끼지 못하고, 나는 그저 베갯맡에 앉아 무표정하게 노인의 시든 얼굴을 바라보았다. 그리고——.

교주는 죽었다.

아무런 가치도 없는 생과, 아무런 가치도 없는 죽음.

태어나고 태어나고 태어나고 태어나 생의 시작에 어둡고, 죽고 죽고 죽고 죽어 죽음의 끝에 어둡다.

그렇게 어두운 것이 무서운 것일까.

그렇다면 빨리 썩어서 사라지는 것이 좋다.

빨리 ——.

—— 송장 썩는 냄새가 난다.

나는 그 쉰 냄새에 숨이 막힐 것 같은 오한을 느끼고 다시 향을
피웠다.

연기가 피어오른다.

그 연기 너머.

—— 저것은.

저것은 할아버지의 법의다.

금실과 은실로 짠 호화찬란한 칠조가사와 오우비. 선명한 수다라.
그리고 커다란 소고에리를 세운 능직 솜옷.

소중하게 가지고 있었던 것이다.

할아버지의,

아버지의,

다쿠도의 말이 되살아난다.

사과할 것은 없다/

사과한 시점에서 네 수행은 끝이다/

살아 있는 부처는 누구나 될 수 있다/

교만해라/

아직 완전히 교만해지지는 못하셨습니다/

자신까지도 믿게 하지 못하고서는/

교주는 될 수 없는데 말이지요/

—— 교만.
—— 교만하면, 교만하기만 하면 되는 것일까.

살아 있는 부처의 실체는 내용물이 아니다/
바깥쪽이다/
저 화려한 옷이 바로 신통력이다/

—— 저 옷.
그렇다면 저 옷이야말로.
그 커다란 옷깃 아래.
주름이 기묘하게 일그러지고,
그러다가 반짝 눈을 떴다.
"너는 나다."
갑자기.
아버지의 시체가 말했다.
"아직도 모르겠느냐 마도카 가쿠탄 ——."
옷의 얼굴이 씩 웃었다.
나는 그 얼굴을 난폭하게 움켜쥐고 —— 그리고 ——.
펄럭.
나는 지금 부족한 것이 없으며 마음이 청정하다.
1922년 가을 늦은 밤의 일이다.

百鬼夜行 - 陰

아홉 번째 밤

◎

계조로

毛倡妓

◎ 毛倡妓

◎ 계조로

어느 풍류객이 여자를 만나러 다니는데
높은 누각의 살문 앞에서
머리카락을 늘어뜨린 여자의 뒷모습을 보고
그 사람인가 싶어 앞을 보니
이마도 얼굴도 온통 머리카락에 덮여 있어
눈은 고사하고 아무것도 보이지 않았다
하여 소스라치게 놀랐다 한다

──금석화도속백귀 / 중권 · 회 (晦)
도리야마 세키엔 (1779)

1

여자의 옷깃을 꽉 잡자 가볍게 향수 냄새가 났다.

갑작스러워 놀랐는지, 여자는 소리도 지르지 못하고 작게 숨을 삼켰을 뿐이었다. 억지로 돌려세운다.

기노시타 구니하루는 무표정을 유지한 채 낮은 목소리로 짧게, 경찰이다 —— 하고 말했다.

여자는 한순간 흠칫 떨고는 기노시타에게서 필사적으로 얼굴을 돌리며, 뭐에요, 무슨 일이세요, 하고 천연덕스럽게 말하면서 바둥바둥 저항했다.

"단속이야. 비둘기 일제 단속. 오늘이 첫날이지. 나쁜 날 나왔군. 이리 와."

"그런 —— 저는."

저는 그런 여자 아니에요. 놔 주세요, 하고 소리치며 여자는 부자연스러운 자세가 되어 억지로 기노시타로부터 계속 얼굴을 돌렸다.

"그럼 어떤 여자인데."

기노시타는 여자를 돌아보게 하려고 했지만, 여자는 스카프를 눈까지 올려 쓰고 손으로 얼굴을 덮으며 말했다.

"상관없잖아요."

"이봐."

기노시타는 큰 소리로 말했다.

"——상관없다니 무슨 소리야. 상관이 있지. 다음 달부터 아카센[赤線][105] 단속 강화 기간이야. 그에 앞서서 여기고 저기고 전부 밤나비 체포 대회 중이지. 당신은 채집망에 걸려든 거야. 그만 단념해——."

기노시타는 왼손으로 여자의 팔을 잡고 얼굴을 덮은 손을 떼어낸다. 놔요, 놔 주세요, 하고 여자는 그저 그 말만 되풀이했다.

아무리 버둥거려도 소용없다. 기노시타는 도쿄 경시청 내 유도 대회에서 두 번이나 우승한 남자다. 조르기 기술에는 자신이 있었다.

기노시카가 옷을 잡아당기자 여자는 흐윽, 하고 신음했다.

기절이라도 시켜 버리면 빠르겠지만, 강력범이 아니니 역시 그럴 수는 없다. 게다가 기노시타는 본래 완력은 세지만 거친 짓은 좋아하지 않는다. 얌전히 이쪽으로 오라고 말하며 끌어당긴다.

여자는 그래도 얼굴을 옆으로 돌리려고 한다. 싸구려 스카프 사이로 보이는 긴 목에 핏줄이 도드라져 있다.

"——말귀를 못 알아듣는 여자로군. 이런 시간에 이런 유곽에서 이렇게 화려한 옷을 입고, 황후 인형처럼 하얗게 분칠을 하고 서 있는 일반인 여자가 어디 있어."

---

105) 매춘을 목적으로 하는 특수 음식점가. 경찰 지도에 그 지역이 빨간색 선으로 표시되어 있었다. 1946년 공창제도가 폐지되었을 때 특례 조치로 지역을 한정하여 설치되었으나 1958년 폐지.

여자는 강하게, 몇 번이나 고개를 저었다.

머리를 덮고 있던 화려한 스카프가 풀썩 떨어졌다.

검은 머리카락이 사르륵,

검은 머리카락이 사르륵 펼쳐졌다.

—— 머리카락.

기노시타는 손을 놓았다.

순간 여자는 고양잇과의 짐승 같은 동작으로 민첩하게 몸을 돌려 담장에 얼굴을 박다시피 하며 몸을 움츠렸다. 펼쳐져서 떠 있던 머리카락이 바람을 내뿜으며 여자의 어깨를 덮는다. 생각한 것보다 길다. 기노시타는 파마를 한 탈색한 머리카락을 예상하고 있었지만—— 생각과 달리 그것은 곧고 검은 머리카락이었다. 검은 머리카락은 흔들흔들 흔들렸다.

"죄송해요 죄송해요."

죄송해요——.

"아——."

—— 사과하지 마.

기노시타는 당황한다.

—— 사과하지 마. 사과한다고,

사과한다고 될 일이——.

"사과한다고 될 일이 아니잖아."

확실히 기노시타는 법을 지키는 경찰관이고, 이 여자는 부도덕하고 반사회적인 길거리 창부다.

그러니 단속하는 것은 당연하다.

당연하지만——.

그렇다고 해서 기노시타 자신이 대단한 사람이라서 단속하는 것은 아니다. 경관이라 해도 기노시타는 완전무결한 인간은 아니고, 오히려 그런 평가와는 거리가 먼 결함투성이 인간이다. 그러니 사과를 받아도,

──사과를 받아도 곤란하다.

"──나, 나한테 사과해도 소용없어."

"봐 주세요 ──."

"뭐라고?"

"봐 주세요. 부탁이에요."

여자는 단호하게 그렇게 말했다.

"봐 달라니 그런 ──."

"부탁이에요, 봐 주세요."

여자는 얼굴을 숙인 채 마치 주문이라도 외듯이 되풀이했다.

"──그, 그럴 수 있을 리가 없잖아!"

기노시타는 무뚝뚝하게 말했다. 다른 과를 지원하기 위해 불려나왔을 뿐이기는 하지만 기노시타도 공무원 나부랭이다. 게다가 천하의 도쿄 경시청, 우는 아이도 울음을 그친다는 형사부 수사1과에 배속되어 있는 수완가다.

항상 각 본부 관할서의 모범이 되어야 한다는 훈시를 받고 있는 몸으로서 그런 짓은 할 수 없다.

"안 돼, 이리 와."

소매를 잡아끌자 여자는 비통한 표정으로 뭐라고 말했다.

얼굴을 가리고 있어서 분명하게는 알아들을 수 없다.

"──돈인가요?"

"돈? 돈이라니 무슨 소리야."

묵인해 주는 대가――라는 뜻일까.

"돈을 내면――봐 준다고, 그렇게 들었어요. 저, 지금 붙잡힐 수는 없어요. 대체, 대체 얼마인가요? 지금은 가진 돈이 없지만, 그래요, 조금만 기다려 주시면――."

"바, 바보 같은."

바보 같은 소리도 정도껏 하라고 기노시타는 고함쳤다.

"누, 누가 그런 웃기는 소리를 했어? 관할서는 어떤지 모르겠지만, 나는 뇌물을 받고 눈감아주는 비열한 짓은 절대 하지 않아."

경찰관을 모욕하는 말을 하면 용서하지 않겠다――기노시타가 거친 목소리로 말하자 여자는 몸을 지키듯이 움츠리고, 죄송해요, 죄송해요, 하고 사과했다.

죄송해요.

죄송해요 죄송해요.

"사, 사과는 하지 마――."

기노시타는 급격하게 시들었다.

처음부터 내키지 않는 일이었다.

바로 얼마 전.

도쿄 경시청은 특수 음식점 밀집지역――소위 아카센 지대의 단속에 대해서 인권 옹호의 입장까지 확장해서 임한다는 방침을 대강 굳혔다. 다음 달이 되면 아카센 구역 내의 단속은 강화되고, 보다 철저한 영업 지도가 이루어지게 되어 있다.

확실히 공창제도가 폐지되고 창부들을 묶고 있던 노예제도 같은 몇 가지 악습은 철폐되었다.

그러나 아무리 자유의사에 기초한 계약이라도 여전히 착취적 행위는 계속되고 있다.

뿐만 아니라 여러 가지 의미로 아카센의 존재는 많은 문제를 안고 있는 것은 틀림없다. 그런 유곽을 경찰이 단속하는 것은 당연한 일이라고 기노시타는 생각한다. 애초에 기노시타는 매춘폐지론자다. 아카센 따위는 없애 버리는 것이 낫다고, 기노시타는 그렇게 생각하고 있다.

기노시타는——매춘부를 몹시 싫어한다. 아카센 같은 곳에는 발을 들여놓고 싶지도 않았다. 그래서 협조 요청이 들어왔을 때는 진심으로 진절머리가 났다.

하기야 담당 부서의 놈들에게는 좋고 싫고를 따질 문제가 아닐 테고, 어떤 일이든 공무임에는 틀림이 없다. 명령을 받으면 따를 수밖에 없다.

그래도 어쨌거나 마음은 내키지 않았다.

이것은 본래 방범부 보안과의 일이다.

다만 오늘 밤의 일제 단속은 아카센 구역에 대한 것이 아니라 아카센 구역 밖에서 단순 매춘을 하는 길거리 창부들——속된 말로 팡팡걸[106]의 밀집 지역, 소위 아오센[靑線][107] 지구의 일제 단속이었다.

아오센은 생각하기에 따라서는 아카센보다도 질이 나쁘다. 배후에 야쿠자가 얽혀 있어 형사부와도 무관하지는 않다. 그러나 같은 형사부라도 기노시타가 배속되어 있는 수사1과는 살인강도가 전문이다. 도시 근교에서 엽기살인사건 발생——이라는 보고도 들어와 있다

---

106) 제2차 세계대전 후의 일본에서 진주군 병사를 상대로 하던 창부.

107) 영업허가 없이 매춘하던 음식점가. 특별 지구로 경찰 등의 지도에 파란색 선으로 표시되었다. 1952년경부터 1956년까지 사용된 말.

그런 상황에서 길거리 창부의 단속이라니 솔직히 말해서 하고 싶지는 않다.

싫었다.

싫다 싫다고 생각하고 있는 동안에 기노시타는 초조해지기 시작하고, 초조함은 이동 중에 분노로 바뀌어, 현장에 도착했을 무렵 기노시타는 울화통이 치민 것 같은 상태였다.

히스테릭하게 붙잡아 사디스틱하게 몰아세웠다.

스스로도 미쳤다고 생각했다. 기노시타는 본래 겁쟁이다. 평소에는 흉악범에게도 온후하게 대한다. 그런데 여자를 발견할 때마다 놀랄 정도로 흥분하고, 여자가 저항하면 몹시 난폭하게 대했다.

그런데.

—— 사과하니까.

여자가 사과한 탓에 기노시타는 급격하게 식었다.

냉정해지니 마치 자신이 이 여자를 괴롭히고 있기라도 한 것처럼 생각되었다. 아니, 아마 자신은 지금 그냥 여자를 괴롭히고 있을 뿐일 것이다.

기노시타는 무력감에 휩싸인다.

"형사한테 사과해도 죄가 가벼워지지는 않아. 그건 작은 죄라고 해도 마찬가지야. 그러니까 —— 나한테, 그래도 —— 나는."

—— 나는.

용서할 수 있는 입장은 못 된다.

아니, 용서할 수 없다.

"죄 —— 죄인가요?"

"뭐?"

"하지만——그."

여자는 우물거렸지만 기노시타는 곧 알아차렸다.

여자는 매춘 자체가 죄냐고 묻고 있는 것이다.

그것에 대해서는, 자신에게 물어봐야 기노시타도 매우 어중간한 대답밖에 할 수 없다.

유감스럽게도 현행 매춘 자체를 위법이라고 정하는 법률은 없다. 전쟁이 끝난 후 맥아더의 한 마디로 공창제도는 허둥지둥 폐지되었지만, 그때까지도 국내에서 그런 의논이 없었던 것은 결코 아니다.

매춘폐지운동 자체는 메이지 시대 이후로 오랫동안 주장되어 온 것이다.

그러나 그렇게 오랫동안 되풀이해서 이야기되면서도 매춘 자체가 폐지되는 데에 이르지 못했다는 것은, 뒤집어 보면 그만큼 긴 시간을 들여 의논해도 결말이 나지 않았다——는 뜻이기도 하다.

적당히 아카센이니 아오센이니 하는 것을 지도상에 그려서 구역을 정했다고 생각한들, 무엇이 어떻게 되는 것도 아닐 것이다.

"푸, 풍기를 어지럽히는 사창(私娼)은 단속하도록 되어 있어. 도, 도덕적으로 용서할 수 없는 거지. 그런 짓을 하면서도 부끄럽지 않나? 단속하는 건 다——당연한 일이잖아!"

——나는 왜 흥분하고 있을까?

"게, 게다가 이런 단속은——."

당신들을 위해서 이루어지는 거라고, 기노시타는 씁쓸한 변명을 했다.

여자는 희미하게 얼굴을 들었다.

"우리를——위해?"

"그래. 문제가 되는 건 당신들을 틀어쥐고 있는 놈들이야. 무슨 생각으로 이런 부끄러운 줄도 모르는 일을 하고 있는 건지 모르겠지만, 당신들이 하는 일은 어차피 야쿠자의 배를 불려줄 뿐인 행위라고. 그런 걸 위해서 몸을 망칠 건 없잖아. 그러니까——."

그러니까 뭐라는 것일까.

확실히 이렇게 직접 손님을 끄는 창부의 배후에는 대개 폭력 조직이 있다. 매춘은 야쿠자의 유효한 자금원이 될 수 있었고, 이런 단속이나 미군의 무임승차 등으로부터 몸을 지키기 위해 길거리 창부도 스스로 야쿠자에게 보호를 청했던 것이다.

하지만.

가령 이렇게 검거한다고 해도 그 후 이 여자들이 갱생해서 정상적으로 살기 시작하기라도 한다는 것일까.

그런 일은 없다.

애초에—— 정상이라는 것은 무엇일까.

형사가 정상이고 창부가 정상이 아니라는 증거는 어디에도 없다. 부끄러운 줄 모르는 것은 기노시타 쪽이 아닐까. 애초에——.

——아니.

논리 따윈 아무래도 상관없다. 기노시타는 창부를 매우 싫어한다. 용서할 수 없다.

매춘은 나쁜 일이다.

존엄이라곤 조금도 없다.

더러운 일이다.

인간이 할 일이 아니다.

몸을 팔다니——이,

이 음탕한 것 ──.

이 ──.

"얼른 와 ──."

기노시타는 여자의 팔을 잡았다.

── 뭘 꾸물거리는 거냐.

생각할 것까지도 없는 일이다. 힘으로 억지로 끌고 가면 그걸로 끝날 일이 아닌가. 체포하는 것이 아니다. 지도다. 연행한다고 해도 투옥하는 것은 아니다. 목숨을 빼앗는 것도 고문하는 것도 아니다.

기노시타가 망설일 이유는 아무것도 없다.

이 여자들은 어차피 설교를 듣고 곧 풀려난다. 그 정도는 당하는 것이 당연할 것이다. 아니, 그것만으로는 부족할 정도다. 이 여자는 더러운 ──.

── 더러운 창녀다.

"이봐 ── 포기해!"

"죄송해요 ── 저는 아무것도."

"아무것도 뭐야!"

"아무것도 몰라서."

"아무것도 몰라?"

── 아무것도라니, 뭘.

기노시타는 손을 놓고 여자의 모습을 훑어본다.

가로등에서 멀리 떨어진 뒷골목의 좁은 길이어서 옷의 색깔이나 자세한 무늬까지는 똑똑히 알 수 없다. 그러나 화려한 옷이라는 것은 틀림없었다. 어디를 보아도 아무것도 모르는 여자의 복장은 아니다.

하지만.

―― 어울리지 않는다.

뒤죽박죽이다. 제대로 입어내지 못한다.

하기야 ―― 요란한 짙은 화장도 파마머리도, 경박하고 화려한 복장도, 굽이 높은 구두도, 선글라스도, 스카프도 전부 ―― 밤 여자의 옷차림이 진짜 어울려 보이는 여자는 그리 많지 않다. 원래 주일미군의 마음이라도 끌기 위해서 시작된 스타일일 테고, 어차피 일본인에게 어울리는 옷차림은 아니라고 기노시타는 생각한다.

그렇다고 해도.

―― 이 여자는.

어딘가 뒤죽박죽이다.

―― 가출한 여자인가.

그러나 지방 출신으로는 보이지 않았다.

예전에는 창부의 대부분이 지방 출신이었다고 한다. 그러나 그것도 가난한 농촌, 풍요로운 도시라는 구도가 가져온 현상이었던 모양이고 전쟁 후에는 완전히 상황이 달라졌다고 기노시타는 들었다. 확실히 패전 때문에 경제적으로 파탄이 난 것은 농촌보다 도시 쪽이었던 것이다. 농촌 해방 등으로 농촌은 윤택해지고 빈부의 차이는 줄어들었다. 반면 도시는 공습으로 괴멸적인 상황이 되고 실업자는 급증했다.

따라서 팔려온 산골 출신 시골 아가씨가 아무것도 모른 채 손님을 받고 ―― 라는 케이스는, 완전히 없어진 것은 아니지만 많이 줄어들었다고 한다.

어쨌든 정말로 어쩔 수 없는 긴박한 사정이 있다면 몰라도 ――.

설령 그렇다고 해도.

매춘부를 용서할 수는 없다.

기노시타는 절대로 용서하지 않는다.

그러나.

"당신 ——."

"저는 ——."

꺄악꺄악 하는 비명이 들린다.

일제 단속이다. 여기저기에서 여자가 붙잡히고 있다. 여자는 기노시타가 서 있는 것과 반대 방향의 소란으로 얼굴을 향했다.

살짝 젖은 초라하고 지저분한 골목의 찌부러진 출구에 검은 그림자가 떠오른다. 자그마한 그림자는 탁탁탁탁 소리를 내며 달려왔다. 쫓기고 있는 것일까. 그렇다면 저것도 창부일까.

기노시타는 싸울 자세를 취한다.

"도요, 너 도요니 ——."

그 그림자는 목소리를 냈다. 여자의 목소리이기는 했지만, 결코 젊은 목소리는 아니었다.

"아주머니 ——."

여자는 그렇게 말했다.

나타난 것은 초로의 여자였다. 아주머니라고 불린 그 초로의 여자는 불린 순간 걸음을 멈추더니, 그제야 기노시타의 모습을 알아보고 눈에 연기가 들어간 것 같은 얼굴을 했다.

"당신 —— 형사야?"

"당신, 포주 —— 로군."

초로의 여자는 기노시타를 노려보았다.

"나 —— 나는 아무래도 상관없지만 말이야."

"아무래도 상관없지 않아. 네놈들이 ──."

"그래, 나는 악당이야. 날 잡아가는 건 당신 마음이지만 그 애는 상관없어. 놔 줘."

"상관없다니 ── 뭐냐. 놔 주라니 무슨 소리냐! 경찰에게 명령하는 건가. 자, 너도 가만히 있어. 이 ──."

음탕한 것 ── 이라는 말을 기노시타는 삼켰다.

기노시타가 한순간 움츠러든 탓인지, 초로의 여자는 무시무시한 기세로 덤벼들었다.

"잘난 척 지껄이지 마. 너희들 관헌(官憲)은 서 있는 건 무조건 다 끌고 가면 된다고 생각하겠지. 그럼 우체통도 전봇대도 데려가면 되잖아. 이 애는 창녀가 아니야 ──."

기노시타는 더욱 움츠러들었다. 상대는 몸집이 작고 나이도 많다. 아무리 저항한다 해도 때려눕힐 필요도 없다. 그렇게 생각한 순간.

마치 마른 나뭇가지 같은 손가락이 기노시타의 위팔을 잡았다. 손가락이 살에 파고든다.

"── 자, 형사인지 뭔지 모르겠지만, 죄도 없는 민간인한테 폭력을 써도 될 리 없겠지. 당장 그 애의 손을 놓고 날 잡아가."

아주머니, 아주머니, 그러지 마세요, 하고 여자는 머리카락을 흐트러뜨리며 소리쳤다. 그래도 초로의 여자는 붙들고 늘어지고, 기노시타는 머뭇거렸다.

"놔 주라니까, 놔 줘!"

"네놈이야말로 놔!"

기노시타는 위팔에 파고든 늙고 가느다란 손가락을 풀려고 자신의 굵고 짧은 팔을 휘둘러 올렸다.

마른 가지 같은 팔은 풀렸지만 기세 좋게 쳐든 주먹은 벽에 달라붙어 버둥거리고 있던 여자의 목덜미를 스쳤다.

──맞았나?

　기노시타는 반사적으로 여자에게서 손을 떼었다. 그 여세로 여자는 긴 머리카락을 펄럭이며 반 바퀴 돌아,

　긴 머리카락을 펄럭이며 반 바퀴 돌아,

　긴 머리카락을 펄럭이며,

　기노시타에게 얼굴을 보였다.

──아.

　"도요, 도망쳐! 도망쳐!"

　초로의 여자가 기노시타에게 몸을 부딪쳤다. 몸을 부딪쳐 온다고 해도 체격이 너무 다르다. 기노시타는 꿈쩍도 하지 않았다. 그렇다, 꿈쩍도──.

　움직일 수가 없었던 것이다.

　여자는 순간 망설였지만, 곧 머리카락을 나부끼며 달려갔다. 여자의 모습이 작아진다.

　"기노시타 무슨 일이야──아아 붙잡았나? 그 할망구──."

　동료 형사의 목소리가 들린다.

　"왜 그래 기노시타, 이봐──뭐야 괜찮나──."

　"창부는──싫어."

　기노시타는 그렇게 중얼거렸다.

2

겁쟁이.

수사1과 내에서는 뒤에서 기노시타를 그렇게 부르는 사람도 있다.

틀린 말도 아니다.

기노시타는 키는 작지만 다부진 체격의, 어느 모로 보나 강해 보이는 외모이고 그 외모대로 유도의 달인이기는 하지만 폭력 사태는 좋아하지 않는 성격이다. 따라서 현장에 나가도 좀처럼 호전적으로 범죄자와 맞서지 못한다. 싸우면 이길 수 있는 상황이라도 싸울 마음이 들지 않는다. 겁을 먹는다기보다 의욕이 없어지는 것이다.

그러나 기노시타는 특별히 평화주의자인 척하는 것은 아니다.

선배 형사는 정의 따윈 없다──는 식의 말을 한다.

그럴지도 모른다고도 생각하지만 기노시타는 어디에선가 정의라는 환상을 원하고 있고, 따라서 나쁜 짓을 목격했을 때 기노시타는 역시 분노한다.

분노에 취해서 이런 놈들은 섬멸해야 한다고, 조금 과격한 기분이 들 때도 있다. 다만 결국 할 수는 없고, 하려고도 생각하지 않을 뿐이다.

소심할 뿐인지도 모른다.

주위 사람들은 모두 그렇게 말한다.

하지만 기노시타의 기분을 솔직하게 말한다면 그것은 무섭다기보다——.

오히려 싫은 것이다.

무서운 것과 싫은 것은 다르다.

잘 모르지만 다르다고 생각한다.

예를 들면 벌레. 여자나 아이들은 벌레를 보자마자 물리지도 않았는데 무섭네 무섭네 하며 비명을 지르지만, 그것은 무섭다기보다 추하니까 싫은 것일 거라고 기노시타는 생각한다.

물론 기노시타도 벌레 종류는 좋아하지 않는다.

좋아하지 않지만, 기노시타는 벌레를 볼 때마다 비명을 지르거나 하지는 않는다.

하기야 비명은 지르지 않더라도 기노시타는 옛이야기에 나오는 호걸이 아니기에 발견하자마자 모조리 뭉개 죽이거나 하지는 않고, 하물며 먹어 버릴 생각도 하지 않는다. 직접 만지는 것은 내키지 않고, 바퀴벌레가 뒤집혀 있는 것을 자세히 보면 기분이 나빠진다. 다리나 배가 매끈매끈하고, 그것이 움직이는 모습은 기분 좋은 것이 아니다.

하지만 그것은 무서운 것과는 다르다. 소위 말하는 생리적 혐오라는 것이다. 벌레는 개나 원숭이와 달리 우리 인간과는 분명히 생물로서의 성립이 다르다.

그 이물(異物)의 존재를 용인하는 것에 대한 혐오감은 있다.

서로 양립할 수 없으므로 통하지도 못할 거라는 악감정이 생겨나는 것일 거라고 생각한다. 만일 상대가 개나 원숭이라도 짐승이니 인간과 서로 통할 수는 없겠지만, 가축이나 애완동물 같은 고등한 포유류는 사람에게 익숙해진다.

말하자면 공생이 가능한 것이다. 착각이라고 해도 서로 통하는 것 같은 기분은 들 수 있다. 반대로 뱀이나 도마뱀이나 곤충 등, 형태가 사람과 멀어지면 멀어질수록 서로 이해할 수 있는 정도는 낮아져 간다고 생각한다.

그것을 공포라고 부른다면 그것도 공포의 한 형태이겠지만, 기노시타에게는 아무래도 실감이 나지 않는다.

예를 들면——같은 포유류라도 늑대나 곰은 사람을 잡아먹는다. 그런 맹수는 사람에 대해 확실히 위해를 가한다. 마주친 적은 없지만 기노시타는 그쪽이 훨씬 위협으로 생각된다. 무섭다, 두렵다고 한다면 벌레 따위보다 오히려 그쪽일 것이다. 하기야 벌레 중에도 말벌이나 전갈같이 생명을 위태롭게 하는 독을 가진 벌레도 있다. 그런 벌레는 확실히 사람에게 위해를 가하지만 그렇다고 해서 모기나 그리마같이 별 해도 없는 것까지 싫어할 필요는 없다.

그것은 다른 감정일 것이다.

그것이 똑같다면, 그것은 호랑이가 무서우니까 고양이도 무섭다 ——는 것과 마찬가지다. 아무리 호랑이의 위협에 노출되어 있었다고 해도 그렇게 생각하지는 않을 것이다. 다만 호랑이가 무서우니까 호랑이를 닮은 고양이도 싫다는 것이라면 이해는 간다.

무섭다기보다 싫은 것이다.

또 하나──벌레의 경우는 어디에 숨어 있는지 알 수 없다는 특성이 있다. 벌레는 작고, 갑자기 나타난다. 그래서 여자나 아이들은 꺄악꺄악 비명을 지르는 것이겠지만, 이것은 생각해 보면 축제날 유령의 집과 같은 구조다.

즉 놀라는 것이다.

우선 깜짝 놀란다. 이어서 이상한 형태에 혐오를 느낀다──이것은 과연 두렵다는 것일까. 공포라기보다 위협당하는 것이 싫다, 기분 나쁜 것을 보는 것이 싫다──는 감정이 아닐까.

그것이야말로 공포라고 부르는 것일까.

그럴──지도 모른다. 하지만 기노시타는 그것을 공포라고 부르는 데에는 위화감을 느낀다.

싫은 것과 무서운 것은 다르다.

확실히 기노시타는 용감하지 않다. 하지만 폭력을 휘두르거나 당하거나 하는 것이 무서운 것은 아니다. 싫은 것이다. 싫어한다.

──겁쟁이.

그래도 기노시타는 역시 자신을 겁쟁이라고 생각한다. 겁쟁이, 무골충이라는 험담을 들어도 어쩔 수 없는 인간이라고 생각한다.

왜냐하면 기노시타에게는 그런 싫은 것과는 별개로──.

무서운 것이 있기 때문이다.

──그것은.

그것을 말하면 대개 웃음을 산다.

기노시타가 과 내에서 겁쟁이라고 비방을 당하는 진짜 원인은, 실은 거기에서 유래하는 것이다.

드문 것은 아니다.

기노시타는──유령이 무서운 것이다.

기노시타에게 그것은 겉모습이 기분 나쁘다거나, 의사소통이 안 된다거나, 물리적인 위해를 가한다거나, 깜짝 놀란다거나──그런 종류의 것이 아니다. 물론 그림에서 보는 유령은 대개 추악하게 그려져 있고, 권선징악적인 이야기 등에서 그려지는 망자는 산 사람과는 동떨어진 존재다. 죽임을 당하고 해코지를 당한다는 실제적인 피해도 있고, 신출귀몰하기 때문에 마주치면 놀라기도 할 것이다. 그런 여러 가지 싫은 요소를, 유령도 확실하게 가지고 있기는 하다.

하지만 기노시타가 유령을 무섭다고 생각하는 것은 아무래도 그런 싫은 요소와는 상관이 없는 것 같다.

그냥 무조건 싫다. 어린아이처럼.

유령이.

──그 여자.

그것은. 그 여자는.

──그건 마치 유령 같다.

왜 그러느냐고 아오키가 말했다.

기노시타는 나른한 얼굴을 지으며 동료의 얼굴을 보았다. 기노시타와 같은 1과 1계의 형사다. 같은 나이인 탓도 있어서 기노시타와 친하게 지낸다. 동안의 형사는 미간을 찌푸리고 있었다.

"──이상해. 오늘 밤에는 이상한 것 같은데."

"별로."

"자네──그렇게 창부가 싫나?"

"왜 그런 걸 묻나?"

"그야──."

아오키는 그렇게 말하면서 식은 차를 찻잔에 따라 기노시타 쪽으로 내밀었다.

형사부의 휴게실이다.

"──자네가 그렇게 발끈한 건 처음 봤으니까. 눈이 충혈되어 있었다고."

"수면부족이라 기분이 나빴어."

기노시타는 대답했다.

"──조시가야 사건 이후로 잘 자지를 못해서. 그건 뒤끝이 오래 가는 사건이었지."

그것은 사실이었다.

"그것뿐이야?"

"왜."

"자네, 그 할망구를 붙잡았을 때 창부가 싫다고 말했잖아."

싫어, 하고 기노시타는 대답한다.

"경관이 창부를 좋아하면 큰일이잖아."

그건 그렇지만──아오키는 납득이 가지 않는다는 듯한 얼굴을 했다.

"되고 싶어서 창부가 되는 사람은 없네. 빈곤이나 불안정한 세상이 그녀들을 막다른 곳까지 몰아넣은 거야. 나쁜 건 창부를 만들어내는 사회 쪽이야. 그러니까."

"겉만 번지르르한 소리야. 그런 정론을 말하면 그 사람한테 혼날걸."

기노시타는 말했다. 그 사람이란 아오키와 파트너인 선배 형사를 말한다.

"사정은 있겠지. 하지만 이러니저러니 해도 요즘 세상에는 창부도 자유선택의 결과잖나. 선택지는 생겼어. 그 바닥에 남아서 몸을 파는 놈들은 장사를 하고 있을 뿐이야."

그건 놈들 자신들도 하는 말이지만──그렇게 말하며 아오키는 입가를 일그러뜨렸다.

"──보안과 놈들이 검거한 창부한테 묻잖나. 이런 짓을 하면서 부끄럽지 않느냐는 둥, 이게 옳은 행동이라고 생각하느냐는 둥, 계속할 생각이냐는 둥──."

아오키는 자신의 찻잔에 차를 따랐다.

"──창부들에게는 대개 반감을 산다는군. 바보 취급을 당했다고 생각하겠지. 부끄러운 줄 모르고 게으른 사람으로 낙인찍히는 것 같은 기분이 드는 거지. 자네 말대로 그녀들은 장사로 매춘을 하고 있어."

"그렇겠지."

"하지만──그러므로 더더욱 그녀들의 인격까지 부정하는 말을 해서는 안 되는 거겠지. 우리는 어디까지나 인권 옹호의 입장에서 단속하고 있으니까. 게다가 얼마 전까지 매춘은 나라에서 인정한 장사였으니까 말이야."

"지금은 딱히 인정하지 않잖나."

기노시타는 일부러 불쾌한 듯이 대답했다.

"──묵인하고 있을 뿐이야. 게다가 나라에서 인정해도 나는 인정하지 않아. 어떤 사정이 있어도 매춘은 어리석고 더러운 장사일세. 본래 같으면 엄벌에 처해야 해. 그냥 데려와서 지도만 하는 걸로는 안 된다고. 그 여자들에게는 아무런 효과도 없어."

아무래도 말투가 거칠어진다.

"하지만 ── 검거를 계기로 반성하고 그만두는 사람도 개중에는 있잖나."

"글쎄 ──. 한 번 그 세계에 떨어지면 좀처럼 어렵지 않을까."

기노시타는 일부러 얄밉게 말했다.

"그렇게까지 싫어하는 이유는 뭔가 ──."

아오키는 이상하다는 듯이 기노시타 쪽으로 얼굴을 향했다.

"별로."

스스로도 모른다.

아오키는 한숨을 쉬었다.

"아까 자네가 잡은 할망구 말일세, 그 여자는 오쿠마라고 하는데 옛날에 특수 위안 시설을 관리하는 일을 했었고, 지금은 창녀들을 거느리고 있는 포주였어."

"그래?"

"응. 가출한 여자아이나 생계가 막막한 시골 처녀나 남편이 죽은 미망인이나, 그런 어리숙한 창부들을 데리고 있었지. 다만 그 할망구, 데리고 있었다고 해도 비싼 자릿세를 뜯어내고 있었던 건 아닐세. 야쿠자와는 인연이 없어. 오히려 그런 놈들에게서 여자들을 지키려고 하다가, 그래서 자연스럽게 그런 구조가 생긴 모양이더군. 여자들도 안심하고 돈을 벌 수 있다고 고마워하고 있었나 봐. 뭐, 그게 그나마 다행이지."

"그런 다행이 어디 있나."

"아아. 맞아. 확실히 칭찬받을 일은 아니겠지만 ── 그 할망구는, 그렇지, 그때 도망친 여자가 있었잖나 ──."

──그 여자.

그 머리카락이 긴 여자 말이야, 하고 아오키는 말했다.

머리카락이 긴 여자.

그 여자.

"그 여자는──그날 처음으로 섰다는군."

아오키는 그렇게 말했다.

"처음──이라고?"

"응. 할망구가 꽤 걱정하고 있었네."

"걱정이라니."

"자신이 붙잡혀 버렸으니까. 그 부근에서 뒷배도 없이 혼자서 길거
리 창부 노릇을 했다간 단방에 표적이 되네. 아무래도 그 부근은 야쿠
자니 뭐니, 서너 조직의 구역이 겹쳐 있는 것 같으니까. 각자가 자기
구역이라고 주장하고 있지. 그러니까 멋대로 장사를 하게 해 줄 수는
없다고, 눈에 불을 켜고 감시하고 있다는 거야. 어딘가의 조직에 붙잡
히면 그 후에는──."

기노시타는 찻잔을 비운다.

아무것도 몰라서──.

죄인가요──.

죄송해요──.

──그런 거였나.

그렇다고 해도.

"그렇다고 해도, 만일 그렇게 된다면 그건 자업자득일세. 그런 사
정은 어느 정도 알고 있잖아. 그걸 알면서도 길거리에 선 여자가 바보
지. 만일 몰랐다고 해도, 눈앞에서 동료가 그렇게 붙잡혀 가고 포주까

지 붙잡혔으니 보통 같으면 몸을 사리겠지. 하물며 처음이라면, 무서워서 못할 거야."

"하지만 사정이 있네."

"사정이라니 그게 뭔데."

"할망구의 이야기로는 그 아가씨는 작년까지 어느 탄광 마을에 있었던 모양인데, 아버지가 사고로 죽어서 일가는 길거리에 나앉고 친척에게 의지해서 상경했다는군. 하지만 그 친척이라는 사람은 지난 전쟁으로 집안의 기둥을 잃고 경제적으로 어려워져 있었어. 빚투성이라 어떻게 할 수도 없었지."

"그렇다고."

"그것뿐이라면 그나마 낫네. 그녀의 어머니라는 사람이 병에 걸려서 자리에 드러눕고 말았다더군. 게다가 그녀에게는 제일 큰애가 열 살인 동생이 다섯 명이나 있어. 이 아이들을 먹이는 것만으로도 매달 상당한 돈이 들 게 아닌가. 대가족이 몰려와 신세를 지고 있으니, 친척에게도 돈을 주어야 해. 일할 사람은 그녀밖에 없지. 그렇게 많은 사람을 부양하는 건——자네 월급으로도 모자랄 거야."

"왜 그런 얘기를 하는 건가."

"별로——."

아오키는 기노시타의 말투를 흉내 내 대답했다.

"뭐, 굳이 말하자면 말이지. 그런 여자가 있다고 해도——우리는 경찰관으로서 무엇을 할 수 있을까, 싶어서."

"아무것도 할 수 없겠지."

"그래——확실히 자네 말대로 매춘은 좋지 못한 일이야. 하지만 기노시타, 매춘은 적어도 그 여자를 구하는 수단은 되고 있네. 그 할망구는 그저 원칙만 늘어놓는 우리 경찰관들보다 그 도망친 여자를 위해서 도움이 되는 일을 하고 있었다──고도 할 수 있지."

"매춘 알선이 도움 된다고?"

"그래. 그렇지만──."

"이봐, 아오키. 자네는 매춘을 장려하는 건가?"

"그런 말은 하지 않았네."

"마찬가지야. 나쁜 짓을 하는데 돈이 벌리는 건 당연하잖나. 그걸 허용한다면, 가난 때문에 곤란에 처하면 사람을 죽여도 도둑질을 해도 된다는 뜻이 돼. 그럴 수 없으니까 다들 허덕이는 거지. 그런 허덕이는 사람들의 생활을 지키는 게 우리가 하는 일이지 않은가."

──나는 왜 흥분하고 있을까.

그, 그 여자.

그것은 유령이다. 그것은──.

"미안, 말이 지나쳤네──."

그렇게 말하며 기노시타는 찻잔을 내려놓고 드러누워 모포를 뒤집어썼다. 엽기사건의 진전 여하에 따라서는 오늘도 바빠질 것이다.

"창부는──싫어."

그리고 기노시타는 그렇게 중얼거렸다.

3

기노시타의 본가에는 기묘한 방이 있었다.

그것이 증축이나 개축의 결과인지, 과연 그런 양식이 다른 곳에도 있는 것인지, 아니면 몹시 특수한 구조인 것인지 기노시타는 아직도 모른다.

다만 기노시타는 삼십 년이 조금 못 되는 자신의 인생 속에서 비슷한 구조의 건물과 마주친 적은 단 한 번도 없다.

집 자체가 특이한 것은 아니었다.

대부분은 보통의 일본 가옥과 같다.

다만 딱 한 군데 달랐던 것이 ——.

헛방이었다.

그것이 과연 헛방이었는지 아닌지, 지금 생각하면 몹시 의심스럽다. 다만 가족은 그곳을 계속 헛방이라고 불렀고 실제로 헛방으로 쓰고 있었다.

설사 그곳이 다른 용도를 위해 만들어진 방이었다고 해도, 적어도 기노시타가 태어난 후로 본가가 공습으로 불탈 때까지 그곳은 단순한 헛방이었을 것이다.

사연이 있을 것 같은 장소도 아니고 불길한 이미지도 전혀 없는, 그냥 창고 방에 지나지 않았다. 조금 특이한 입구를 가지고 있어서 사용하기 불편한 방이라는, 그것뿐이었던 것이다.

그 헛방은 벽장 안에 있었다.

묘한 표현이지만 기노시타는 어릴 때 그 방을 벽장 속의 방이라고 부르곤 했다.

그러나 그곳이 벽장에 들어갈 정도로 작은 방이었던 —— 것은 물론 아니다. 얼핏 보면 아무런 특징도 없는, 문의 폭이 한 간(間)[108]인 벽장의 절반 정도가 계단으로 되어 있는 것이다. 왼쪽 장지를 열면 그냥 벽장이지만 오른쪽을 열면 위로 이어지는 좁은 계단이 설치되어 있다. 계단은 천장의 판자를 뚫고, 일단 꺾어져서 2층도 뚫고 3층 —— 이라기보다 천장 밑에 해당하는 곳으로 이어져 있다.

그곳에는 세 평 정도의 작은 방이 있었다.

기노시타의 가족은 그곳을 창고 방으로 쓰고 있었다.

밖에서 보기에 거기에 방이 있다는 것은 우선 알 수 없다. 그렇다면 비밀의 방이냐 하면, 그런 것치고는 숨긴 방법이 성의가 없다. 가령 이야기에 나오는 무가 저택의 비밀 방은 좀 더 교묘하게 숨겨져 있다. 설령 벽장 안에 입구가 있다고 해도 그것 자체가 숨겨져 있다거나, 그렇지 않더라도 천장에 뚜껑이나 문이 달려 있을 것이다. 적어도 사다리는 숨긴다.

---

108) 척관법에서 길이의 단위. 1간은 약 1.82m.

장지문을 열면 곧장 계단이 보이다니 별로 의미가 없다.

게다가 기노시타의 가족들은 그저 여닫기가 귀찮다는 이유만으로 거의 그 계단 쪽 장지문을 열어 놓곤 했던 것이다.

귀찮다고 해도 그 계단을 사용하는 것은 1년에 한두 번이었던 것 같다. 그래도 계단 걸레질 정도는 하고 있었던 것 같으니, 그때마다 일일이 닫는 것이 귀찮았을 것이다.

그래서 벽장 쪽을 사용할 때는 장지 두 장을 한꺼번에 열었던 기억이 있다.

따라서 그 계단은 늘 그대로 드러나 있었고, 들여다보면 위쪽에 방이 있다는 것도 금방 알 수 있었다. 마치 사원에 있는 탑의 내부 같은 느낌이다. 계단 자체는 어두웠지만, 헛방에는 천창이 있고 벽에도 들창이 나 있어서 그렇게 어둡지는 않았다. 어수선하게 물건만 놓아두지 않으면 좁은 것치고는 개방적인 공간이었고, 감옥 방[109] 같은 역할도 결코 할 수 없을 것 같았다. 그런 비밀의 방은 없을 것이다.

애초에 기노시타의 집은 대대로 농가였으니 비밀의 방 따위는 있을 리가 없다.

요컨대 묘한 구조라는 것일 뿐, 역시 그곳은 처음부터 헛방이었을 거라고 기노시타는 생각한다.

그 방은 쓸데없는 물건을 넣어둘 때에만 사용되었다. 일단 거기에 넣어 버린 잡동사니는 아마 두 번 다시 꺼내지 않았을 것이다.

그 방에는 그렇다, 옛날 집의 곳간이나 오래된 집의 창고처럼 아무렇게나, 그저 깊고 깊게 옛날이 축적되어 있었다.

---

109) 흔히 무가 저택에서 볼 수 있는 것으로, 죄인이나 미치광이를 집안에 가두기 위한 방.

고리짝이나 차 상자[110], 나무 상자 등이 높게 쌓아 올려져 있고, 틈새에는 낡은 히나 인형[111]이나 둘둘 만 족자, 망가진 시계 같은 것이 채워져 있었다. 전부 새하얗게 먼지를 뒤집어쓰고 있거나 거무스름해져 있었지만, 건조해서 그랬는지 곰팡내는 나지 않았다.

계단을 올라가면 바로 1/4평 정도의 공간이 남아 있었다. 기노시타는 자주 거기에서 혼자 놀았다. 그 외에도 놀 장소는 많이 있었지만, 그곳은 비교적 좋아하는 장소였던 것 같다.

무엇에 끌렸는지는 잘 모르겠다.

어린아이는 그런 장소를 좋아하는 법이다. 기노시타도 그랬다. 처음에 그 방에 간 것이 몇 살 때의 일이었는지 기노시타는 기억하지 못한다. 왠지 모르게 두근거렸던 것밖에 기억이 없다. 무섭다고 생각한 적은 아마 없을 것이다. 누가 못 가게 한 적도 없다. 계단이 위험하니까 조심하라는 말을 들은 기억만은 있지만, 거기 가지 말라는 말은 듣지 못했던 것 같다.

어쨌거나 기묘한 광경이었다.

——그립다.

그립다고, 기노시타는 생각했다. 오랫동안 잊고 있던 광경이다.

몇 년 만에 떠올린 것일까. 10년은 안 될 것이다. 본가는 전화(戰火)로 불타고 말았지만 기노시타의 그 방에 대한 기억은 전쟁이 시작되기 훨씬 전에 끊겼다. 무언가 이유가 있어서 그 방에는 들어갈 수 없게 되고 만 것일까.

---

110) 엽차를 옮기거나 넣어 두는, 방습이 되어 있는 큰 나무 상자.

111) 옛날의 천황·황후를 중심으로 좌우 대신·궁녀·음악 반주자 등을 상징하는 일본 고유의 옷을 입힌 인형. 여자아이의 행복을 비는 행사인 히나마츠리(3월 3일) 때 제단에 장식한다.

—— 계단을 부숴 버렸나?

그랬을지도 모른다.

무언가 사정이 있어서 계단을 철거한 것일까.

아니다. 그 계단은 부술 수 있는 것이 아닐 것이다. 그렇다면 어떻게 된 것이었을까 ——.

그 계단은.

—— 계단이다.

어두운 계단을 보고 생각난 것이다.

문을 막듯이 안을 들여다보고 있는 아오키 너머로, 어둑어둑한 철제 계단을 멍하니 바라보면서 기노시타는 그런 생각을 하고 있었다.

차고를 개조한 살풍경한 건물이다.

아오키의 추리로는 —— 이 건물 안에는 살인귀가 잠복하고 있다는 것이다.

그 길거리 창부를 단속하던 날의 발단이 된, 악질적이기 짝이 없는 연속 엽기살인사건의 범인이다.

보기 드문 참혹한 사건이었다. 기노시타도 아오키도, 아오센 일제 단속의 피로가 풀리기도 전에 —— 거의 한숨도 자지 못한 채 —— 날이 밝음과 동시에 달려나와 그대로 합동 수사본부의 수사원으로서 수사에 참가하게 된 것이다. 그 후에도 수사는 난항을 겪었다. 오리무중이었다. 그러나 어려운 사건을 맡은 것은 기노시타에게는 다행이었을지도 모른다. 머리를 쓰고 몸을 쓰면서 열심히 수사함으로써, 기노시타는 그 여자를 떠올리지 않아도 되었기 때문이다.

—— 그.

그 여자의 얼굴.

그 긴 머리카락.

──그것은, 그 얼굴은.

기노시타는 기억을 도로 파낸다.

다.

다케코.

──다케코 누나.

오랫동안──꽤 오랫동안 잊고 있던 이름이 갑자기 뇌리를 스쳤다. 이 건물의 어두운 계단을 계기로 그 헛방의 광경이 상기되고, 그에 따른 기억의 옛 층이 파내어진 것일까.

──그 얼굴은.

다케코 누나의 얼굴이다. 그래서.

그래서 기노시타는 그 여자의 얼굴을 보고 순간직으로 유령이라고 생각했을 것이다.

──잠깐.

유령이라니.

유령이라니 뭘까. 그러면 다케코는,

──다케코 누나는 어떻게 되었을까.

죽었나? 죽었을 것이다. 왜냐하면 기노시타는 아무런 망설임도 없이 그 여자를 유령이라고 생각했으니까. 죽었다는 것을 알고 있었기 때문에 유령이라고 생각했을 것이다. 그렇다면.

그럼 죽은 것은 언제일까. 왜 죽었을까. 아니, 정말로 죽은 것일까. 그보다 어째서 자신은 다케코가 죽은 것을 알고 있을까?

──아니. 아니다.

다케코는 가출했다.

그리고 그대로 행방불명이 되지 않았던가.

다케코가 병을 앓고 있었다는 기억은 없다. 사고로 죽었다고도 생각되지 않는다. 그렇다면 역시 가출일까. 만일 그렇다면 꼭 죽었을 거라는 보장은 없다.

구니하루, 다케 누나에 대해서는 이제 얘기하지 마——.

아버지 기분이 나빠지니까——.

그 애는 나쁜 짓을 한 거야——.

그리고 멀리 가 버렸어——.

그러니까 아무것도 묻지 마——.

그렇다. 어머니도 숙부도 숙모도, 모두 그렇게 말하지 않았던가. 다케코는 아버지와 뭔가 불화라도 있었던 것일까.

다케코는 아버지의 막냇누이였다. 기노시타에게는 고모에 해당하지만, 젊었기 때문인지 누나라고 부르곤 했다. 아마 기노시타가 일곱 살이 될 때까지 같이 살았을 것이다. 그 당시 다케코는 열 일고여덟이었을 것이다. 얼굴이 예쁜 아가씨로, 검고 곧은 머리카락을 길게 기르고 있었다.

——다케코는.

정말로 어떻게 된 것일까. 아버지는 재작년에 돌아가셨지만, 어머니나 친척들은 모두 건재하다.

그런데도.

지난 이십여 년 동안, 다케코의 이름이 그들의 입에서 나온 적은 없다. 적어도 기노시타는 듣지 못했다. 죽었다고 해도, 가출했다고 해도 이것은 조금 이상하지 않은가.

생각나지 않는다.

자주 놀아주곤 했는데.

──나쁜 짓.

나쁜 짓을 했다니──무엇을 했을까?

죄송해요 죄송해요──.

사과한다고 될 일이 아니다──.

기노시타.

"어이, 기노시타."

자신을 부르는 목소리가 들린다.

아오키가 돌아보며 손짓을 하고 있다.

차 옆에 멍하니 서 있던 기노시타는 문으로 향했다.

왠지 아오키가 부를 때까지 거기에 가까이 갈 마음이 들지 않았던 것이다.

아오키는 초췌했다. 동료는 지난 며칠 동안 거의 자지 못했을 것이다.

"여기──감시하고 있어 주게. 뒷문은 없어."

"들어가려고?"

"들어가야지. 상대는 한 명이야. 더 이상 피해자를 늘릴 수는 없어. 놈이 범인이라면──여기가 범행 현장일지도 모르잖나. 그렇다면 아직──."

아오키는 어딘가 절박한 표정으로 어두운 계단을 올려다보았다.

그리고.

동료는 어두운 건물 안으로 사라졌다.

들어가서는 안 되는 곳으로.

──들어가면 안 된다.

들어가면 안 돼.

이제 여기에 들어가면 안 돼.

헛방.

이제 여기에 들어가면 안 돼——.

—— 헛방?

뭔가 격렬하게 말다툼을 하는 목소리가 난다.

—— 아오키.

뭔가 일어난 것일까. 심상치 않은 기색이다.

—— 올라갈까.

이 계단을 올라가선 안 돼.

—— 올라갈 수 없다.

발이 움츠러들었다. 계단 위에는——.

어둡고 좁은 계단 위에는——.

—— 무슨 소리일까.

식은땀이 난다.

저 소리는.

살벌한 기척. 때리는 소리. 걷어차는 소리.

흉포한 소리다. 폭력이 내는 소리다.

저것은—— 폭행하는 소리다.

사람에게 상처를 입히는 울림이다.

신음 소리와 울음소리.

이제 와서 운다고 어떻게 되는 것도 아니야——.

네가 무슨 짓을 했는지 알고 있는 거냐——.

이제 마을 전체가 다 아는 일이다——.

몇 명이랑 잤니. 얼마를 받았어 ——.

사과한다고 끝날 일 같으냐 ——.

그렇게 돈이 갖고 싶니 ——.

사과해도 용서 못해 ——.

넌 더러운 창녀다 ——.

지저분한 창부야 ——.

수치도 모르고 ——.

이 음탕한 것 ——.

넌 쓰레기다 ——.

죄송해요 죄송해요 죄송해요 ——.

사과한다고 될 일이 아니잖아 ——.

죄송해요 죄송해요 ——.

인간쓰레기야 죽어 버려 살아 있을 가치가 없어 죽어서 조상님들께 사죄해 ——.

"그만하세요, 아버지, 누나가 울고 있어요."

누나가 ——.

누나가 불쌍해요.

아버지는 말했다.

잘 들어라, 구니하루. 다케코는 절대로 용서받을 수 없는 짓을 했어. 그래서 이렇게 벌을 받고 있는 거다.

잘 봐 둬라 ——.

이 창녀 이 창녀 이 창녀 ——.

때리는 소리 때리는 소리 때리는 소리.

기노시타는 눈을 피한다.

등을 돌린다.
문에 등을 돌린 그 순간——.
기노시타는 졸도했다.

4

들창에서 서넉 해가 비쳐든다.

망가진 오뚝이가 있다. 먼지로 새하얗다.

고리짝 위에 댕댕이덩굴로 짠 화살통. 그 위에 끈으로 묶은 나무 상자. 그 옆에 썩은 히나 인형. 고리짝에는 구멍이 뚫려 있고 팥색 천이 엿보인다. 낡은 삿갓과 우비. 그리고 쌓여 있는 찢어진 등롱. 뚜껑이 벗겨진 차 상자. 그 위에 쓰지 않게 된 밥공기.

헛방이다.

비가 내렸을 때.

왠지 모르게 심심할 때.

그리고 아버지에게 혼난 후.

늘 이 헛방에 온다.

이곳에는 아무도 오지 않으니까.

이곳은 자신만의 세계니까.

어머니가 밥 먹으라고 불러줄 때까지 이곳은 나 혼자만의, 누구에게도 방해받지 않는 멋진 놀이터니까. 그래서.

나는 이곳을 좋아한다.

먼지를 손가락으로 덧그려 그림을 그리거나.

낡은 잡동사니를 바라보거나.

어라.

배치가 바뀌었다. 장롱 뒤의, 오뚝이와 댕댕이덩굴로 짠 화살통 사이에 못 보던 것이 보인다. 저것만 새 거네. 저기에는——그렇다, 보자기에 싼 기모노인가 뭔가가 있지 않았던가. 새 잡동사니라도 들어온 것일까.

저것은 무엇일까. 검고 윤기가 흐른다.

먼지도 전혀 묻지 않았다. 아주 깨끗하다. 서녘 해를 받아 반들반들하게 빛나고 있고, 낭창낭창하고, 몹시, 몹시 예쁘다. 저것은——.

——누나.

누나의 머리카락이다.

검고, 윤기가 흐르고, 긴,

누나의 머리카락이다.

그런가.

누나가 숨어 있는 것이다.

누나는 어제 뭔가 굉장히 나쁜 짓을 해서 아버지에게 심하게 꾸중을 들었지.

엄청나게 꾸중을 들었지.

누나는 죄송해요, 죄송해요 하고 몇 번이나 사과했지만, 아버지는 용서하지 않았다. 엄청나게 화를 냈다.

사과해도 사과해도 용서받을 수 없는 일도 있나 보다.

아버지는 누나를 몇 번이나 때렸다. 내가 그만하라고 부탁해도 아버지는 전혀 그만두지 않았지.

엄청나게 무서웠지. 그래서.

그래서 숨어 있는 것이다. 슬퍼져서 이곳에 온 것이다. 그렇다면 나랑 똑같네.

"다케 누나."

다케코 누나, 하고 나는 불렀다.

"구니하루——."

다케코 누나는 틈새 속에서 이쪽을 향한 채, 평소보다 다정한 목소리로 대답했다.

"왜 그래, 누나. 슬퍼?"

"그래. 슬퍼. 아주 슬퍼."

"아버지한테 혼나서?"

그게 아니라고 누나는 말했다.

"아버지가 무서워?"

"누나는 혼나도 어쩔 수 없어. 왜냐하면 누나는 나쁜 짓을 했으니까."

"그래?"

"그래. 아주 나쁜 짓."

얼굴을 보여 달라고 말하자 누나는 목을 돌려 얼굴을 반만 보여 주었다. 장롱 뒤의 좁은 곳에 숨어 있어서 몸의 방향을 바꿀 수 없는 것이다. 긴 머리카락 사이로 하얀 얼굴이 반만 보이고, 목덜미에는 핏줄이 불거져 있었다.

머리가 틈새에 들어가 있다.

"거기 —— 안 좁아?"

"괜찮아. 아무렇지도 않아 ——."

"나도 들어가 보고 싶다."

"안 돼."

"왜?"

왜 안 되는데?

구니하루, 밥 먹어라. 어머니의 목소리가 났다.

밥 먹어야 하니까 이제 가야 한다.

누나는 목을 돌린 채,

"구니하루 —— 내가 여기에 있는 건 비밀이야."

하고 말했다.

응, 비밀이란 말이지, 라고 말하고 계단을 내려왔다.

　그리고 밥을 먹고, 목욕을 하고, 그러고 나서 잤다. 다음 날은 날씨가 좋아서 헛방에는 가지 않았다. 친구와 밖에서 놀았다. 그 다음 날은 강에서 놀았다. 그리고 그 다음 날은 저녁때까지 비가 내렸고, 그래서 헛방에 올라갔다.

　누나는 아직도 거기에 있었다.

　장롱 뒤. 오뚝이와 댕댕이덩굴로 짠 화살통 옆.

　머리카락. 그 사이로 얼굴이 절반.

　요전과 똑같다.

　완전히 똑같다.

"누나, 아직 있었어?"

"그래, 구니하루. 비밀을 지켜 주었구나."

"말 안 했어. 하지만 다들 찾고 있던데."

"괜찮아."

숨바꼭질이구나.

여러 가지 이야기를 했다. 즐거웠다.

그러고 나서 또 사흘쯤 뒤에, 나는 아버지에게 야단을 맞았다. 슬퍼져서 헛방에 올라갔다.

누나는 아직 있었다.

장롱 뒤. 오뚝이와 댕댕이덩굴로 짠 화살통 옆.

머리카락. 그 사이로 얼굴이 절반.

요전과 똑같다.

슬픈 마음을 누나에게 털어놓았다.

누나는 매우 다정하게 들어 주었다.

그러고 나서 누나는 나를 위로해 주었다.

누나는 장롱 뒤의 오뚝이와 댕댕이덩굴로 짠 화살통에 낀 틈새에서, 긴 머리카락 사이로 절반만 얼굴을 보이며 나를 격려해 주었다.

"아버지는 구니하루를 사랑하니까 혼내는 거야. 그러니까 절대로 아버지를 원망하거나 미워하면 안 돼. 야단을 맞는다면, 야단맞을 짓을 한 쪽이 잘못한 거니까."

누나는 그렇게 말했다.

밥 먹을 때가 될 때까지 이야기를 했다.

그런 일은 한동안 계속되었다.

나는 무슨 일이 있을 때마다 누나한테 가서 여러 가지 이야기를 하고 함께 놀았다. 하지만 누나는 틈새에 들어간 채 한 번도 나오지 않았다.

반년쯤——나는 헛방에서 누나와 놀곤 했다.

하지만.

어느 날, 나는 아주 재미있는 일이 있어서, 누나한테 나오라고 말했다. 누나는 싫다고 했다. 하지만 나는 어떻게 해서라도 누나에게 보여주고 싶어서 오뚝이와 댕댕이덩굴로 짠 화살통 틈새로 손을 넣었다.

긴 머리카락을 만졌다.

그리고 목덜미를 꽉 잡자,

먹는다.

머리카락이,

아아.

"아아."

"왜 그래, 기노시타——."

자네 괜찮나——과장이 그렇게 말했다.

병원 침대 위인 것 같았다.

기노시타는 용의자에게 얻어맞고 정신을 잃었던 모양이다. 땀을 흠뻑 흘리고 있다. 심장이 큰북이라도 치는 것처럼 심하게 뛰었다. 그 고동에 동조하여 뒤통수가 지끈지끈 아팠다.

"괜찮아, 걱정 말게."

과장은 말했다.

"자네는 그냥 찰과상이야. 좀 쉬게."

"아——아오키는."

"그 녀석은 전치 1주야. 무모하게 굴더니."

"그럼——놈은."

"그래. 진짜 범인이었어. 현재 도주 중일세."

"놓쳤군요 —— 저 —— 때문에."

"처분은 없을 걸세. 이번 일은 내 판단 착오야. 긴급 배치로 총력을 기울여서 행방을 쫓고 있으니 곧 붙잡히겠지. 하지만 —— 기노시타, 자네 겁을 내는 데에도 정도가 있어. 어째서 뒤를 보고 있었나."

죄송합니다 —— 하고 기노시타는 사과했다. 큰 실수다.

그 어두운 계단 위에는 ——.

그랬던 것인가.

그 헛방 ——.

기노시타는 떠올렸다.

들어가면 안 돼.

이제 여기에 들어가면 안 돼.

이 계단을 올라가선 안 돼.

그렇다. 그 헛방에 이르는 계단은 —— 어느 날 갑자기 봉인되고 말았다. 엄중하게 판자가 쳐지고, 그렇다 —— 벽장째 벽으로 발려, 없었던 것이 되고 말았다.

어머니와 숙모가 울고 있었다.

울고 있었다 ——.

그렇다, 몹시 조촐한 장례식이.

장례식이 있었다.

그것은 ——.

그것은 장례식이었던 것이다.

다케 누나에 대해서는 이제 얘기하지 마 ——.

아버지 기분이 나빠지니까 ——.

그 아이는 나쁜 짓을 한 거야 ——.

그리고 멀리 가 버렸어——.

그러니까 아무것도 묻지 마——.

어머니와 숙모의 말. 어린 기노시타에게 되풀이해서 타일렀다. 그
것은 장례식 자리에서 있었던 일이었다.

그것은 몰래 사람들의 이목을 피해서 치러진——.

장례식이었다.

——다케코.

역시 다케코는 죽었다.

어째서.

그렇다.

——경찰이다.

그 전에 분명히 순경이 왔다.

순경이 오고, 기노시타를 안쪽 방으로 데려가서——.

왜.

무엇을 물었을까. 어째서 순경이.

그렇다.

어머니가 허둥지둥 순경을 부른 것이다. 어린 기노시타가 움켜쥐
고 있던 머리카락 묶음을 발견하고 어머니는 창백해지고, 그리고 그
계단을 뛰어 올라가, 그리고, 그리고——.

어머니의 비명.

——그랬던 것인가.

그만해요 아버지, 누나가 울고 있어요.

누나가 불쌍해요.

누나가——.

그것은.

어렸던 기노시타는 아무것도 듣지 못했지만 아마 다케코는 뭔가 사정이 있어서 돈 같은 것을 받고 여러 명의 남자와 성적 관계를 맺은 것이 아니었을까.

그 매춘 같은 행위가 오빠이자 가장이었던 기노시타의 아버지에게 알려졌을 것이다. 아버지는 엄격하고 남들보다 훨씬 체면에 신경을 쓰는 남자였다. 그래서 다케코의 행동을 심하게 질책하고, 지독하게 욕하고 꾸짖었을 것이다. 그 이외에는 기억 속 그런 아버지의 언동을 설명할 수 없다.

이제 와서 운다고 어떻게 되는 것도 아니야——.

무슨 짓을 했는지 알고 있는 거냐——.

사과한다고 끝날 일 같으냐——.

사과해도 용서 못해——.

넌 더러운 창녀다——.

지저분한 창부야——.

수치도 모르고——.

이 음탕한 것——.

그때의 아버지는 이상했다. 그렇게 격앙한 아버지의 기억을 기노시타는 달리 갖고 있지 않다. 아버지는 엄격한 사람이기는 했지만 함부로 폭력을 휘두르는 사람은 아니었다.

그런데.

넌 쓰레기야——.

인간쓰레기다——.

죽어 버려——.

살아 있을 가치도 없어 ──.

죽어서 조상님들께 사죄해 ──.

죄송해요 죄송해요 죄송해요 ──.

다케코는 아버지의 질책을 필요 이상으로 심각하게 받아들이고, 모든 것은 자신의 부덕이라며 부끄러워하다가 ── 그 헛방 안에서, 그 장롱 뒤의, 오뚝이와 댕댕이덩굴로 짠 화살통 사이에서 ──.

스스로 목숨을 끊은 것이다.

그것이 틀림없다. 그 헛방에는 평소에 거의 사람이 들어가는 일이 없다. 그래서 시체는 계속 발견되지 않았던 것이다. 그래서 다케코는 실종된 것으로 생각하고 있었던 것이 아닐까. 그 헛방은 생활의 장에서 격리되어 있으니 썩는 냄새도 나지 않았을 것이다. 아니다, 그곳은 몹시 건조했으니 썩지도 않고 ──.

아니 ──.

그렇다면 ──.

기노시타가 쥐고 있던 머리카락은 ──.

장롱 뒤. 오뚝이와 댕댕이덩굴로 짠 화살통 틈새의.

머리카락 사이로 보이는 절반의 얼굴.

그 얼굴은.

그러면 ──.

기노시타는.

반년 동안 ──.

무엇과 놀고 있었던 것이 되는 걸까.

── 누나.

5

야나카의 판금공(板金工), 헨미 나카조의 집에서 살인사건이 발생했다는 신고가 들어온 것은 그로부터 정확하게 1년 후의 일이었다.

기노시타는 파트너인 나가토와 함께 현장으로 향했다.

끔찍한 현장이었다.

현관 앞에 피투성이 노인이 쓰러져 있었다. 감식반이 그것을 에워싸고 있다. 관할서의 형사와 파출소의 순경이 어두운 얼굴을 하고 다가왔다.

"발견자는 우편배달부입니다. 내용증명우편을 가져온 거지요. 불러도 사람이 나오지 않아서, 없는 척하는 건가 싶어서 문을 열었더니 죽어 있었다──고요."

"내용증명이라──."

"압류──일까요?"

시체를 향해 염불을 외고 있던 나가토가 말했다.

"그렇겠지요. 이 공장——보시면 아실 것 같지만 휴업 중이거든요. 경영은 파탄이 난 모양입니다. 으음, 그러니까."

관할서 형사는 제복을 입은 순경에게 시선을 보냈다.

"예에. 피해자는 헨미 판금——이 공장의 이름인데요, 이곳의 사장 헨미 나카조 68세입니다. 그리고——."

"더 있나?"

"안으로 가시죠——."

마치 초대하듯이 순경이 말했다.

"저는 신고를 받고 곧장 달려왔는데, 그, 인기척이 없더라고요. 아무리 불러도 대답이 없었어요. 저는 이 집의 가족 구성을 알고 있어서 수상하게 생각하고——아아, 이쪽입니다. 이 안쪽 방에 이불이 깔려 있고——."

순경은 자기 집을 안내하듯이 망설임 없이 기노시타 일행을 이끌었다.

장지문을 연다.

그곳에도 감식관이 있었다.

"——이 방인데요. 이 방에 도착했고, 그리고 왠지 가슴이 두근거려서 이렇게, 이불을 젖혀 보았더니——."

이불 위에는 늙은 부인과 어린아이들 다섯 명이 가슴 위에 손을 깍지 끼고 누워 있었다.

나가토가 얼굴을 찌푸린다.

"교살입니다. 오른쪽에서부터 나카조의 조카——형의 딸인데요, 구와하라 노부코 42세. 그 자녀인 유키오 11세, 데이지 9세, 구메코 8세, 세이코 5세, 도메오 3세입니다."

"이런——나이도 몇 살 안 먹은 어린아이를. 어째서 이런 잔인한 짓을 하는 걸까——."

나가토는 아무래도 견딜 수 없다는 듯한 표정으로 시체 옆에 쪼그리고 앉아 다시 합장했다.

나가토는 늘 살인 현장에서 시체에 합장한다. 기노시타는 그때마다 어떻게 할까 생각하지만, 어린 시체가 나란히 누워 있는 모습을 보니 역시 가엾어서 이번만은 함께 합장하고 싶은 기분이 들었다. 가슴이 아프다.

"생활고입니다."

관할서 형사는 그렇게 말했다.

"가난했나?"

"이 아이를 보십시오. 거의 결식아동입니다. 마치 종전 직후의 유랑아 같지요. 아무래도 변변히 먹지 못한 모양입니다."

기노시타는 시선을 피한다.

직시할 수가 없다.

제복 순경이 이어서 설명했다.

"이 노부코라는 여자는 탄광에서 일하던 남편이 죽고 길에 나앉게 되었는데, 작년 봄에 홋카이도에서 이 아이들을 데리고 친척인 나카조를 의지해 찾아왔어요. 하지만 나카조의 공장은——보시다시피 망하기 직전이었거든요."

공장은 상당히 황폐해진 것 같았다.

최근에 기계가 가동한 흔적은 눈에 띄지 않는다.

"실제로 공장을 움직이고 있었던 것은 피해자의 아들이었습니다. 그런데——."

"장남, 차남 모두 전사했어요. 나카조는 류머티즘이라 몸이 불편했고요. 즉 수입은 전혀 없었던 것이지요."

"그래서 내용증명인가."

"빚투성이였습니다. 이 공장도 팔아야 할 상태였던 모양입니다. 그런 곳에 친척이 굴러 들어와도 곤란한 거지요. 게다가 아이가 이렇게 많으니. 뭐, 처음에는 노부코가 삯일을 하거나 했던 모양이지만 이게 —— 심장에 병이 생겨 앓아눕고 말았어요."

"불행은 겹치는 법이지요."

관할서 형사는 무표정하게 말했다.

"어떻게도 할 수가 없게 되었어요. 그래서 처음에는 이건 억지로 동반 자살을 한 게 아닌가 생각했는데요 ——."

잠깐.

기노시타는 떠올린다.

그 이야기는 들은 적이 있다.

"동반 자살이 아닙니까?"

나가토가 묻는다.

"예에. 실은 한 명이 모자랍니다."

"모자라다니?"

"이 노부코에게는 데려온 딸이 한 명 더 있는데 —— 그 딸의 모습이 보이지 않아요."

딸.

"으음 —— 구와하라 도요코. 올해로 열여덟이군요."

도요코.

도요 ——.

"이 도요코는——실은 말이지요."

"매춘부인가?"

기노시타는 말했다.

"그렇습니다. 도요코는 우에노 부근에 서 있곤 했던 모양입니다. 이렇게 말씀드려도 확증은 없지만, 복장 같은 것으로 보아 이 근처에서는 그런 소문이 나 있어서——저도 들었습니다. 소문으로는 아무래도——나카조가 억지로 말이지요, 으음, 매춘을 강요하고 있었던 듯한, 그, 구석이 있어서."

"알고 있었나?"

기노시타는 순경을 노려보았다.

"알면서도 방치하고 있었다는 건가?"

"저, 저는——."

순경은 몸을 움츠렸다.

"그래도 되는 건가? 알고 있었다면 단속을 했어야지. 그만두게 했어야지. 지역의 풍기 치안을 유지하는 게 경찰이 하는 일 아닌가."

"그, 그 말씀이 옳습니다만——가정 사정도 있고요."

어떤 가정에나 사정은 있어——하고 기노시타는 고함쳤다.

"——그걸 일일이 신경 쓰고 있다가는 아무것도 못 하잖나. 그, 그런 이유로 매춘 행위를 용인해도 될 리가 없을 텐데——."

——창부 따위.

기노시타는 애처로운 다섯 개의 시체를 보았다.

"이, 일찌감치 지도든 뭐든 했다면 이, 이런 일은 일어나지 않았을 거야——."

자, 자, 구니 씨, 하고 나가토가 달랬다.

"──그럼 그──관할서 쪽에서는 그 도요코 씨가 범인이라는 건가?"

"예. 생활고 끝에 매춘을 강요당하고, 어지간히 괴로웠겠지요. 다만 자신만 죽어서는 뒤에 남은 어머니나 동생들은 죽을 수밖에 없다고──세상을 비관해서 어쩔 수 없이 범행에 이른 것이 아닌가 하고──."

그렇다면 자살할 가능성도 있으니까 빨리 수배를 해야겠군요──하고 나가토는 말했다.

이미 늦었다.

그거라면 이미 늦었어.

기노시타는 방을 둘러본다.

살풍경한 밤. 단정하게 늘어선 시체.

그 맞은편에──.

벽장이 있었다. 기노시타는 감식관들 사이를 뚫고 벽장 앞으로 나아가 장지문에 손을 댔다.

들어가면 안 돼.

이제 여기에 들어가면 안 돼.

알고 있어. 전부.

기노시타는 벽장을 열었다.

얼굴을 집어넣는다.

개켜져 있는 얇은 이불.

고리짝. 과자 상자. 그 맞은편.

저것은 무엇일까. 검고 윤기가 돈다. 몹시 예쁘다. 반들반들 빛나고 있고, 낭창낭창하고, 몹시, 몹시 예쁘다. 저것은──.

기노시타는 팔을 집어넣어 그것을 잡았다.

머리카락.

검은 머리카락이다.

숨어 있었군.

숨어서 죽었군.

그것은 크게 흔들리며 이쪽을 향했다.

고리짝과 과자 상자의 틈새. 검고 긴 머리카락 사이로 하얀 얼굴이 절반만 보였다.

아직 있었니?

"구니하루——."

아아, 죽었다.

기노시타는 싫은 얼굴을 했다.

1953년, 8월의 일이다.

百鬼夜行 - 陰

열 번째 밤

◎

가와아카코

川赤子

◎ 가와아카고
산천의 물풀 속에
아기의 형체를 한 것이 있는데
이를 가와아카고라고 부른다
가와타로(川太郞), 가와와라와(川童)의 일종이 아닐까

── 금석화도속백귀 / 중권 · 회
　　도리야마 세키엔 (1779)

1

맥이 빠져서 강가에 가 보았다.

강가라고 해도 그곳은 도심 속을 흐르는 강이어서 한적한 경관 같은 것은 조망할 수 없다. 지저분한 판자 담이나 누렇게 바랜 회벽의 불유쾌한 그림자가 어두운 수면에 비쳐들어 흔들거리며 고여 있다. 집들이 강가 가까이 아슬아슬한 데까지 바싹 지어져 있는 것이다.

깨끗한 것은 아니다.

장마철의 하늘은 음울하고, 밝지도 어둡지도 않다. 올려다보면 너 따윈 아무래도 상관없다는 듯 내팽개쳐진 듯한 나른함이 끓어오른다. 잔잔한 것도 아니지만 바람도 느껴지지 않고, 춥지도 않지만 덥지도 않다. 그렇다면 적절한 온도인가 하면, 이것이 쾌적함과는 거리가 멀다. 그냥 울적하다.

그것은 알고 있는 사실이었다.

그래도 집에 있는 것보다는 나은 것 같은 기분이 들었다.

고여 있어도 더러워도, 한층 더 우울해져 버리자 싶어서 나는 물가로 가 보고 싶었던 것이다.

조금 더 걸으면 자그마한 다리가 걸려 있다.

거기까지 가 보자고, 왠지 그렇게 생각했다.

이유는 모른다. 그저 몽롱한 의식 위로 다리가 걸린 모호한 풍경이 상기된 것이다.

그 다리 기슭에서는 강가까지 내려갈 수 있다.

그 때문인지도 몰랐다. 틀림없이 그럴 것이다.

흐르는 물을 따라 잠시 걸었다.

이 동네——나카노로 이사 온 지 2년이 되었다. 그런데도 나는 지금 바라보고 있는 이 강의 이름을 모른다. 그래도 우리 집 번지 정도는 외웠지만, 옆 동네의 이름도, 길이나 언덕의 이름도 전혀 기억하지 못한다. 기억할 마음이 없는 것이다. 그저 멍하니 살아가는 데 지명 같은 것을 알 필요도 없다. 지도도 보지 않는다. 그런데도 나는 ——그 다리의 이름만은 안고 있다.

그 다리는 염불교(念佛橋)라고 한다.

보잘것없는 다리다.

듣자 하니 다르게 부르는 이름도 있는 모양이지만 그쪽은 모른다. 들었지만 기억나지 않는다. 비슷하게 짜증이 나는 이름이었던 것 같다.

강의 이름도 가물가물한 나 같은 인간이 왜 그런 다리의 이름을 알고 있는 것인지——그것에 대해서는 스스로도 이상하다고 생각하지만——거기에는 지극히 간단한 이유가 있다.

난간에 이름이 적혀 있는 것이다.

실로 그뿐이고, 나는 왜 그곳이 염불교라고 불리는지 유래 같은 것은 전혀 모른다.

다만 옛날부터 나카노에 살던 친구의 이야기에 따르면 그 다리는 나카노에서 유일하게 갓파 목격담이 전해지는 다리라고 한다.

다리 위에서 갓파가 춤추고 있었다거나 갓파가 강에 뛰어드는 소리를 들었다거나 하는 민화 같은 소문은 최근에는 들리지 않게 되었지만, 전쟁 전——십 년쯤 전까지는 흔히 들을 수 있었다고 한다.

지금도 이 지역 노인들은, 그곳은 갓파가 나오는 다리라는 인식을 가지고 있다는 것이다.

이런 곳에도 갓파는 있는 것일까.

유감스럽게도 나는 한 번도 본 적이 없다.

그렇게 보고 싶다고도 생각하지 않지만.

다리는 평소와 다름없는 빛바래고 보잘것없는 모습을, 똑같이 빛바랜 풍경 속에 아무런 주장도 없이 드러내고 있었다.

그것은 흐릿한 내 기억 속의 그것과 조금도 다르지 않은 흐릿한 풍경이었다.

나는 기묘한 안도감을 느낀다.

항구적이고 변하지 않는 그림.

바뀌지 않는 현실.

진전이 없는 것은 멋진 일이다.

적어도——아무리 시간이 지나도 시간의 첨단에 있는 것을 인정하고 싶지 않은 (나 같은) 겁쟁이에게, 또는 세상의 비난을 집중적으로 받고 있다는 것을 자각하고 싶지 않은 (나 같은) 비겁자에게——그것은 멋진 일이다.

진흙으로 얼굴을 새까맣게 칠한 개구쟁이 같은 어린아이 세 명이 다리를 건너와 내 옆을 지나치며 활달하게 웃으면서 달려갔다. 나는 무표정하게 아이들을 바라본다.

눈이 건조하다. 졸린 것인지도 모른다.

눈꺼풀을 깜박였다. 역시 졸린 것이다.

──아아, 살아 있는 건 귀찮다.

그런 생각을 한다. 죽고 싶다고 생각하는 것은 아니다.

──죽을 ── 까.

죽다니 말도 안 된다. 죽는 데는 노력이 필요하다. 그런 능동적인 행위를 지금의 내가 할 수 있을 리도 없다. 아니, 그런 극적인 변화를 지금의 내 정신은 전혀 받아들이지 못할 것이다.

나는 다리 위에 서서 등을 웅크리고, 느릿느릿 흐르는 수면을 바라보았다. 어젯밤에 비가 내린 탓인지 물은 평소보다 약간 탁하다. 수량은 불어났지만 흐름은 완만하고, 흐르는 소리가 나지 않으면 멈추어 있는 것처럼 보일 정도다.

나는 한숨을 쉬었다.

물가를 ── 좋아하는 것은 아니다.

가령 바다 같은 곳은 지나치게 넓고, 지나치게 깊고, 지나치게 격렬하고, 지나치게 아름답고, 그래서 오히려 싫어진다. 바다를 바라보고 있으면 보고 있는 내 쪽이 왜소하고, 천박하고, 무절제하고, 더러운 존재라는 것을 깨닫게 된다. 그런 기분이 들기 때문에 나는 바다를 그렇게 좋아하지 않는다.

감청색 하늘. 웅대한 해원(海原). 애초에 그런 것은 내게 어울릴 리가 없다.

건강한 것. 정상적인 것. 치열한 것. 정연한 것. 나는 원래 그런
것이 거북하다.

그러니까——이 정도가 좋다.

——그것뿐일까?

문득 불안이 머리를 든다.

그것은 분명히 그렇다. 나는 그런 성질의 인간이다. 하지만——
내가 바다를 좋아하지 않는 이유는 그것만이 아닌 것 같다는 생각이
든다. 무언가 자신에게 결정적인 일을, 나는 잊고 있는 것이 아닐까.
그렇다면——그것은 무엇일까.

——무엇을 잊고 있지?

새가 날갯짓하는 소리가 났다.

아무것도 생각나는 것은 없다.

——아무래도——상관없는 일일까.

아마 아무래도 상관없는 일일 것이다. 설령 무언가를 잊고 있다고
해도 나는 우선 일상생활을 하고 있으니까.

——하지만.

나는 무언가 잊고 있다는 것조차도 잊고 고분고분 살고 있었던
것은 아닐까.

그렇게 생각하니 조금 무서워졌다.

나는 생기 없는 풍경을 초점이 맞지 않는 눈으로 바라보면서 다리
위에서 그저 괴로워했다.

자전거를 탄 두부장수가 다리를 건너간다.

얼빠진 확성기 소리가 등을 지나쳐간다.

지긋지긋한 일상의 권태감이 나를 감싼다.

──물에 닿고 싶다.

욕구가 머리를 들었다.

나는 곁눈질로 두부장수의 뒷모습을 쫓았다.

난간을 손으로 훑으며 터덜터덜 다리를 건너간다.

맞은편 다리 기슭에서는 강가로 내려갈 수 있다.

다리 옆. 국화 비슷한 꽃이 피어 있다.

젖은 풀이 무성하게 우거져 있다.

따로 길이 나 있다고 할 정도는 아니다. 그냥 어린아이들이 자주
내려간 탓인지 풀이 쓰러지고 강기슭까지 자국이 나 있다는 것뿐이
다. 미끄러진다. 진흙이 발에 엉겨 붙어 넘어질 뻔했다. 발 디딜 곳이
마땅치 않다. 몸이 가벼운 어린아이와 달리 몸도 무겁고 움직임도
둔한 30대 남자에게는 힘든 길이었을 것이다.

결국 넘어지지는 않았지만, 내려갔을 때에는 옷자락은 진흙으로
까맣게 더러워지고 셔츠는 풀 이슬로 완전히 젖고 말았다.

무엇이 있는 것도 아니다.

물이 가까워졌을 뿐이다.

허리보다도 높은 갈대. 좁은 발치는 질퍽거려서, 내려와 보기는
했지만 움직일 수도 없다.

졸졸거리며 강이 흐르는 소리가 난다.

몸을 굽혀 본다. 몸을 굽히자 우거진 갈대가 내 키보다 높아진다.
맞은편 기슭의 선이 쑥 올라온다.

──물 냄새가 난다.

나는 그 축축함을 가슴 깊이 들이마신다.

아아, 살아 있다, 하고 생각한다.

마치 습생생물(濕生生物) 같다.

대부분의 사람이 이마에 땀을 흘리며 일하고 있을 그 시간에, 나는 다리 밑의 수풀에 쪼그리고 그저 아무것도 하지 않고 호흡을 함으로써 생을 실감하고 있다. 그리고 나는 사회의 일부로 기능하지 못하는 것에 대한 양심의 가책을 만끽한다.

나는 늘 그렇다.

하는 일이 없다. 철저하게 하는 일이 없다.

풀 사이에 물새가 앉아 있다.

꼼짝도 하지 않는다.

── 백로일까.

아닐지도 모른다.

나는 아무 생각 없이 새를 바라보았다.

── 재미없다.

정말로 재미없다고 생각한다.

나는 젖은 공기를 마시면서 회상한다.

계기는── 개였다. 아내가 개를 키우고 싶다는 말을 꺼낸 것이다. 다른 뜻은 없을 것이다. 별로 특이한 일도 아니다. 나는 그러지 말라고 대답했다. 그것도 다른 뜻이 있었던 것은 아니다. 동물을 싫어하는 것은 아니지만, 어찌 된 셈인지 내키지가 않았다.

그것 때문에 거북해졌다.

딱히 싸운 것은 아니다. 그냥 냉담해졌다.

그대로 내버려두면 어떨 것도 없을 것이다. 평소부터 우리는 그렇게 대화가 많은 부부는 아니었고, 서로 항상 기분 좋게 대하는 것도 아니다.

따라서 가령 그런 상황이라 해도 오늘 하루는 변함없이 보낼 수 있을 테고, 밤이 되면 밥을 먹고 잘 뿐이다. 하지만 그 너무나도 일상적인 풍경이 숨 막힐 정도로 싫어져서, 나는 의욕을 잃고 만 것이다.

──꼭 어린애 같다.

어쩌면 나는 단순히 일의 진척 상태가 순조롭지 않아서, 그래서 아내와의 일을 핑계로 집을 나왔을 뿐일까. 그럴지도 모른다. 일을 하고 싶지 않았던 것일까. 그야 그럴 것이다.

듣자 하니 소설가는 정상적인 정신으로는 할 수 없는 일이라고 한다. 나는 애초에 정상적인 정신조차 가지고 있지 않으니, 정말로 그렇다면 할 수 있을 리가 없다. 글을 쓸 수가 없어서, 싫어져서 기분 전환을 하고 싶었던 것뿐일지도 모른다.

하지만.

그것만은 아닌 것 같다는 생각도 든다. 역시 나는 무언가 중요한 것을 잊고 있다. 아니, 잊고 있는 것이 아니다. 어쩌면 나는 그 중요한 것을 어딘가 깊숙한 곳에 넣어두고 보지 않으려고, 보지 않으려고 하면서 살고 있는 것인지도 모른다.

겁쟁이이고 비겁하기 때문일까.

──아, 새가 난다.

날갯소리. 물소리. 물보라.

──저 새는 발을 물에 담그고 있었겠지.

어찌 된 셈인지, 나는 그런 생각을 했다.

느릿느릿 앞으로 나간다. 물가가 가까워진다.

싸늘한 습기가 기분 좋다.

질척질척한 진창이 한층 더 물기를 띤다.

그렇다. 내가 원하고 있었던 것은 이 물기다.

바다가 아니다. 강도 호수도 아니다. 웅대함도 청량감도 아니다. 내가 원하고 있었던 것은, 그렇지, 예를 들면 과일의 싱싱함이다. 그것도 신선한 과일의 싱싱함이 아니다. 약간 지나치게 익은, 썩은 냄새와도 비슷한 농밀한 방향(芳香)을 풍기는 종류의 —— 그것이다.

—— 아아.

나는 물에 손끝을 집어넣었다.

차갑다. 아니 ——.

—— 뭐지?

물이 엉겨 있다. 나는 손을 빼냈다.

아무것도 묻어 있지 않다. 물방울이 팔을 스윽 타고 흘러 소매를 적셨다.

—— 뭘까.

손끝에 남아 있는 이 감촉은 무엇일까.

물속을 떠도는 —— 무언가 형체가 일정하지 않은 것이 손끝에 닿은 것 같은 기분이 들었다. 무언가 부유물이라도 흘러온 것일까. 나는 수면을 본다. 확실히 그곳 —— 내가 손을 집어넣은 곳은 물살이 다른 곳과 조금 다른 것 같았다. 흐름이 작은 소용돌이를 만들고 있다. 아마 강바닥의 지형이나 수초 때문에 그렇게 되는 것이리라.

나는 다시 한 번, 이번에는 신중하게 물속에 손끝을 집어넣어 보았다.

—— 있다.

무언가 있다. 온도 차이일까.

물속에 온도 차이가 있다.

아주 조금 따뜻한 흐름이 ——.

—— 물이 아니다.

우뭇가사리나 —— 개구리 알 같은 것이 ——.

나는 허둥지둥 손을 빼냈다. 그런 종류의 느낌은 매우 싫다. 소름이 돋았다.

손끝을 본다. 역시 아무것도 붙어 있지는 않다. 젖었을 뿐이다. 나는 그 젖은 손가락을 몇 번이나 셔츠와 바지에 문질렀다. 설사 아무것도 묻어 있지 않더라도 그런 것에 닿은 불쾌감을 씻어내고 싶었던 것이다.

나는 부산하게 손을 닦으면서 일단 일어서고, 그러고 나서 다시 한 번 발치의 그 소용돌이에 시선을 주었다.

가까이 가 보지 않으면 소용돌이로는 보이지 않는다.

다시 한 번 몸을 굽힌다.

역시 소용돌이 따위는 보이지 않는다. 다른 곳과 다름없는, 그냥 흐름이다. 얼굴을 가까이 가져가 본다. 자세히 보니 아주 희미하게 흐름이 뒤얽혀 있다. 그러나 투명도는 변화가 없다. 그곳만 탁하다거나 무언가 질척질척한 이물이 있는 것 같지는 않았다. 물은 물이고, 흐르고 있기도 하고, 무언가가 고여 있는 것 같지는 않았다.

나는 한 번만 더 손을 집어넣어 보았다.

하지만.

그것은 —— 역시 거기에 있었다.

2

기분은 전혀 가벼워지지 않았다.

글도 써지지 않았다. 장난으로 만년필을 가지고 놀다가 원고용지에 잉크가 튀고 말았다. 그래서 의욕을 잃었다. 나는 만년필을 내던지고 탁상의 원고용지를 구겼다. 어차피 세 줄도 쓰지 않았다.

쓰레기통에 넣기도 귀찮았다.

본래 나는 문장을 쓰는 것이 장기였던 것은 아니다. 읽는 것은 좋아했기 때문에 써 보고 싶다고 생각한 적은 있었지만, 쓴다 해도 그것이 세상에 통하는 글이 될 거라고 생각한 적은 없었다. 그 자기비평은 일단 소설가가 된 지금도 별로 달라지지 않았다. 나는 글을 잘 써서 소설가를 하고 있는 것이 아니다.

따라서 내 경우 글을 파는 사람이라는 것은 이름뿐이고, 쓰고 싶다고 생각하는 욕구가 없으면 아무것도 쓸 수 없다. 쓰고 싶은 것이라면 어떻게든 쓸 수 있지만 그렇지 않은 문장은 도무지 안 된다.

서툴다.

서툴기 이전에 쓸 수가 없다. 스스로도 싫어진다.

그러나 몇 달이나 걸려서 간신히 재미도 없는 단편소설을 하나 쥐어짜 내는 식으로는, 요즘 같은 세상에 생활은 할 수 없다. 그렇다고 해서 요령 없는 내가 다른 직업 따윈 처음부터 가질 수도 없는 셈이고, 어쩔 수 없이 소설 이외의 잡문 집필을 맡지 않을 수 없는 처지가 되었다.

고르지 않으면 할 일은 있다. 예를 들어 삼류 잡지의 상당히 수상쩍은 기사라면, 쓸 수 있는 사람이기만 하면 누구든 좋다는 식이다. 그러나 그런 일은 전부 대개 나와는 전혀 인연이 없는 호색적이고 익살스러운 기사나 엽기 기사뿐이다.

전형적인 소시민인 내가 밀통이니 정사(情死)니, 하물며 살인이니 하는 기사를 쓸 수 있을 리는 없다.

일이라고 딱 잘라 생각한다 해도 쓸 수 없는 것은 쓸 수 없는 것이니 어쩔 수 없다. 되풀이해서 바람을 피우는 음탕한 부인의 심경이나 외국의 대량 살인귀의 범행 직후의 감상을 아무런 취재도 하지 않고 술술 쓸 수 있다면 아무도 고생하지는 않을 것이다.

그러나 담당자는, 그럴 때는 소설가의 풍부한 상상력에 붓을 맡기라——고 대개 그렇게 말한다.

확실히 소설가는 거짓을 진실인 것처럼 써 제끼는 직업이기는 하다. 요컨대 그들은 그런 소설가적 자질을 내게 기대하고 있는 모양이지만 그렇다면 그것은 큰 착각이다. 애초에 그렇게 상상력이 풍부하다면 나도 좀 더 재미있는 소설을 쓸 수 있을 테고, 소설이 재미있다면 그런 천박한 부업 따위는 맡지 않을 것이다.

내 경우, 문장으로 그저 사과는 빨갛다는 객관적 사실을 전하는 것조차 어려운 것이다.

그런 재능은 아마 압도적으로 부족할 것이다.

벌렁 드러누웠다.

방바닥 위에 잡지가 떨어져 있다.

내가 기고하고 있는 문예지다.

떨어져 있는 것은 아마 내 최신작이 실린 호일 것이다. 지난달에 여기서 단편소설을 실어 주었던 것이다.

게재되었다기보다, 실로 실어 준 것이다. 집필 의뢰가 있었던 것은 아니다. 반년 이상에 걸친 악전고투 끝에 겨우 다 쓸 수 있었기 때문에 시험 삼아 가져가 보았더니 우연히 빈 페이지가 있었다는 것뿐이다. 페이지를 메우기 위한 것이다.

발매 후에도 아무런 반응도 없다.

비방을 당하지도 않지만, 칭찬을 받지도 못한다.

단편소설의 고료로는 한 달도 먹고 살 수 없다.

그래서——.

나는 고개를 돌려 부엌 쪽을 보았다.

아내의 모습은 보이지 않는다. 장이라도 보러 간 것일까. 마당 청소라도 하는 것인지도 모른다. 나는 몸을 뒤척여 방향을 바꾸었다.

잡지가 시야에 들어오는 것이 싫었던 것이다.

그 후로 개 이야기는 하지 않았다. 아내는 그 일에 대해서는 침묵하고 있었고 내 쪽에서 그 화제를 꺼낼 수는 없었다. 따라서 아내가 지금 어떤 기분인지 나는 모른다.

——포기했을지도 모른다.

아니, 포기하기 이전에 아내는 이미 그런 것은 잊어버렸을지도 모른다. 아내가 개를 키우는 것에 그렇게 집착하고 있다고는 생각되지 않았고, 잠자코 있는 이유도 아무래도 상관없기 때문이 아닐까. 곰곰이 생각해 보면 그때 꺼림한 감정을 느낀 것은 나뿐이었을지도 모른다. 아내는 그저 담담했던 것이다. 그것이 슬퍼 보인 것은 내 안에 켕기는 부분이 있었기 때문일 것이다.

강아지라도 키우고 싶어요──.

그런 말투였다. 가벼운 어투다. 꼭 들어 달라는 절박한 느낌은 받지 못했다. 내 쪽도──나는──.

──뭐라고 대답했을까.

잘 기억나지 않는다. 거부한 것은 분명하다.

나는 엎드려서 방바닥에 뺨을 괴었다.

──왜 거절했을까.

자신이 한 일인데도 잘 모르겠다.

나는──결코 동물을 싫어하는 것은 아니다.

하기야 나는 게으른 성질이라, 만일 키운다면 매일 보살피는 것은 귀찮다거나 개에게 시간을 구속당하는 것은 질색이라거나, 그런 기분을 느끼지 않았으리라는 보장은 없다. 하지만 그것은 아내도 알고 있는 일이다. 어차피 보살피게 될 사람은 자신이라는 것을 아내는 처음부터 알고 있다. 그렇다면 전부 알고 말했을 것이다.

──뭐라고 말하고 거절했을까.

기억나지 않는다. 개는 안 된다거나, 이웃에 폐가 되니까 그만두라거나, 살림살이가 힘드니 키울 여유가 없다거나, 그런 종류의 말을 했을 것이다.

―― 근거 없이 그냥 화를 냈나?

아무래도 애매하다. 자신이 뭐라고 말했는지 생각나지 않는다. 잊어버렸다.

―― 역시 뭔가 잊어버렸어.

아니, 떠올리지 않으려고 하고 있는 것일까.

나는 머리를 끌어안았다. 내용물을 알 수 없는 상자를 안고 있는 것 같은 답답함이 가슴에 가득 찬다. 내용물을 보고 싶다. 하지만 보아서는 안 된다. 볼 수 없는 것이 아니다. 보려고 하지 않을 뿐이다. 보고 싶어서 견딜 수가 없지만, 안에는 절대로 보고 싶지 않은 것이 들어 있다. 그것은 질척질척한 ――.

"다츠 씨, 다츠 씨 ――."

아내가 부르는 목소리.

나는 상반신을 일으켰다.

아마 나는 엄청나게 불유쾌한 얼굴을 하고 있을 것이다.

"왜 ――."

혀가 잘 돌아가지 않는다. 발음이 명료하지 못하다.

따라서 이럴 때 내 말투는 필요 이상으로 기분 나쁜 듯이 들린다. 게다가 이럴 때는 늘, 전혀 일 따윈 하지 않는 주제에 일을 방해하지 말라고 화를 내 보곤 한다.

아내 탓이 아닌데.

장지문 뒤에서 아내가 얼굴을 내밀었다.

"어머나, 이런 곳에서 또 토라져서 자고 있네."

"자고 있었던 게 아니야. 생각을 하고 있었지."

"얼굴에 다다미 자국을 내고서요?"

"시끄럽군. 나는 피곤하단 말이야. 그보다 무슨 일이야 ──."

내 의사와는 상관없이 불퉁한 말이 흘러나온다. 나는 아내를 올려 다보며 책상다리를 했다.

"손님이 오셨어요. 아츠코 씨예요."

"아아 ──."

손님 ── 인가.

거기에서 단숨에 맥이 빠진다. 아무래도 나는 허세를 계속해서 부리지 못하는 성질인 것이다. 나는 앉은 자세를 바로 하며 주위를 둘러보았다. 그렇게 어지럽혀져 있지는 않다. 방종한 나와 달리 아내는 바지런히 청소하곤 하는 모양이라서, 갑자기 손님이 찾아왔을 때도 걱정할 것까지는 못 된다. 오히려 내 부은 얼굴이 한층 더 손님 접대에 어울리지 않을 것이다.

손님은 친구의 동생으로, 교양과학 잡지의 편집 기자 일을 하는 추젠지 아츠코 양이었다.

그녀는 아직 스무 살에서 한두 살 더 먹은 정도의 아가씨지만 발랄하고 재기 넘치는 훌륭한 처자다.

숨기고 말고 할 것도 없이, 내가 소설가로서 생계를 꾸려나갈 수 있는 것은 이 아츠코 양 덕분이다. 그녀의 주선으로 나는 작품을 발표할 수 있었던 것이다.

면도할 새도 없이, 나는 은인과 얼굴을 마주했다.

아직 소녀 같은 데가 남아 있는 단발의 직업여성은 잠에서 덜 깬 듯한 나를 보고도 그다지 놀란 기색도 없이 예의 바르게 인사하고 용건을 말했다. 밀실에서 일어나는 사건에 대해서 알고 싶은데 무언가 참고가 될 만한 것을 모르느냐 ── 는 것이었다.

나는 공언하지는 않았지만 그녀는 내가 삼류 잡지에 발칙한 기사를 쓰고 있다는 것을 물론 알고 있고, 그래서 찾아온 것이리라.

도움이 될지 어떨지는 알 수 없었지만 알고 있는 범위에서 —— 밀실을 다룬 탐정소설을 몇 개 가르쳐 주었다.

발음이 나쁜 데다 장황하고 요령 없는 설명이었지만 추젠지 아츠코는 매우 감사한 듯이, 정말 고맙습니다! 세키구치 선생님 —— 하고 기운차게 말하며 머리를 숙였다.

기민한 움직임이다.

"—— 저는 탐정소설이라고 하면 막연하게 수상쩍은 인상밖에 갖고 있지 않아서, 별로 열심히 읽은 적이 없거든요. 지금부터 말씀해 주신 책을 읽으면서 공부해 볼게요."

"아니 —— 나야말로 아무 도움도 못 된 것 같은데 —— 뭐랄까."

나는 우물거리며 아래를 향했다.

"—— 결국 나도 제목이나 아는 정도이지 열렬한 독자는 아니고 —— 이런 일이라면 네 오라비한테 묻는 편이 훨씬 수확이 있었을 텐데."

그녀의 오빠는, 나의 그리 많지 않은 친구 중 한 명이다. 구제(舊制) 고등학교[112] 때부터 알고 지냈으니 이제 그럭저럭 십오륙 년이 되는 친구라고 할 수 있다.

그는 이 동네에서 고서점을 경영하고 있다. 세상 사람들이 말하는 책벌레로, 일본, 중국, 서양을 가리지 않고 셀 수 없을 정도로 많은 책을 읽는다. 모르는 책이 없을 정도다.

---

112) 구제도에서 중학교 4년을 수료하였거나 또는 그와 동등한 학력이 있다고 인정되던 남자에게 고등보통교육을 실시하던 학교. 수업 연한은 3년.

"당치도 않아요 ──."

추젠지 아츠코는 보기 드물게 목소리를 높였다.

"── 그런 미치광이 오라버니한테 이런 이야기를 했다간 그 자리에서 남매의 연이 끊기고 말 거예요. 오라버니는 특히 이런 종류의 이야기를 싫어하거든요."

"그런가? 그 녀석은 나보다 훨씬 더 탐정소설을 많이 읽지 않나?"

"읽기는 읽어요. 오라버니는 글자만 적혀 있으면 뭐든지 읽으니까요. 하지만 ── 밀실이라느니 인간 소실이라느니, 그런 종류의 이야기는 굉장히 싫어해요. 제가 그런 걸 조사하고 있다는 걸 알면 불같이 화를 낼 게 분명해요."

"아아 ── 그러고 보니 그럴지도 모르겠군. 그 녀석은 화내면 무서우니까. 그보다 아츠코. 너는 어째서 밀실 같은 것을 조사하고 있는 거지?"

아츠코는 조금 우물거리고 나서, 밀실에서 사라진 산부인과 의사의 이야기를 했다.

기묘한 이야기였다.

내가 물어놓고도 나는 그녀의 이야기를 반쯤 건성으로 듣고 있었다. 귀는 닫을 수 없으니 그녀의 이야기는 전부 들리고 있을 텐데, 내 의식 위로 올라오는 것은 띄엄띄엄 끊어지는 단편뿐이었다.

── 산원(産院) ── 들어갈 수 없는 ── 닫힌 ── 아이를 가져서 ── 태아 ── 아기 ── 사라지는 ── 죽어 ── 태어나서 ──.

태어나.

태어나지 않는다.

그 단편이 멋대로 접속해 실로 불길한 상(像)을 맺었다.

―― 이것은.

이 상은 무엇일까.

인식한 순간, 그 불길한 상은 질척하게 녹아 액체 상태가 되고,
내 의식에 가득 찼다.

―― 바다다.

질척질척하고 형태가 일정하지 않은 바다다.

왜 그러세요.

―― 미끈미끈한 바다의,

―― 수프처럼 유기적인,

―― 나는, 나는 대체,

나는 대체 무엇을 싫어하는 것일까.

"왜 그러세요, 선생님?"

추젠지 아츠코가 눈을 휘둥그렇게 뜨고 있다.

"아아―― 바, 바다가."

"바다요?"

아무것도 아니라고 말하며 나는 고개를 저었다.

"날씨 탓인가―― 아무래도 몸 상태가 좋지 않아. 현기증이 ――."

몹시 불쾌한 기분이었다.

그러나 나는 이런 때에 평정을 가장하는 데에는 익숙하다. 나는
평소 소위 말하는 정서불안정이라서 티가 나지 않는 것이다.

"―― 이제 괜찮아."

"괜찮아 보이지는 않는데요 ―― 사모님을 부를까요?"

아니, 됐어——나는 손을 내밀었다.

"별것도 아니야. 사소한 것을 계기로 좋지 못한 일이 생각나서 그래. 생각은 나는데, 그——."

생각나지 않는다. 좋지 못하다는 것밖에 생각나지 않는다. 상자 뚜껑은 열리지 않는 것이다. 내용물은 전혀 알 수 없다. 불안만이 쌓인다.

"——바다가."

"바다가 무섭다거나, 그런 건가요——."

하고 추젠지 아츠코가 물었다.

"아니——분명하게는——그, 뭐라고."

"선생님, 몇 년 전에 이누보자키[113] 곳에 갔던 거 기억하세요?"

"응? 아아, 그런 일이——있었나."

기억이 몽롱하다.

"그 바람이 강하게 불던 날 말이에요. 오라버니 부부랑 선생님 부부랑 저랑——그리고."

"아아. 그러고 보니 다 함께 줄줄이 갔지. 그러고 보니 소라를 먹었어."

음식에 대한 기억만은 있으니, 내 품성도 빤하다.

"응——생각난다. 네 오라비가 바다에 들어가는 모습을 보고 싶다고 다들 말했는데, 그 녀석은 끝까지 들어가지 않았지."

"네. 그때——아마 선생님께서 그러지 않으셨나요? 나는 바다를 싫어하는 게 아니라 바닷속의 생물이 무서운 거라고."

---

113) 지바 현 초시 시에 있는 곳. 태평양으로 돌출되어 있으며, 돌출부 끝에 일본 최초의 회전식 등대가 있다.

"그런 말을 했었나――."

무엇이 무섭다고 했을까. 역시 기억나지 않는다.

"――딱히 어패류가 싫다는 건 아니야. 나는 오히려 좋아하고 잘 먹는데."

"그런 게 아니라――그래요, 처음에는 해조가 싫다고 하셨어요. 다리에 얽혀 오는 것 같아서."

"아아, 그건 싫어."

물속에서 이물이 달라붙는 불쾌감은 각별하다.

"그리고 선생님은――분명히 바다는 바다 전체가 생물 같아서 기분 나쁘다고――미생물이나, 작은 물고기나 벌레나, 모든 생물이 섞여 있는 것 같은 기분이 들어서――그게 싫다고."

그렇다.

바다를 좋아하지 않는 이유는 그것이다.

감청색 하늘도 웅대한 해원도 상관없다.

그것은 거북한 것이다. 내가 싫어하고 두려워하는 것은 바다의 경관이 아니라 바다의 본질이다.

바다에 담겨 있는 것은 물만이 아니다.

그것은 생명의 수프다. 바다는 전체가 살아 있다. 그런 것에 몸을 담그다니 소름이 끼친다. 어디까지가 자신인지 어디서부터가 바다인지, 경계를 알 수가 없게 된다. 침투막이 찢어지고 내 내용물이 스며 나오고 만다. 마치 아까 그――.

그――.

"안 돼――."

정말로 현기증이 났다.

아내를 부르는 추젠지 아츠코의 걱정스러운 목소리가 들렸다.

목소리는 스르륵 멀어졌다.

잠시 잠든 모양이다.

나는 어느새 깔린 이불 위에 누워 있었다. 아내가 눕혀준 것일까.
몸을 일으키니 심한 두통이 났다.

이미 서녁 해가 비쳐들고 있다.

아내는 툇마루에서 빨래를 개고 있었다.

일어서자 어질어질해서 몇 번인가 비틀거렸다.

아내는 힐끗 나를 보고 말했다.

"일어났어요?──."

그리고 옷잇을 끌어안으면서,

"──아츠코 씨가 많이 놀랐어요."

하고 말했다.

나는 대꾸할 말이 없었다. 아내는 비가 한바탕 내릴 것 같다고 말하
며 안고 있던 빨래를 들고 툇마루에서 올라오더니 말했다.

"오늘 밤에는 뭘 먹을까요──."

──평소와 똑같다.

왜, 왜 이렇게까지 일상적인 것일까.

지나치게 당연해서 지긋지긋하다.

도망치고 싶다. 왠지 숨이 막힐 것 같다.

"속이 안 좋아. 잠깐──산책하고 올게."

나는 짧게 그렇게 말하고, 바람에 흔들리는 나뭇잎 같은 불안한
발걸음으로 집을 나섰다.

장마철의 거리는 흐릿했다.

머리는 여전히 아팠지만, 가만히 있을 수는 없었다. 눈 안쪽이 탁한 것 같은, 잔뜩 흐린 권태감이 나를 지배하고 있다.

어딘가 먼 곳으로 가고 싶다.

―― 도망치고 싶다.

무엇에서 도망칠까.

어릴 때부터 나는 계속 도피하며 살아왔다.

나는 서툴고, 둔하고, 게으르고, 요컨대 형편없는 인간이다. 그냥 일상생활을 보내는 것만으로도 나는 내가 무엇 하나 제대로 할 수 없다는 현실에 직면하고, 두려워 떨며 도피를 되풀이해왔던 것이다. 수업을 빠지고, 부모의 눈을 속이고, 일을 내팽개치고 ――.

그러나 도망쳐 봐야 나는 무엇을 하는 것도 아니었고, 또 무언가가 바뀌는 것도 아니었다.

그래도 나는 계속 도망쳤다.

그것은 유치한 현실도피이지 주의 주장에 기초한 항의 행동 같은 것은 아니었고, 겁쟁이인 나는 찰나적으로 향락을 탐할 수도 없었다. 도망쳐 봐야 나는 고작해야 의무를 내팽개친 것에 대한 죄책감을 곱씹으며 떨 뿐이었다. 그냥 떨기 위해서 나는 도망치고, 떪으로써 나는 자신의 경계(境界)를 재확인했다.

자신이 무능하다는 것.

자신은 세상에서 필요하지 않은 존재라는 것.

그것을 실감함으로써 나는 안심했다.

나는 계속 도주하고, 그리고 그저 두려워하고, 다시 원래의 장소로 돌아온다는 쓸데없는 운동을 되풀이하고 있는 것이다. 비겁자다.

정신이 들어 보니 염불교까지 와 있었다.

해 질 녘도 가깝다. 낡은 다리가 걸려 있는 풍경은 한층 더 생기가 부족해서 마치 먼 옛날의 사진 같았다.

다리를 건넌다.

여학생들이 나란히 걸어온다.

나는 나도 모르게 얼굴을 피하며 살금살금 끝 쪽으로 다가갔다.

나는 지저분하다. 보이고 싶지 않다. 살금살금 굴면 굴수록 꼴사나운 모습이 된다. 아마 당당하게 행동하면 별것도 아닐 텐데 그럴 수가 없다. 나는 결국 다리 기슭에서 몸을 숨기다시피 강가로 내려갔다. 굴러떨어지는 것 같은, 자포자기한 안도감이 있었다. 풀을 헤친다. 갈대 사이로 몸을 구부리면 더는 다리 위에서는 보이지 않을 것이다.

——소용돌이다.

그 소용돌이다. 물이 엉겨 있다.

그리고 나는——눈을 부릅떴다.

분명히——그것은 굳어지기 시작하고 있었다.

투명하기는 하다. 그러나 빛의 굴절률이 다르다. 물속의 그것은 이미 형태가 일정하지 않은 것이 아니다. 무언가 형태를 이루고 있다. 투명한——그렇다, 양서류 같은 상(像).

——도마뱀붙이일까. 도롱뇽일까.

나는——강한 구역질을 느꼈다.

3

그 후 마음이 울적해져서 사흘 동안 앓아누웠나.

아내에게는 여름 감기라고 우겼지만 가벼운 울증 상태인 것은 틀림없었다. 학생 시절, 나는 신경쇠약 상태에 빠져 우울증이라는 진단을 받았다.

그때는 자살을 생각했다.

이유는 잘 알 수 없었지만 명확하게 죽고 싶다, 죽을 수밖에 없다고 생각했던 것이다.

지금은 한창때가 지나서 피곤한 것인지 지친 것인지, 죽으려는 생각은 들지 않는다.

일단 나은 것이다.

울증은 낫지 않는 병은 아니다. 그러나 한 번 치유되면 두 번 다시 재발하지 않는 병도 아니다. 겉으로 드러나지 않을 뿐이지, 병은 항상 내 안에 있다. 아니, 나 자신이 병 그 자체다.

어쨌거나 균이 침입한 조직처럼 제거할 수 있는 종류의 것이 아닌 것만은 확실하다. 다른 사람에 대해서는 모르지만, 그것은 누구 안에 나 있는 당연한 것인지도 모르고, 그런 의미로 말하자면 뿌리는 낫지 않는다고 파악할 수 있을지도 모른다.

어쨌거나 이런 증상은 기분 문제가 아니다. 병이다.

그것을 착각하면 나을 것도 낫지 않는다.

가령 그냥 침울한 것뿐이라면, 아무리 심하게 침울해져도 격려하면 격려하지 못할 것은 없을 것이다. 그러나 우울증 환자의 경우, 격려하거나 하는 행위는 최악의 대처다. 가벼운 울증이 무거워질 수도 있다.

경우에 따라서는 격려를 받은 것 때문에 죽음을 선택할 수도 있다.

논리로 어떻게 되는 것이라면 스스로 어떻게든 할 수 있다. 기분 문제라면 그것은 더욱 쉬울 것이다. 논리도 통하지 않고, 아무리 마음을 다잡으려고 해도 기분이 나아지지 않기 때문에 병인 것이다. 타인이 내뱉는 미사여구나 계발(啓發)의 말 같은 것이 효과가 있을 리도 없다.

애초에 인간도 생물이다. 생물이란 생명 활동을 유지하기 위한 기능 자체라는 의미이기도 할 테니, 그 생물이 자신의 생명 활동을 자발적으로 정지시키는 것 같은 행동을 하는 것 자체가 기능적인 이상이라고 생각할 수밖에 없다.

사정은 있겠지만 결과적으로 스스로 죽음을 선택하는 인간은 모두, 그 문제는 병이라고 생각하는 것이 좋을 것이다. 괴로워서 죽음을 선택하는 것이 아니라 괴로움이 심해져서 병이 되고, 병으로 죽는 것이다.

나는 지금은 죽고 싶다고는 생각하지 않지만 역시 병임에는 틀림이 없다.

따라서 위로나 격려를 받고 싶지는 않다.

이럴 때는 그냥 부루퉁하니 잘 수밖에 없다. 아내도 그런 점은 잘 알고 있어서 내가 이렇게 되어 버리면 거의 말을 하지 않는다. 차가운 것 같지만 그것이 가장 효과가 있다는 것을 알고 있는 것이다.

우리 집은 지난 사흘 동안 찬물을 뿌린 것처럼 조용했다.

그런 가운데 나는, 오직 그날 내가 아내를 향해서 뭐라고 말했는지를 열심히 떠올리려고 했다.

강아지라도 키우고 싶어요——.

나는 뭐라고 대답했을까.

그건.

그건 비꼬.

그건 비꼬는 거야——?

그렇게 대답한 것 같은 기분도 든다. 그러나 대체 무엇에 대한 비꼼이라는 것일까. 뜻을 모르겠다.

확실하게.

확실하게 말하지 그래——.

그것이 내가 내뱉은 말이었던 것 같기도 하다. 그렇게 말한 순간 맥이 풀리고, 나는 집을 나와 다리로 향한 것이 아니었을까. 그렇다고 해도 뜻을 모르겠다.

생각을 거듭하다가——나는 잠들었다.

눈을 감으니——소용돌이가 보였다. 관념의 바다가 소용돌이치고 있다.

이윽고 몸 전체의 체액이란 체액이 모두, 세포 속의 수분에 이르기까지 빙글빙글 소용돌이치기 시작하는 것 같은 기분이 든다. 뱃멀미라도 하는 것 같은 메스꺼움이 덮쳐온다. 이윽고 소용돌이는 중심을 향해 질척질척하게 엉기고, 서서히 점성을 띠고, 조림 국물이 굳어지듯이 겔 상태로 굳어지기 시작한다. 관념의 덩어리는 이윽고 기형의 양서류 같은 상을 맺는다. 도마뱀붙이치고는 큰 머리. 아가미까지 알아볼 수 있다. 짧은 팔다리에는 손가락이 새겨지기 시작한다. 척추가 엉덩이에서 더 뻗어, 작은 꼬리지느러미를 형성하고 있다.

그것이 ──.

확 흩어진다.

부패한 과일을 벽에 집어던진 것처럼, 농후한 과즙이 사방으로 흩어지듯이 ── 그것은 눈 깜짝할 사이에 액체가 되고 ──.

거기에서 잠이 깬다.

땀을 흠뻑 흘리고, 온몸이 썩은 것처럼 피로하다. 이명(耳鳴)이 난다. 그것을 되풀이한다. 그저 끝없이 되풀이한다.

나는 잠들고는 가위에 눌리고, 깨어나고는 괴로워했다.

그래도 집안은 소리 하나 나지 않는다. 조용한, 몹시 조용한 칠전팔기를 나는 사흘 밤낮 계속했던 것이다. 최악이었다.

사흘째 밤, 아주 조금 숙면할 수 있었다.

나흘째 아침에 나는 몸이 회복될 징조를 느꼈다.

어제와 어디가 다르냐고 묻는다면 어디도 다르지 않다고 대답할 수밖에 없지만, 그래도 그런 것은 알 수 있는 법이다. 병은 마음에서 온다고 하는데, 이 경우는 바로 그 마음의 병이니 설명하기는 어렵다. 이제 곧 나을 거라고, 나는 그렇게 생각했다.

죽을 먹고 한층 더 차분해졌다.

아내는 여전히 과묵했지만, 기분이 나쁜 것 같지는 않았다.

조용한 것은 좋다.

결국 나는 사고(思考)를 정지했다.

그날 내가 아내에게 무슨 말을 했는지, 나는 대체 무엇을 잊고 있는 것인지, 그런 것은 이제 아무래도 상관없어졌다. 물론 염불교 밑에서 본 것도 나의 지친 정신이 보여준 환영이라고——나는 그렇게 생각하기 시작했다. 물이 엉겨서 상을 이루다니, 비상식적인 데에도 정도가 있다.

내 경우, 일상을 살아간다는 것은 아무것도 생각하지 않는 것과 같은 뜻인가 보다. 생각하는 것을 멈추면 대부분의 일상생활은 평온하고, 미지근하고 기분 좋은 것이다.

진보가 없는 것은 멋진 일이다.

그렇게 생각하니 마치 막이 한 장 벗겨진 것처럼 세상이 밝고 편안하게 생각되기 시작했다. 이제 다시 평소의 재미없는 일상으로 돌아갈 수 있다.

그렇게 생각했다.

그때——.

정적은 깨졌다.

손님이 온 것이다.

실례합니다, 실례합니다, 하고 부르는 소리가 났다.

정적을 깬 것은——내게 원고를 의뢰하곤 했던 삼류 잡지의 편집자인 것 같았다. 내가 아무리 시간이 지나도 아무 연락도 해 오지 않으니 조바심이 나서 상황을 보러 온 것이리라. 당연한 일이다.

그러고 보니 있으나 마나 한 마감은 아마 어제였던가, 오늘이었던가——.

그래도——.

나는 장지문을 닫고 이불을 뒤집어썼다. 나아가고 있기는 하지만 이 상태로 힘이 넘치는 젊은 편집자와 만나는 것은 괴롭다. 게다가 만나서 일 이야기를 하는 것은 더욱 괴롭다. 그것도 못 쓰겠다는 변명을 하는 것이라면——솔직히 말해서 고문이다.

내 마음속을 알아챘는지——내 병을 잘 알고 있다고 말하는 편이 나을까——아내가 현관 앞으로 향한다.

이불을 뒤집어쓰고 있자니 아내의 목소리가 들렸다.

아마 내 상태를 설명해 주고 있을 것이다.

나는 침실에서 귀를 곤두세우고, 그 어물거리는 목소리를 들으면서 손님이 돌아가기를 꼼짝 않고 기다렸다.

그러나——손님은 돌아가지 않았다.

쿵쾅거리는 발소리가 다가오고, 이윽고 장지문이 드르륵 열렸다.

"뭡니까, 선생님——곤란한데요."

편집자——도리구치 모리히코는 타고난 능청스러움을 유감없이 발휘하면서 내 옆에 앉았다.

"들었습니다. 사모님께요. 편찮으시다고요. 여름 감기인가요? 이거 큰일이네요. 그런데 선생님, 마감이 언제였는지 기억나십니까?"

도리구치는 익살맞은 말투로 물었다. 대답할 수가 없다. 나는 도리구치에게 등을 돌리고 자는 척하기로 했다.

"왓핫하. 그만두세요, 선생님. 괜찮습니다. 한동안 우리 책은 안 나올 테니까요."

"안 나와?"

목소리가 갈라졌다.

"걸려드셨군요. 듣고 계셨잖아요. 깨어 있다는 것은 아까 알았습니다."

"거, 거짓말이었나?"

"하지만 거짓말은 아닙니다."

하고 말하며 도리구치는 눈썹을 팔자로 축 늘어뜨린다. 얌전한 얼굴을 지으려는 생각일 것이다.

"──다룰 기사가 전혀 없어서요. 우리 잡지는 엽기사건 일변도니까요. 야한 풍속 기사처럼 기삿거리가 여기저기 굴러다니는 게 아니라서."

"그래──?"

단숨에 어깨의 짐이 내려간다.

"──그럼 안 써도 되는 건가?"

"제대로 말도 하실 수 있네요. 사모님의 이야기로는 말도 못할 정도로 중증이었다는데. 그러시면 안 되죠."

"정말로──그랬네."

설명해도 모른 것이다.

"하지만 잡지가 나오지 않는다면 원고는 필요 없을 테지."

"폐간된 건 아닙니다."

도리구치는 부루퉁하게, 발매 전망이 없을 뿐이라고 말했다.

"마찬가지 아닌가."

"전혀 달라요. 장다리게와 솥밥만큼 다릅니다."

무슨 비유일까. 나는 나도 모르게 실소하고 말았다.

도리구치는 실실 웃고 있다. 그때 아내가 차를 들고 들어왔다. 아내는 힐끗 도리구치를 보았다.

——과연.

이것은——아내의 배려일 것이다. 나는 도리구치처럼 비위를 잘 맞추는 남자에게 잘 끌려다니는 버릇이 있다. 도리구치를 안으로 맞아들인 것은 아내 나름의 치료법이었을 것이다.

사흘만의 차는 맛있었다.

아내는 내가 차를 다 비우기를 기다려, 장을 보고 올게요, 라고 말하며 나갔다. 지난 사흘 동안 집을 비우려야 비울 수 없었을 것이다.

아내가 나가자 도리구치는 한층 더 실실 웃었다.

"왜 그러나——기분 나쁘게."

"뭐랄까——편해졌네요."

"자네는 처음부터 편했잖아."

남의 속도 모르고.

나는 부끄러움을 감추려고 한껏 허세를 부렸다.

"아아——도리구치 군, 정말이지 자네의 편안한 얼굴을 보고 있으니 긴장이 어디론가 빠져나가고 마는군. 여름 감기까지 같이 빠져나가고 말았네."

"우헤에. 여름 감기는 뭐밖에 안 걸린다고 하니까요. 이런, 실례——그보다 선생님, 안 됩니다. 건방진 소리 같지만."

"안 돼?"

"사모님을 울릴 만한 일을 하신 게 아닙니까? 사모님, 상당히 지쳐 있던데요."

"그런 짓은——."

하지 않았다——는 말을, 나는 입 안에서 씹어 부수다시피 삼켰
다.

방탕한 남편도 고뇌에 찬 남편도 아니지만, 어떤 의미로 나는 최악
의 배우자일 거라고 생각한다.

아내는 지쳐 있을 것이다.

나는 우물우물 뜻도 이루지 못하는 말을 웅얼거렸다.

"뭐, 선생님이라면 바람을 피운다거나 도박을 하지는 않겠지만
——아무래도 말이지요."

도리구치는 다리를 풀고 더욱 편하게 앉았다.

"아무리 부부라고 해도 한 지붕 아래에서 아침부터 밤까지 스물네
시간 쭉 같이 있다는 건 좀 그렇지 않을까요. 물론 선생님도 답답하시
겠지만, 사모님도——."

"알고 있네."

"취재라도 나가시는 게 좋겠습니다."

하고 도리구치는 말했다.

"취재라니——."

"소설이든 뭐든 취재가 필요하잖아요. 괜찮지 않습니까? 그런데
걸으면 다리가 뻣뻣해진다거나 그런 건 아니지요?"

"그렇지만——내 소설은."

"그러니까요——그렇지, 우리 기사 취재를 해 주십시오. 기분 전
환이 될 거예요, 참담하기도 하고. 어쨌든 그, 마감은 늦추어졌을
뿐이니까요——."

"하지만——자네의 의뢰는 국외의 기삿거리가 아닌가?"

"그건 그거고요."

"어떤 거 말이야. 뭐, 확실히 나는 내 나름대로 생각했지만 아무래도 국외의 엽기사건 기사 같은 걸 쓰는 건 —— 내게는 무리일 것 같네. 이번에도 그것 때문에 고민하다가 몸이 상한 거니까."

"고민했다고 할 만큼 원고지가 채워지지는 않은 것 같은데 ——."

도리구치는 몸을 뻗어 책상을 들여다보았다.

"—— 몇 장이나 쓰셨어요?"

한 장도 쓰지 않았다.

"미안하네 ——."

나는 아무렇게나 말했다.

"곤란하네요."

도리구치는 팔짱을 낀다.

"뭔가 기삿거리 없을까요? 끝내주게 기분 나쁜 이야기라든가. 탐정소설가가 꼬리를 말고 맨발로 도망칠 것 같은 ——."

"탐정소설 ——이라."

나는 추젠지 아츠코의 이야기를 떠올렸다.

"그렇지 —— 분명히 —— 산원(產院)의 ——."

"산원이라니 —— 산부인과요?"

—— 산원 —— 들어갈 수 없는 —— 닫힌 —— 아이를 가져서 —— 태아 —— 아기 —— 사라지는 —— 죽어 —— 태어나서 ——.

태어나.

태어나지 않는다.

질척질척질척질척질척.

"왜 그러세요?"

"소, 소문 ——이 있다고. 그렇지, 밀실의 ——."

"소문? 밀실이요? 밀실이라는 건 들어갈 수 없고 나갈 수 없는 그거요?"

"그런——모양인데."

"밀실에서 무슨 일이 있었습니까?"

"글쎄. 자세히는 몰라. 진부한가?"

"글쎄요. 소설이라면 밀실 살인사건이라는 건 좋지 않지만, 실제로는 듣지 못했으니까 사실이라면 신기하겠지요. 하지만 그것과 태아라는 조합은 잘 모르겠는데요. 밀실 살인이 아니라 밀실 출산이라는 건 이야기가 거꾸로잖아요. 그래서——장소는?"

"어? 아마——도시마 쪽이었나——."

자세한 것은 전혀 기억이 없다. 단편만이 뇌리를 오간다.

"뭔지 모르겠지만 재미있을 것 같네요——."

도리구치는 말했다. 그리고 한 번 팔짱을 끼더니,

"——소문이 있다는 거지요? 그럼 항간의 이야기를 좀 들어보고 올까요——."

라고 말하며 엉덩이를 들었다.

"가는 건가?"

"취재라니까요. 그런 묘한 소문이 있다면, 지금 들어두면 꽤 건질 수 있을 거예요. 도시마 쪽의 산원이란 말이지요. 두세 군데 알아보겠습니다. 재미있을 것 같으면 선생님, 제대로 취재해서 써 주세요."

그렇게 말하고 도리구치는 일어섰다.

"아아, 잊고 있었다. 수밀도를 가져왔습니다. 사모님께 드렸으니까 드세요. 병문안 선물이에요."

그거 고맙네——인사를 하고 나도 일어선다.

약간 현기증이 났다.

그럼 또 연락드리겠습니다, 하고 경박한 말투로 말하고, 소란스러운 침입자는 표연히 떠나갔다.

혼자가 되었다.

몹시 배가 고프다.

회복하기 시작한 증거일까.

장마가 끝나듯이, 그것은 늘 갑자기 찾아온다.

창문을 열어 보았다. 오후의 햇빛이 밝다.

이제 곧 여름이다. 여름이 온다.

그렇게 생각했다.

그러고 나서 나는 부엌으로 향했다. 병문안 선물인 복숭아인지 뭔지를 얻어먹어 볼까 하고 생각한 것이다.

신문지에 싸인 그것은 개수대 옆에 놓여 있었다. 부스럭거리며 신문지를 풀고 하나 꺼낸다. 솜털 같은 꺼끌꺼끌한 감촉, 그 밑에――싱싱한 과육의 예감. 손가락에 힘을 꽉 준다. 손가락이 쑥 파고든다. 과즙이.

――아아.

터지고, 바다가 된다.

질척질척한 수프가 가득 차고, 나는 그 안에 떠도는 표류물이 된다.

그 소용돌이 중심의――저 투명한 양서류는――저것은――.

나는 강한 현기증을 느꼈다.

4

이른 아침.

잠에서 깨어 보니 안개비가 내리고 있었다.

나는 몸이 회복되기는 했지만 기분이 상쾌해진 것은 아니고, 요컨대 처음 상태로 돌아갔을 뿐이었다.

도리구치는 바쁘게 돌아다니며 이야기를 들었는지, 이튿날에는 기괴한 소문을 산더미처럼 긁어모아 왔다. 추젠지 아츠코가 가져온 건에 대한 풍문은 실로 무책임하게 여기저기에서 수군거려지고 있었던 모양이다. 그러나 젊은 삼류 잡지 편집자가 나에게 한 이야기는 밀실에서 사라진 의사의 괴담 같은 것이 아니었다.

그것은——.

임신과 출산에 얽힌, 차마 들을 수 없는 황당무계한 추문이었다.

도리구치는 이야기할 만큼 이야기하고 나서, 이 이야기 쓸 만할까요——하고 말했다.

확실히 그들이 평소에 다루는 엽기사건은 아닐 것이다.

질문을 받은 내 쪽은——사실을 말하면 복잡한 기분이었다.

살인이니 정사니, 그런 저속한 이야기에는 그다지 기분이 내키지 않는 성질이지만 이번만은 묘하게 마음에 걸리는 것이 있었다.

수상쩍은 이야기인 것은 매한가지였지만.

좀 생각해 보겠네——라고 대답했다.

그럼 잘 부탁합니다——그런 말을 남기고 도리구치가 돌아간 것은 어젯밤의 일이다. 그때는 아직 비는 내리고 있지 않았던 것 같다.

아츠코의 오라비에게라도 상의해 보자——그렇게 생각했다. 그 녀석은 동서고금의 기담과 괴담에 정통하니 무언가 좋은 지혜라도 나누어줄지 모른다.

창밖은 실낱처럼 가느다랗고 음울한 비의 막.

탕, 탕, 하고 빗물이 새는 소리가 난다.

창을 타고 흐르는 빗물. 낙숫물.

뚝. 뚝. 뚝.

탕, 탕, 탕.

빗방울을 바라본다.

뚝. 뚝. 뚝. 뚝.

탕, 탕, 탕, 탕.

——율동.

두근두근두근두근.

내 심장 고동이다.

——신경 쓰인다.

이런 빗속에서, 그 다리 밑의 소용돌이는 대체——.

생각하니 나는 가만히 있을 수가 없게 되어, 아내에게 아무 말도 하지 않고 집을 뛰쳐나가 염불교 아래로 향했다. 우산이 거치적거린다. 빗속을 달려 풀을 헤치고 강가에 다다른다.

──소용돌이는──.

이명이 났다.

──개도 귀엽지요.

"뭐?"

──강아지라도 키우고 싶어요.

"개 같은 건 안 돼."

──그럴까요?

"당연하잖아. 짖으니까 항의가 들어올 거야."

──짖으려니.

"짖지. 게다가 냄새도 난다고. 보살피기도 힘들고. 매일 산책하는 건 부담이야. 나는 그렇게 부지런한 짓은 못해."

──어떤 것이든 수고야 들지요.

"그건 그렇겠지만── 싫어. 반대야."

──꽤── 싫어하시네요.

"별로. 그냥."

──그냥 뭔데요?

"당신 그렇게 개가 키우고 싶어?"

──그런 건 아니지만.

"그럼 왜. 어째서 그렇게 집착하지?"

──별로 집착하는 건 아니에요. 다만,

"다만 뭐."

──좀 쓸쓸해서.

"뭐라고? 그건 나한테 비꼬는 거야?"

──뭐라고요?

"그러니까 비꼬는 거냐고 물었잖아. 어때."

──그렇지는. 딱히──.

"하고 싶은 말이 있다면 확실하게 말하지 그래. 내가 둔하다고 해서 그렇게 빙 둘러서."

──무슨 말을 하는 건지 모르겠네요.

"당신 그렇게 불만이야? 아니, 애초에 뭐야, 강아지라도 라는 말투는."

──네?

"강아지라도, 라는 건 강아지는 무언가의 대용이라는 뜻이잖아. 아니야?"

──대용이라니, 정말 무슨 뜻인지 모르겠어요.

"알면서. 시치미 떼는 거야?"

──왜 그렇게 시비를 거세요. 이제 개를 키우고 싶다는 말은 안 할 테니까 기분 푸세요.

"그런 문제가 아니야. 개는 아무래도 상관없어. 문제는 당신이 왜 개를 키우고 싶어 하느냐 하는 거지. 그렇게 불만을 안고, 그냥 참기만 하는 건 이쪽이 싫어."

──미안해요. 이제 그런 말 안 할게요.

"그러니까. 당신이 참는 것도 싫다고 했잖아."

──참다니── 일하는데 방해해서 미안해요. 이제 그만하세요.

"잠깐. 확실하게 해 줘야 할 거 아니야. 이런 기분으로는 일 못해."

──확실하게라니, 뭘.

"당신이 ── 정말로 원하는 건."

사실은.

알고 있었다. 하지만. 무섭다. 무서운 것이다.

반투명한 소용돌이의 중심이 두근두근 맥동을 시작한다.

이상하게 커다란 머리에는 콩알 같은 눈이.

꼬리는 점점 짧아지고, 뭉쳐 있던 손끝이 갈라져 작고 작은 손가락
이 되고, 이윽고 그것은 ──.

5

나는 천천히 일어섰다.

이런 것은 환각이다. 보아서는 안 되는 것이다.

수면에 등을 돌린다. 이것은 거짓이다, 가짜다.

비는 그쳐 있었다.

순식간에 하늘이 밝아진다.

── 이제 여름이다.

그렇게 생각했다. 장마도 끝나 가는 여름 햇빛은, 그래도 상쾌한 것은 아니다. 하지만 이 편이 나에게는 맞는다. 나는 풀을 헤친다.

으앙.

으앙, 으앙.

── 울고 있다.

그 녀석이 울고 있다.

── 볼까 보냐.

아마 저 녀석은 이제 어엿한 사람의 상(像)이 되어 있을 것이 틀림없
다. 빙글빙글 소용돌이치는 물살의 탯줄에 감겨, 질척질척하게 뭉쳐
서——.
  ——환각이다.
  나는 절대로 돌아보지 않는다.
  이제 그것은 보지 않겠다. 그렇게 결심했다.
  떠올릴 것 없지 않은가. 그래도,
  —— 그래도 되겠지.
  찰박.
  물소리가 난다.
  주르륵.
  비스락비스락.
  주르륵.
  뒤. 발소리.
  물속에서 기어 나온 것이다.
  주르륵.
  작은 것이다.
  바스락바스락.
  갈대가 흔들린다.
  나는 갈대 사이에 우두커니 서 있다.
  찰박찰박하고 진창 속을 기는 소리.
  오지 마. 이제 오지 마.
  바지 끝자락을 꾹 당긴다. 작은, 아주 사랑스러운, 장난감 같은
반투명한 손이 —— 내 옷자락을 잡고 있다.

──── 아이(胎兒).

나는 난폭하게 발을 앞으로 내딛어, 매달리는 그 손을 뿌리치고 풀을 헤치며 경사면을 올랐다.

오지 마. 따라오지 마.

미안해. 정말 미안해.

이제 ────.

응애, 응애, 응애.

물새가 울고 있다.

물새다.

응애, 응애, 응애.

경사면을 끝까지 올라가, 다리 기슭에 다다라서 ────.

나는 돌아보았다.

그 순간.

강가의 갈대 사이에 있던 작은 것이, 마치 익은 과일을 벽에 내던진 것처럼 확 터진 듯 보였다. 물보라가 흩어졌다.

날갯소리.

새가 날아오른 것이다.

그것뿐이다. 바보 같다.

도로아미타불이다. 큰실말처럼 떠다녀라. 그리고 흘러가 버려라.

질척질척질척질척질척. 강이 흐른다.

──── 미안해. 정말 미안해.

──사실은 싫어하지 않아.

강 소리가 난다. 물이──.
물이 흘러간다.
나는 우산을 다리 기슭에 기대어 세웠다.
어디도 달라진 것이 없는 거무스름한 풍경.
나는 하늘을 올려다본다.
흐린데도 하늘이 몹시 밝다.
오늘은 더워질지도 모르겠군.
그런 예감이 든다.
우산은 이제 필요 없다.
그렇다, 그 녀석한테 가자──.
갑자기 그렇게 생각했다.
나는 더 이상 뒤를 보지 않고 걷기 시작했다.
보지 않아도──살아갈 수 있을까. 아니면 보지 않고서는 견딜
수 없는 것일까.
아니면──.
매미 소리가 난다.
아무 말도 하지 않고 뛰쳐나왔으니, 아내는 걱정하고 있겠지──
돌아가면 사과해야지──그렇다, 사과하자──나는 그런 생각을
한다. 그리고 나는 일상으로 묻혀 간다.

이윽고 ──.

나는 긴 언덕 아래에 섰다.

끝도 없이 적당한 경사로 완만하게 이어져 있는 긴 언덕길을 끝까지 올라가면 ──목적지인 교고쿠도다.

1952년, 장마도 끝나려고 하는 날의 일이다.

백귀야행 ── 음 · 끝

백귀야행 음

◎

백귀도

百鬼圖

교고쿠 나츠히코

京極 夏彦

『小袖の手』
고소데의 손

옷은 소매를 꿰기 위해서 있다.

소매를 꿰지 않게 되면 그것은 더 이상 옷이 아니다.

소매에서 나오는 손은 입고 있던 사람의 집념 같은 것이 아니라 옷을 착각한 것이다.

『文車妖妃』

후구루마 요비

편지에는 마음이 깃든다. 글은 이미 없는 과거의 묘비이기도 하다.

읽히지 않으면 마음도, 과거도 의미를 잃는다.

사라진 의미의 묶음이 한 곳에 깃들면, 무의미하게 무언가를 주장할 때도 있을 것이다.

『目目連』
모쿠모쿠렌

얼굴(面)을 선으로 에워싸면 '눈(目)'이 될 것이다.
바둑판의 눈을 본뜰 것까지도 없이, 무늬로서의 눈은 연속되어 있다.
눈이 있다면 당연히 그것은 보고 있을 것이 틀림없다.

『鬼一口』

오니히토쿠치

재앙은 갑자기 찾아오는 법이다.
평온한 일상의 영위도 사소한 행복도, 찰나에 사라지고 만다.
보이지 않는 존재에게 한 입에 삼켜지듯이 말이다.

『煙々羅』
엔엔라

연기는 있지만 없다. 마치 얇은 옷처럼 투명하다.

눈에 보이지 않는 마음의 흐름을 타고, 천변만화(千變萬化)로 일그러진다.

이윽고 사라지지만, 아무리 시간이 지나도 사라지지 않는 연기는 약간 기이하다.

『倩兮女』
게라게라온나

만물 중에서 웃을 수 있는 것은 사람뿐이다.
웃음은 양(陽)이기 때문에 때로 사람을 들볶는다.
인기척 없는 곳에 울리는 웃음소리는 피안에서 들려오는 조소다.

『火間虫入道』
히마무시뉴도

나태. 우울. 무기력.
그런 것을 불러 일깨운다. 근면함이나 성실함에 찬물을 끼얹는다.
바퀴벌레처럼 어디에나 있다.

『襟立衣』

에리타테고로모

반짝거리는 법의의 옷깃을 높이 세우고 권세를 자랑한다.
걸치고 있는 승려에게는 덕이 있겠으나 사람을 장식하는 옷에는 그런 것은 없다.
거기에서 불법자(佛法者)의 교만함만 떼어낸다면, 그저 사납게 행동할 뿐이다.

『毛倡妓』

게조로

먼 옛날, 머리 모양은 신분을 나타내는 것이기도 했다.
이 여자에게는 신분이 없다. 게다가 얼굴도 보이지 않는다.
살아 있는지 어떤지도 알 수 없다. 그냥 무섭다.

『川赤子』

가와아카고

물속에 있다.
드물게 목소리가 들리지만 그것은 물새 소리다.
이것은 그저 엉긴 것이다. 태어나지 않았으므로.

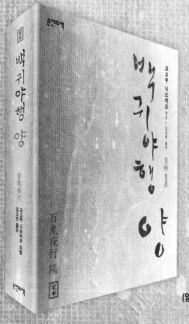

교고쿠 나쓰히코 지음
김소연 옮김

〈우부메의 여름〉, 〈망량의 상자〉, 〈광골의 꿈〉, 〈철서의 우리〉 등
교고쿠 나쓰히코의 대표작 '백귀야행' 시리즈
(일명 '교고쿠도' 시리즈)에 조연으로 등장한 캐릭터 10명을 주인공으로
시리즈 본편에서는 말해지지 않은 에피소드를 환상적인 필치로 그린
백귀야행 시리즈의 사이드 스토리 - 〈백귀야행 양〉

교고쿠 나쓰히코가 직접 그린 〈백귀도〉 10편 수록

옮긴이 | 김소연

한국외국어대학교에서 프랑스어를 전공하고, 일본어를 부전공하였다. 현재 출판기획
자 겸 번역자로 활동하고 있으며 옮긴 책으로 다카무라 가오루의 〈리오우〉, 교고쿠
나쓰히코의 〈백귀야행 음, 양〉, 〈우부메의 여름〉, 〈망량의 상자〉, 〈광골의 꿈〉, 〈철서
의 우리〉, 〈무당거미의 이치〉 등 백귀야행 시리즈와 〈웃는 이에몬〉, 〈싫은 소설〉, 유
메마쿠라 바쿠의 〈음양사〉 시리즈와 하타케나카 메구미의 〈샤바케〉 시리즈, 미야베
미유키의 〈마술은 속삭인다〉, 〈드림버스터〉, 〈외딴집〉, 〈혼조 후카가와의 기이한 이
야기〉, 〈괴이〉, 〈흔들리는 바위〉, 덴도 아라타의 〈영원의 아이〉 등이 있으며, 독특한
색깔의 일본 문학을 꾸준히 소개, 번역할 계획이다.

백귀야행 음
百鬼夜行 陰 [圖]

1판 1쇄 발행 2013년 1월 20일
1판 2쇄 발행 2015년 1월 10일

지은이 교고쿠 나쓰히코
옮긴이 김소연

발행인 박광운
편집인 박재은

발행처 도서출판 손안의책
출판등록 2002년 10월 7일 (제25100-2011-000040호)
주소 서울 강북구 수유3동 167-86 현대쉐르빌 303호
전화 (02) 325-2375 | **팩스** (02) 6499-2375
홈페이지 http://www.bookinhand.co.kr, http://cafe.naver.com/bookinhand
이메일 bookinhand@hanmail.net

ISBN 978-89-90028-74-7 03830